천상과 지상 사이의 형상

김종삼 시의 내재적 신성

천상과 지상 사이의 형상

김종삼 시의 내재적 신성

홍승진 지음

돌아 보시는 사람들

늘 나를

발랄한 유머로 웃게 하고

희소성 있는 다정함으로 설레게 하는

영원한 사랑 윤하에게

김종삼의 시에 사로잡힌 내력

시인은 죽기 전까지 자신의 집 창가에 그림 두 장을 붙여 두었다. 한 장은 최영림(崔榮林, 1916-1985)의 1982년 작품 〈봄동산〉이었고, 다른 한 장은 장리석(張利錫, 1916-2019)의 『현대문학』 1984년 7월호 표지화와 우편엽서로 그린 작품이었다. 올해 김종삼 탄생 100주년을 맞아 이 책을 펴내면서 두 그림을 앞표지와 뒤표지에 각각 실었다. 최영림 화백의 작품을 모시는 데에는 유족 최원익 선생님을 비롯하여 부산시립미술관 기혜경 관장님, 안태연 선생님, 서울미술관 아카이브팀 담당자님이 큰 도움을 주셨다. 유족 서정선 선생님을 비롯하여 김달진미술자료박물관 김달진 관장님, 동아대학교 김명식 교수님, 현대문학 편집부 월간지팀 주진형 차장님은 장리석 화백의 작품을 모실 수 있도록 도와 주셨다. 시인이 죽고 나서 잡지 『문학사상』의 한 기자가 그 모습을 자세히 기록해둔 덕분에, 두 그림의 정체를 정확하게 알 수 있었다.

창 밑 벽면에 풀로 붙여논 그림이 두 장 보인다. 한 장은 타블로이드판 신문에서 오려낸 최영림 화백의 작품이었고, 또 하나는 《현대문학》 '84년 7월호에 곁들여진 장리석 씨의 그림엽서다. 쪽을 지른 아낙이 가슴을 드러낸 채 아이를 업고 있는 뒤쪽으로 이중섭의 〈群童〉을 연상시키는 「아희」들의 모습이 8절지 크기의 화면을 채우고 있다. 엽서는 황혼의 바다풍경. 짙은 놀에 잠긴 일몰의 바다 가운데, 크게 부각시킨 삼각 파도의 흰빛이 강렬하다. (「고

(故) 김종삼 시인을 추모하는 비망록—비상회귀(飛翔回歸) 칸타타」, 『문학사상』, 1985. 3, 41쪽.)

김종삼이 창가에 붙여 두고 바라보았을 이 그림 두 장은 시인의 시 세계에서 핵심이 되는 두 가지 지점을 드러낸다. 하나는 고향 상실의 문제이다. 최영림과 장리석은 모두 평안남도 평양에서 태어난 월남화가이었듯이, 김종삼은 황해도 은율에서 태어난 월남시인이었다. 그들에게 고향은 특정 지역을 가리키는 것일 뿐만 아니라, 전쟁과 폭력의 역사 속에서 잃어버린 인간다움의 원천을 의미하는 것이기도 하였다. 〈봄동산〉을 비롯한 최영림의 많은 작품은 캔버스에 골고루 흙을 이겨 바르고 그 위에 유채를 칠한 것인데, 흙을 작품 재료로 삼은 까닭은 흙이 "인간의 고향"이며 따라서 "예술의 태동"이기 때문이라고 한다(최영림, 「작품을 끝내고」, 『경향신문』, 1978. 12. 1).

다른 하나는 민족과 민중의 생명력에 관한 예술적 표현의 문제이다. 최영림은 고구려 고분 벽화로부터 한국적인 아름다움을 찾아내어 자신의 작품 세계에 접목시켰으며, 심청전 등의 한국 전통 설화를 작품 주제로 즐겨 삼았다. 또한 최영림의 미술 세계는 오랜 역사 동안 차별당하고 억압받아온 여성과 어린이를 지속적으로 표현하였으며, 장리석의 미술 세계는 제주의 거친 바다 속에서 살아가는 여성의 생명력에 주목하였다. 이러한 화가들의 그림을 죽기 전까지 창가에 붙여 두고 바라보았다는 사실은, 김종삼의 시 세계가 한국적이라기보다 서구적이며, 민중적이라기보다 귀족적이라고 여겨 왔던 통념을 깨뜨리는 것이다. 그의 시 속에서는 한국 민족의 고유성과 억눌린 민중의 역동성이 곧 그가 그리던 고향, 즉 인간다움의 원천이라고 할 수 있다.

이렇게 그의 시에 깊이 사로잡힌 것은 뜻밖의 일이었다. 시인 임화의 해방 이전 작품을 어느 정도 살폈으니, 해방 이후의 시를 들여다보고 싶었다. 또한 임화가 '리얼리즘' 시의 대표자 가운데 하나였으니, 그것과 대척점을 이룬다는 '모더니즘' 시를 연구할 차례인 듯싶었다. 그러면 한국 현대시 공부를 특정 시기나 특정 문예사조의 테두리 안에 가두지 않을 수 있겠다고 생각하였다. 영문학 연구자들은 르네상스 영시나 19세기 미국소설과 같이 적어도 한 세기 이상의 문학사를 한 단위로 묶어서 자신의 전공으로 삼고는 한다. 한국 현대시의 역사도 이제 100년을 넘었다. 한국 현대시를 공부하는 사람이라면 한국 현대시 전반을 곧 자신의 전공으로 삼아야 하지 않을까? 이러한 생각으로 해방 이전에서 해방 이후로 눈길을 돌리니, 그 무렵 활동한 '모더니즘' 시인 가운데 김수영과 김종삼과 김춘수, 이렇게 세 명이 시야에 들어 왔다.

문학 공부는 일차자료 전체를 정밀하게 검토하는 데에서 출발해야 한다는 원칙으로, 시중에 나와 있는 그들의 전집을 제쳐둔 채 그들이 지면에 발표한 작품 원문을 찾아 헤맸다. 복사물로 시인별 파일이 터질 만큼 부풀었을 무렵, 세 봉우리 가운데에서도 김종삼이 우뚝하니 우러러 보였다. 그는 한국전쟁 이후의 현실에 응답한 시인일 뿐만 아니라, 그보다 더욱 아득한 한국 토착사상의 원천에 맞닿은 시인이었다. 또한 '리얼리즘'이나 '모더니즘' 같은 특정 문예사조로 파악할 수 없을 만큼 당대 문단의 주류와 유행에서 훌쩍 벗어나 자신만의 독특한 세계를 창조한 시인이었다. 지금까지 두껍게 쌓여 온 오해가 김종삼의 그러한 본모습들을 덮고 있었다.

김종삼은 1921년 황해도 은율(殷栗)에서 태어났다. 1950년대 전반부터 시를 발표하기 시작하여 1984년에 숨을 거둘 때까지 적지 않은 작품을 썼다. 김종삼은 서울 출생의 김수영(金洙暎, 1921~1968), 경상남도 통영 출생의 김춘수(金春洙, 1922~2004)와 비슷한 연배이다. 시인 황동규는 해방 이후 한국 시단에 충격을 준 대표적 '모더니즘' 시인으로 김수영과 김종삼과 김춘수의 '3김(金)'을 꼽았다. 하지만 김수영과 김춘수에 비하여 김종삼은 일반 독자와 국문학계의 관심을 많이 받지 못하였다.

김종삼은 왜 해방 이후 한국문학사의 대표적인 '모더니즘' 시인임에도 이처럼 주목을 받지 못하였을까? 한 가지 이유로는 김종삼이 남긴 작품의 양이 많지 않다는 오해를 꼽을 수 있다. 하지만 이 통념은 사실과 어긋난다. 2018년에 개정판이 나온 『김수영 전집』을 보면, 시 작품은 모두 176편이다. 2018년에 펴낸 『김종삼 정집(正集)』을 보면, 내용 자체가 크게 다르지 않은 개작 및 재발표를 뺀 작품은 모두 238편이다. (김춘수가 얼마나 많은 시를 썼는지는 굳이 말하지 않아도 좋을 것이다.) 물론 작품의 양이 작품의 질을 보장하지는 않는다. 다만 여기에서 강조하려는 바는 김종삼이 결코 과작(寡作)의 시인은 아니라는 사실이다.

또 다른 이유로는 김종삼이 김수영이나 김춘수에 비해서 산문을 많이 남기지 않은 점을 꼽을 수 있다. 김수영과 김춘수는 시에 관해 자신의 생각을 밝힌 시론(詩論) 성격의 산문을 많이 남겼다. 김수영은 79편의 산문을 비롯해서 여러 편의 시작 노트, 일기, 시 월평(月評) 등을 썼다. 김춘수는 7권의 시론집과 여러 권의 수필집을 펴냈다. 반면 김종삼의 경우에는 아직까지 9편의 산문, 3편의 인터뷰 기록만이 확인되었을 따름이다. 김종삼은 시론과 같은 산문에 대해 일종의 거부감을 가졌다. 실제로 그는 "나는 시론(詩論)이란 것을 못 쓴다"고 언급하였다. 또한 어느 회고에 따르면 김종삼은 "시작 노트가 무슨 필요가 있느냐"고 일갈하였다고 한다. 자신의 시론에 대한 산문을 많이 남긴 시인일수록, 그 시인의 독서 목록이나 창작 방식에 관한 정보를 많이 얻을 수 있다. 또한 시인이 남긴 시론이나 산문은 그 시인의 작품에 관한 연구자의 해석이 얼마나 정확하고 설득력 있는지를 뒷받침하는 근거가 될 수 있다. 따라서 김종삼은 이해의 실마리를 넉넉하게 내주지 않는 시인처럼 보이기 쉽다.

하지만 김종삼은 산문을 통하여 자신의 시 창작에 담긴 비밀을 친절하게 풀이하기보다도, 시 작품 자체를 통하여 시에 관한 사유를 드러내었다. 올바른 문학 공부는 시인 자신이 어떠한 책들을 읽고 어떻게 시를 썼는지를 밝히는 말에 매달리지 않아야 한다. 그 말이 참말이라고 하더라도, 그 말만을 따라서 시 작품을 읽는 것은 해답지를 곁에 두고 수학 문제를 푸는 것처럼 무의미하지 않겠는가? 더욱 큰 문제점은 그 말이 참말이 아닐 수도 있다는 데에 있다. 뛰어난 시인일수록 자신이 원래 표현하고자 하였던 바를 최대한 적확하게 표현하고자 몸부림치면서도 그 몸부림의 자취가 자신의 인식이나 사고를 뛰어넘을 때에 진정한 희열을 느끼기 때문이다. 김종삼이 자신의 시 쓰기를 "무질서한 사고"의 산물이라고 말한 까닭도 그와 같을 것이다(「수상소감」, 『현대시학』 1971. 10, 46쪽). 그러므로 김종삼의 시를 올바로 이해하기 위해서는 그의 작품 자체를 정확하게 이해함으로써 그 속에 숨어 있는 사유의 맥락을 구체적으로 밝히는 작업이 필요하다.

특히 지금까지 김종삼의 시에 관한 연구 대부분은 기존 전집들의 부정확하고 불충분한 판본을 참조하였다. 가뜩이나 독특한 김종삼의 시 세계는 원전 비평의 부실함 때문에 더욱 자의적으로 해석되기가 일쑤였다. 이에 필자는 작품 원문을 최대한 정확하게 검토하고자 노력하여, 기존 연구자들이 무비판적으로 받아들여 온 텍스트 오류를 바로잡고 시 22편 등의 여러 작품을 발굴하였을 뿐만 아니라, 최초로 김종삼의 등단 작품을 확정하는 등의 철저한 일차자료 조사를 수행하였다. 이러한 문헌학적 고증 작업을 통하여 그동안 숨어 있던 면모들이 드러났으며, 그에 따라서 김종삼의 시 세계를 근본적으로 새롭게 조명할 수 있는 국면이 열린 것이다.

김종삼의 시는 현실을 부정하고 초월을 지향한다는 것이 지금까지의 주된 연구 시각이었다. 황해도 태생의 월남문인으로서 겪어야 했던 한국전쟁의 비극이 그의 시를 그렇게 몰아세웠다는 것이다. 이 때문에 그의 시는 참여문학이 아니라 순수문학을 지향하였고, '한국적' 전통에서 멀리 벗어난 이국취향(exoticism)을 드러냈으며, 삶의 현실을 긍정하기보다도 서구 기독교의 수직적이고 이분법적인 세계관에 기울었다는 평가를 받아 왔다. 이러한 연구 시각은 김종삼뿐만 아니라 한국 전후문학을 이해하는 일반적 시각이기도 하다. 기존의 연구에서 한국 전후문학은 '참여/순수'의 이분법적 틀에 맞추어 재단되고, 분단과 전통 단절로 인하여 실존주의와 같은 서구 문예사조에 경도된 것으로 간주되며, 현실의 비극성을 표현하는 데 천착하였던 것으로 분석되는 경우가 적지 않기 때문이다.

그와 달리 이 책에서는 동학 사상의 관점을 통하여 김종삼의 시 세계를 새롭게 해석함으로써 한국 전후문학의 숨은 의미와 가치를 해명하고자 하였다. 그의 시는 전쟁과 폭력의 역사로 인하여 희생된 인간의 마음속에 신성이 깃들어 있음을 지속적으로 상기시킴으로써, 우리가 언젠가는 되찾아야 하는 그 내재적 신성을 끊임없이 현재로 불러낸다. 이는 현실적 인간성의 세계를 부정하고 초월적 신성의 세계를 지향하는 이분법적 세계관과 달리, 인간성 속에 신성이 내재한다고 사유하는 한국 토착사상으로서의 동학과 맞닿아 있다. 남한에서 나고 자란 문학가들이 현실의 제도를 문제 삼거나(참여문학) 아예 현실로부터 도피하였다면(순수문학), 김종삼은 과거의 상기 속에서 미래의 희망을 현재화하는 방식으로 역사적 현실에 대응하는 제3의 문학을 모색하였다. 이와 같은 특성은 최인훈 문학과 같이 보편적 근원으로서의 신성한 고향을 회복하고자 함으로써 분단 이후 한국문학사에 생명력을 불어넣은 월남문학의 높은 성취 가운데 하나로 자리매김할 수 있다.

김종삼의 시 세계를 동학 사상의 관점으로 고찰한 사례는 이 책의 시도가 처음이다. 이 책은 김종삼과 동학 사이의 연관성을 뒷받침하는 실증적 자료를 발굴하여 소개할 뿐만 아니라, 독특한 비교문학적 방법을 통하여 김종삼 시 세계에 나타나는 내재적 신성의 사유를 해명한다. 김종삼은 라이너 마리아 릴케, 알베르트 아인슈타인, 에마누엘 스베덴보리의 신비주의를 따랐던 헬렌 켈러, 신비주의 시론을 제시한 롤랑 드 르네빌, 표도르 도스토옙스키 등과 밀접한 영향 관계에 있었다. 김종삼과 공명하였던 그 많은 이들의 공통점은 현실과 초월 사이의 수직적 이분법을 전제하는 플라톤주의적-기독교적 교리에서 벗어나 대지의 생명 자체에 신성이 내재함을 사유하였다는 것이다. 김종삼의 시 세계에 문화적으로 잠재되어 있던 동학적 사유는 각각 떼어놓으면 연관성이 거의 없어 보이는 서구의 작가들을 공통의 맥락으로 연결시키는 구심점 역할을 한다. 한국 작가에게 원래 없던 특성이 외국 작가의 영향을 받은 뒤에야 나타난다고 보는 이식문학론의 시각과 달리, 한국문학의 특성은 외국문학을 창조적으로 전유하고 연결시키는 과정 속에서 나타나는 것이다.

내재적 신성을 상기시키기 위하여 김종삼의 시는 독특한 방식으로 이미지를 구사한다. 신성의 비가시성과 이미지의 가시성 사이에는 쉽게 건널 수 없는 간극이 있다. 신성은 무한한 속성을 지니므로, 그것을 특정한 속성으로 한정하여 형상화할수록 오히려 신성과 거리가 더 멀어진다. 예를 들어 예수를 근엄한 이미지로 묘사하는 것은 예수의 무한성을 '근엄함'이라는 특정 속성으로 한정하는 오류에 빠지기 쉽다. 이와 달리 김종삼의 시는 신성과 거리가 먼 이미지를 통해서 신성을 표현한다. 예컨대 김종삼의 시에서 중요하게 나타나는 돌 이미지는 전쟁으로 황폐화된 대지를 가리키는 것처럼 보이며, 그 때문에 신성과 거리가 먼 것처럼 보인다. 그러나 그의 시에서 돌 이미지는 진흙으로 만들어진 인간의 육체, 육체와 신성의 결합체인 예수, 희생된 예수가 부활한 돌무덤 등의 다양한 의미들로 이행하고 전치됨으로써, 완전한 폐허 같은 현실에서도 신성의 발견과 회복이 가능함을 느끼게 한다.

이처럼 그의 시는 가시적인 것과 비가시적인 것의 이행과 전치를 발생시킨다는 점에서 내재적 현실과 초월적 신성 사이의 운동을 드러낸다. 일반적으로 시의 이미지는 대상과의 유사성을 기준으로 규정되거나 평가된다. 반면에 김종삼의 시는 신성과 유사하지 않은 이미지를 통하여 현실에 내재해 있는 신성을 오히려 더 역동적으로 드러낸다. 이는 한국 문화의 토양 속에 오랫동안 축적되어 온 동학 사상이 전위적이고 독창적인 시적 기법을 낳은 사례라 할 수 있다.

또한 김종삼 시의 재조명은 기존의 한국문학사 서술 방식을 갱신하는 과정이기도 하다. 이는 한국 현대문학을 서구 문학의 모방으로 설명하는 이식문학론의 통념에 균열을 일으킨다. 또한 김종삼의 시에서는 과거가 현재 속으로 끊임없이 출몰할 뿐만 아니라 현재가 과거를 소환하기도 한다. 이와 같은 특성은 단선적인 시간관이 한국문학사의 올바른 이해에 알맞지 않음을 드러낼 뿐만 아니라, 역동적 시간교란(anachronism)이라는 새로운 문학사 연구 모델의 가능성을 제시한다.

더 나아가 이 책은 개별 작가의 독특함에 관한 해명 작업을 문학사 및 문학이론의 갱신 작업과 통합하여 연결시키는 하나의 모델이 될 수 있다. 지금까지 한국 현대문학 연구에서는 작가 연구와 문학사 연구와 문학이론 연구가 서로 조화를 이루지 못한 측면이 있다. 아무리 참신한 작가 연구라 하더라도, 그 작가적 성취에 근거하여 문학의 아름다움 자체를 밝히는 데까지 나아가지 못하는 경우가 적지 않았다. 문학사를 남다르게 분류하고 재해석한 연구라 하더라도, 막상 그것을 뒷받침하는 개별 작가 분석은 기존 통념과 크게 다르지 않을 때가 많았다. 문학이론 자체를 따져 묻는 연구라 하더라도, 구체적인 작가의 작품이나 문학사의 성과들과 멀찍이 동떨어진 철학이론을 정리하는 데 그치고는 하였다. 그와 달리 새로운 작가론이 곧 새로운 문학사론이자 새로운 문학이론일 수 있기를 희망하며 이 책을 썼으므로, 독자들은 이 책을 꼭 순서대로 읽지 않고 관심 가는 부분부터 읽어도 좋다. 김종삼을 비롯한 한국 현대문학에 관심이 있는 독자는 처음부터 순서대로 읽기를, 이미지 이론에 관심이 있는 독자는 제2부 2~3장부터 읽기를, 동학 사상에 관심이 있는 독자는 제1부와 제3부 2~4장부터 읽기를, 비교문학에 관심이 있는 독자는 제4부→제3부 1장→제2부 2장의 순서로 읽기를 추천한다.

책 제목은 "천상과 지상 사이의 형상"으로 지었다. "천상"과 "지상"은 각각 신성과 인간성을 뜻하고, "사이"는 그 양자가 서로 부딪치고 이어지는 과정을 의미하며, "형상"은 이미지를 뜻한다. "머나 먼 광야(曠野)의 한 복판 / 야튼 / 하늘 밑으로 / 영롱한 날빛으로 / 하여금 따우에서"라는 김종삼의 시 「물통」한 구절을 변형시킨 것이다. "죽었다던 신(神)의 소리" 또는 "죽은 옛 친구들"의 소리가 "어떤 때엔 천상으로 / 어떤 때엔 지상으로" 다가오고는 한다는 「소리」한 구절과도 연관이 있다. 원래 붙이려던 제목은 '네 안의 하늘을 떠올리기'였다. '떠올리다'라는 말은 기억이 되살아난다는 뜻과 형상이 솟아오른다는 뜻을 더불어 담고 있어 이 책의 내용에 들어맞는다고 생각하였으나, "천상과 지상 사이의 형상"이 더욱 좋다는 출판사의 의견을 따랐다. 이 책의 출간 계획을 반겨 주신 도서출판 모시는사람들 박길수 대표님께 진심으로 감사드린다.

본문에 담은 이미지 가운데, 시인 신동엽이 극본을 쓰고 김종삼이 음악 담당으로 참여한 시극(詩劇) 「그 입술에 파인 그늘」의 팸플릿 사진은 수류산방 심세중 발행인 겸 편집장님께서 제공하여 주셨다. 이 이미지의 사용은 문화예술평론가이자 예술인이신 고(故) 박용구 선생님의 유족 박화경 님께 승인을 받았다. 박용구 선생님은 나의 외종조부이시다. 명절에 찾아뵐 때마다 당신 말씀이 무슨 뜻인지도 잘 모르면서 열심히 고개를 끄덕이며 경청하는 필자를 귀여워하시며 한국 문화예술의 역사와 세계 문화예술의 비전에 관한 통찰을 시간 가는 줄 모르고 말씀해 주셨다. 해당 팸플릿 이미지는 그분이 직접 서명하여 나에게 주신 책 속에서 찾은 것이다.

님께 보내는 편지는 님만의 이야기도 아니고 나만의 이야기도 아닌, 님과 나만이 아는 이야기임을 새삼 절실히 깨닫는다. 이 책은 오롯이 님께 보내는 편지이기 때문이다. 2018년 여름의 무더위 속에서 이 책을 쓰는 데 매달린 동안, "이럴 거면 공부나 하지, 왜 나랑 연애를 하고 결혼을 했냐?"고 투덜거리면서도 의미 없어 보이는 공부의 의미를 누구보다도 깊게 이해해 준 이윤하 님께 감사드린다.

또한 학문의 길을 허위허위 걷는 동안에 넘어지지 않도록 붙들어 주신 수많은 님들이 떠오른다. 석사과정과 박사과정을 지도해 주신 김유중 교수님께 감사드린다. 자료 원문을 충실하게 검토하려는 필자의 고집스러움이야말로 다른 문학 연구자들이 본받아야 할 자세라고 격려해 주신 그분의 말씀, 논리의 비약이 많은 것처럼 보일지라도 도전적이고 새로운 연구가 필요하다고 공감해 주신 그분의 말씀은 마음속에 생생히 남아서 큰 힘이 되고 있다. 신범순 교수님, 류순태 교수님, 임수만 교수님, 김옥성 교수님께서는 박사학위논문의 심사위원으로서 이 연구의 허점과 의의를 누구보다도 정확하게 짚어 주셨다. 방민호 교수님께서는 민족이라는 개념에 대하여 짙은 의심을 품고 있던 학부 시절의 필자에게, 저 연못가에 피어난 풀포기들을 보라고, 저들은 자신이 태어난 자리를 미워하지 않는다고 말씀하셨다. 박사학위논문 발표회를 마치고 손유경 교수님을 찾아뵌 자리에서 김종삼을 택한 것이 참 좋았다는 말씀을 들었을 때 울컥 쏟아질 것 같은 눈물을 참느라 힘들었다. 대학원 스터디에서 많은 이야기를 나눈 선후배님들, 김종삼 시 전편(全篇) 읽기 모임을 오랫동안 함께한 이민호, 홍승희, 신철규, 주완식, 조은영 선생님은 학문의 길이 외롭지 않을 수도 있음을 알게 하였다. 대학원 석사과정에 막 입학한 필자에게, 김종삼이 한국 현대시의 기틀을 정립한 시인 가운데 하나임을 귀띔해 주신 도서출판 b 조기조 사장님의 은혜는 잊지 못할 것이다.

문학 공부는 엄정한 문헌학을 빼놓을 수 없듯이, 연구 성과의 몫을 밝히는 일은 자료를 찾는 데 협조한 분들의 공로를 밝히는 일을 반드시 포함하여야 한다. 필자보다 훨씬 이전부터 김종삼의 작품을 발굴하고 질정(質正)하는 데 많은 기여를 하셨으며, 필자가 자료 수집에 관한 질문을 거듭하여도 친절한 조언을 아끼지 않으셨던 신철규 선생님과 최호빈 선생님께 진심으로 감사드린다. 김종삼의 등단작 「돌」을 발굴한 것은 근대서지학회 오영식 선생님께서 잡지 『현대예술』의 실물을 보여 주신 덕택이었으며, 그 작품이 등단작임을 확증할 수 있었던 것은 시인 김시철 선생님께서 회고록과 전화 통화로 소중한 기억을 들려주신 덕택이었다. 나의 가슴에 남는 벗 김재현은 《평화신문》에 실린 김종삼의 산문을 발굴하였으며, 필자가 『소설계』에 실린 김종삼의 시편을 발굴하는 데 결정적인 도움을 주었다. 이민호 선생님께서는 《대한일보》에 실린 김종삼의 산문을 발굴하셨다. 홍승희 선생님께서는 『김종삼 정집』의 주석 작업에 큰 도움을 주셨다. 『김종삼 정집』 발간을 흔쾌히 동의해 주시고 응원해 주신 김종삼 시인의 유족 김혜경 선생님께 진심으로 감사드린다. 그와 같은 노력을 모아 『김종삼 정집』을 펴낼 수 있도록 끊임없이 용기를 북돋아 주신 김응교, 박시우, 임동확, 전상기, 조은영 선생님 등의 편찬위원들께도 진심으로 감사드린다. 고려대학교 독어독문학과 김재혁 교수님께서는 김종삼이 인용한 릴케 시론의 출처를 이메일로 문의한 필자에게 문학을 사랑하는 마음이 담뿍 담긴 장문의 답장을 보내 주셨다. 이 밖에도 문학이 갈수록 외면 받는 시대와 정면으로 맞서서 문학만이 할 수 있는 것을 탐문하는 모든 이에게 엎드려 절을 올린다.

2021년 8월
까치집에서
홍승진 모심

천상과 지상 사이의 형상
김종삼 시의 내재적 신성

2부 | 억압받는 민중의 신성을 상기하기

| 일러두기 |

1. 김종삼의 시 전문이나 부분을 인용할 때에는 일차 자료의 엄밀한 텍스트 비평을 위하여 해당 작품이 발표되었을 때의 표기 형태를 그대로 따랐으며, 인용이 끝나는 지점에 시 작품의 제목과 인용한 범위를 적었다(저자 이름은 모두 김종삼이므로 적지 않았다). 시 한 편의 개작 양상을 비교하거나 여러 편의 시를 겹쳐 읽을 필요가 있을 경우에는 해당 판본들을 하나의 표 안에 묶어서 제시하였다. 여러 번 개작을 거친 한 작품의 판본들을 표 안에 제시한 경우에는, 각 판본들 사이에 변화한 부분들을 굵은 글씨로 나타내었다(이 경우에는 각주의 서지사항 표기 맨 끝에 "강조는 인용자"를 적지 않았다).

2. 한자에 익숙하지 않은 독자를 위하여, 김종삼의 시 작품이 아닌 자료의 원문을 인용할 때에는 가급적 해당 한자의 음만 표기하였으며, 필요한 경우에만 한자를 괄호 안에 병기하였다. 시 작품 인용문에서 중략한 부분은 괄호 안에 "중략"이라고 적었으며, 그 밖의 인용문에서 중략한 부분은 석 점만 찍은 줄임표(…)로 나타내었다.

3. 시·산문·단편소설·신문기사·잡지에 실린 글·논문 등과 같이 짧은 글의 제목은 홑낫표(「　」) 안에, 단행본·장편소설·신문·잡지 등과 같이 긴 글의 제목은 겹낫표(『　』) 안에, 음악·미술·영화의 작품 제목은 홑화살괄호(〈　〉) 안에 적었다.

4. 각주는 각 부가 시작할 때마다 새로운 일련번호를 붙였다. 각 부에서 동일한 서지사항을 두 번 이상 각주로 나타낼 때에는, 한국어·한자·일본어로 된 글과 책의 경우 두 번째 표기할 때부터 "위의/앞의 글" 또는 "위의/앞의 책"으로, 서양어로 된 글과 책의 경우 두 번째 표기할 때부터 "Ibid." 또는 "op. cit."로 표기하였다.

5. 김종삼의 시를 이해하는 데 중요한 예술가·사상가, 또한 생몰연대에 주목할 필요가 있는 인물 등의 경우에는 해당 인물을 처음 언급할 때 그 이름의 원어와 생몰연대를 표기하였다. 서양 인명은 두 번째 언급할 때부터 가급적 성(姓)만 적었다. 일본 인명을 한국어로 표기하는 경우에는 해당 인물을 실제로 부르던 발음을 따랐다.

    예 大島博光: 오시마 히로미츠(X) → 오시마 핫코(O)

6. 인용문 중에서 외국어 저작을 별도의 역자 표기 없이 한국어로 번역한 것은 모두 이 책의 저자가 직접 옮긴 것이다.

7. 본문에서 인용한 모든 천도교 경전의 출처는 라명재 주해, 『천도교경전 공부하기(증보2판)』, 모시는사람들, 2017이고, 그 인용의 끝에 해당 출처의 쪽수만 적었다.

| 서론 |
현실과 초월의 이분법을 뛰어넘기

| 수직적 이원론의 내용과 형식 |

김종삼 시의 숨은 의미와 가치는 그의 시 세계가 시대 현실의 역사적 흐름에 대응한 방식과 관련이 있다. 특히 이 책에서는 김종삼의 시 세계가 6·25와 같은 전쟁의 문제, 1960년 4월 민주화 운동과 같은 혁명의 문제, 그리고 핵무기 개발과 같은 문명위기의 문제 등에 대응한 방식에 주목하고자 한다. 그처럼 이질적인 문제들을 관통하는 시적 의식은 무엇일까?

기존 연구들 중에는 김종삼의 시를 초기와 후기 등의 여러 가지 방식으로 구분해 왔다. 여기에는 몇 가지 문제점이 있다. 첫째로, 각 시기의 범위를 명확하게 설정하지 않았다는 점을 꼽을 수 있다. 둘째로, 시기 구분의 근거를 밝히지 않았다는 문제가 있다. 셋째로, 각 시기에 따라서 시적 경향의 특징이 변화한 까닭을 설명하지 못한다는 난점이 있다. 이러한 문제를 해결하기 위해서는 김종삼의 시 세계를 1950년대, 1960년대, 1970년대 이후, 이렇게 세 시기로 구분할 필요가 있다.

김종삼의 시 세계를 이렇게 세 시기로 구분해야 할 까닭은 무엇인가? 황동규는 김수영·김춘수의 시 세계를 비롯하여 김종삼의 시 세계도 4·19 혁명 이후로 크게 변화했다고 지적하였다. 하지만 황동규는 4·19 이후에 김종삼의 작품 활동이 왕성해졌다는 점을 주목하면서도, 김종삼에게 4·19가 어떠한 의미인지는 분명하지 않다고 덧붙였다.[1] 그러나 분명 김종삼의 시 세계는 1960년 4월 혁명 이후부터 자신만의 독특한 시적 참여 방식을 모색하기 시작하였다. 또한 김종삼은 1970년대 초반부터 악화되어 가는 개인의 신체적 질병을 문명사적 위기와 연관시켜 표현하기 시작하였다. 여기에서 문명사적 위기는 남한 내에 독재 체제가 장기화되고 있던 역사적 배경과 연관된다.

기존의 연구 중에서도 김종삼의 시 세계를 세 시기로 구분한 경우가 있다. 예컨대 김종삼이 생전에 발간한 세 권의 시집에 따라서 김종삼의 시 세계를 세 시기로 구분한 연구가 있다.[2] 김종삼의 첫 시집 『십이음계』는 1969년에, 두 번째 시집 『시인학교』는 1977년에, 세 번째 시집 『누군가 나에게 물었다』는 1982년에 출간되었기 때문이다. 하지만 이러한 시기 구분 방식은 김종삼의 시와 1960년 4월 혁명 사이의 연관성과 같은 여러 가지 문제들을 제대로 설명해 주기 어렵다.

선행 연구들에서는 김종삼 시의 전개 과정을 다소 자의적인 기준에 따라서 분류하였는데, 이는 김종삼의 시 세계를 해석하는 시각 자체의 한계에서 비롯한 것이기도 하다. 따라서 김종삼 시의 세계관과 형식적 특성에 관한 기존 연구들을 검토하고, 그 연구들의 주된 관점이 무엇인지를 살펴볼 필요가 있다. 기존 연구의 주된 관점 중 하나는 김종삼이 현실을 죄악과 죽음의 세계로 바라보며 현실로부터의 초월을 지향한다는 점에서 기독교적 세계관에

1　황동규, 「유아론(唯我論)의 극복―3金의 경우」, 『젖은 손으로 돌아보라』, 문학동네, 2001, 287쪽.
2　이승규, 「김종삼 시의 현실 대응 양상 연구」, 한국현대문학회, 『한국현대문학연구』 23집, 2007.12, 459쪽; 심재휘, 「김종삼 시의 공간과 장소」, 가천대학교 아시아문화연구소, 『아시아문화연구』 30집, 2013.6, 199-200쪽.

부합한다고 설명하는 것이다.[3] 그러나 이는 김종삼의 시 세계가 기독교의 다양한 맥락 중에서 어떠한 맥락과 맞닿아 있는지를 구체적으로 해명해 주기 어렵다. 나아가 그와 같은 연구 시각은 기독교적 세계관으로 환원되지 않는 김종삼 시의 특징을 설명하기 힘들다는 문제가 있다. 그러한 맥락에서 이 책은 김종삼의 시 세계가 전통 기독교 교리와 상이한 사유를 드러내는 까닭이 문화적 토양으로 잠재해 온 동학(東學)에 있음을 해명할 것이다.

김종삼의 시를 기독교적 세계관으로 바라보는 연구 관점은 김종삼의 시를 프랑스 상징주의의 이식으로 간주하는 연구 관점으로 이어지기도 한다. 예컨대 문학평론가 김현(金炫, 1942-1990)은 김종삼의 시 세계가 말라르메(Stéphane Mallarmé, 1842-1898)의 상징주의 시와 같은 암시의 미학을 보여주며, 이는 플라톤 이래의 형이상학이나 기독교에 담겨 있는 서구의 수직적 이원론을 토착화한 사례라고 평가한 바 있다.[4] 김윤식(金允植, 1936-2018)은 김현이 불문학 전공자로서 서구의 수직적 이원론을 한국에 토착화하려는 서구 문학 콤플렉스가 있었으며, 그가 김종삼을 한국의 주류 시인으로 내세운 것도 그 때문이라고 지적하였다.[5] 이후로도 김종삼의 시에 관한 비교문학적 연구는 서구 상징주의와의 일대일 비교를 중심으로 이루어져 왔다.[6]

3 송경호, 「김종삼 시 연구─죄의식과 죽음의식을 중심으로」, 서울시립대학교 박사학위논문, 2006; 김옥성, 「김종삼 시의 기독교적 세계관과 미의식」, 한국언어문화학회, 『한국언어문화』 29집, 2006.4; 이민호, 「한국 현대시에 나타난 서학적(西學的) 자연관─윤동주와 김종삼의 시를 중심으로」, 문학과환경학회, 『문학과환경』 8집, 2009.6; 박선영, 「김종삼 시의 생명의식과 은유의 상관성 연구」, 한국문학언어학회, 『어문론총』 60호, 2014.6.
4 김현, 「詩와 暗示」, 『想像力과 人間』, 一志社, 1973, 55-50쪽.
5 김윤식, 「김종삼과 김춘수─김현과 세사르 프랑크 마주하기」, 『문학사의 라이벌 의식·3』, 그린비, 2017, 223-271쪽.
6 김용희, 「김종삼 시에 나타난 상징과 상징주의 계보에 관한 연구」, 한국시학회, 『한국시

그러나 김종삼의 시를 서구 상징주의와 일대일로 비교하는 연구 시각은 여러 가지 문제점이 있다. 김종삼의 시 세계는 프랑스 상징주의 시뿐만 아니라 에즈라 파운드(Ezra Pound, 1885-1972) 등의 이미지즘(영미 모더니즘)이나 라이너 마리아 릴케(Rainer Maria Rilke, 1875-1926)의 시와도 영향 관계를 이루고 있기 때문이다. 또한 김종삼의 시를 상징주의의 영향 아래에 종속시키는 관점은 한국 현대문학을 서구 문학의 모방쯤으로 설명하는 일종의 이식문학론으로 귀결될 위험이 적지 않다.

서구의 수직적 이원론에 근거한 연구 시각은 김종삼의 시 세계가 현실을 부정하고 초월을 지향하였다는 견해로 이어지기 쉬웠다.[7] 이는 김종삼의 시 세계가 현실을 폐허화된 것, 죽음과 죄의 비극으로 가득 찬 것으로 바라보았다는 연구 시각과 맞닿는다.[8] 전쟁이 벌어진 이 세계를 제대로 살기 힘들 만

학연구』 40집, 2014.8; 이민호, 「김종삼의 시작법과 프랑스 상징주의 영향관계 연구」, 국제한인문학회, 『국제한인문학연구』 19집, 2017.2.

7 백은주, 「김종삼 시에 나타난 환상의 현실적 의미 고찰」, 한국문학연구학회, 『현대문학의 연구』 35집, 2008.6; 장동석, 「김종삼 시에 나타난 '결여'와 무의식적 욕망 연구」, 한국현대문예비평학회, 『한국문예비평연구』 26집, 2008; 라기주, 「김종삼 시에 나타난 환상성 연구」, 한국현대문예비평학회, 『한국문예비평연구』 26집, 2008.8; 김성조, 「김종삼 시 연구 ―시간과 공간 인식을 중심으로」, 한양대학교 박사학위논문, 2010; 장동석, 「한국 현대시의 경물 연구―이물관물(以物觀物)의 표상방식을 중심으로」, 홍익대학교 박사학위논문, 2010; 박민규, 「김종삼 시의 숭고와 그 의미」, 가천대학교 아시아문화연구소, 『아시아문화연구』 33집, 2014.3; 김기택, 「김종삼 시에 나타난 어린이의 특징 연구」, 한국아동문학학회, 『한국아동문학연구』 31집, 2016.12.

8 한명희, 「〈오이디푸스 콤플렉스〉를 통해 본 김수영, 박인환, 김종삼의 시세계」, 한국어문학회, 『어문학』 97집, 2007.9; 김종훈, 「잔해와 파편의 시어―김종삼, 「북치는 소년」의 경우」, 민족어문학회, 『어문논집』 68집, 2013.8; 김양희, 「김종삼 시의 환상성 연구」, 동남어문학회, 『동남어문논집』 37집, 2014.5; 박선영, 「김종삼 시에 나타난 '죽음'의 은유적 미감 연구」, 한국문학회, 『한국문학논총』 65집, 2013.12; 최호빈, 「김종삼 시에 나타난 미학적 죽음에 관한 연구―전봉래의 죽음과 관련하여」, 숭실대학교 한국문학과예술연구소, 『한국문학과예술』 19집, 2016.7.

큼 끔찍한 곳으로 바라보았기 때문에, 이 세계로부터 철저하게 벗어나서 순수의 세계로 초월하고자 하였다는 것이다. 하지만 김종삼의 시 세계는 현실이나 역사를 부정과 도피의 대상으로만 간주하였다고 보기 어렵다. 김종삼의 시는 독특한 이미지를 구사함으로써 폭력의 역사를 성찰하고 희망의 가능성을 제시하였기 때문이다. 또한 기존 연구 시각과 달리, 김종삼의 시에 나타나는 초월적 신성은 현실과 완전히 단절된 것으로만 표현되지 않는다. 이 책에서는 그와 같은 김종삼 시의 이중성, 즉 신성을 지향하되 그 신성을 현실에 내재하는 것으로 표현하는 특성을 동학 특유의 이원론적 일원론으로 해석하고자 한다.[9]

또한 선행 연구에서는 김종삼 시에 두드러지는 수치심과 죄의식이 타자에 대한 윤리를 표현하였다고 논의한 바 있다.[10] 이는 김종삼의 시를 기독교적 원죄의식으로 설명하는 시각과도 상통하는 것이다. 그러나 수치심과 죄의식을 지나치게 강조하는 윤리학적 관점은 김종삼의 시를 이해하는 데 있어 몇 가지 한계를 드러낸다. 첫째로, 기독교적 원죄 개념과 달리, 김종삼의

---

9 성해영에 따르면, 동학을 창도한 수운의 종교체험은 일원론적(monistic) 통합성과 이원론적(dualistic) 상대성, 궁극적 실재의 초월성과 내재성을 동시에 강조하는 동학의 독특한 하늘님[天主] 관념으로 이어진다고 한다(성해영, 「수운 최제우(水雲 崔濟愚) 종교체험의 비교종교학적 고찰—'체험-해석틀'의 상호관계를 중심으로」, 동학학회, 『동학학보』 18호, 2009.12, 294쪽).

10 임수만, 「金宗三 시의 윤리적 양상」, 청람어문교육학회, 『청람어문교육』 42집, 2010.12; 강계숙, 「김종삼 시의 재고찰—이중언어 세대의 '세계시민주의'와의 상관성을 중심으로」, 인하대학교 한국학연구소, 『한국학연구』 30집, 2013.8; 조혜진, 「김종삼 시의 전쟁 체험과 타자성의 의미」, 한국현대문예비평학회, 『한국문예비평연구』 42집, 2013.12; 엄경희, 「김종삼 시에 나타난 唯美的 表象과 道德 感情의 有機性 硏究」, 한국어문교육연구회, 『語文硏究』 162집, 2014.6; 이성일, 「한국 현대시의 미적 근대성—김수영·김종삼을 중심으로」, 국민대학교 박사학위논문, 2015; 임지연, 「김종삼 시의 수치심 연구」, 한국문학이론과비평학회, 『한국문학이론과비평』 68집, 2015.9.

시 세계는 인간됨 자체를 근원적 죄로 표현하지 않는다. 김종삼의 시에서는 인간성의 원천을 신성한 것으로 표현한다. 둘째, 주체의 동일성(identity)을 폭력으로 간주하며 타자를 무조건적으로 환대해야 한다고 주장하는 레비나스(Emmanuel Lévinas, 1906-1995) 식의 윤리학과 달리, 김종삼의 시에는 타자성뿐만 아니라 주체성도 분명히 나타난다. 예를 들어 김종삼의 1950년대 시편은 한국 민족의 정체성을 이루는 정신적 원천을 상기시키며, 1960년대 시편은 유태인과 한국 민족의 알레고리를 통해서 약소민족의 주체성을 제시한다.

지금까지 살펴본 바와 같이 기존의 주된 연구 관점은 김종삼 시의 세계관을 현실 부정과 초월 지향이라는 수직적 이원론으로 설명하는 것이었다. 이와 같은 관점은 김종삼 시의 형식적 특징에 관한 논의에서도 되풀이되어 왔다. 예컨대 적지 않은 연구들은 김종삼 시의 중요한 형식적 특징 가운데 하나로 여백을 꼽아 왔다. 이때 여백은 현실의 공포에 대한 정신적 실어증, 현실도피적 자기방어, 무의미하고 고통스러우며 불완전한 현실과 단절하여 순수의 세계로 초월하려는 비극적 세계 인식, 참혹한 현실에의 망각 의지 등에서 비롯하는 시적 기법으로 분석되었다.[11] 이는 공통적으로 김종삼 시의 여백을 현실 부정과 초월 지향이라는 수직적 이원론으로 규정하는 관점의 연장선 위에 있다.

---

11 김영미, 「여백의 역설적 발언—김종삼 시의 근저」, 국제어문학회, 『국제어문』 57집, 2013.4; 김성조, 「김종삼 시의 '공백/생략'에 나타난 의미적 불확실성과 도피성」, 한국언어문화학회, 『한국언어문화』 53집, 2014.4; 박선영, 「부재(不在)의 무게와 현존(現存)의 무게—김종삼의 시적 존재론」, 돈암어문학회, 『돈암어문학』 30집, 2016.12; 송현지, 「한국현대시에 나타난 시인으로서의 자기 인식과 시쓰기 연구—김춘수, 김수영, 김종삼을 중심으로」, 고려대학교 박사학위논문, 2018; 송현지, 「김종삼 시의 올페 표상과 구원의 시쓰기 연구」, 우리어문학회, 『우리어문연구』 61권, 2018.5.

그러나 이 책에서는 김종삼 시의 압축·생략·비약 등과 같은 형식이 역사적 현실의 의미를 소거하는 방식과 거리가 멀며, 오히려 복잡한 기억과 상상을 역동적으로 불러일으키는 방식에 더 가깝다는 것을 해명하고자 한다. 그처럼 독특한 김종삼 시의 의미 산출 방식은 역사적 현실의 문제를 외면하거나 망각하는 것이 아니라 더욱 새롭고 효과적으로 사유하도록 이끈다는 것이다. 김종삼의 시에서는 은유보다도 이미지가 복잡한 기억과 상상의 의미 생산을 가능케 하는 핵심 요소로 작동한다. 그처럼 복잡하게 기억과 상상을 불러일으키는 이미지의 의미 생산 방식은 무의식적 기억을 흔들어서 그 속에 숨은 신성을 상기시킨다.

김종삼 시의 형식적 특성은 여백의 측면뿐만 아니라 음악의 측면에서도 꾸준히 연구되었다. 이러한 논의들의 공통점 역시 '현실 부정'과 '초월 지향'이라는 수직적 이원론에 근거하여 김종삼의 시와 음악 사이의 관계를 해석하였다는 점이라고 할 수 있다.[12] 이러한 경향의 연구가 많이 이루어진 까닭은 김종삼이 실제로 음악에 대해 깊은 식견을 가지고 있었기 때문이다.

그러나 김종삼의 시 텍스트 내부에서 음악의 속성을 뚜렷하게 검출하기란 어려운 일이다. 일반적으로 시의 음악성은 음수율과 같은 언어적 리듬의 차원으로 확인될 수 있지만, 김종삼의 시는 그러한 언어적 리듬을 두드러지게 활용하지 않았기 때문이다. 그러므로 김종삼의 시와 음악 사이의 관계는

---

12 서영희, 「김종삼 시의 형식과 음악적 공간 연구」, 한국문학언어학회, 『어문논총』 53집, 2010.12; 김정배, 「김종삼 시의 소리지향성 연구」, 원광대학교 인문학연구소, 『열린정신 인문학연구』 11집, 2010.6; 조용훈, 「김종삼 시에 나타난 음악적 기법 연구」, 국제어문학회, 『국제어문』 59집, 2013.12; 김양희, 「김종삼 시에서 '음악'의 의미」, 한민족어문학회, 『한민족어문학』 69집, 2015.4.

형식 측면보다도 정신 측면에서 고찰할 필요가 있다. 예컨대 음악의 형식보다 음악의 정신에 주목하였던 니체(Friedrich Wilhelm Nietzsche, 1844-1900)의 사유를 참조해 볼 수 있다. 그에 따르면, 서정시인은 음악을 형상 속에서 해석한다고 한다.[13] 시의 매체인 언어는 음악을 직접 표현하기 어렵다. 그러므로 시인은 음악의 정신을 언어적 형상, 즉 시적 이미지로 변환하는 존재가 된다. 실제로 김종삼은 자신의 시 쓰기 과정을 "교회의 종소리가 나의 「이미쥐」의 파장(波長)을 쳐오면 거기서 노니는 어린것들과 그들이 재잘거리는 세계에 꽃씨를 뿌리는 원정(園丁)과도 같이 무엇인가 꿈꾸어 보는 것"이라고 말한 바 있다.[14] 이는 "교회의 종소리"라는 음악적 속성을 "이미쥐"의 속성으로 형상화하는 것이 김종삼의 시 쓰기 과정임을 잘 보여준다. 그와 같은 맥락에서 이 책은 시인의 음악 정신이 시 작품 내에서 이미지로 나타난다는 관점을 적용할 때에 김종삼 시의 형식적 측면이 더욱 효과적으로 해석될 수 있음을 보일 것이다. 선행 연구에서 지적하였듯 김종삼의 의식 세계를 내용적으로 특징 짓는 것이 음악이라면, 그 때문에 그의 시 세계를 형식적으로 특징 짓는 것은 이미지가 된다고 할 수 있다.

김종삼 시의 형식에 관한 연구는 시간과 공간의 측면에서도 이루어졌다. 먼저 김종삼의 시에는 역사적 현실의 시간으로부터 탈피한 영원 또는 정지 등의 순수 초월적 시간이 나타난다는 것이 선행 연구의 설명이었다고 할 수 있다.[15] 하지만 김종삼 시의 이미지에는 독특한 시간성이 있다. 그것은 현

---

13 프리드리히 니체, 박찬국 옮김, 『비극의 탄생』, 아카넷, 2007, 106쪽(강조는 인용자).
14 金宗三, 「作家는 말한다―意味의 白書」, 故 朴寅煥 外 三二人, 『韓國戰後問題詩集』, 新丘文化社, 1961, 362쪽.
15 차호일, 「김종삼 시에 나타난 시간 의식 연구」, 한국비평문학회, 『비평문학』 28집,

실이나 역사와 완전히 단절된 무시간성이 아니라 과거와 미래가 역동적으로 현재화하는 시간교란적 시간성임을 이 책에서 해명하고자 한다. 그와 같은 이미지의 시간교란적 시간성은 특히 조르주 디디-위베르만(Georges Didi-Huberman, 1953-)의 이미지 철학을 통하여 논할 것이다.

다음으로 공간에 주목한 선행 연구는 김종삼의 시 세계에서 현실적 삶의 공간과 죽음 이후의 초월적·환상적 공간이 철저하게 단절된 것으로 나타난다고 규정하였다.[16] 이 또한 현실적 삶과 초월적 신성 간의 이원론에 근거한 것이라 할 수 있다. 그러나 실제로 김종삼 시의 장소 이미지는 현실적 삶 속에 내재하는 초월적 신성을 상기시키는 측면이 있다. 기존 연구는 김종삼의 시에서 초월성과 이원론을 일면적으로 강조한 측면이 있으나, 그 때문에 내재성과 일원론의 측면을 간과한 측면도 있는 것이다. 요컨대 김종삼의 시 세계가 초월성과 내재성을 동시에 강조하며 이원론적 일원론을 제시한 점은 동학의 사유와 상통한다는 것이 이 책의 착안점 가운데 하나이다.[17]

2008.4; 이성민, 「김춘수와 김종삼 시의 허무의식 연구—시간의 미학을 중심으로」, 조선대학교 박사학위논문, 2011; 노춘기, 「김종삼 시의 시간의식—전쟁 체험의 형상화 방식을 중심으로」, 한국근대문학회, 『한국근대문학연구』 32집, 2015.10; 강은진, 「김종삼의 「올페」 시편에 나타난 오르피즘 예술의 유산」, 국제비교한국학회, 『비교한국학』 26권 1호, 2018.4.

16 강연호, 「김종삼 시의 대립 공간 연구」, 현대문학이론학회, 『현대문학이론연구』 31집, 2007.8; 서진영, 「김종삼의 시적 공간에 나타난 순례적 상상력」, 서울대학교 인문학연구원, 『인문논총』 68집, 2012.12; 신동옥, 「김종삼 시에 나타난 병치 기법과 내면 의식의 공간화 양상 연구」, 한국시학회, 『한국시학연구』 42집, 2015.4; 김소현·김종회, 「김종삼 시에 나타난 타자적 공간 연구」, 부산대학교 인문학연구소, 『코기토』 85호, 2018.6.

17 김상일은 서구의 전통 신관을 전형적 유신론(theism)으로 설명한다. 유신론은 신이 내재하지 않고 초월적이며, 신이 상대적이지 않고 절대적이며, 신이 우연적이지 않고 필연적이며, 신이 변화하지 않고 불변하며, 물질적이지 않고 정신적이라는 이원론을 전제한다(김상일, 『수운과 화이트헤드』, 지식산업사, 2001, 97쪽). 서구의 신관과 대조적으로, 불교나 유교는 인격신을 믿지 않는 비인격적 특징을 지닌다고 한다. 그러나 고구려의 동맹이

김종삼의 시에 대한 선행 연구의 이원론적 관점은 한국 현대문학사에 대한 통념과 밀접하게 맞물려 있다. 그러므로 김종삼의 시를 새롭게 바라본다는 것은 시인 한 명의 시 세계를 재조명하는 데에서 나아가 문학사 연구에 새로운 시각을 제공해 줄 수도 있을 것이다. 김종삼의 시에 대한 기존 연구 시각과 문학사적 통념 사이의 연관성 역시 1950년대, 1960년대, 1970년대 이후의 세 시기로 나누어 살필 수 있다.

첫째로, 선행 연구는 김종삼의 1950년대 시편이 한국전쟁이라는 현실의 부조리와 거기에서 비롯한 기독교적 원죄의식을 표현하였으며, 따라서 현실의 의미 전반을 부정하고 난해한 환상과 관념에 탐닉하였다고 간주한다.[18] 이는 현실의 부조리를 강조하는 서구 실존주의로부터 영향 받은 것이

나 부여의 영고 등과 같은 고대의 제천행사처럼, 한국에는 하늘님과 같은 인격신에 대한 신앙의 명맥이 유지되어 왔다. 김상일에 따르면, 동학은 우주의 비인격적인 작용성과 한국의 전통적 인격신인 하늘님을 연결시킨다고 한다. 그러므로 이러한 동학의 논리는 화이트헤드의 과정철학이 말하는 창조성(creativity)과 신(God)의 관계로 설명할 수 있다는 것이다(앞의 책, 33쪽). 김용휘 역시 "동학의 하늘님은 일차적으로 이전부터 우리 민족이 섬겨 왔던, 한 해 농사가 끝난 뒤에 제천의례를 지냈던 그 하늘님이며, 어머니들이 새벽마다 정화수 떠 놓고 찾았던 그 하늘님"이라고 설명한다. 최제우는 이러한 한국 민족의 하늘님 관념을 계승하면서 그 의미를 확장시킨 것이라 할 수 있다(김용휘, 『최제우의 철학—시천주와 다시개벽』, 이화여자대학교출판부, 2012, 51쪽).

18 이민호, 「전후 현대시의 크리스토폴 환타지 연구—김종삼, 김춘수, 송욱의 시를 대상으로」, 한국문학과종교학회, 『문학과종교』 11집, 2006; 김용희, 「이중어 글쓰기 세대의 한국어 시쓰기 문제—1950, 60년대 김종삼의 경우」, 한국시학회, 『한국시학연구』 18집, 2007.4; 송승환, 「전봉건과 김종삼 시의 수사학—『한국전후문제시집』을 중심으로」, 우리문학회, 『우리文學硏究』 32집, 2011.2; 김성조, 「한국 현대시의 난해성과 도피적 상상력—1950년대 김수영 · 김춘수 · 김종삼의 시를 중심으로」, 한국언어문화학회, 『한국언어문화』 49집, 2012.12.

라고도 하였다.[19] 여기에는 김종삼이 '한국=현실'을 단적으로 부정하고 '서구=관념'을 무비판적으로 지향하였다는 전제가 숨어 있다고 할 수 있다. 이는 1950년대 한국문학사에 대한 통념과 맞물려 있다. 통념적으로 이 시기 한국문학은 전쟁 경험으로 인한 죽음의식, 허무의식, 폐허의식, 불안 등을 표현한 것으로 한정되는 측면이 있기 때문이다. 또한 이 시기 한국문학은 한국전쟁과 분단 때문에 문화적 전통과 단절하여 한국의 현실과 맞지 않는 서구 문예사조를 무비판적으로 수용하였다고 간주되기도 한다.

하지만 김종삼 시의 이미지는 인간에게 내재하는 신성과 그것이 회복될 수 있다는 희망을 가시화한다. 다만 직접적인 방식이 아니라 우회적이고 역동적인 방식으로 그러한 가시화를 수행할 따름이라고 할 수 있다. 그러므로 이 책의 제1부는 김종삼 시의 이미지들이 전쟁으로 잃어버린 인간의 내재적 신성을 시간과 장소의 차원에서 어떻게 가시화하는지 살필 것이다. 이는 1950년대의 한국문학이 현실 부정의 경향에만 빠지지 않았음을 입증해 줄 수 있다. 또한 이 책의 제1부는 내재적 신성에 근거하는 한국 민족의 정신적 원천이 김종삼 시의 이미지에 의해서 상기됨을 살필 것이다. 이는 한국 전후 문학을 민족 문화와의 단절로 파악하는 통념에 대하여 하나의 반례가 될 수 있다.

지금까지 대부분의 연구에서 김종삼의 시 세계는 역사적 현실로부터 초월하여 순수·환상·신성을 지향한 사례로 평가받았다. 이는 1960년대 한국문학사에 순수와 참여의 이분법을 적용하는 통념과 연관된다고 할 수 있다.

---

19 김용희, 「전후 한국시의 '현대성'과 그 계보적 가설—김종삼 시를 중심으로」, 한국근대문학회, 『한국근대문학연구』 19집, 2009.4.

이 시기 한국문학을 '현실에서 벗어난 순수문학' 아니면 '정치적 메시지가 앞서는 참여문학'으로 설명하는 양자택일의 논법이 여기에 깔려 있다는 것이다. 하지만 방민호에 따르면, 손창섭(孫昌涉. 1922-2010)이나 최인훈(崔仁勳, 1936-2018)처럼 남한에 고향을 두지 않은 문인들은 순수/참여의 이분법 구도와 거리를 두는 외부인의 시선을 통해서 남한 사회의 모순을 근본적으로 진단한 바 있다고 한다.[20] 황해도 은율에서 태어난 김종삼의 시에서도 그러한 외부자적 시선이 뚜렷하게 나타난다. 그러한 맥락에서 이 책의 제2부는 김종삼의 1960년대 시편이 '시=순수/산문=참여'의 이분법을 독특하게 전유함으로써 제3의 시적 참여 방식을 모색한 지점에 주목할 것이다.

마지막으로 선행 연구는 김종삼의 1970년대 이후 시편이 지닌 문학사적 의의를 충분히 논의하지 않은 측면이 있다. 이 또한 한국문학사에 대한 통념과 모종의 연관이 있다. 한국의 1970년대 시문학사에서는 김수영과 같이 소시민을 형상화한 시 세계, 또는 신경림·김지하 등과 같이 민중을 제시한 시 세계가 중요한 위상을 차지하는 것처럼 간주되고는 한다. 그러나 김종삼의 1970년대 시편에 두드러지게 나타나는 민중의 이미지는 소시민문학론에서 말하는 소시민의 이미지와도 다르며, 민중문학 담론에서 말하는 민중의 이미지와도 다르다고 할 수 있다. 따라서 소시민문학론이나 민중문학론을 중심으로 삼는 통념으로는 김종삼 시의 독특한 문학사적 의의를 감지하기가 힘든 것이다. 그러한 맥락에서 이 책의 제3부는 김종삼의 1970년대 이후 시편에 나타나는 민중의 독특한 이미지, 즉 신성이 내재하는 민중의 이미지를

---

20 방민호, 「손창섭 소설의 외부성—장편소설을 중심으로」, 서울대학교 규장각한국학연구원, 『한국문화』 58집, 2012. 6; 방민호, 「'데가주망'의 논리—최인훈 장편소설 『회색인』」, 한국문학언어학회, 『어문론총』 67집, 2016. 3.

고찰하고자 한다.

| 동서양 신비주의의 흔적들 |

지금까지 살펴 본 바와 같이 선행 연구 대부분은 김종삼의 시에 나타난 세계관과 형식적 특징을 현실 부정과 초월 지향의 수직적 이원론으로 분석해 왔다. 이는 프랑스 상징주의나 그것의 정신적 토대가 되는 플라톤적 형이상학, 기독교 등과 같은 서구의 사고방식에 김종삼의 시 세계를 한정시킬 위험이 있다. 그렇다면 과연 김종삼의 시 세계는 서구의 수직적 이원론을 토착화한 것인가, 아니면 그것과 근본적으로 다른 길을 걸어 간 것인가 하는 문제의식으로부터 이 책은 출발한다. 김종삼의 시에서는 서구의 수직적 이원론으로 환원하기 어려운 측면들을 곳곳에서 찾을 수 있기 때문이다.

단적인 예로, 김종삼은 한 산문에서 자신이 "무신론자"라고 밝힌 바 있다.[21] 또 다른 산문에서 그는 "기독인(基督人)이면 기도할 마음이 생기듯이 나 역시 되건 안 되건 무엇인가 천천히 그적거리고 싶었다"라고 썼다.[22] 김종삼은 자신이 비기독교인임을 분명히 밝히면서도, 자신의 시 창작 과정과 종교적 신앙 사이의 유사성을 강조하였던 것이다.

이때 중요한 점은 김종삼이 기독교와 예수를 분명히 구분하였다는 사실이다. 그는 "내가 무신론자이니만치 신(神)의 아들로서의 예수가 아니라 선

---

21 金宗三, 「먼 「詩人의 領域」」, 『文學思想』, 1973.3, 316쪽.
22 金宗三, 「이 空白을」, 高遠 외, 『現代韓國文學全集 18권 52人詩集』, 新丘文化社, 1967, 477쪽.

량하고 고민하는 한 인간으로서의 예수를 생각해 보고 싶었"다고 하였다.[23] 예수는 신성과 인간성이 합일된 존재라 할 수 있다. 예수를 '신의 아들'로서 바라보는 관점은 예수에게서 신성의 측면만을 강조하는 것에 가깝다. 반면에 김종삼의 사유는 '인간으로서의 예수'에 무게를 두었다. 그는 신성과 인간성 사이의 단절보다도 인간의 내재적 신성에 주목하였던 것이라 할 수 있다. 그렇다면 김종삼은 왜 제도화된 기독교에 대해서는 거리를 두면서도 '인간으로서의 예수', 즉 내재적 신성의 문제에 관해서는 "궁금증과 관심을 억누를 수는 없었"을까?[24]

이 문제는 신비주의적 기독교에 관한 김종삼의 관심과도 연관이 있다. 이 책에서 해명하려는 바는 김종삼의 시 세계가 기독교적 세계관과 전적으로 무관하다는 것이 아니다. 김종삼의 시에는 명백하게 기독교적인 기호와 용어와 상징들이 나타나기 때문이다. 하지만 기독교에도 여러 갈래와 흐름이 있다. 그중에서도 신비주의적인 경향의 기독교는 김종삼 시와의 깊은 친화성을 나타낸다고 할 수 있다. 예컨대 김종삼의 시 세계는 표도르 도스토옙스키(Fyodor Mikhailovich Dostoevsky, 1821-1881) 및 헬렌 켈러(Helen Adams Keller, 1880-1968)의 사유와 접속한다. 단적인 예로 김종삼의 시 「제작(制作)」은 도스토옙스키와 헬렌 켈러를 동시에 호명한다.[25] 그런데 김종삼의 시에 동시적으로 등장하는 예술가·지식인들 사이에는 특정한 공통점이 있다. 서로 별다른 연관성이 없는 듯한 도스토옙스키와 헬렌 켈러이지만, 그들 사이

---

23 金宗三, 「먼 「詩人의 領域」」, 앞의 글, 316쪽.
24 위의 쪽.
25 金宗三, 「制作」, 『世界의文學』, 1981. 여름, 176쪽.

에는 신비주의적 기독교를 지향하였다는 공통점이 자리하기 때문이다. 정통 기독교가 신성과 인간성 사이의 철저하고 완전한 단절을 강조한다면, 신비주의적 기독교는 신성과 인간성의 합일을 강조한다고 볼 수 있다.

김종삼의 시 세계는 단지 신비주의적 기독교와 친화적이었을 뿐만 아니라, 기독교로부터 벗어나 있는 사유들과도 상당히 가까웠다. 김종삼의 시적 사유는 기독교에 대해서 비판적이었던 사상적 맥락과도 접속하였기 때문이다. 예컨대 김종삼은 앙드레 롤랑 드 르네빌(André Rolland de Renéville, 1903-1962)의 평론 『견자 랭보(Rimlaud le Voyant)』를 직접 인용한 바 있다. 이 평론은 개인과 신성 사이의 단절을 강조하는 서구의 형이상학과 기독교를 비판하면서, 개인과 신성 사이의 합일을 표현하는 신비주의 전통이 랭보(Arthur Rimbaud, 1854-1891)의 작품과 같은 시의 영역에 살아남아 있다고 주장하였다. 또한 김종삼은 "시인 리르케의 지론(持論)은 나의 시작상(詩作上)의 좌우명"이라고 밝힌 바 있다.[26] 이러한 맥락에서 릴케의 내면세계장소(Weltinnenraum) 개념은 김종삼 시의 이미지와 연관성이 있다. 홀트후젠(Hans Egon Holthusen, 1913-1997)에 따르면, 릴케의 이 개념은 기독교적인 피안(彼岸) 개념에 대항하여, 세계가 하나의 신으로서 인간의 내면에 들어 있는 상태를 제시한 것이라고 한다.[27] 요컨대 김종삼의 시적 사유는 롤랑 드 르

---

26 金宗三, 「作家는 말한다―意味의 白書」, 앞의 글, 362쪽.
27 H. E. 홀트후젠, 姜斗植 옮김, 『릴케』, 弘盛社, 1979, 155-156쪽. 일반적으로 'Weltinnenraum'은 '세계내면공간' 또는 '내면세계공간'으로 번역된다. 하지만 필자는 릴케의 'Raum'이라는 표현을 '공간' 대신에 '장소'로 번역하고자 한다. 공간(空間, space)이 물리적이고 객관적이며 대상화된 곳을 의미한다면, 장소(場所, place)는 인간의 마음이 투영된 곳이자 생성과 변화가 발생할 수 있는 잠재력의 터전을 의미한다. 릴케의 시적 사유에서 릴케의 'Raum'은 후자의 의미에 더 가깝다. 이하의 'Weltinnenraum'에 해당하는 번역어는 인용자가 모두 '내면세계장소'로 수정하였다.

네빌이나 릴케와 같이 서구 기독교 전통을 비판하며 내재적 신성을 탐구한 지적 맥락과 긴밀하게 맞닿았다고 볼 수 있다.

이처럼 김종삼의 시 세계는 비정통적인 기독교의 신비주의, 또는 기독교적 틀을 근본적으로 벗어난 신비주의에 관심을 기울였다. 이 책의 가설은 김종삼의 무의식이나 문화적 토양 속에 잠재하던 한국적 사유가 그의 시 세계를 신비주의적 사유로 이끌지 않았을까 하는 것이다. 이러한 가설을 세울 수 있는 데에는 여러 가지 근거가 있다. 김종삼의 작품에는 "터전〈백산(白山)〉"이라는 표현이 나타나는데, 이는 하늘의 신성을 중심으로 하는 한국 민족의 정신적 원천(터전)과 관련이 있다. '백산'은 단군 사상에서부터 동학(천도교) 등의 한국 신종교에 이르기까지 하늘의 신성한 빛[白]이 한국 민족의 터전임을 나타내는 이미지로 여겨져 왔기 때문이다. 또한 김종삼과 연관이 있는 롤랑 드 르네빌의 시론은 동양의 신비주의를 지향하였다. 성해영에 따르면, 동학은 한국적인 신비주의 사상에 해당한다고 한다.[28] 더욱이 김종삼은 신동엽(1930-1969)과 시극동인회(詩劇同人會)를 중심으로 교류하였으며, 신동엽의 시극 「그 입술에 파인 그늘」에서 음악 감독을 맡았다. 「그 입술에 파인 그늘」을 비롯한 신동엽의 문학에는 동학의 상상력이 나타나며, 그것이 김종삼에게 직간접적으로 영향을 미쳤을 수 있다.

그러나 이러한 근거들의 제시는 모두 김종삼의 시와 한국 사상의 연관성을 실증주의적으로 설명하려는 시도에 그치기 쉽다. 물론 그 근거들 외에 이 책의 가설을 실증적으로 뒷받침할 만한 근거 자료는 찾기 어려운 형편이다. 하지만 한국적 사유는 시인의 무의식 속에 잠재하던 것이라 할 수 있다. 그

---

28 성해영, 『수운(水雲) 최제우의 종교 체험과 신비주의』, 서울대학교출판문화원, 2017.

렇다면 실증주의적인 방법은 이 책의 가설을 검증하는 데 적합하지 않을 것이다. 오히려 이 가설을 검증하기 위해서는 시 텍스트 아래에 숨은 무의식의 지층을 고고학적으로 탐사하는 데 적합한 방법론이 필요하다.

혹자는 김종삼이 도스토옙스키, 릴케, 롤랑 드 르네빌과 같은 서구의 지적 맥락을 수용하였기 때문에 그러한 비서구적 사유를 지향하였을 것이라고 생각할지도 모른다. 하지만 도스토옙스키는 교황을 중심으로 하는 유럽의 가톨릭 문화에 거리를 두고, 러시아 민중의 삶 속에서 비서구적 신앙의 전통을 발견하였다. 그와 마찬가지로 릴케는 러시아 여행을 통해서 러시아 특유의 영적 전통에 영감을 받았으며, 그 때문에 도스토옙스키와 같은 러시아 작가들의 문학을 번역한 바 있다. 릴케가 러시아에서 체험한 비서구적 문화 전통은 그의 시 곳곳에 흔적을 남겼다. 또한 롤랑 드 르네빌은 동양의 신비주의적 전통에 근거하여 자신의 시론을 전개하였다. 이처럼 김종삼에게 영향을 미친 서구의 지적 맥락은 오히려 비서구적 문화 전통에 토대를 둔 것이라 할 수 있다. 그럼에도 김종삼 시의 특성을 서구 문화의 무비판적 수용이라는 관점으로만 설명하는 것은 한국 현대문학을 서구 문학의 단순한 모방으로 한정하는 통념에 사로잡혀 실상을 보지 못하는 것이기 쉽다.

| 조르주 디디-위베르만과 운동하는 이미지: 비가시적 가시성과 시간교란 |

이 책의 주요한 가설 중 하나는 김종삼의 무의식 속에 잠재하던 민족 고유의 문화가 그의 시를 비서구적 사유로 이끌었다는 것이다. 이 가설을 검증하기 위해서는 김종삼 시의 이미지에 주목할 필요가 있다. 김종삼은 자신의 시

쓰기에서 핵심적인 요소가 바로 이미지임을 언급한 바 있기 때문이다.[29] 이 책에서는 김종삼 시의 이미지가 드러내는 특성을 고찰하기 위하여 조르주 디디-위베르만의 이미지 철학을 원용하고자 한다. 디디-위베르만의 이미지 철학은 이미지를 고정된 것이 아니라 운동하는 것으로 사유한다는 점에서 독특하다.

디디-위베르만이 이미지를 운동으로 보는 이유는 크게 두 가지라고 할 수 있다. 먼저 이미지는 비가시적인 것과 가시적인 것 사이의 운동이다.[30] 통념적으로 이미지는 가시적인 것과의 유사성(닮음, resemblance)을 표현한 다고 여겨진다. 하지만 디디-위베르만은 수도승 화가인 프라 안젤리코(Fra Angelico, 1395?-1455)가 신성을 표현한 그림 속에서 비유사성(dissemblance) 의 이미지를 발견하였다. 본래 신성이란 비가시적인 존재이다. 따라서 가시 적인 것과의 유사성만을 표현하는 이미지는 비가시적인 신성을 표현하기에 부적합하다고 볼 수 있다. 뒤집어 말한다면, 가시적인 것과 닮지 않은 이미 지가 신성과 더 닮은 이미지일 수 있다는 것이다. 이미지가 '가시적인 것과 의 비유사성'을 통하여 '신성과의 유사성'을 드러낸다는 것. 그것을 디디-위 베르만은 비유사성의 변증법이라고 부른다. 지금까지 많은 연구자들이 김 종삼 시의 이미지는 '초현실적'이라고 설명해 왔다. 그때 말하는 '초현실성'

---

29 "나의 마음의 幸福과 「이미쥐」의 紡績을 짜 보는 것을 나의 精神의 整理라고 생각하고 그 러한 나의 所爲를 몹시 사랑하고 있다. … 나의 詩의 境內에서 나의 이미쥐의 觀照에 時間 을 보내기를 더 所重히 여기고 있는 것이 事實이다. … 나의 意味의 白書 위에 노니는 이 미쥐의 어린이들 … 그것은 나의 貴重한 詩의 素材들이다(金宗三,「作家는 말한다—意味 의 白書」, 앞의 글, 361-362쪽)."

30 이러한 논의는 Georges Didi-Huberman, *Fra Angelico: Dissemblance and Figuration*, trans. Jane Marie Todd, Chicago and London: The University of Chicago Press, 1995에서 집중적으로 다루어진다.

은 '현실과 닮지 않음'을 뜻한다는 점에서 비유사성이라고 부를 수 있을 것이다. 그러나 김종삼 시의 비유사적 이미지는 변증법적 운동을 일으키는 것이 아닐까? 단순히 현실과 닮지 않은 것을 표현하는 데 그치지 않고, 오히려 어떤 것과의 닮음을 제시하는 데까지 나아가는 것이 아닐까? 이 물음에 답하기 위해서는 이미지의 비유사성이라는 개념을 빌려 올 필요가 있다.

디디-위베르만에 따르면, 프라 안젤리코는 자신의 종교화 작품 안에 생뚱맞게도 '돌과 닮지 않은 돌'을 그려 넣기도 하였는데, 이때 그 돌은 비유사성의 변증법을 통하여 육화(incarnation)의 신비를 드러내는 이미지가 된다고 한다. 육화란 비가시적인 신성이 가시적인 인간의 육체와 결합하여 예수로 탄생한 사건을 가리킨다. 도상학(iconology)의 관습 속에서 예수는 수염을 기르고 왕좌에 앉은 남성의 권위적 이미지로 곧잘 표현된다. 이는 신의 여러 속성들 중 하나인 '권위'를 상징한다. 하지만 그와 같은 상징적 유사성은 신의 무한성을 '권위'와 같은 특정 속성으로 한정하는 오류에 빠지기 쉽다. 반면에 프라 안젤리코의 돌 이미지는 신의 무한함을 특정한 개념으로 상징화하지 않는다. 또한 돌 이미지는 육화의 신비, 즉 비가시적인 신성이 가시적인 인간성과 합일한다는 신비를 나타낸다. 예수는 인간의 몸을 입은 하느님인데, 인간의 몸은 흙(돌)으로 만들어졌기 때문이다. 이러한 맥락에서 프라 안젤리코의 돌 이미지는 천상적 신성과 지상적 인간성 사이의 운동과 같다고 할 수 있다. 이를 디디-위베르만은 초월성과 내재성의 변증법이라고 일컬었다.

이미지를 비가시적인 것과 가시적인 것의 변증법으로 해석하려는 이 책의 연구 시각은 언뜻 프랑스 상징주의 시론과 비슷한 것처럼 보일지도 모른다. 상징주의에서도 비가시적인 것과 가시적인 것의 관계를 핵심 문제로 삼았기 때문이다. 그러나 김종삼의 시는 상징주의뿐만 아니라 에즈라 파운드의 이미지즘(영미 모더니즘)과 릴케의 독일 시 등에도 관심을 기울였다. 그리고 이들은 모두 비가시적인 것과 가시적인 것의 관계라는 문제에 천착하였다는 공통점이 있다. 기존 연구에서는 김종삼의 시를 프랑스 상징주의와 일대일로 비교해 왔다. 하지만 이 책에서는 김종삼의 시 세계가 상징주의 이외에도 여러 세계문학의 맥락과 맞닿아 있음을 고찰하고, 그 다양한 맥락의 핵심에 '비가시적인 것과 가시적인 것의 관계'라는 문제가 자리하고 있음을 밝힐 것이다.

또한 김종삼의 시는 궁극적으로 프랑스 상징주의 시와 지향점을 달리한다는 점에 주목할 필요가 있다. 프랑스 상징주의 시의 지향점은 가시적인 현실의 세계를 초월하여 비가시적인 이데아의 세계를 표현하는 데 있다고 할 수 있다.[31] 이와 달리 김종삼의 시는 비가시적 신성이 가시적 인간성에 내재함을 표현한다. 그러므로 이 책은 김종삼의 시 세계를 프랑스 상징주의의 무비판적 모방이 아니라 그것의 독특한 전유로서 해석하고자 한다. 그러한 전유가 가능하였던 이유는 초월성과 내재성을 동시적으로 강조한 동학의 사유가 시인의 무의식 속에 잠재해 있었기 때문일 것이다.

둘째로, 디디-위베르만은 이미지를 위기와 잠재력 사이의 운동, 과거와 현

---

31 김경란에 따르면, 상징주의에서 상징의 중요한 존재 의미는 "거칠고 절망적인 현실(ici-bas) 저 너머(au-delà)의 현실을 환기하는 것"이라고 한다(김경란, 『프랑스 상징주의』, 연세대학교출판부, 2005, 37쪽). 그 때문에 상징주의는 산문 언어와 시 언어를 구별하면서, 전자가 현실의 언어·기능적 언어·직접적 언어, 일상어인 데 비하여 후자는 현실에서 무용한 언어라고 보았다(위의 책, 56-59쪽). 이와 달리 김종삼의 시에서는 오히려 산문 언어를 시 언어로서 적극 도입하는 경우가 적지 않다. 김종삼 시의 독특한 성취는 「民間人」과 같이 산문성 및 서사성이 강한 작품에 여실히 나타난다.

재와 미래 사이의 시간교란적(anachronic) 운동으로 설명하였다. 그에 따르면, 이미지는 과거의 특정 시기에 나타났다가 그 후에 완전히 소멸해 버리는 것이 아니다. 과거의 이미지는 변형되거나 왜곡된 모습으로 끊임없이 유령처럼 출몰한다는 것이다. 이러한 이미지의 운동을 디디-위베르만은 살아남음(survival, Nachleben)이라는 개념으로 설명하였다.[32] 예컨대 디오니소스 축제를 즐기며 황홀경에 빠진 고대 그리스 무녀(巫女)의 이미지는 중세 기독교 회화에서 예수의 죽음을 비통해하는 여인의 이미지로 변형되어 살아남는다. 또한 근대적 인간의 합리성을 중시한다고 간주되는 르네상스 시대의 초상화에는 죽은 인간의 영혼과 관련된 고대의 이교도적 주술 및 중세 봉헌물의 이미지가 살아남아 있다고 한다. 이러한 '살아남음' 개념은 표면적인 층위에서 기독교적인 기호나 상징처럼 보이는 김종삼 시의 이미지를 동학 사상의 변형된 형상으로 해석하는 데 적용될 수 있다. 또한 디디-위베르만은 이미지가 특히 미신이나 신앙과 같은 민중의 문화적 토양 속에 잠재된 채로

---

32 한국 학계에서는 보통 이 개념을 '잔존'으로 번역하지만, 이 책에서는 '살아남음'이라고 옮긴다. 독일어 'Nachleben'은 '이후'를 뜻하는 'nach'와 '삶' 또는 '생명'을 뜻하는 'Leben'이 결합된 낱말로서, '후손의 기억 속에 남아 있는 고인의 삶'을 의미한다. 그러나 '잔존(殘存)'이라는 한자어는 '이후'라는 뜻과도, '삶/생명'이라는 뜻과도 별다른 관련이 없다. 반면에 '살아남음'이라는 낱말을 이루는 '살다'와 '남다'는 각각 'Leben' 및 'nach'의 뜻과 통한다.
이미지의 살아남음이라는 개념은 Georges Didi-Huberman, *The Surviving Image: Phantoms of Time and Time of Phantoms: Aby Warburg's History of Art*, University Park, Pennsylvania: The Pennsylvania State University Press, 2017에서 집중적으로 논의된다. 이 저작에서 디디-위베르만은 독일의 미술사학자인 아비 바르부르크(Aby Warburg)가 제시한 살아남음 개념을 탐구한다. 그에 따르면, 바르부르크의 살아남음이라는 개념은 에드워드 타일러(Edward B. Tylor)의 인류학, 야콥 부르크하르트(Jacob Burckhardt)의 역사학, 부르크하르트의 바젤대학 강의에 영향을 크게 받은 니체의 철학 등과 연관된다고 한다. 또한 디디-위베르만은 이미지의 살아남음이라는 개념을 벤야민의 이미지론 및 역사철학과 접목시켰다.

살아남는다고 보았다. 이미지가 민중 문화 속에서 더 생생하게 살아남는다는 점은 김종삼 시의 이미지와 동학 사상의 관계를 효과적으로 해명해 줄 수 있다. 동학은 고대부터 한국 민중의 무의식 속에 축적되어 온 하늘 신앙을 꽃피운 종교이기 때문이다.

혹자는 이미지의 살아남음이라는 개념이 이미 베르그손(Henri Louis Bergson, 1859-1941) 철학에서 논의한 바와 크게 다르지 않다고 생각할 수도 있다. 베르그손 철학도 기억과 이미지의 관계에 주목하였기 때문이다.[33] 그러나 살아남음의 개념은 김종삼의 시를 연구하는 데 베르그손의 철학보다 더 효과적인 측면이 있다. 황수영에 따르면, 베르그손의 이미지-기억(image-souvenir) 개념은 우발적으로 떠오르는 기억이며, 본질적으로 현재와 무관한 기억이라고 한다.[34] 반면에 벤야민(Walter Benjamin, 1892-1940)의 역사철학을 참고한 디디-위베르만의 이미지 개념은 지금시간(Jetztzeit)과 절박한 연관성이 있다. 벤야민은 "과거를 역사적으로 표현한다는 것은 … 위험의 순간에 섬광처럼 스치는 과거의 이미지를 단단히 붙든다는 것"이라고 하였다.[35] 특히 김종삼의 시에서 동학과 관련된 과거의 이미지는 당대의 위기 속에서 그

33 기억과 이미지에 관한 베르그손의 철학을 김종삼 시 연구에 적용한 사례로는 김은영의 논문이 있다. 이 연구는 김종삼 시의 회상이미지가 시인의 의식 속에 내재되어 있는 체험과 기억을 현재화하여 '지속된 과거'로 변화시킨다고 설명하였다(김은영, 「김종삼 시에 나타난 기억 형상화의 서술성에 대하여」, 한중인문학회, 『한중인문학연구』 39집, 2013.4).
34 황수영, 『물질과 기억, 시간의 지층을 탐험하는 이미지와 기억의 미학』, 그린비, 2006, 137쪽.
35 Walter Benjamin, "On the Concept of History" VI, trans. Harry Zohn, *Walter Benjamin: Selected Writings* vol. 4(1938-1940), ed. Howard Eiland and Michael W. Jennings, Cambridge, Massachisetts, and London, England: The Belknap Press of Harvard University Press, 2006, p.391.

위기와 맞부딪치며 솟아오른 것이라 할 수 있다. 이러한 맥락에서 디디-위베르만은 이미지의 살아남음을 '위기와 잠재력 사이의 변증법'으로도 설명하였다. 지층의 아래에 깊이 흐르고 있던 용암이 화산활동을 통해서 비로소 지표면으로 터져 나올 수 있듯이, 무의식 속에 잠재하는 기억과 전통은 역사적 위기 속에서 이미지로 나타날 수 있는 것이다. 이러한 살아남음의 개념은 동학과 관련된 이미지가 시인의 당대의 위기의식과 어떻게 호응하는지를 더욱 구체적으로 밝혀 줄 수 있다. 또한 베르그손의 기억 개념이 개인적 기억에 가깝다면, 살아남는 이미지의 개념은 위기에 처한 피억압 민중의 집단적 기억에 더욱 가깝다.[36] 이는 김종삼 시의 이미지들이 사적인 기억뿐만 아니라 억압받는 민중의 기억까지 상기시킨다는 점을 분석하는 데 적합할 수 있다.

다른 한편 이미지의 살아남음 개념은 융의 원형 상징 개념과 크게 다르지 않은 것처럼 보일지도 모른다. 두 개념 모두 이미지의 집단성과 지속성을 강조하기 때문이다. 하지만 융의 원형 상징은 그 원형의 변형과 왜곡을 설명하

---

36 이러한 맥락에서 벤야민의 역사철학은 억압받는 자들의 전통을 강조하였다(Walter Benjamin, "On the Concept of History" VIII, Ibid., p.392). 디디-위베르만은 억압받는 자들의 전통과 권력의 전통을 대비시키며, 민중의 재현과 권력의 재현을 대비시켰다. 그에 따르면, 민중의 이미지는 "민중의 기억과 욕망을, 다시 말해 해방된 미래에 관한 형상화를" 추동한다. 민중의 기억과 욕망을 재현하는 이미지는 육체들, 행동들, 파토스들의 살아남음이기도 하다(Georges Didi-Huberman, "To Render Sensible", Alain Badiou et al., *What is a people?*, trans. Jody Gladding, New York: Columbia University Press, 2016). 디디-위베르만은 민중의 이미지들이란 권력의 빛 속에서도 살아남는 대항권력의 미광과 같다고 설명하였다(Georges Didi-Huberman, *Survival of the Fireflies*, trans. Lia Swope Mitchell, Minneapolis, London: University of Minnesota Press, 2018, p.47). 민중 이미지의 살아남음이라는 디디-위베르만의 개념은 김종삼 시의 민중 이미지가 지니고 있는 정치학적 함의를 잘 드러낸다.

기 어려운 점이 있다. 이와 달리 김종삼의 시에서 이미지의 살아남음은 크고 작은 변형과 왜곡의 과정을 거친다. 예를 들어 김종삼의 대표작 중 하나인 「누군가 나에게 물었다」는 "사람들"을 "이 세상에서"의 "알파"로 표현한다.[37] 기독교의 묵시록은 현세를 심판하는 초월적 신에 대해서 '알파와 오메가'라 는 창조와 종말의 이미지를 사용한다. 하지만 해당 작품은 '알파와 오메가' 를 "알파"로 전도시킨다. 또한 융이 말하는 원형 상징은 전 인류에게 보편적 인 것이므로 이미지의 민족적 특수성을 설명하기에 알맞지 않은 지점이 있 다. 예컨대 신을 '알파와 오메가', 즉 세상의 시점과 종점으로 사유하는 것은 기독교 문명과 같이 직선적 시간관에 토대를 둔 문명권의 특수한 사고방식 이라고 할 수 있다. 반면에 해당 작품은 '사람은 이 세상의 알파'라고 말함으 로써, 세상의 시점은 신이 아니라 인간이며 인간의 본질은 오메가가 없는 알 파, 즉 종말 없는 무한의 창조성임을 나타낸다. 이는 인간의 본래적인 마음 이 곧 창조적 신성이라고 말하는 동학의 흔적으로 볼 수 있다.[38]

---

37 金宗三, 「누군가 나에게 물었다」, 『누군가 나에게 물었다』, 民音社, 1982, 56쪽.
38 이규성에 따르면, 동학의 신 개념에 해당하는 하늘님[天主]은 신성한 생명 원리를 뜻한다. 생명의 본체인 하늘님은 모든 개체의 생명성을 구성하는 근원적 힘이라 할 수 있다. 생명 원리는 만유의 통일적 근거라는 측면에서는 초월적이며, 만유로 '표현(表現)'된다는 측면 에서는 내재적이다. 표현된 다양의 현상 세계는 근원적인 하나의 힘 속에 내재한다. 생명 원리는 약동의 활발성이 있으며, 모든 개체를 서로 내적으로 연결시키는 감응성이 있다. 초월적이고 내재적인 본체적 원리는 모든 곳에 내재하는 충만의 원리이자, 개체들을 관 류하여 융통시키는 우주적 연대성의 원리라 할 수 있다(이규성, 『한국현대철학사론—세 계상실과 자유의 이념』, 이화여자대학교출판부, 2012, 59쪽). 이 책에서 사용하는 신성의 개념은 위와 같은 동학의 신 개념을 따른다.

| 내재적 신성의 살아남음(Nachleben) |

지층 아래에 흐르고 있는 용암이 화산활동을 통하여 터져 나오듯, 김종
삼의 무의식 속에 잠재되어 있는 기억은 역사철학과 관련된 이미지로 솟아
오른다. 예컨대 김종삼의 시 「토끼똥·꽃」(이후 「오월(五月)의 토끼똥·꽃」으로
개작)에서는 기존의 역사 전체와 그것이 근본적으로 전환될 미래의 역사라
는 두 가지로 역사를 바라본다. 나아가 기존의 인류사 전체는 "참혹"의 "역
사"였으며, 그것은 "다시 시초"인 "사랑"의 역사로 "바뀌어"질 것이라고 말한
다.[39] 이러한 역사관은 다시개벽의 역사철학과 상통한다고 할 수 있다.[40] 다
시개벽의 역사철학은 역사를 다시개벽 이전과 그 이후로 바라보기 때문이
다. 다시개벽 이전의 역사는 상극·상쟁의 작동 원리에 따라서 억압과 전쟁
을 되풀이해 온 기존의 역사 전체를 의미한다. 다시개벽 이후의 역사는 다
시개벽 이전의 역사를 지배해 온 작동 원리가 상생·상애의 원리로 전환되는
역사를 의미한다.[41] 윤승용은 한국 고유의 역사철학인 개벽사상이 동학(천도

---

39 金宗三, 「토끼똥 · 꽃」, 『現代文學』, 1960.5, 69쪽; 金宗三, 「五月의 토끼똥 · 꽃」, 故 朴寅
煥 外 三二人, 앞의 책, 1961, 112쪽.

40 동학의 1대 교주인 수운 최제우는 인류 문명이 파국에 이른 상황을 다시개벽의 때로 보았
다. "십이제국(十二諸國) 괴질운수(怪疾運數) 다시개벽(開闢) 아닐런가(崔濟愚, 「安心歌」,
『龍潭遺詞』)." 또한 수운은 인간의 내재적 신성이 자각됨으로써 인류 문명의 모순이 극복
되는 다시개벽이 조선처럼 인류 문명의 모순이 집약된 곳에서 실현될 것이라고 보았다.
"십이제국(十二諸國) 다 버리고 아국운수(我國運數) 먼저 하네(崔濟愚, 「安心歌」, 『龍潭
遺詞』, 162쪽)." 동학(東學)에서의 '동(東)'도 서양과 대비되는 동양을 의미하기에 앞서 조
선을 의미한다.

41 이러한 개벽사상은 한국 근대문학의 초창기에서도 찾을 수 있다. 예컨대 춘원 이광수는
1920년대 초반 「상쟁(相爭)의 세계에서 상애(相愛)의 세계에」라는 제목으로 발표한 글에
서, 폭력을 근거로 하는 정치를 과거의 유물로 간주하고, 사랑에 기초한 무저항이야말로
앞으로 다가올 세기를 지배할 혁명 원리라고 보았다(이광수, 「相爭의 세계에서 相愛의 세

교), 대종교, 원불교, 증산교 등과 같은 한국 신종교의 공통적 근간을 이룬다고 지적하였다.[42] 이는 김종삼의 고향인 황해도가 평안도와 더불어 독특한 서북 로컬리티(locality)를 품고 있었다는 사실과 연관된다. 서북 지역은 개신교가 번창한 곳으로 알려져 있지만, 천도교 세력이 가장 융성하였던 곳이기도 하다.[43]

그렇다면 김종삼의 시에서 동학의 상상력이 분출하도록 만든 위기는 무엇일까? 김종삼은 1921년에 태어나 유년기와 청소년기를 모두 일본 천황제 파시즘 권력의 지배 아래에서 보내야 했다. 이 시기에는 중일전쟁과 태평양전쟁 등의 파시즘 전쟁이 이어졌다. 또한 김종삼은 해방 후에 한국전쟁과 분단, 그리고 그로 인한 고향 상실을 겪었다. 이후로도 시인은 1984년에 세상을 떠날 때까지 남한의 장기 파시즘 체제를 경험하였다. 이처럼 파시즘과 전쟁으로 점철되어 온 역사체험은 시인으로 하여금 인류의 역사 전체를 억압과 살육의 끝없는 되풀이로 바라보게끔 했을 것이다. 또한 그러한 작가적 체험은

계에」, 『이광수 전집』 10권, 우신사, 1979, 172쪽).

42 윤승용, 『한국 신종교와 개벽사상』, 모시는사람들, 2017.

43 최수일은 『개벽』의 분매소와 지사(지국)가 평안도·함경도·황해도에 집중 배치되어 있었으며, 이는 그 지역들에서 천도교의 교세 확장이 놀라운 정도였기 때문이라고 설명한다. 천도교는 1920년대와 1930년대 초에 걸쳐 급격한 발전을 거듭하여 국내외 신자가 300만에 이를 정도로 성장하였으며, 특히 평안도의 교세가 두드러졌다고 한다. 이처럼 천도교가 당대 가장 많은 신도 수를 보유하고 있었으며 서북 지역의 교세가 두드러졌다는 사실은 한국 근대사를 기독교 중심으로 바라보는 학계의 지배적 관점과 상치되는 점이 없지 않다고 최수일은 평가한다. 서북 지역이 천도교의 중심지였다는 것은 이 지역의 근대적 지향을 기독교 중심으로 바라보는 기존의 관점과도 충돌을 일으키기 때문이라는 것이다(최수일, 『『개벽』 연구』, 소명출판, 2008, 280-284쪽). 김종삼은 유년기를 은율에서 보내고, 1934년에 평양 광성보통학교를 졸업하였으며, 1937년에 평양 숭실중학교를 중퇴하였다. 그의 유년기와 청소년기는 당시에 천도교가 가장 융성하였던 황해도와 평안도에 바탕을 두고 있는 것이다. 그러한 지역적 분위기는 시인의 기억 속에 스며들었을 가능성이 적지 않다.

시인으로 하여금 역사의 근본적 전환을 희망하도록 이끌었을 것이다. 요컨
대 시인의 무의식에 잠재하는 기억은 전쟁과 파시즘의 위기 속에서 다시개
벽이라는 역사의 이미지로 솟아오른 것이라 할 수 있다.

　또한 김종삼의 시는 당대의 위기를 핵무기 개발과 같은 문명사적 위기로
표현한 바 있다. 그의 시 「개체(個體)」는 인류 문명이 "죽음의 재"와 같은 핵
무기 개발의 위기에 처하게 된 근본 원인을 '개체적 자아'의 문제로 사유한
다.[44] 문명사적 위기의 근본 원인을 '에고이즘', 즉 이기주의로 보았기 때문이
다.[45] 동학에서도 다시개벽 이전의 역사가 한계에 도달한 근본 원인을 '각자
위심(各自爲心)', 즉 각각이 자신만을 위하는 마음으로 사유한다.[46] 김종삼의
시는 이러한 에고이즘을 극복하는 방편으로서 우주적 신성이 내재하는 인
간의 마음을 가시화하는 것이라 할 수 있다. 동학에서는 인간의 내재적 신성
을 알아차리는 순간이 곧 다시개벽의 순간이라고 본다.[47]

---

44 金宗三, 「個體」, 『月刊文學』, 1971.5, 194쪽.
45 金宗三, 「特輯·作故文人回顧—피난때 年度 全鳳來」, 『現代文學』, 1963.2, 305쪽.
46 "온 세상 사람들이 각각 자신만을 위하는 마음을 품어서 하늘의 이치를 따르지 않고 하늘
　의 부름을 따르지 않는다(一世之人, 各自爲心, 不順天理, 不顧天命. 崔濟愚, 「布德文」, 『東
　經大全』, 21쪽)."
47 이 책에서 사용하는 동학의 내재성 개념은 스피노자의 내재성 개념에 대한 들뢰즈의 해
　석과 공통점이 있다. 첫째로 들뢰즈에 따르면, 스피노자에게 신은 내재적 원인으로서, 자
　연 전체를 무한한 방식으로 변용시키는 관계들의 합성과 해체의 질서를 의미한다. 동학
　의 내재적 신성도 끊임없이 변화하고 생성하는 생명 원리를 뜻한다. 둘째로 들뢰즈가 말
　하는 내재성은 자신을 표현하는 신(실체 또는 능산적 자연)과 신에 의해 표현된 창조물(
　양태 또는 소산적 자연) 사이의 위계와 불평등성을 폐기하는 사유다. 동학의 내재성도 모
　든 존재를 하늘님의 표현으로 보았다(들뢰즈의 내재성 개념에 관해서는 안 소바냐르그,
　성기현 옮김, 『들뢰즈, 초월론적 경험론』, 그린비, 2016, 212-219쪽; 신지영, 『내재성이란
　무엇인가』, 그린비, 2009, 53-62쪽 참조). 그러나 들뢰즈의 내재성 사이에는 동학의 내재
　성은 결정적인 차이점이 있다. 들뢰즈의 내재성이 신성의 영역을 철저히 배제하는 개념
　이라면, 김종삼의 시는 내재성과 신성을 동시에 표현한다는 점에서 동학의 사유에 더욱

김종삼의 시 「꿈나라」(이후 「대화(對話)」로 개작)는 핵무기의 근본 아이디어를 제공한 물리학자 아인슈타인(Albert Einstein, 1879-1955)과 「두이노의 비가」를 쓴 시인 릴케를 연결시킨다. 이 시에 등장하는 아인슈타인은 "평화(平和)"에 관한 질문을 던진다.[48] 실제로 그의 평화 사상은 독특한 종교관에서 비롯하였다고 할 수 있다. 그는 우주 전체를 하나의 신성으로 경외하는 "우주적 종교 감정"이야말로 과학과 예술의 진정한 동력이라고 말하였다.[49] 이 시에 더불어 등장하는 릴케는 인간의 마음에 내재하는 세계 전체가 곧 신성이라고 보았다.[50] 요컨대 김종삼의 시는 아인슈타인과 릴케를 '대화'시킴으로써, 그들의 공통적 지향점인 '우주적 신성과의 합일'이야말로 핵무기 개발과 같은 문명사적 위기의 근본적 극복 방안임을 형상화한 것이다.

이러한 맥락에서 시의 본래적 사명은 우주적 신성과의 합일을 표현하는 것이 된다. 시는 에고이즘과 양립할 수 없다고 김종삼이 힘주어 말한 까닭 역시 그 때문이라고 할 수 있다. 김종삼은 그와 같은 자신의 시론을 롤랑 드 르네빌의 시론으로써 뒷받침하였다.[51] 롤랑 드 르네빌은 신비주의적 시론

가깝기 때문이다. 예컨대 김종삼의 시에는 "귀신(鬼神)"이라는 시어가 나타난다(金宗三, 「戀人」, 『現代詩學』, 1975.2, 22쪽). 신성을 배제한 내재성의 개념을 통해서는, 김종삼의 시에 나타난 인간에의 경외심과 같은 종교적 감정을 해석하기 어렵다. 반면에 김종삼의 시는 심령의 영역에 근거하는 동학의 내재성 개념을 통해서 더욱 효과적으로 설명할 수 있다. 그러므로 이 책에서는 '내재성' 개념을 다듬어서 '내재적 신성'이라는 개념을 제안한다.

48 金宗三, 「꿈나라」, 『心象』, 1975.4, 48쪽; 金宗三, 「對話」, 『詩人學校』, 新現實社, 1977, 36-37쪽.

49 Albert Einstein, "Religion and Science," *Ideas and Opinions*, trans. Sonja Bargmann, New York: Bonanza Books, 1974, pp.36-40.

50 이 점에 관해서는 마르틴 하이데거의 릴케론인 「무엇을 위한 시인인가?」를 참조(마르틴 하이데거, 신상희 옮김, 「무엇을 위한 시인인가?」, 『숲길』, 나남, 2008).

51 金宗三, 「特輯·作故文人回顧—피난때 年度 全鳳來」, 앞의 글, 305쪽.

을 주창한 문학가이다. 신비주의는 개별 존재자 속에 신성이 내재한다고 보는 사유의 일종이라고 할 수 있다. 롤랑 드 르네빌은 특히 동양적 신비주의의 전통을 강조하며, 그 예로서 오르페우스 종교를 꼽았다.[52] 김종삼이 오르페우스의 모티프와 관련된 작품을 여러 편 남긴 것도 이러한 맥락과 관련이 있을 것이다. 그중에서도 특히 「검은 올페」는 사르트르(Jean Paul Sartre, 1905-1980)의 비평문인 「검은 오르페(Orphée noir)」(1948)와 어느 정도 연관이 있다. 사르트르의 「검은 오르페」는 시의 참여 불가능성을 주창하던 그의 입장이 시의 참여 가능성으로 전환되기 시작한 분기점에 해당한다.[53] 김종삼의 「검은 올페」는 그의 시 세계가 '참여(앙가주망)'의 문제를 고민하였음을 드러내는 것이라 할 수 있다. 그리스 신화의 오르페우스는 음악(예술)의 힘을 통하여 아내의 영혼을 저승으로부터 건져 내고자 한다.[54] 그와 비슷하게 김종삼의 시는 역사 아래에 묻힌 인간의 신성을 이미지의 운동성으로써 가시화하고 상기시킨다. 김종삼의 시에서 이미지의 운동성은 그 자체로 오르페우스적인 힘과 같다고 할 수 있다.

김종삼 시의 오르페우스적 이미지는 특히 여성·어린이·약소민족과 그들에게 내재하는 신성을 상기시킨다. 그들은 인류사 전반에 걸쳐서 지속적인 억압과 희생을 겪은 이들이라고 할 수 있다. 동학의 또 다른 독특함은 여성과 어린이의 마음에 내재하는 신성을 강조한다는 점이다. 동학에서는 그들

---

52 롤랑 드 르네빌, 李準五 옮김, 『見者 랭보』, 文學世界社, 1992, 83쪽.
53 정명환, 「사르트르의 문학참여론에 대한 비판적 고찰」, 『문학을 찾아서』, 민음사, 1994, 62-69쪽.
54 오비디우스, 천병희 옮김, 『(개정판) 변신 이야기』, 숲, 2017, 424-428쪽.

의 내재적 신성이 실현되는 순간을 다시개벽의 순간이라고 말한다.[55] 그와
마찬가지로 김종삼 시의 민중 이미지들은 남성·성인·서구 제국 중심의 권
력 질서하에서 훼손된 여성·어린이·약소민족의 인간성이 아직 살아남아 있
음을 상기시킨다. 디디-위베르만이 말하는 이미지의 살아남음은 어떠한 권
력에 의해서도 결코 파괴되지 않는 인간성의 살아남음을 제시하는 이미지
가 곧 지배 권력에 맞서는 이미지일 수 있다는 정치적 함의를 내포한다. 그
파괴될 수 없는 인간성은 김종삼의 시에서 인간의 내재적 신성으로 표현된
다. 그러한 관점에서 이 책은 김종삼 시의 오르페우스적 이미지가 지니는 정
치학적 의미를 살필 것이다.

지금까지 통념에 가려 있던 시인의 근본 문제의식이 무엇인지, 그 근본 문
제의식을 오롯하게 밝히려면 어떠한 관점과 방법이 새롭게 필요한지 등을
개략적으로 논하였다. 이러한 내용들이 이 책의 얼개를 이룰 것이다. 책의
제1부는 김종삼의 1950년대 시편을 고찰한다. 특히 이 시기의 시편이 장소와
시간으로서의 이미지를 통하여 한국 민족의 정신적 원천을 상기시킨다는 점
에 주목할 것이다. 다음으로 제2부는 김종삼의 1960년대 시편을 살핀다. 특
히 1960년 4월 혁명 직후부터 오르페우스적 이미지라는 시적 참여의 방식을
모색함으로써 여성·어린이·약소민족의 내재적 신성을 상기시킨 양상에 주
목한다. 마지막으로 제3부는 김종삼의 1970년대 이후 시편을 고찰한다. 여

---

55 "어린아이도 한울님을 모셨으니 아이 치는[打] 것이 곧 한울님을 치는 것이오니(崔時亨,
「內修道文」,『海月神師法說』, 394쪽)." "과거의 역사에서는 여성을 억압하고 속박하였으
나, 이제 오려는 이 [개벽의] 때에는 여성의 도통함으로 사람 살리는 사람이 많을 것이다
(過去之時, 婦人壓迫, 當今此運, 婦人道通, 活人者, 亦多矣. 崔時亨, 「婦人修道」,『海月神
師法說』, 367쪽)."

기에서는 당시 김종삼의 시에 나타난 문명사적 위기의식이 내재적 신성을 상기시키는 시인 및 민중의 이미지와 어떠한 연관이 있는지를 밝힐 것이다.

| 동학 미학에 근거한 문학 연구의 갱신 |

이 책에서 시도하는 작업은 단순히 한 개인의 문학을 상세하게 분석하거나 새롭게 해석하는 데 그치지 않고 문학 연구의 방향을 근본적으로 성찰하는 과제에까지 이어지기를 희망한다. 이 과제는 크게 두 가지 방향과 관련이 있다. 하나는 무의식의 영역과 초자아의 영역을 통합하는 방향이며, 다른 하나는 살아남음의 관점을 문학사 연구에 적용하는 방향이다.

먼저 첫 번째 방향을 짚어보자. 문학은 인간의 마음을 표현하며, 시는 마음 중에서도 더욱 내밀한 영역을 표현한다. 이 책에서 고찰하려는 이미지의 문제 또한 시가 인간의 마음을 표현하기 위해 활용하는 여러 방편 가운데 한 가지일 것이다. 마음은, 프로이트적으로 말한다면, 무의식의 영역과 의식의 영역과 초자아의 영역으로 이루어진다고 할 수 있다. 지금까지 문학 연구에서는 자아의 의식에 관한 고찰이 주를 이루어 왔다. 작품에서 드러나는 시인의 내면의식이나 작가의 사상을 연구하는 방식이 그러한 범주에 해당한다. 다른 한편으로 정신분석학적 연구 방법이 주목을 받으면서, 작가나 텍스트의 무의식에 관한 논의도 활발하게 이루어졌다. 반면에 초자아의 영역은 지금까지의 문학 연구에서 가장 소외된 분야로 남아 있다고 할 수 있다. 문학 속에서 종교적 흔적의 검출을 시도하는 이 책의 연구 방법은 그러한 초자아의 영역을 탐구하는 것처럼 보일지도 모른다.

하지만 이 책의 연구 방법은 프로이트 정신분석학의 위상학적 구도와 정확히 일치한다고 보기 어렵다. 이 책은 무의식의 영역 속에서 초자아의 영역을 검출할 수 있으며, 초자아의 영역이 무의식의 영역에 잠재·축적될 수 있다는 연구 시각을 취하기 때문이다. 이러한 연구 시각은 원효의 사상과 그 궤를 같이한다. 정신분석학에서 무의식은 초자아와 거리가 가장 먼 것이며 의식의 층위로 떠오르지 못하게끔 억압되어야 하는 대상으로 설명된다. 이와 달리 원효는 무의식의 가장 심층적인 영역이 오히려 진정한 초자아로서의 신성과 통하는 것이라고 보았다.[56]

앞서 언급하였듯, 김현은 서구 시문학이 수직적 이원론의 전통에 뿌리를 내리고 있지만, 한국 시는 그러한 문화사적 전통이 없기 때문에 그만큼의 미학적 깊이를 마련하지 못하고 있다고 판단하였다. 그와 대조적으로 이 책은 미학적 깊이를 충분히 보장할 만큼의 독특한 문화사적 전통이 한국 시의 기저에 흐르고 있음을 밝힐 것이다. 그 전통 중의 하나가 동학임을 김종삼의 시에서 확인할 수 있다. 서구의 수직적 이원론과 달리, 동학은 신의 초월성과 신의 내재성을 동시에 강조하는 이원론적 일원론으로서의 만유재신론(panentheism)에 가깝다.[57] 이처럼 초월적 신성을 지향하는 동시에 그 신성을 현실 속에서 발견하고자 하는 한국 토착사상의 특성이 김종삼의 시 곳곳에 나타난다. 초자아적인 영역만을 탐구해서는 그와 같은 측면을 해명하기 어

---

56 원효, 은정희 역주, 『원효의 대승기신론 소·별기』, 一志社, 1991.
57 만유재신론은 범신론(pantheism)과 다르다. 만유재신론은 신의 초월성과 내재성을 동시에 강조한다. 반면에 범신론은 신의 초월성을 인정하지 않으며, 신과 자연의 대립을 인정하지 않는다. 김상일에 따르면, 범신론은 '모든 것이 신(All is God)'이라는 관점이고, 만유재신론은 '모든 것이 신 안에 있다(All is in God)'는 관점이라고 한다. 하지만 천도교의 인내천 신관은 'All is in God and God is in All'를 뜻하며, 이러한 신 개념은 한국적 신관을 드러낸다는 것이다(김상일, 『수운과 화이트헤드』, 지식산업사, 2001, 77쪽).

렵다. 김종삼은 동학을 명시적으로 언급한 적이 없기 때문이다. 동학의 사유는 김종삼의 시 속에서 억압된 기억 또는 망각된 문화의 흔적으로 미약하게 감지된다. 이러한 측면을 섬세하게 밝히기 위해서는 무의식적 잠재성의 영역과 초자아적 영성의 영역을 통합하는 연구 시각이 필요할 것이다. 특히 이미지의 살아남음은 그와 같은 통합적 관점을 적용하기에 알맞은 영역이다.

조동일은 1860년의 동학 창도와 그 이후로 활발하게 전개된 민중종교운동을 한국문학사의 중요한 국면으로 평가하였다. 민중종교운동은 민중의 소망을 집약하였으며, 그 줄기찬 흐름이 역사의 저류로서 중요한 구실을 하였기 때문이라는 것이다.[58] 그가 날카롭게 짚은 바와 같이, 동학은 이상적 미래를 향한 민중의 희망을 집약함으로써 민중들이 고대로부터 간직해 온 하늘 신앙의 기억을 창조적으로 재해석할 수 있었다. 하지만 조동일은 민중종교운동이 중세에서 근대로의 이행기적인 의의만을 가질 뿐, 1919년 이후에는 구시대의 유물로 전락하였다고 간주하였다.[59] 그와 달리 이 책은 한국문학사를 고대/중세/근대로의 단절적 진보로 파악하는 직선적 역사관이 아니라 고대/중세/근대 사이의 시간교란으로 사유하는 살아남음의 역사관을 제시하고자 한다. 동학과 같은 문화적 흐름은 특정 시기에만 나타났다가 완전히 사라져 버리는 것이 아니라, 오랜 시간 뒤에도 당대의 위기와 성좌형세를 이루는 이미지로서 되살아날 수 있는 것이다. 디디-위베르만이 말하였듯이,

---

58 조동일, 『제4판 한국문학통사 4』, 지식산업사, 2005, 9-10쪽.
59 위의 책, 12쪽. 이에 대해 조현설은 조동일의 논의가 '고대→중세→근대'라는 서구의 직선적·발전적 역사관을 무비판적으로 적용함으로써 민중종교운동에 담긴 근대 비판적 성격을 간과하였다고 지적한다(조현설, 「조선말 민중종교운동 관련 문학에 나타난 신이 의식의 의미—수운(水雲)·증산(甑山) 전설을 중심으로」, 국문학회, 『국문학연구』 14집, 2006.5, 179-201쪽).

이미지는 아무리 미약하더라도 분명히 살아남아 있는 민중의 기억과 희망을 출몰시키기 때문이다. 정치학적인 의미에서 이미지의 살아남음은 민중적 기억과 그 속에 담긴 희망의 살아남음이라고 할 수 있다. 그러므로 서구적 세계관에 탐닉한 것처럼 보이는 김종삼의 시 속에 동학적 이미지가 살아남아 있음을 읽어 내는 작업은, 그 이미지에 얽혀 있는 기억과 희망의 생명력을 역설적으로 더 뚜렷하게 입증하는 작업이 될 것이다.[60]

---

60 이러한 측면에서 이 책의 연구 시각은 신동엽과 김지하 등의 시에서 동학적 사유를 확인하려는 방식과 구별될 필요가 있다. 신동엽과 김지하의 시는 동학 등의 전통을 의식적으로 수용하고 표현하였다. 따라서 그들의 시에서는 이미지보다는 추상적 관념어나 상징이 부각된다. 이와 달리 김종삼의 시에 나타나는 기억의 흔적은 무의식적인 층위에서 솟아오른다. 그 때문에 그의 시에서는 고정적 의미를 지시하는 관념이나 상징보다 복합적 의미를 산출하는 이미지가 더욱 두드러진다고 할 수 있다. 김종삼의 시에서 이미지를 통해 상기되는 과거의 기억은 당대의 절박한 위기의식을 통해 소환된다는 점에서 그만큼의 충격 효과를 낳는다.

| 제1부 |
전쟁의 폐허 속에서 희망을 가시화하기

제1장
다시개벽

| 종말론의 폭력 극복과 순환론의 원천 회복 |

제1부에서는 김종삼의 1950년대 시편에서 하늘의 신성을 중심으로 하는 한국 민족의 정신적 원천이 장소와 시간으로서의 이미지를 통하여 상기됨을 해명한다. 이 시기 한국문학은 전쟁에 의한 인간성의 파괴와 그로 인한 허무의식에 천착하였다고 일컬어진다. 이와 달리 김종삼 시의 이미지는 전쟁 직후의 폐허화된 현실 속에서도 인간의 원천적 신성을 회복할 수 있음을 표현하였다. 김종삼의 1950년대 시편에 나타난 역사의 이미지는 종말론적인 동시에 순환적인 역사관을 암시한다는 공통점이 있다. 그 종말론적이고 순환적인 역사의 이미지는 다시개벽 사상과 연관된 민족적 원천을 상기시킨다. 다시개벽 사상의 특징은 종말론적인 역사관과 순환적 역사관 모두를 포함하는 것이기 때문이다.

김종삼의 1950년대 시편에는 시간의 흐름을 나타내는 이미지로서 필름의 상영, 계절, 버스의 운행, 하루의 시작과 끝 등이 거듭하여 나온다. 영화의 필름은 처음에서 끝을 향해 직선적으로 흘러간다. 하지만 필름은 영사가 모두 끝나고 난 뒤에도 언제든 되감기를 통하여 처음으로 돌아가 다시 시작

할 수 있다. 계절도 필름과 같이 봄, 여름, 가을, 겨울의 순서대로 흐른다.[1] 그러나 겨울이 끝나면 또다시 봄이 오듯, 계절은 끊임없이 순환 운동을 펼친다. 정류장들을 통과하는 버스의 운행도 마찬가지다. 버스는 정류장들을 정해진 순서에 따라 거쳐 가지만, 종점에 다다르면 그 종점을 다시 시점으로 삼아서 같은 경로를 되풀이한다. 이와 관련해서 「시사회(試寫會)」를 살펴보도록 하자.

> 뻐스를 타고 오다가 내린
> 一行은 뻐스에게
> 늦으면 十分 걸리면
> 돌아들 온다고 일러
> 둔 터이다.
>
> ―〈코오딩〉―이
> 잘못되어 있는
> 試寫會이다.

---

1 실제로 김종삼은 계절이 흘러가는 운동과 필름이 작동하는 방식 사이의 유사성을 표현한 바 있다. "우거진 수풀의 여름을 돌아서 가을에 直面하면 나는 나의 歲月에 주름이 잡히는 落照의 世界 「씨네·포엠」의 記錄을 읽으면서 憂愁에 잠기는 것이다(金宗三, 「作家는 말한다—意味의 白書」, 故 朴寅煥 外 三二人, 『韓國戰後問題詩集』, 新丘文化社, 1961, 362쪽)." 한국에서 시네포엠(ciné-poème)에 관심을 기울였던 시인은 김종삼과 긴밀한 문학적 교류를 나누었던 김광림이다. "시네 포엠은 흔히 映畵詩로 불리우고 있지만 두 가지로 나눠서 생각할 수 있다. 하나는 필림을 재료로 한 것이고 다른 하나는 文字를 재료로 한 것이 그것이다(金光林, 「시네 포엠에 대하여」, 『詩論集 存在에의 鄕愁』, 心象社, 1974, 256쪽)." 이러한 정황을 미루어 보면 계절과 필름과 시의 작동 방식이 서로 유사하다는 발상은 김종삼에게 어느 정도 익숙한 것이었을 수 있다.

모인

　李仁石

　金光林

　　나와

　　　　全鳳健이다.

이

外 비인 자리가 많은

周圍에는 몹씨 낯서른

室內이다.

놓치어 버리면 그만이

되는

뻐스를 보러나가보면 놓치어 버리고

만 것이다.

室內와

뻐스와 함께

스크린은 한바퀴 돌아오다가

現物같이 나누어저 있는

死重傷者을 내었다

할뿐

뻐스는 간 곳이 漠

然들 하다고 하였다.

아직들

〈뻐스〉를 기대리고들

있는 것이다.

「커틴」은 없었으나

室內는 一行이 바

라고 있던 構造의 못보던 그대로이다

    . 얼마동안만 머물기로……….

—「試寫會」, 2~6연.²

　　시사회에 참석하러 간 사람은 시적 화자를 비롯한 네 명의 일행이다. 실제
로 그들은 모두 위 작품의 발표 시기에 살아 있던 시인들이다. 이인석(李仁
石, 1917-1979), 김광림(金光林, 1929-), 전봉건(全鳳健, 1928-1988), 시적 화자인
'나' 김종삼의 네 시인 사이에는 중요한 공통점이 있다. 그들은 모두 북한이
고향인 월남문인이었다. 김광림은 함경남도 원산(元山), 김종삼과 이인석은
각각 황해도 은율(殷栗)과 해주(海州), 전봉건은 평안남도 안주(安州)에서 태
어났다.³ 곧 돌아갈 수 있을 줄 알고 "뻐스"에서 잠깐 내렸다는 표현은 월남
민들이 머지않아 북녘 고향으로 돌아갈 수 있으리라고 믿고 떠났던 남한으

2　金宗三,「試寫會」,『自由文學』, 1958.4, 28-30쪽.
3　김종삼의 친형이자 시인인 김종문(金宗文, 1919-1981)은 "문단 친구로는 극작가 金鎭壽, 평
　론가 林肯載, 작가 朴淵禧, 시인 金洙暎, 시인 李元燮, 작가 尹虎永, **시인 李仁石** 등이 있다"
　라고 밝힌 바 있다(週刊시민社 編輯局 엮음,『名士交遊圖』, 週刊시민社, 1977, 606쪽. 강조
　는 인용자).

로의 피난을 연상시킨다. 그러므로 위 시의 버스 이미지는 월남문인들로 하여금 고향으로 돌아갈 수 없도록 만든 전쟁의 역사와 모종의 연관성이 있다고 할 수 있다.

김종삼의 또 다른 시 「하나의죽음―고(故) 전봉래(全鳳來)앞에」는 「시사회」와 유사하게 당대 역사의 흐름을 필름 이미지로 표현했다. 이 시의 부제에 언급된 전봉래(全鳳來, 1923-1951)는 전봉건의 친형으로서, 그 또한 한국전쟁 당시에 월남한 시인이었다. 이처럼 김종삼의 1950년대 시편에는 전쟁과 고향 상실이라는 역사적 문제를 필름 이미지와 연결시키는 사례가 나타난다.

또한 「하나의죽음―고 전봉래앞에」는 필름의 작동 방식을 계절의 흐름이라는 이미지와 겹쳐 놓는다. 「종 달린 자전거」에서도 "종점(終點)"을 향한 "뻐스"의 운행을 "계절(季節)노리의 성황(盛況)"과 같다고 표현한다.[4] 앞서 언급하였듯이, 이와 같은 역사의 이미지들은 두 가지의 운동성을 지닌다. 하나는 처음에서 끝을 향해 직선적으로 흘러가는 운동성이며, 다른 하나는 끝이다시 시작으로 이어지며 순환하는 운동성이다. 이러한 역사 이미지들의 두가지 운동성은 두 가지 역사관을 암시한다고 볼 수 있다. 첫째로, 역사가 처음에서 끝으로 흘러가는 직선 운동은 종말론적 역사관과 관련되기 때문이다. 예컨대 「종 달린 자전거」는 역사의 흐름을 형상화하는 버스가 종점이라는 끝을 향해서 달려간다고 표현한다. 둘째로, 김종삼 시의 역사 이미지들은 역사의 작동 방식을 순환 운동으로 바라보는 순환적 역사관과 관련이 있다. 봄에서 겨울까지는 계절이 순환하는 하나의 주기일 따름이며, 처음과 끝은

---

4   金宗三, 「종 달린 자전거」, 『文學藝術』, 1957.5, 142-144쪽.

필름과 버스의 순환에서 하나의 주기일 따름이다. 그렇다면 김종삼의 1950년대 시편은 어째서 종말론적인 동시에 순환적인 역사관을 제시하는가?

한국전쟁을 비롯하여 폭력을 거듭해 온 역사에 대해 「시사회」 속의 월남 문인들은 "―〈코오딩〉―이 / 잘못되어 있는 / 시사회(試寫會)"와 같다고 판단한다. 물론 영화로 촬영한 내용을 필름에 기록하는 작업은 '리코딩(recoding)'이라고 부른다. 그러나 「시사회」에서는 '리코딩' 대신에 '코딩(coding)'이라는 시어를 쓴다. 코딩은 컴퓨터 프로그램 등에서와 같이 '어떤 일의 자료나 대상에 기호를 부여하는 일'을 뜻한다. 필름 이미지가 역사의 작동 방식을 암시한다면, '코딩이 잘못되어 있는 시사회'라는 구절은 역사의 작동 방식을 결정하는 코드 자체에 오류가 있음을 함의한다. 「하나의 죽음―고 전봉래앞에」의 "낡은 필름"이라는 이미지 역시 '코딩이 잘못된 시사회'와 상통한다.

한 때에는 낡은 필림 字幕이 지났다. 아직 散策에서 돌아가 있지 않다는 그자리 파루티타 室內 마른 행주 廚房의 整然 그러나, 다시 돌아오리라는 푸름이라 하였던 무게를 두어, 그러나, 어느 것은 날개 죽지만 내 젓다가 고만 두었다는 것이다. 지난때, 죽었으리라는 茶友들이 가져 온 그리고 그렇게 허름하였던 사랑… …세월들이 가져 온	한 때에는 낡은 필림 字幕이 지났다. 아직 散策에서 돌아가 있지 않다는 그자리 파루티다[6] 室內 마른 행주 廚房의 整然 그러나, 다시 돌아오리라는 푸름이라 하였던 무게를 두어 그러나, 어느 것은 날개 쭉지만 내 젓다가 고만 두었다는 것이다. 지난때, 죽었으리라는 茶友들이 가져 온 그리고 그렇게 허름하였던 사랑………세월들이 가져 온

나 날이 거기에 와 있다는	나 날이 거기에 와 있다는
계절(晝間)들의	계절(晝間)들의…………
또	또
하나의 死者라는	하나의 死者라는
電話 벨이 나고 있지 않는가—	電話 벨이 나고 있지 않는가—
—「하나의죽음—故 全鳳來앞에」, 전문.[5]	—「全鳳來」, 전문.[7]

전봉래는 김종삼과 막역한 친우였는데, 한국전쟁 당시에 월남하여 피난지 수도 부산의 어느 다방에서 음독자살하였다. 김종삼은 전봉래의 죽음에 상당히 많은 감정적 에너지를 쏟으면서 자신의 작품들 속에 전봉래를 반복적으로 끌어들였다.[8] 김종삼은 위에 인용한 작품의 제목을 「하나의 죽음—고 전봉래앞에」에서 「전봉래」로 고쳤다. 그만큼 김종삼의 문학 세계 전반에 걸쳐서 전봉래의 존재는 중요한 의미로 작용하였다.

김종삼은 여러 편의 시뿐만 아니라 「피난때 연도(年度) 전봉래(全鳳來)」라는 회고의 기록을 통해서도 전봉래에 관한 자신의 감정을 드러내었다. 이 회고에서 그는 "폭탄에 마구 불타 버리는 현실과 생명을 보고서도 눈을 감고 오히려 다른 에고이즘의 위장(僞裝)을 꾸미기에 바빴던" 다른 시인들과 전

5 金宗三, 「하나의죽음—故 全鳳來앞에」, 『朝鮮日報』, 1956.4.14.
6 "파루티다"는 바로크 시대에 쓰던 악곡 형식 '파르티타(partita)'를 가리킴—인용자 주.
7 金宗三, 「全鳳來」, 金宗三 · 金光林 · 全鳳健, 『連帶詩集 · 戰爭과音樂과希望과』, 自由世界社, 1957, 24-25쪽.
8 金宗三, 「全鳳來에게—G마이나」, 『코메트』, 1954.6(이후 「G · 마이나」로 개작); 金宗三, 「地—옛 벗 全鳳來에게」, 『現代詩學』, 1969.7; 金宗三, 「詩人學校」, 『詩文學』, 1973.4; 金宗三, 「掌篇」, 『月刊文學』, 1976.11.

혀 다른 시인이 바로 전봉래였다고 말한다.[9] 김종삼이 생각하기에 전봉래는 현실을 부정하고 삶의 허무에 빠져서 자살한 것이 아니었다. 전봉래는 현실과 생명의 가치를 누구보다도 고귀하게 여기는 인간성의 소유자였기에, 그 가치가 전쟁으로 파괴되는 상황을 도저히 견딜 수 없어서 죽었다는 것이다. 김종삼은 "봉래(鳳來)의 죽음이 우리에게 던지는 의의"는 곧 "휴매니즘의 바탕과 정통적인 시의 생리(生理)"를 끝까지 짊어짐으로써 "우리를 되돌아보게 하고 우리의 생리를 비치는 하나의 거울이" 되었다는 점에 있다고 보았다.[10] 이처럼 김종삼이 보기에 전봉래의 삶은 전쟁과 같은 폭력의 역사 아래에서도 최후의 인간성을 증명하는 리트머스 시험지와 같았다.

위 시에서는 "낡은 필림 자막(字幕)"이 지날 때마다 "또 / 하나의 사자(死者)라는 / 전화(電話) 벨이" 울린다고 표현하였다. 여기에서 "또 / 하나의 사자라는 / 전화 벨"은 자살한 전봉래를 비롯하여 "죽었으리라는 다우(茶友)들이 가져온 소식"으로 볼 수 있다. 그들은 전봉래와 같이 한국전쟁의 참상 속에서 죽어 갔을 것이다. "낡은 필림"은 그 친구들을 죽음으로 몰아넣은 전쟁의 역사와 같다. 또한 "낡은 필림 자막"은 「시사회」의 "코오딩"과 공통점이 있다고 할 수 있다. 김종삼이 체험한 역사는 무고한 희생을 양산하는 전쟁의 논리로 코드화되어 있기 때문이다. 그러한 역사는 전쟁의 논리가 "자막"처럼 새겨져 있는 "필림"과 같다. 전쟁의 논리로 코드화된 역사는 전개되면 전개될수록 죄 없는 인간의 죽음과 고통을 반복시킨다.

김종삼 시의 이미지가 역사의 흐름를 종말론적인 방식으로 표현하는 것

---

9   金宗三, 「特輯·作故文人回顧―피난때 年度 全鳳來」, 『現代文學』, 1963.2, 305쪽.
10 위의 글, 306쪽.

도 그러한 맥락에서 해석될 수 있다. 전쟁의 논리로 코드화된 역사는 종말과 파국으로 향하는 길이기 때문이다. 그러나 김종삼 시의 역사 이미지들은 종말론적일 뿐만 아니라 순환적이기도 하다. 이는 동학의 고유한 역사철학인 다시개벽 사상과 상통하는 측면이 있다. 다시개벽은 기존의 역사 전체가 한계점에 이른다고 보는 종말론인 동시에, 그 한계점에서 역사의 시작점인 '개벽'이 '다시' 일어난다고 보는 순환론이기 때문이다. 다시개벽의 역사철학은 역사를 다시개벽 이전과 그 이후로 구분한다. 다시개벽 이전의 역사는 상극·상쟁의 작동 원리에 따라서 억압과 전쟁을 되풀이해 온 기존의 역사 전체를 의미한다. 다시개벽 이후의 역사는 다시개벽 이전의 역사를 지배해 온 작동 원리가 상생·상애의 원리로 전환되는 새 역사를 의미한다.

| 하늘의 신성에 근거하는 민족의 원천 |

다시개벽의 역사철학을 드러내는 작품으로는 「현실(現實)의 석간(夕刊)」(이후 「석간(夕間)」으로 개작)을 꼽을 수 있다. 이 시는 인간이 통과해 온 역사 전체를 단 하루의 시간으로 표현하였다. 작품의 제목과 내용에서 "조간(朝刊)"과 "석간(夕刊)"이라는 하루의 시간 안에 역사의 흐름 전체를 구조적으로 압축시킨 것이다. 김종삼은 하루로 압축한 역사 전체를 "조간"과 "석간"의 두 각도로 조감하였다. 이러한 시적 기법은 앞서 살핀 시편에서 역사의 운동 방식을 계절과 같은 순환적 시간의 이미지로 나타낸 것과 상통한다.

(가)

터전 〈白山〉과 그리고 청량리 아침 몇군데 되었던 안테나와 / 危殆로웠던

安全帶와, 꼭 같아오던 몇해전의 꿈의 連累인, / 오늘의 현실이라 하였던,

하늘밑에는 오전이 있다 하였다. / 몽이어 드는 사람들의 食事같은 近郊인 部落의 領地이기도 했다.

오동나무가 많은 / 그중에 하나는 그 以前 이야기이기도 했다.

제법 끈까지 달린 / 갓을 쓰고 온 學童인 것이다.

部落민들은 반기었고 / 그사람들이 마지하는 오동나무가 많은 부락엔 食器가 많았다.

현실〈朝刊〉에서는 / 그중에 하나는 발가벗기어 발바닥에서 몸둥아리 / 그리고 머리에 까지 / 감기어 온 얼룩간 少年의 붕帶가 왔다 하였다.

荷物로써 취급되어 오기 쉬었다는 / 몇군데인, 안테나인, 아침인, 청량리가 있었다.

出勤簿의 部落民들은 누구나 / 傀儡이란 말이 서투러 있다기 보다 말들을 더듬었다는 것이다.

몇나절이나 달구지 길이 덜그덕 거렸다. / 더위를 먹지 않고 지났다.

그자리 머무는 하루살이떼〈日氣〉가 머무는 벌거숭이 흙떼미〈투魅〉이었고 / 길〈右岸〉이 서투렀다는 證人의 말이 많았고.

좀처럼 / 있음직 하였던 夕陽이 다시 가버리는 結論이 갔다.

터전 〈白山〉을 / 내려가야만 했던 착한것과 스콥프와 살아 온 죽은 나의 동생과 애인과 현실의 夕間……

　　　　　　　　　　　　　　　　　　　─「現實의 夕刊」, 전문.[11]

(나)

올려다 보이는 몇 군데 되었던 안테나의 天井과 되풀이 되어 갔던 같은 꿈자리의 連累에서 午前이 있다 하였다. 모이어 드는 사람들의 領地엔 食事 같은 부락은 하늘 밑에 달리어 와 맞이하는 어디로인데서 만났던 學童이었다. 부락민들이 많은 수효의 食器는 졸고 있는 쪽도, 더러는 잠든 苦厄의 꿈을 넘는 尺度였고 煙霧가 뿜는 소리는 지치어 있는 赤十字所屬의 女聲이었었다. 이 天地의 間隔인 문짝이 열리어지며 出勤簿의 부락민들은 앞을 다투어 누구나 僥倖이란 말로서는 서투러 있음인지 朝刊이라는 公示는 서서히 스치이어 진다. 全裸에 감기어 온 얼룩진 少年의 주검의 繃帶마냥, 어울리지 않는 재롱들을 나누듯이 그런 것들을 나무래듯이 훼청거리는 各種의 世紀의 그림자를 따라 나서려드는 命脈을 놓지지 않으려 바보의 짓들로서 一貫되어지었다. 덜그럭거리기 시작한 檻車의 行方을 찾으려는 荷物답게 취급

11　金宗三, 「現實의 夕刊」, 『自由世界』, 1956.11, 266-267쪽.

되어 있는 시달리며 슬기로워할 生靈들을 劫罰할 永續의 判局이었다. 無垢
의 어떠다 할 비치이는 日氣로 착각하여지는 착한 터전〈白山〉을 넘어 가며
는 벌거숭이의 몇 나절토록 길〈右岸〉이 서투렀다는 證人이 보이지 않음을
계기로 하여 있음직 하였던 夕陽이 다시 가버리는 結論이 가는것이다. 가엽
슨 것들의 秋波가 덥히어 지는—.

  作者註…年前에 自由世界誌에 發表한 題下〈夕刊〉의 改作이다.

—「夕間」, 전문.[12]

이 작품의 주요한 시적 배경은 "터전〈백산(白山)〉"이다. (가)에서는 "청량
리"라는 지명이 나타지만, 실제로 청량리에서는 백산(白山)을 찾기 어렵다.
또한 이 작품이 발표되었을 무렵만 하더라도 "몇 군데 되었던 안테나"는 한
국에서 거의 찾아볼 수 없었을 것이다. 1956년 이전까지 한국에 텔레비전
방송은 없었기 때문이다. 그 당시 서울에는 1954년에 개국한 기독교 방송
(HLKY)만이 유일한 라디오 방송이었다. 방송 전파를 발신하거나 수신할 안
테나도 아직까지 턱없이 모자랐을 상황에서, 안테나들이 몇 군데씩이나 있
었다는 표현은 개연성이 부족하다. 그 때문에 "터전〈백산〉"이나 "몇 군데 되
었던 안테나"와 같은 이미지들은 현실의 실제 대상을 지시하는 것이라기보
다도, 일종의 알레고리를 형성하는 것에 더 가깝다.

  "백산"의 알레고리를 해석하기 위해서는 『아방강역고(我邦疆域考)』를 참조
해볼 수 있다. 이 책은 다산(茶山) 정약용(丁若鏞, 1762-1836)이 1811년(순조 11)

---

12 金宗三,「夕間」,『新群像』第1輯, 1958.12, 46-47쪽.

에 편찬한 역사지리서로서, 한국의 옛 영토를 역사적으로 고증하였다. 1903년에 장지연(張志淵, 1864-1921)은 『아방강역고』를 현대식으로 증보하여 『대한강역고(大韓疆域考)』라는 제목으로 간행하였다. 또한 그는 이 책을 1928년에 『조선강역지(朝鮮疆域誌)』라는 제목으로 다시 출간하였다. 이 『아방강역고』의 8권에는 「백산보(白山譜)」라는 항목이 있다.

「백산보」는 '백산의 계보'라는 뜻이다. 이 글에 따르면, 백산은 동북쪽 모든 산의 시조가 된다고 한다. 이 산은 백산을 포함하여 불함(不咸), 개마(蓋馬), 태백(太白), 장백(長白), 백두(白頭) 등의 여덟 가지 이름이 있다고 기록된다. 또한 백산의 남쪽과 북쪽이 두 주종(主宗)으로 나뉘는데, 그중 남종(南宗)이 조선의 팔도(八道)를 이룬다고 한다.[13] 이처럼 「백산보」는 조선 팔도 전체가 백산의 계보 속에 있다고 본 것이다. 바꾸어 말한다면 백산은 나라의 원천과 같은 장소가 된다.

백산에 관한 언급은 역사학자 이능화(李能和, 1869-1943)가 한국의 도교에 관하여 저술한 『조선도교사(朝鮮道敎史)』에서도 확인된다. 이능화에 따르면, "조선의 산에는 태백(太白)이란 이름이 많은데 흔히 대박산(大朴山) 함박산(咸朴山, 한박산) 박달산(朴達山)이라 적어 놓았으나 속어로 풀이하면 모두 태백(太白)을 이르는 말"이라고 한다. 그 때문에 『삼국유사(三國遺事)』의 「고조선(古朝鮮) 왕검조선(王儉朝鮮)」에서 환인의 아들인 환웅이 하늘에서 내려왔다고 기록한 태백산을 오직 영변(寧邊)에 있는 묘향산(妙香山)이라고만 볼 수 없다고 이능화는 주장하였다. 이는 『아방강역고』의 「백산보」에서 언급한 바와 같이, 태백산(백산)이 특정 지역에 한정되기보다는 한국 민족의 터전

---

13 정약용, 장지연 편, 이민수 옮김, 「白山譜」, 『아방강역고』, 범우사, 1995, 443-449쪽.

전체와 관련이 있음을 말해 주는 것이다. "백두산은 동방 모든 산의 조종이
요 또한 우리 겨레가 처음 탄강(誕降)한 땅이다. … 태백이 이미 동방민족의
영지(靈地)가 되고 제천의 큰 의식도 이 산에서 시작되었으니 예로부터 동방
민족이 이 산을 신령한 산으로 믿고 숭상함은 당연한 일이라 하겠다."[14]

함석헌(咸錫憲, 1901-1989)은 그가 주관한 잡지 『씨ᄋᆞᆯ의 소리』에 『조선도교
사』의 그 부분을 직접 번역하여 게재하였다. 거기서 그는 "한국사상의 근본
을 찾아가는 데는 이능화 씨의 조선도교사를 빼놓을 수 없"다고 번역 이유
를 밝혔다.[15] 함석헌은 일찍이 『성서적(聖書的) 입장(立場)에서 본 조선역사
(朝鮮歷史)』에서도 백산에 관한 언급을 남긴 바 있다. 이 저서는 함석헌이 평
안도 정주(定州) 오산학교(五山學校)에서 역사 교사로 재직할 무렵인 1934년
부터 1935년까지 『성서조선(聖書朝鮮)』에 연재한 강연문을 1950년에 출간한
것이다.

김종삼과 더불어 1950년대에 연대시집을 펴냈던 김광림에 따르면, 김종
삼은 평양의 광성보통학교를 졸업하고 1934년 광성고보에 들어갔다고 한
다.[16] 그리고 김종삼은 자신이 다닌 광성학교가 "미션 계통"이라고 밝힌 바
있다.[17] 함석헌이 위와 같은 내용을 강의하며 지면에 기고하던 지역은 김종
삼이 다니던 학교와 가까운 편이었다. 또한 『성서조선』 등의 기독교 네트워
크를 통한 함석헌의 역사 강의는 미션 계통 학교에 다니던 김종삼에게도 직

---

14 李能和, 李鍾殷 옮김, 『朝鮮道教史』, 普成文化社, 1986, 34-39쪽.
15 李能和, 咸錫憲 옮김, 「特輯: 韓國思想의 發掘과 創造―李能和의 朝鮮道教史」, 『씨ᄋᆞᆯ의 소
리』, 1976.6, 24-34쪽.
16 金光林, 「도깨비 · 김종삼 추억」, 『詩를 위한 에세이』, 푸른사상, 2003, 227쪽.
17 「文学의 産室 시인 金宗三씨」, 『일간스포츠』, 1979.9.27.

간접적으로 알려졌을 가능성이 있다. 실제로 김종삼이 함석헌의 이러한 논의들을 접하였는지의 여부는 중요하지 않을지도 모른다. 더 중요한 점은 서북 지역에서 백산에 관한 의식이 공유되었다는 사실이다. 『성서적 입장에서 본 조선역사』에서는 한국 고유 사상과 백산 사이의 연관성을 아래와 같이 상세하게 소개하였다.

> 「하느님」은 하늘과 관계 있는 말이다. 하늘은 한울인지, ㅎㄴㄹ인지 그 분명한 것을 알 수 없으나, 하여간 우리나라 이름, 사람 이름의 「한」과 하나인 것일 것이다. 「한」 혹 「칸」인데 수(數)의 하나를 표하는 동시에 또 크다는 뜻이다. 「한」과 「큰」이 한 말일 것이다. 한자(漢字)로는 한(韓), 간한환(干汗桓)으로 썼으나 음(音)을 표했을 뿐이다. 이 한 혹은 ㅎㄴ이 우리 정신 생활의 등뼈다. 우리 사람은 한 사람이요 우리나라는 한 나라요 우리 문화는 한 문화다. 그리고 그것을 인격화하여 대표하는 것이 한님 곧 하느님, 환인(桓因)이다. 태백(太白), 불칸은 산으로 이것을 표시한 것이요, 우리나라 곳곳에 백산(白山), 태백산(太白山)이 있는 것은 다 이 신앙의 중심이 됐던 것을 말하는 것이다. 그 한을 하늘에서 표시하면 해다. 그러므로 태양신(太陽神) 섬김과도 하나다. 밝 혹은 박 사상은 그리해서 나온 것일 것이다.[18]

함석헌에 따르면, 고대부터 이어져 온 한국 민족의 신앙 중에서 특히 두드러지는 점은 '하느님 섬기기'라고 한다. 하느님으로서의 하늘[天]은 '한'이라는 개념으로 표현되는데, 여기에는 '하나다[一]'와 '크다[大]'라는 뜻이 있다.

---

18 咸錫憲, 『뜻으로 본 韓國歷史』, 一字社, 1962, 130-131쪽.

전통적으로 한국 민족은 기독교의 유일신과 다른 성격의 하늘 개념을 지니고 있었다는 것이다. '하느님=하늘=한'을 산으로 표시하면 (태)백산이 된다고 한다. 이는 한국 민족의 제천(祭天) 문화가 오랜 전통을 지녔으며, 그 제천 의식이 영적이고 신성한 산을 중심으로 이루어졌다는 이능화의 설명과 상통하는 대목이다. 나아가 함석헌은 '하느님=하늘=한=(태)백산'을 하늘에서 표시하면 태양의 빛남 또는 밝(박)이 된다고 말하였다.

동학(천도교) 사상가인 백세명(白世明, 1898-1960) 또한 단군신화에 나타난 '환사상(桓思想)'이 한, 한님, 하늘, 한울, 하느님, 한우님, 하나님에 관한 한국 민족 사상으로 이어진다고 주장하였다.[19] '한 사상'은 "만유는 그 근본이 「한」(숲一)이라는 일 「一」의 원리인 것이며 우주의 본질은 본래부터 「환」한 「광명체였다」는 것"을 뜻한다. 백세명에 따르면, 광명(光明) 사상으로서의 '한 사상'은 '밝'이라는 개념과도 통하며, 따라서 "태백산, 소백산, 백두산 등의 산 이름에 백(白) 자가 많이 들어 있는 것은 다름 아닌 「밝」 사상에서 유래한 것"이라고 한다.[20] 백세명은 동학을 단군에서 비롯한 토착사상의 계승으로 보았으며, '백산'이라는 지명을 그 증거로서 이해하였던 것이다. 그는 평안북도 의주에서 태어났다. 이는 동학(천도교) 사상이 김종삼의 고향인 황해도를 비롯하여 서북 지역에 퍼져 있었음을 방증한다.

앞서 인용한 작품 (가)와 (나)에서 "터전〈백산〉"이 뜻하는 바는 '하늘(님)=(태)백산=밝은 햇빛'이라는 한국 고유 사상과의 관계 속에서 제대로 이해할 수 있다. 한국 민족은 전통적으로 하늘님과 소통하는 장소를 공동체의 원천적 터

---

19 白世明,『東學思想과 天道敎』, 東學社, 1956, 19-22쪽.
20 白世明,『하나로 가는 길』, 日新社, 1968, 80-82쪽.

전으로 삼았다. 오랫동안 한국 민족이 '백산', 즉 하늘의 밝은 빛과 소통하는 장소를 원천적 터전으로 삼았다는 점은 "터전"과 "백산"을 결합한 시어 "터전〈백산〉"과 상통하는 측면이 있다. 고대부터 내려온 한국 고유사상 속의 '백산' 이미지가 전후 시인의 작품에 유령처럼 회귀하여 출현한 것이다. 이처럼 "터전〈백산〉"은 이미지의 살아남음이라는 현상을 잘 보여준다고 할 수 있다.

'하늘(님)=터전=밝은 햇빛'이라는 이미지는 김종삼의 시 「다리밑―방·고흐의경지(境地)」에서도 나타난다. 연과 행의 구분 없이 산문시의 형식을 취한 이 시는 다음과 같은 첫 문장으로 시작한다. "길바닥과 함께 아지 못했던 날 빛은 허뜨러지었던 터전이고, 가라타기 어려운 운명적(運命的)인 기후(氣候)의 정류장(停留場)의 소재(素材)인 중단(中斷)된 기간(期間)에서 벗어나지 못할 날 빛은 신(神)보다는 고마웠었다."[21] 다소 복잡해 보이는 이 구절을 풀어 보면 아래와 같다.

길바닥과 함께 아지 못했던 날(에),	빛은	허트러지었던 터전이다.
가라타기 어려운 운명적인 기후의 정류장의 소재인 중단된 기간에서 벗어나지 못할 날(에),	빛은	신(神)보다는 고마웠다.

여기에서 '빛은 터전이다'라는 명제는 상식적으로 이해하기 어려운 표현이다. 빛은 붙잡을 수 없는 것인 반면에, 터전은 사람들이 발을 딛고 살아가는 곳이기 때문이다. 하지만 터전으로서의 빛 이미지는 하늘의 환한 신성을 자신의 근원적인 터전이라고 믿어 온 한국 민족의 토착적 종교사상과 연관

21 金宗三, 「다리밑―방 · 고흐의境地」, 『自由文學』, 1959.1, 170쪽.

이 있다. 여기에서 빛은 정신적 원천으로서의 신성 자체라 할 수 있다. 유일신 종교에서 현실과 절대적으로 단절된 초월적 신을 전제하는 것과 달리, 한국 민족의 영성 문화에서 하늘의 빛인 신성은 현실의 삶을 가능케 하는 터전과 같다. 그처럼 삶의 터전이 되는 신성의 빛은 "운명적"으로 삶을 징벌하는 초월적 인격신보다도 더 "고마운" 존재일 것이다.

지금까지 논한 바에 근거하여 우리는 "터전〈백산〉"에 모여서 사는 "부락민들"이 한국 민족을 암시한다고 해석해 볼 수 있다. (가)는 "착한것과 스콥프와 살아 온 죽은 나의 동생과 애인"이 "터전〈백산〉을 / 내려가야만 했"다는 장면으로 끝난다.[22] "터전〈백산〉을 / 내려가야만 했"다는 것은 한국 민족이 그들의 신성한 원천적 터전을 상실할 수밖에 없었던 절망적 역사를 암시할 것이다. (나)에서는 그 터전의 성스러움을 빼앗긴 민족을 "가엾슨 것들"로 표현한다. 이 "가엾슨 것들"은 작품 속에서 "학동" 또는 "소년"의 모티프와 연결된다. 그러므로 여기에서 학동(소년)이라는 어린아이의 이미지는 착하기에 무력하고, 나약하기에 고통받았던 인간을 형상화한다.

(가)와 (나)의 전반부는 "현실의 조간"에 해당하며, "현실의 조간"은 민족의 아침 시기, 즉 한국 민족의 신성한 원천이 발현하던 때에 해당한다. 또한 (가)와 (나)의 후반부인 "석간" 부분은 신성한 원천을 바탕으로 출발한 민족 공동체가 어떻게 파괴되어 갔는지를 제시한다. 이때 한국 민족이 겪어 온 역사 전체는 전쟁과 폭력의 원리에 따라 작동하면서 몰락과 파국을 향해 가는 과정과 같다고 할 수 있다. 그러나 1950년대 김종삼의 시편은 역사 전체가 파

---

22 "스콥프"는 땅을 팔 때 쓰는 도구인 '삽(揷)'의 네덜란드어 'schop'로 추정된다. 삽은 공동체의 터전을 일구고 그 위에서 삶을 가꾸기 위한 도구라 할 수 있다. 그러므로 이 구절에서 "스콥프"는 "부락민들"이 "터전〈백산〉"에 쏟은 노력과 헌신을 느끼게 한다.

국에서 끝난다는 식의 단순한 종말론에 그치지 않는다. 이 시기의 여러 작품에서 드러난 역사의 이미지들과 같이, 김종삼의 시 세계는 단순한 종말론이 아니라 순환적 종말론을 제시하기 때문이다. (가)와 (나)에서 한국 민족이 체험한 역사 전체를 하루의 오전과 오후로 압축시킨 기법도 마찬가지로 순환적 종말론의 맥락과 연관이 있다. 김종삼의 시에서 종말론적인 역사의 이미지가 한국 민족의 원천적 신성이 파괴되어 간 역사를 나타낸다면, 순환적인 역사의 이미지는 민족의 원천적 신성이 다시 살아날 수 있다는 희망을 상기시킨다. 특히 김종삼의 1950년대 시편에서 원천적 신성은 (가)의 3연에서처럼 "오동나무가 많은 부락"의 이미지를 통해서 상기된다. 이 이미지는 「오동나무가 많은 부락입니다」라는 작품의 제목에서부터 나타난다.

오동나무가 많은 부락입니다.

어머니의 배—ㅅ속에서도
보이었던
세례를 받던 그 해었던
보기에 쉬웠던
추억의 나라 입니다.

누구나,
모진 서름을 잊는 이로서,

오시어도 좋은 너무

오래되어 응결되었으므로

구속이란 죄를 면치 못하는

이라면 오시어도 좋은

오동나무가 많은 부락 입니다.

그것을,

씻기우기 위한 누구의 힘도

될수 없는

깊은

빛갈이 되어 꽃피어 있는

시절을 거치어 오실수만 있으면

오동 나무가 많은 부락이 됩니다.

오동 나무가

많은 부락 입니다.

수요 많은 지난 날짜들을

잊고 사는 이들이 되는지도 모릅니다.

그 이가 포함한 그리움의

잊어지지 않는 날짜를 한번

추려주시는, 가저다

주십시요.

인간의 마음이라 하기 쉬운

한번만의 광명이 아닌

솜씨가 있는 곳임으로

가저다 주시는

그 보다,

어머니의 눈물가에 놓이는

날짜를 먼저 가저다

주시는⋯⋯⋯⋯

오동나무가 많은 부락이 됩니다.

　　　　　　　　　　　　　—「오동나무가 많은 부락입니다」, 전문.[23]

　한문 문명권에서 전통적으로 특정 나무가 상징하는 바는 그 나무 이름에서 '나무 목(木)' 변을 제외한 나머지 글자의 의미로 풀이할 수 있다. 오동나무의 이름인 '오동(梧桐)'에서 '목(木)' 자를 모두 제외하고 나면 '오동(吾同)'만이 남는다. '오동(吾同)'을 축자적으로 풀이하면 '나와 같음'이라는 뜻이 된다. 이를 대입해 보면 '오동나무가 많은 부락'은 '나와 같은 사람들이 많은 부락'이라는 의미로 해석된다. 이는 한국 민족과 같이 동질적 정체성에 근거한 공동체를 암시한다고 할 수 있다.

23 金宗三,「오동나무가 많은 부락입니다」,『新世界』, 1956.10, 166-167쪽.

공동체적 동질성은 시적 화자의 기억 속에 "오동나무가 많은 부락"의 이미지로 살아남아 있다. 시적 화자는 누구든지 모진 설움을 잊는 사람으로서 이곳에 와도 좋다고 청유한다. 이러한 청유는 그 이상적 장소에 모진 설움이 없다는 뜻을 내포한다. 나아가 시적 화자는 "구속이란 죄를 면치 못하는 / 이라면" 이곳에 올 수 있다고 한다. "깊은 / 빛갈이 되어 꽃피어 있는 / 시절을 거치어" 그 죄를 씻고 나면 얼마든지 이곳에 갈 수 있다는 것이다. 다시 말해서 "오동나무가 많은 부락"은 사람들을 얽어맨 죄가 정화된 이후의 상태라고 할 수 있다. 이때 중요한 점은, 그렇게 모든 죄를 씻고 난 뒤의 상태가 곧 "어머니의 배ー ㅅ속"과 같다고 표현한다는 점이다. 인간의 원천적인 마음속에는 설움도 죄도 없다는 사유가 여기에 드러난다. 이는 인간이 태어날 때부터 죄에 물들어 있다고 보는 기독교적 원죄의식과 거리가 멀다고 할 수 있다.

빛깔 또는 빛은 인간의 육체로 붙잡을 수 없으며 천상으로부터 내려온다는 점에서 신성과 연관된다. 그러나 그 빛의 신성은 꽃과 같은 물질성과 결합하여 지상에 가시화될 수 있다. 따라서 '빛갈 깊은 꽃 피어있는 시절'은 천상의 신성(빛)과 지상의 생명(꽃)이 결합하는 육화(incarnation)의 이미지에 속한다. 빛과 꽃을 결합한 이미지는 김종삼의 시 「빛갈 깊은 꽃 피어있는 시절에 대한 이야기」 등에서도 중요하게 되풀이된다.[24] 기독교의 중요한 신비 가운데 하나인 육화의 신비는 예수가 원래 하느님의 말씀이라는 순수한 신성이면서 동시에 인간의 육신을 입었음을 뜻한다. 하느님의 신성이 예수라는 인간으로 육화한 까닭은 모든 인간의 죄를 구원하기 위해서였다. 그러나 김종삼의 시편은 "빛갈 깊은 꽃 피어있는 시절"을 거친 인간이라면, 즉 신성이

---

24 金宗三, 「빛갈 깊은 꽃 피어있는 시절에 대한 이야기」, 『朝鮮日報』, 1957.5.15.

지상에 내재함을 경험하는 사람이라면 누구나 "오동나무가 많은 부락"에서처럼 이상적 원천을 회복할 수 있다고 표현한다. 이와 같이 김종삼의 1950년대 시에 나오는 "빛갈 깊은 꽃 피어있는 시절"의 이미지는 인간의 현실적 삶 속에 신성이 육화하는 것이야말로 공동체의 원천임을 상기시킨다고 할 수 있다.

한편으로 시적 화자는 그 원천에 관한 기억을 "그리움의 / 잊어지지 않는 날짜"라고 한다. 다른 한편으로 그것은 "인간의 마음이라 하기 쉬운 / 한번만의 광명이 아닌" 날짜라고도 한다. "한번만의 광명"과 "잊어지지 않는 날짜"는 의미상 대비를 이룬다. 전자는 과거와 전혀 무관하게 미래로부터 갑자기 유토피아의 광명이 주어지는 일회성의 구원을 연상케 한다. 그러므로 "한번만의 광명"을 바라는 것은 순환론 없는 종말론에 빠지는 것과 같다. 이와 달리 후자는, 참된 광명이란 미래로부터 일회적으로 주어지는 것이 아니라 잊을 수 없는 과거의 나날들 속에 숨어 있는 것임을 암시한다. 시름이 없고 죄가 없던 그 "잊어지지 않는 날짜"를 상기하는 순간이 곧 인간의 원천적 신성(광명)을 실현하는 순간이며, 따라서 진정한 "인간의 마음"을 되찾는 순간이다. 전자는 "인간의 마음이라 하기 쉬운", 즉 인간의 마음 같지만 참된 인간의 마음과는 거리가 멀다고 할 수 있다. 미래에서 구원이 뚝 떨어지기를 기다리는 마음은 비록 인간적이기는 하지만 어디까지나 수동적이고 의존적이라는 점에서 인간 자신의 참된 마음이라 할 수 없기 때문이다. 반면에 후자는 미래에 갑자기 신이 도래하기를 수동적으로 바라는 것이 아니라 과거에 숨어 있는 인간 자신의 참된 마음을 스스로 상기할 때에야 진정한 신성의 육화가 가능함을 느끼게 한다. 이는 모든 시름과 죄의 근본적인 종말이되, 과거에 숨어 있는 공동체의 신성한 원천이 되살아남으로써 이루어지는 순환적 종말이라고 할 수 있다. 김종삼의 시는 그처럼 신성한 원천이 현재 속에서 되살아나는 순간을 섬광의 이미지로서 제시한다.

立地 같다. 　금이 가 있던 현실에서 생긴 조각이 난 것들을 모아 놓고 그린다. 　灼泉이 오래 가도록 어렵지 않게 겪으며는 차 례로서는 어쩌다가 　그림 하나 되었다는 奇蹟을 해설해야만 하는 地方이 된다. 　지나가는 것은 하루에 달구지 하나쯤―. 〈文化時報 九·五〉 ―「… 하나쯤」, 전문.²⁵	결정짓기 어려웠던 구멍가개 하나를 내어 놓았다. 〈한푼어치로²⁶ 팔리지 않았음은 물론이고〉 오늘에도 지나간 것은 분명 차 한대밖에― 그새, 키 작고 현격한 간격의 바위들과 도토리나무들이 어두움을 타 드러났고 꺼밋한 시공 뿐. 어느새, 선회되었던 차례의 아침이 설레이다. ― 드빗시 산장 부근 ― 「드빗시 산장 부근」, 전문.²⁷

　위에 인용한 두 편의 시에는 모두 섬광처럼 지나가는 이미지가 나타난다.[28] 「… 하나쯤」에서는 "지나가는 것은 하루에 달구지 하나쯤―"이라는 구

---

25 金宗三,「··· 하나쯤」, 韓國詩人協會 엮음,『一九五八年 年刊詩集 詩와 詩論』, 正陽社, 1959, 254쪽.
26 "로"는 '도'의 오식으로 추정―인용자 주.
27 金宗三,「드빗시 산장 부근」,『思想界』, 1959.2, 356쪽.
28 지금까지 실체가 확인된 「··· 하나쯤」의 원문은『一九五八年 年刊詩集 詩와 詩論』에 실린 판본뿐이다. 이 책은 제목에서도 알 수 있듯이 1958년 동안 지면상에 발표되었던 작품들을 뽑아서 엮은 것이다. 여기에 실린 「··· 하나쯤」 원문의 맨 마지막에서는 이 시가 발표되었던 지면을 "〈文化時報 九·五〉"라고 표기하였다.『문화시보』는 당시에 발간되던 일간지였다. 따라서 이 작품은『문화시보』1958년 9월 5일 자에 발표되었으리라는 추정이 가능하다. 그러나『문화시보』의 실물은 아직 그 소장처가 불분명하다.

절이 나온다. 김종삼의 1960년대 작품인 「달구지 길」에서는 "달구지길은 휴전선이북(休戰線以北)에서 죽었거나 시베리아 방면(方面) 다른 방면(方面)으로 유배당(当)해 중노동(重勞動)에서 매몰(埋沒)된 벗들의 소리다."라는 구절이 있다.[29] 이를 미루어 보면, 「… 하나쯤」의 "달구지"는 거기에 얽힌 전쟁의 트라우마적 기억을 섬광처럼 지나가는 이미지로 제시한 것이라고 충분히 짐작해 볼 수 있다.

「… 하나쯤」에서 시적 화자는 "금이 가 있던 현실에서 생긴 조각이 난 것들을 모아 놓고" 하나의 그림을 그리고자 한다. 이러한 시적 화자의 행위는 파편들을 모아서 하나의 성좌형세를 제시하는 모자이크 제작 방식과 같다. 상처 입어서 부서지고 깨어진 기억의 그 모자이크는 전쟁으로 훼손된 한국 민족의 목숨과 인간성을 상기시킨다고 할 수 있다. 기억의 파편들을 모아서 그 속에 담긴 어떤 원천을 별자리로 드러내는 것. 그것은 벤야민이 말한 역사의 이미지 개념과 공명한다.

> 과거의 진정한 이미지는 휙 지나간다. 과거는 이미지에 의해서만 붙잡을 수 있다. 그 이미지는 인식 가능한 순간에 섬광처럼 지나가고는 다시 나타나지 않는다. … 왜냐하면 이미지는 과거의 돌이킬 수 없는 이미지이기 때문이다. 그것은 현재 자체를 그 이미지 속에서 의도된 것으로 인식하지 않는 모든 현재 속에서 사라질 위험에 처해 있다. … 과거를 역사적으로 표현한다는 것은 그것이 '실제로 어떠했는가'를 인식한다는 것을 의미하지 않는다. 그것은 위험의 순간에(im Augenblick de Gefahr) 섬광처럼 스치는 과거의 이미지를

---

29 金宗三, 「달구지 길」, 『朝鮮日報』, 1967.10.1.

단단히 붙든다는 것(ein Bild der Vergangenheit festzuhalten)을 뜻한다.[30]

벤야민이 사유하기에 역사는 과거에 실제로 무슨 일이 있었는지를 실증적이고 객관적으로 정리해 놓은 단순 기록이 아니다. 그는 언제나 현재와의 밀접하고 절박한 관계 속에서만 역사의 진정한 의미가 드러날 수 있다고 보았다. 이는 "위험의 순간에 섬광처럼 스치는" 과거(기억)의 이미지를 붙잡는 것과 같다. 김종삼의 1950년대 시편이 이미지에 의하여 과거의 기억을 붙잡는 방식도 그와 같다고 할 수 있다. 김종삼의 1950년대 시편은 전쟁으로 황폐화된 절망적 현실 속에서 민족적 원천의 기억을 재생시킨다. 그 과거의 기억 속에는 현재의 위기를 극복할 수 있는 희망의 씨앗이 담겨 있기 때문일 것이다. 과거의 이미지는 일상을 무감각하게 살아가는 인간의 평범함이 아니라 현재의 위기에 대항하려는 인간의 절박함 속에서만 섬광처럼 반짝일 수 있다.

이러한 섬광의 이미지는 「드빗시 산장 부근」에서도 나타난다. "오늘에도 지나간 것은 분명 차 한대 밖에―"라는 구절이 그러한 섬광의 이미지에 속하기 때문이다. 그렇다면 그 "차 한대"를 몰고 가는 사람은 누구인가? 텍스트 내의 정보를 참조하면, 시적 화자는 현재 "드빗시 산장 부근"에서 "구멍가개"를 경영하고 있다. 이때 "차 한대"가 "구멍가개" 앞으로 하루에 한 번씩만 지나간다는 것은 "드빗시 산장"을 드나든다는 것이 된다. 따라서 "차 한대"의

---

30 Walter Benjamin, "On the Concept of History" V-VI, trans. Harry Zohn, *Walter Benjamin: Selected Writings* vol. 4(1938-1940), ed. Howard Eiland and Michael W. Jennings, Cambridge, Massachisetts, and London, England: The Belknap Press of Harvard University Press, 2006, pp.390-391.

주인은 "드뷔시 산장"을 드나들 수 있는 인물, 즉 음악가 "드뷔시"로 라고 볼 수 있다. 김종삼은 "지금까지 쓴 1백여 개 가운데서 이 〈돌각담〉〈앙포르멜〉 〈드뷔시 산장부근〉둥 3, 4개 정도가 고작 내 마음에 찬다고 할 수 있다"라고 언급한 바 있다.[31] 「드뷔시 산장 부근」은 김종삼이 자신의 대표작으로 손꼽 았을 만큼 그의 시 세계에서 중요한 작품이다. 그렇다면 이 작품에서 드뷔시 (Claude Achille Debussy, 1862-1918)를 섬광의 이미지로 제시한 까닭은 무엇일까? 드뷔시를 제목으로 삼은 김종삼의 시에서 그 해답의 실마리를 찾아보자.

아지 못할 灼泉의 소리. 의례히 오래 간다는, 물끓듯 끓어나는 나지막하여 가기 시작한.

—「드뷔시」, 전문.[32]

위 작품에서는 드뷔시의 음악을 "작천(灼泉)의 소리"로 표현한다. "작천"은 앞서 살펴본 시 「… 하나쯤」에도 등장한다. 이 시어는 사전에 나오지 않는 김 종삼 시 특유의 조어(造語)라고 할 수 있다. 그 때문에 "작천"의 뜻이 무엇인 가라는 문제는 축자적 해석을 필요로 한다. '작(灼)'에는 '불사르다'라는 뜻이 있다. 이는 위 시에서 "물끓듯 끓어나는"이라는 구절과 의미상 연결된다. 그 러므로 "작천"은 '끓어오르는 원천'을 뜻한다고 풀이할 수 있다. 김종삼의 시 에서 원천은 고정되어 있는 것이 아니라 역동적으로 끓어오르는 것이며, 현 재와 무관한 과거가 아니라 "나지막"하지만 "의례히 오래" 가는 것처럼 현재

---

31 金宗三, 「먼 「詩人의 領域」」, 『文學思想』, 1973.3, 317쪽.
32 金宗三, 「드뷔시」, 全鳳健 외, 『新風土 〈新風土詩集 Ⅰ〉』, 白磁社, 1959, 58쪽.

로 끊임없이 새롭게 밀려오는 것이다. 그러한 "작천"처럼 한국 민족의 정신적 원천도 현재에는 "아지 못할" 것처럼 보일 수 있으며 '나지막'하고 희박한 것처럼 보일 수 있다. 하지만 김종삼은 그 원천이 "물끓듯 끓어나는" 생명력을 지니고 있으므로 "의례히 오래 간다"고 사유하였다. 그에게 드뷔시의 음악은 그러한 원천의 생명력과 지속성을 불러일으키는 소리였다. 「… 하나쯤」에서도 "작천"은 "오래 가도록 어렵지 않게 겪"을 수 있는 원천, 즉 지속적 생명력의 경험을 가능케 하는 원천을 의미한다. 그것은 '달구지 길'이 표상하는 전쟁의 참혹한 현실 속에서도 "기적"처럼 떠오르는 "그림", 즉 이미지로서 반짝인다. 이처럼 섬광의 이미지는 지속적이고 역동적인 원천을 상기시키는 순간의 이미지이라고 할 수 있다.

드뷔시가 운전하는 "차 한대"의 섬광 같은 지나감, 그것은 원천의 역동적 생명력과 지속성을 순간적으로 상기시킨다. 그 순간에 「드빗시 산장 부근」의 시간적 배경은 밤의 "어두움"으로부터 아침으로 전환된다. 이처럼 김종삼의 1950년대 시편에서 하루의 이미지는 종말론적이면서 순환적인 역사를 형상화한다. 그러므로 이 시에서 밤이 아침으로 전환된다고 표현한 것은 역사의 종말이 '다시개벽'을 향해 전환됨을 암시한다고 볼 수 있다. 끓어오르는 원천에의 기억이 마치 섬광처럼 반짝이는 순간에 비로소 역사의 근본적 전환이 가능하다는 것이다. 이러한 맥락에서 "선회"라는 시어는 순환적 운동을 뜻한다는 점에 주목할 필요가 있다. "선회되었던 차례의 아침이 설레이다"라는 구절은 다시개벽의 순간, 즉 훼손된 민족적 원천이 떠올라 되살아나는 새 역사에의 희망과 기대감을 느끼게 한다.

지금까지 김종삼의 1950년대 시편에서 종말론적이고 순환적인 역사의 이미지들을 통하여 한국 민족의 정신적 원천이 상기됨을 살펴보았다. 김종삼의 1950년대 시편에 나타난 역사의 이미지들은 종말론적이면서 순환적인 역사관을 암시한다는 점에서 다시개벽이라는 동학 고유의 역사철학과 공통점이 있다. 이러한 다시개벽의 이미지들은 한국 민족의 정신적 원천을 상기시킨다. 그 원천은 '하늘님=환한 빛=백산'이라는 신성이 현실 속에 육화되어 있었다는 기억, 즉 공동체 구성원의 참된 마음이 곧 신성이었다는 기억이라고 할 수 있다. 이처럼 김종삼의 시에서 암시적으로 형상화하는 다시개벽은 신성에 근거한 민족적 원천을 떠올리고 되살려내는 순간, 그리하여 전쟁의 논리로 코드화된 역사를 새로운 코드의 역사로 전환하는 순간과 같다. 전쟁에 의하여 황폐화된 현실 속에서도 그러한 신성의 원천은 섬광처럼 반짝이는 것이다. 시의 이미지는 그 반짝임을 붙들려는 몸짓이라고 할 수 있다.

제2장
장소로서의 이미지

| 이미지는 운동이다: 이행과 전치를 일으키는 장소 |

민족적 원천으로서의 신성을 상기시키는 김종삼 시의 이미지들은 장소와 시간이라는 두 가지 측면에서 살필 수 있다. 시에서 이미지는 감각의 문제이며, 감각은 공간과 시간이라는 감성의 선험적 범주에 근거하기 때문이다. 김종삼의 1950년대 시편은 장소로서의 이미지를 통하여 인간의 내재적 신성을 상기시킨다. 김종삼의 시에서 특정한 의미를 지시하거나 상징하는 것처럼 보이지 않는 장소로서의 이미지들은 실제로 다양한 의미들 사이의 이행(transition) 및 전치(displacement) 운동을 일으킨다. 그중에서도 특히 비가시적인 것과 가시적인 것 사이의 운동은 삶에 내재하는 신성을 상기시킨다고 할 수 있다. 신성이 비가시적인 것이라면, 삶은 가시적인 것이기 때문이다.

1950년대 김종삼의 시편에는 뚜렷한 상징적 의미나 비유적 메시지로 해석되기 어려운 공간적 배경의 묘사가 적지 않게 나타난다. 「베르카·마스크」는 전체 5연 중 전반부의 1~2연이 공간적 배경의 묘사에 해당한다. 이 작품에서 시적 배경의 묘사는 시적 화자의 감정 개입이나 주관적 판단을 철저하게 배제한 듯이 보인다. 그 때문에 "토방 한결에 말리다 남은 / 반디 그을끝에 밥알 같기도 한 / 알맹이가 붙었다"라는 1연의 장소 묘사가 시 전체와 관련하여 무슨 의미가 있는지, "밖으로는 / 당나귀의 귀같기도한 / 입사귀가 따우에 많이들 / 대이어 있기도 하였다"라는 2연의 장소 묘사가 어떠한 뜻을 상징하는지 알기 어렵다.[33] 이는 김종삼의 1950년대 시편의 난해함을 더욱 가중시키는 요소 가운데 하나라고 할 수 있다.

「베르카·마스크」에서 장소의 이미지는 두 가지 특징이 있다. 첫째로, 장소의 이미지는 시적 화자로 하여금 과거의 기억을 떠올리게 만든다. "어느 날엔 // 개울 밑창 파아란 해감을 드려다본 것이다. 내가 먹이어 주었던 강아지 밥그릇 생각이 났기 때문이다." 둘째로, 장소의 이미지는 그 기억이 되풀이되도록 한다. "몇 해가 지난 어느 날에도 / 이 앞을 지나게 되었다."[34] 여기에서 "개울 밑창 파아란 해감"이 정확하게 어떠한 대상을 지시하는지, 또는 어떠한 의미를 상징하는지 확정하기 어렵다. 하지만 한 가지 분명한 점은 장소의 이미지가 시적 화자에게 영향력을 미치며 기억의 반복을 일으킨다는 점이다.

이러한 특성은 김종삼의 시 「어디메 있을 너」에서도 잘 나타난다. 이 작품은 "학교와 그 사이에 // 석가(石家) 하나 / 종각(鐘閣) 하나"라는 장소의 이미지들을 제시한다. 여기에서 "학교"와 "석가"와 "종각"이 각각 어떠한 대상을 지시하거나 어떠한 의미를 상징하는지는 알기 어렵다. 하지만 분명한 것

---

33 金宗三, 「베르카·마스크」, 金宗文 엮음, 『戰時 韓國文學選 詩篇』, 國防部政訓局, 1955, 99쪽. 이를 개작한 판본인 「베르가마스크」에는 "토방 한곁에"부터 "알맹이가 붙었다"까지의 구절이 없다(金宗三, 「베르가마스크」, 全鳳健 외, 『新風土〈新風土詩集 I〉』, 앞의 책, 59쪽.)
34 金宗三, 「베르가마스크」, 위의 쪽.

은 그러한 장소의 이미지들이 시적 화자로 하여금 "너"에 대한 기억을 불러일으킨다는 점이다. "거기에 너는 있음직 하다."[35] 시의 제목이 「어디메 있을 너」인 까닭도 이 구절과 연관된다. 시적 화자에게 "너"의 존재와 그 위치는 불확실하다. "너"의 존재는 "있음직 하다"나 "어디메 있을" 등과 같은 표현에서 알 수 있듯이 어렴풋하기만 하다. 그러므로 시적 화자에게 "너"는 가까이 있는 존재라기보다 상실된 존재에 더욱 가깝다고 할 수 있다. 「어디메 있을 너」에서 장소의 이미지들은 불투명하게 존재하는 "너"에의 기억을 반복적으로 불러일으킨다. 이러한 특성이 놀라운 시적 기법을 통하여 나타난 사례로는 「개똥이」를 꼽을 수 있다.

1
뜸북이가
뜸북이던

동뚝

길
나무들은
먼 사이를 두고
이어갑니다

35 金宗三, 「어디메 있을 너」, 『東亞日報』, 1955.8.25.

하나

있는 곳과

연달아 있고

높은 나무 가지들 사이에

물 한 방울을 떠러 트립니다

병막에 가 있던

개똥이는 머리위에

불개미알만이 쓸고 어지룹다고

갔읍니다

소매가 짧았읍니다

산당 꼭대기

해가 구물 구물 하다

보며는

웃도리가 가지런한

소나무 하나가

깡충 합니다

꿩 하마리가[36]

까닥 합니다

2

새끼줄 치고

소독약 뿌린다고

집을 나왔읍니다

해가 남아 있는 동안은

조곰이라도 더 가야겠읍니다

엄지발톱이 돌뿌리에 채이어

앉아볼 자리마다 흠이 잡히어

도라다니다가 말았읍니다

도라다니다가 말았읍니다

가다가는 빠알간

해―ㅅ물이

돋아

저기

어두어 오는

36 "하마리가"는 '한마리가'의 오식으로 추정―인용자 주.

北門은 놀러 갔던

아이들을 잡아 먹고도

남아 있읍니다

빠알개 가는

자근 무덤만이

돋아나고 나는

울고만 있읍니다

개똥이······일곱살 되던해의

개똥이의 이름

—「개똥이」, 전문.[37]

「개똥이」에는 1과 2라는 일련번호가 매겨져 있다. 먼저 1에서 시적 화자
는 "동뚝('크게 쌓은 둑'을 뜻하는 '둑둑'의 북한어)" 위의 길을 걸어가며 "연달아
있"는 "나무들", "산당 꼭대기", "해", "소나무", "꿩" 등과 마주친다. 반면 2에
서 시적 화자는 "집을 나"와서 "도라다니다가 말았"으며, 해가 빨갛게 저물고
난 뒤 어두워 가는 시간 속에서 "북문(北門)" 쪽에 "돋아나"는 "아이들"의 "자
근 무덤"을 관조한다. 요컨대 전자는 이동 시점을, 후자는 고정 시점을 취한
것이다.

작품 내에서 시점의 차이를 만들어 내는 결정적 계기는 2에서 연 구분을

37 金宗三, 「개똥이」, 金宗文 엮음, 앞의 책, 101-105쪽.

94 | 천상과 지상 사이의 형상

통하여 두 차례나 반복된 "도라다니다가 말았읍니다"라는 구절이라고 할 수 있다. 이는 돌아다니는 행위의 중지를 뜻한다는 점에서 그 이후의 고정 시점을 가능케 하기 때문이다. 또한 이 구절은 그 전까지의 전체가 '방황하며 보고 느낀 내용'에 해당한다는 것을 알게 한다. 따라서 우리는 이 작품을 "도라다니다가 말았읍니다" 이전과 이후, 즉 '방랑 도중'과 '방랑 이후'라는 두 부분으로 나누어 살필 수 있다.

이러한 시적 구조는 '방랑 도중'과 '방랑 이후'의 시간 배경이 다르다는 점을 통해서도 뒷받침된다. 전자의 시간 배경은 "산당 꼭대기"에 아직 "해가 구물 구물" 떠 있는 저물녘 이전이다. 반면에 후자의 시간 배경은 "빠알간 / 해 ─ㅅ물이 / 돋"으며 하늘이 "어두어 오는" 황혼 무렵이다. '방랑 도중'과 '방랑 이후'라는 내용상의 차이가 그와 같은 시간상의 차이를 낳은 것이다.

서사학에서 시간의 '순서(order)'를 검토할 때 일차적으로 중요한 언어적 표지는 시제(tense)이다. 시제를 중심으로 살펴본다면, '방랑 도중'의 용언들은 "이어갑니다", "떠러 트립니다", "깡충 합니다", "까딱 합니다" 등과 같이 일관되게 현재형 시제로 이루어짐을 알 수 있다. 이 부분에서 과거형 시제로 표현된 용언은 개똥이의 죽음을 암시하는 "갔읍니다", 그리고 개똥이의 가난을 환기하는 "소매가 짧았습니다" 등, 죽은 개똥이의 과거를 나타내는 표현들일 뿐이다. 반면에 2에서 "나왔읍니다"와 "말았읍니다"는 과거시제를 취한다. 그러므로 "나왔읍니다"의 내용부터 "말았읍니다"의 내용까지는 「개똥이」 전체에서 시간상 맨 처음 일어난 일에 해당한다고 볼 수 있다.

이를 요약해 보면, 위 작품의 서술 시간(narrative time)을 다음과 같은 이야기 시간(story time)으로 재구성할 수 있다. (1) 2의 시작부터 "말았읍니다"까지(소독약 때문에 집을 나와서 돌아다니기 시작)→(2) 1 전체(돌아다니며 체험한 내용)─→(3) 2의 "말았읍니다"부터 끝까지(돌아다니기를 멈추고 북문 쪽을 바라봄).

위 시는 연대기적 시간 흐름에 따라 사건을 서술한 것이 아니라, (1)보다 실제 시간상으로 더 나중에 발생한 사건 (2)를 작품 맨 앞에서 서술한 것이다. 이는 서사학의 '순서(order)'와 관련된 개념 중 '회상(analepses)'에 해당한다. 회상이란, 주어진 순간의 이야기 속 시점보다 먼저 일어난 사건의 사실을 나중에 환기시키는 서사적 술책이다.[38] 이러한 회상 기법은 친구 "개똥이"의 죽음에 관한 기억이 작품 내에서 영원히 되풀이되도록 한다.

이처럼 시적 화자에게 영향력을 미치는 장소의 이미지는 아리스토텔레스 (Aristotle, B.C.384-B.C.322)가 『자연학』에서 말한 '장소' 개념과 상통한다. "장소는 어떤 것일 뿐만 아니라 특정한 힘(dynamis)을 가한다."[39] 장소는 단지 사물이 위치해 있는 객관적·물리적 공간(space)이기도 하지만, 동시에 특정한 힘을 행사하는 것이기도 하다. 김종삼의 시에 나타난 장소 이미지들도 아리스토텔레스의 장소 개념과 같이 작품의 핵심 주제에 적극적으로 침입하면서 어떠한 힘을 가한다. 그의 시에서 장소 이미지들이 일으키는 힘은 특히 비가시적인 것과 가시적인 것 사이의 운동으로 나타난다. 이러한 특성이 나타나는 작품으로는 「전봉래(全鳳來)에게─G마이나」(이후 「G·마이나」로 개작)와 「해가 머물러 있다」를 꼽을 수 있다.

---

38 Gérard Genette, *Narrative Discourse: an Essay in Method*, trans. Jane. E. Lewin, Ithaca, New York: Cornell University Press, 1980, p.40.

39 Aristotle, *Physics* 4.1.208b, in *The Complete Works of Aristotle: The Revised Oxford Translation*, trans. Jonathan Barnes, Princeton and N.J: Princeton University Press, 1984, p.355.

(가)

물

닿은 곳

神羔의

구름밑

그늘이 앉고

杳然한

옛

G마이나

　　　　　　　　　　　－「全鳳來에게─G마이나」, 전문.[40]

(나)

뜰악과 苔瓦마루에 긴 풀이 자랐다.

한 모퉁이에 자근 발자욱이 나 있었다.

풀밭이 내다 보였다. 풀밭이 가끔 눕히어지는 쪽이 많았다.

옮아 간다는 눈치였다.

---

40 金宗三, 「全鳳來에게─G마이나」, 앞의 책, 107쪽.

아직

해가 머물러 있다.

―「해가 머물러 있다」, 전문.[41]

(가)와 (나)는 공통적으로 천상적인 것이 지상적인 것에 접촉하는 모습을 제시한다. (가)에서는 "신고(神羔)의 구름밑"에 "그늘이 앉"는다고 표현한다. "신고"는 사전에 나오지 않는 말로서, 축자적으로 풀이하면 '신의 어린양'이라는 뜻이다. 기독교에서 '하느님(신)의 어린양'은 곧 예수를 가리킨다. 예수는 신이 인간의 죄를 씻겨 주기 위해서 스스로를 어린양처럼 희생시킨 제물이기 때문이다. (가)에서 희생된 존재는 이 시의 제목이 가리키는 시인 전봉래일 것이다. 김종삼은 예수를 그 어떤 인간과도 비교될 수 없는 절대적·초월적 존재로서 해석하지 않았다. 그는 인간의 마음에 내재하는 신성을 자각하고 실현한 사람이라면 누구나 예수와 같다고 생각하였다. 김종삼이 보기에, 전봉래는 전쟁의 참혹함을 목격하면서 자기의 생명을 유지한다는 것이 인간으로서 견딜 수 없는 일이라는 이유로 목숨을 거두었다. 김종삼은 전봉래의 죽음이 자신의 목숨보다 남들의 목숨을 더 슬퍼하는 신성한 마음에서 비롯한 사건이며, 그리하여 인간에게 신성이 내재한다는 사실을 증명하는 사건이라고 보았다.

그 신성은 "구름"과 같다. "구름"은 천상의 것이기 때문이다. 그 "구름"의 "그늘"은 "물 / 닿은 곳"에 "앉"는다고 한다. "물 / 닿은 곳"이라는 구절이 '무엇인가가 물에 닿은 곳'을 의미하는지, 아니면 '물이 흘러서 가닿은 곳'을 의

41 金宗三,「해가 머물러 있다」,『文學藝術』, 1956.11, 113쪽.

미하는지는 알기 어렵다. 하지만 한 가지 분명한 사실은 "물 / 닿은 곳"이 지상적인 장소라는 점이다. 그런데 물은 기화하여 구름이 되고, 구름은 비로 내려서 다시 물이 된다. 또한 '하느님의 어린양'인 예수는 그 자체로 신성과 인간성의 완전한 합일이라고 할 수 있다. 그렇기 때문에 "신고의 구름"이라는 천상적 신성은 "그늘"이라는 매개체를 통해서 "물 / 닿은 곳"이라는 지상의 장소와 접촉한다. "물 / 닿은 곳"과 같은 장소로서의 이미지는 비가시적인 신성의 세계와 가시적인 인간의 세계가 서로 접촉하는 운동을 일으키는 것이다.

(나)에서도 "뜰악"의 "풀밭"이라는 장소로서의 이미지는 천상적인 것과 지상적인 것 사이의 접촉을 일으킨다. (나)의 시적 화자는 "풀밭"의 "한 모퉁이에 자근 발자욱이 나 있었다"는 것을 보고 그 풀밭에 "해가 머물러 있었다"는 사실을 헤아린다. 풀밭이 군데군데 눌린 자국을 태양의 발자국으로 짐작하는 것이다. 또한 "풀밭이 가끔 눕히어지는 쪽이 많았다"라는 사실은 시적 화자로 하여금 태양이 "옮아 간다는 눈치"를 차리게 한다. 태양은 풀밭에 계속 머물러 있는 것이 아니라, 그 풀밭 위에서 움직이기도 한다는 것이다. 여기에서 태양은 천상적인 것에 해당한다고 할 수 있다. 앞의 제1장에서 자세히 살폈듯이, 한국 민족은 태양의 환한 빛이 하늘의 신성을 표상한다고 보고, 그 이미지를 민족의 원천으로 삼았다. 풀밭에 "해가 머물러 있"으면서 "발자욱"을 찍으며 걸어간다는 표현은 천상적인 것과 지상적인 것이 서로 접촉하는 운동을 느끼게 한다.

다만 천상적인 것과 지상적인 것 사이의 접합은 눈치를 채기 힘든 일이다. 인간의 내재적 신성을 자각하고 실현하는 일은 어렵고 드문 일이기 때문이다. 그렇지만 김종삼의 시에 나타난 장소로서의 이미지들은 천상적인 것과 지상적인 것이 하나로 육화하였던 순간을 상기시킨다. 이와 같이 김종삼의 시는 천상적인 것과 지상적인 것, 신성과 인간성의 관계를 서로 철저히 단절된 것으로 표현하지 않는다. 이는 양자 사이의 절대적 단절을 상정하는 플라톤주의적—기독교적 세계관과 상충한다고 볼 수 있다.

| 이미지의 역동성에 주목한 에즈라 파운드 |

이미지가 운동을 일으킬 수 있다는 것은 이미 에즈라 파운드가 강조한 바이기도 하다. 실제로 김종삼은 1970년대 이후로 시·산문·인터뷰 등을 통해서 파운드를 호출하기 시작하였다. 예컨대 김종삼은 1970년 현대시학사 2회 작품상을 수상한 소감에서 "에즈라 파운드를 경외하면서 아름드리 큰 나무들을 찍고 싶었다"라고 말한 바 있다.[42] 또한 김종삼의 대표작인 「시인학교」를 보면, 시인학교 "강사진"의 "시 부문"에 "에즈라 파운드"가 나온다.[43] 그 뒤로 김종삼은 에즈라 파운드의 사망 소식에도 민감하게 반응하였다. 1973년, 그러니까 파운드가 죽은 1972년 다음 해에 발표한 산문 「먼 「시인의 영역」」에서 김종삼은 자신의 시 「고향」이 "죽은 파운드"에게서 "얻은 넋두리"라고 밝혔기 때문이다.[44] 그 후에도 김종삼은 병세가 악화되어 죽음에 임박하였던 1983년에 「백발(白髮)의 에즈라 파운드」라는 시를 발표하였다.[45]

---

42 「現代詩学社 2회 '作品常'에 金宗三 씨—受賞作 〈民間人〉」, 『朝鮮日報』, 1971.8.22; 金宗三, 「受賞所感」, 『現代詩學』 1971.10, 46쪽.
43 金宗三, 「詩人學校」, 『詩文學』, 1973.4, 57쪽.
44 金宗三, 「먼 「詩人의 領域」」, 앞의 글, 316쪽.
45 金宗三, 「白髮의 에즈라 파운드」, 『現代文學』, 1983.5, 306쪽.

에즈라 파운드에 따르면, 시의 이미지는 감정이나 주제를 가장 친밀하고 강렬하게 표현할 수 있는 시만의 절대적 은유(absolute metaphor)라고 한다. 절대적 은유에 대한 믿음은 더 심오한 의미의 상징주의라고 할 수 있다. 왜냐하면 그것은 영구적 세계에 대한 믿음이 아니라, 그 방향에 대한 믿음이기 때문이다. 상징주의에서 말하는 상징은 영구적 세계 자체를 개념화한다는 점에서 고정적이라면, 이미지는 그 세계로의 방향을 나타낸다는 점에서 역동적이다. '시련'을 의미하기 위하여 '십자가'라는 용어를 사용하듯이, 상징주의자들의 상징에는 산술적 숫자처럼 고정된 가치가 있다. 반면에 이미지스트들의 이미지에는 대수학(代數學)에서의 기호 x처럼 변화 가능한 가치가 있다는 것이다.[46]

파운드에 따르면, 시의 이미지는 중첩의 형식, 즉 하나의 관념을 다른 관념 위에 겹쳐 놓는 형식이며, 외부적이고 객관적인 것이 그 자신을 변형시키거나 내부적이고 주관적인 것 속으로 돌진하는 순간의 기록이라고 한다. 그러므로 이미지를 추구하는 시는 집약적(intensive) 예술이며 강렬함(intensity)과 관련된 예술인 것이다.[47] 파운드가 이미지를 소용돌이(vortex)의 개념으로 설명한 까닭도 그 때문이다. 그는 소용돌이를 "최대 에너지의 지점"으로 정의하였다.[48] "이미지는 관념이 아니다. 이미지는 발산하는 교점 또는 군(群)이다. 이는 내가 소용돌이라고 부를 수 있으며 부득이하게 그렇게 불러야만 하는 것이다. 소용돌이로부터, 소용돌이를 통해서, 소용돌이 속으로 관념들

---

46 Ezra Pound, "Vorticism", *Gaudier-Brzeska: A Memoir*, New York: New Directions Books, 1970, p.84(강조는 인용자).

47 Ibid., pp.88-90.

48 Ibid., p.81.

은 끊임없이 돌진한다."⁴⁹ 소용돌이와 같이 운동을 일으키는 장소로서의 이미지는 「뾰죽집이 바라보이는」에서도 극명하게 나타난다. 앞서 살펴본 (가)와 (나)에서처럼, 이 시에서도 "구름장"과 그 "그늘"이 지상에 "대인다"거나 "와 앉았다"는 표현을 활용한다. 이처럼 접촉 운동을 나타내는 동사들은 천상적인 것과 지상적인 것, 비가시적인 신성과 가시적인 인간성 사이의 역동적인 이행과 전치를 효과적으로 느끼게 한다.

뾰죽집이 바라보이는 언덕에 구름장들이 뜨짓하게 대인다. 嬰兒가 앞만 가린채 보드로운 먼지를 타박거리고 있다. 놀고 있다. 뾰죽집 언덕 아래에 아―취 같은 넓은 門이 티인다. 嬰兒는 나팔부는 시늉을 하였다. 작난감 같은 뾰죽집 언덕에 자줏빛 그늘이 와 앉았다 —「뾰죽집이 바라보이는」, 전문.⁵⁰	뾰죽집이 바라보이는 언덕에 아롱진 구름장들이 뜨짓하게 대인다. 嬰兒가 앞만 가린채 보드로운 먼지를 타박거리고 있다. 놀고 있다. 뾰죽집 언덕 아래에 아 취 같은 넓은 門이 티인다 嬰兒는 나팔부는 시늉을 하였다. 작남감 같은 뾰죽집 언덕에 자주빛 그늘이 와 앉았다 —「뾰죽집이 바라보이는」, 전문.⁵¹

위 작품의 해석에서 가장 먼저 걸리는 문제는 "뜨짓하게"의 뜻을 알기 힘들다는 점이다. '뜨짓하다'라는 시어는 1950년대 김종삼의 시편 중에서 「의

---

49 Ibid., p.91(강조는 원문에 따름).
50 金宗三, 「뾰죽집이 바라보이는」, 『新映画』, 1954.11, 61쪽.
51 金宗三, 「뾰죽집이 바라보이는」, 金宗三·金光林·全鳳健, 앞의 책, 自由世界社, 1957.5, 18-19쪽.

음(擬音)의 전통(傳統)」 4연의 "분만(分娩)되는 / 뜨짓한 두려움에서"라는 구절에 또 한 번 나타난다.[52] '뜨짓하다'라는 단어는 국어사전에 실려 있지 않지만, 김재홍의 『한국현대시 시어사전』은 그 낱말을 '느릿느릿 나지막하다'라는 뜻으로 풀이하였다.[53] 그 뜻풀이는 오로지 「뾰죽집이 바라보이는」과 「의음의 전통」만을 근거로 삼고 있다. 이는 김종삼의 시에 나오는 '뜨짓하다'의 뜻을 풀이하기 위하여 김종삼 작품의 시어를 근거로 활용하는 순환논증의 오류로부터 벗어나기 어렵다.

혹자는 '움직임이 느리다'라는 뜻의 형용사 '느짓하다'와 관련하여, '뜨짓하다'가 느린 속도로 낮게 깔리는 구름의 모습을 형상화한 것이라고 추측할 수도 있다. 그러나 '느짓하다'와 '뜨짓하다'를 연관시키는 추측은 음운론적인 근거가 부족하다. 이에 필자는 '뜨짓하다'를 '뜨직하다'와 상통하는 의미로 해석하고자 한다. 『표준국어대사전』에 따르면, '뜨직하다'는 북한 방언으로서, '뜨악하다'라는 뜻과 '말이나 동작이 좀 느리고 더디다'라는 뜻의 형용사라고 한다. 첫째로, '뜨직하다'는 북한 방언이라는 점에서 월남시인 김종삼에게 익숙한 어휘였을 가능성이 있다. 다음으로, '뜨직하다'는 동작의 느리고 더딤을 뜻한다는 점에서, 「뾰죽집이 바라보이는」에서의 "구름"이 "언덕"에 닿는 모양이나 「의음의 전통」에서의 "두려움"이 "분만"되는 모양과 자연스럽게 어울린다.

'뜨직하다'의 뜻 중에서 '동작이 느리고 더디다'라는 뜻은 '뜨악하다(마음이 선뜻 내키지 않아 꺼림칙하다)'라는 뜻에서 파생한 것이라 추정할 수 있다. 『표

52　金宗三, 「擬音의 傳統」, 『自由文學』, 1957.9, 44-45쪽.
53　金載弘 편, 『한국현대시 詩語辭典』, 고려대학교출판문화원, 1997, 「뜨짓하게」 항목, 344쪽.

준국어대사전』 이전에 이희승이 편찬한 『국어대사전』을 보면, '뜨직하다'의 뜻풀이에는 '동작이 느리고 더디다'라는 뜻은 없으며 다만 '뜨악하다'라는 뜻만이 실려 있기 때문이다.[54] 마음이 선뜻 내키지 않아 꺼림칙한 상태에서 동작은 자연스럽게 더디고 느려질 수밖에 없을 것이다. 그러므로 '뜨직하다'는 것은 어떠한 대상을 함부로 대하거나 쉽게 접근하지 못하며 두려워하거나 멀리하는 상태를 의미한다고 볼 수 있다. 예컨대 「뾰죽집이 바라보이는」에 나오는 '뜨짓함'을 '뜨악함'의 뜻으로 해석한다면, 지상과 천상의 매개체인 "구름"이, 그것과 비슷하게 인간과 신성(神性)을 이어 주는 장소인 "뾰죽집"의 "언덕"에 조심스러워하고 두려워하며 가 닿는 모습을 효과적으로 느끼게 한다. 또한 「의음의 전통」에서도 "분만되는 / 뜨짓한 두려움"은 "성하(聖河, 성스러운 강)", "영겁(永劫)의 현재", "신(神)" 등과 같이 신성함을 환기하는 시어들과 어우러져서 독자에게 일종의 경외감을 전달한다.

어째서 "뾰죽집"은 인간과 신성을 이어 주는 장소인가? 김종삼은 자신의 시 창작 과정이 "고풍(古風)한 꼬직('고딕'—인용자 주)식 건축물들이 보이는 언덕길에서 교회의 종소리가 나의 「이미쥐」의 파장(波長)을 쳐오"는 것과 같다고 언급한 바 있다.[55] 언덕 위에 서 있는 고딕 양식의 "뾰죽집" 교회당이 시인에게 시적인 이미지로 다가온다는 뜻이다. 또한 고딕 양식의 교회 첨탑은 천상적인 것에의 동경과 열망이라는 의미를 상징한다. 단지 "뾰죽집"이라고 하지 않고 "뾰죽집이 바라보이는 언덕"이라고 표현한 것은, 그것의 높이와 아득함을 부각시킴으로써 숭고·경외감·요원함을 강화하는 효과가 있다.

---

54 이희승 편, 『국어대사전』, 民衆書林, 1982, 「뜨직하다」 항목.
55 金宗三, 「作家는 말한다—意味의 白書」, 앞의 글, 362쪽.

또한 김종삼은 신문 인터뷰에서 자신의 시 속에 "선교사가 살던 지붕이 뾰족한 벽돌집"이 "그대로 드러"난다고 술회하였다.[56] 그러므로 위 시의 "뾰죽집"이라는 시어는 선교사가 살았던 뾰족한 지붕의 벽돌집을 가리킬 가능성이 높다. 김종삼의 1960년대 시 「평화」에도 "선교사"가 세운 "고아원"이 나온다.[57] 이처럼 김종삼의 시편 전반에서 "뾰죽집"은 선교사가 세운 고아원을 가리킨다고 추정할 수 있다. 「뾰죽집이 바라보이는」에 "영아(嬰兒)"라는 시어가 활용된다는 점도 그러한 추정을 뒷받침한다.

구조적으로도 「뾰죽집이 바라보이는」은 정교한 짜임새를 이룬다. 이 시는 모두 5개 연으로 되어 있다. 이때 1·3·5연의 홀수 연은 모두 첫 행의 첫 단어가 "뾰죽집"으로 시작한다. 반면에 2연과 4연의 짝수 연은 모두 첫 행의 첫 단어가 "영아"로 시작한다. "뾰죽집"은 선교사의 종교적 속성과 연관된다는 점에서 신성의 기호에 해당한다고 볼 수 있다. 이와 대비해 보면 "영아"는 지상의 인간성을 나타내는 기호에 해당할 것이다. 요컨대 이 시는 홀수 연과 짝수 연의 교차를 통하여 "뾰죽집"과 "영아", 즉 신성의 기호와 인간성의 기호를 중첩시킨다.

나아가 이 작품은 "뾰죽집 언덕"과 "구름장들"을 중첩시킨다. 위에 인용한 판본들은 단 한 번도 "뾰죽집" 자체만을 제시하지 않으며, 매번 그것이 위치해 있는 "언덕"을 통하여 우회적으로 "뾰죽집"을 제시한다. 이때 "뾰죽집 언덕"과 짝을 이루는 것은 "구름장들"이라고 할 수 있다. 첫 번째 연과 마지막 연은 "구름장들"과 그것의 "그늘"이 "언덕"에 접촉하고 침투하는 모습을 수

---

56 「文学의 産室 시인 金宗三씨」, 앞의 글.
57 金宗三, 「평화」, 『女像』, 1967.3, 153쪽; 金宗三, 「平和」, 『十二音階』, 앞의 책, 12쪽.

미상관의 구조로써 강조하기 때문이다. "구름장들"의 "자줏빛 그늘"은 천상적 신성을 연상케 한다. 그늘이 "자줏빛"이라고 표현한 점은 햇빛의 붉고 환한 신성이 그 그늘에 투영되어 있음을 암시하기 때문이다. 「전봉래에게—G 마이나」에서 구름의 그늘이 천상적인 신성과 지상적인 현실 사이를 접촉시키는 매개체였듯이, 「뾰죽집이 바라보이는」에서도 구름장들의 그늘은 구름과 언덕을 접촉시키는 매개체라 할 수 있다. 에즈라 파운드의 소용돌이 개념처럼, 이 시는 뾰죽집과 영아를 중첩시키는 동시에 뾰죽집이 서 있는 언덕과 그 위에 그늘로 와 닿는 구름장을 중첩시킨다. 이처럼 복합적인 중첩 구조는 비가시적 신성과 가시적 인간성 사이의 이행과 전치를 더욱 역동적으로 발생시키는 효과가 있다.

선행 연구 중에도 김종삼 시의 병치적 특성을 논의한 사례가 있었다. 그 연구들은 대체로 김종삼 시의 병치 기법이 비극적 현실과의 불화 의식이나 현실로부터 초월하기 위한 환상을 나타낸다고 보았다.[58] 그와 달리 「뾰죽집이 바라보이는」에서는 지상의 "언덕"과 천상의 "구름장들"을 중첩시키고, "뾰죽집"의 신성과 "영아"의 인간성을 병치시키는 이미지의 운동, 즉 이행과 전치의 운동 일어난다.

표면적으로 보기에 뾰죽집과 영아는 상호 간에 유사성이 거의 없으며, 오

---

58 박민규, 「김종삼 시의 병치적 특성 연구」, 고려대학교 석사학위논문, 2004; 라기주, 「김종삼 시에 나타난 환상성 연구」, 한국현대문예비평학회, 『한국문예비평연구』 26집, 2008.8; 이성민, 「김춘수와 김종삼 시의 허무의식 연구—시간의 미학을 중심으로」, 조선대학교 박사학위논문, 2011; 김윤정, 「김종삼의 시 창작의 위상학적 성격 연구」, 한민족어문학회, 『한민족어문학』 65집, 2013.12; 김은영, 「김종삼 시에 나타난 기억 형상화의 서술성에 대하여」, 한중인문학회, 『한중인문학연구』 39집, 2013.4; 신동옥, 「김종삼 시에 나타난 병치 기법과 내면 의식의 공간화 양상 연구」, 한국시학회, 『한국시학연구』 42집, 2015.4.

히려 매우 이질적인 두 개의 이미지라 할 수 있다. 뾰죽집은 무생물적이고 규모가 큰 반면에 영아는 생물체이고 몸체가 작기 때문이다. 그러나 심층적인 차원에서 뾰죽집은 고아원을 상기시킴으로써 영아와 이행 및 전치의 관계를 이룬다. 다른 한편으로 언덕과 구름도 상호 간에 유사성이 희박한 두 개의 이미지라 할 수 있다. 언덕은 지상의 고정적인 사물인 데 비하여, 구름은 천상의 유동적인 사물이기 때문이다. 그러나 심층적인 차원에서 언덕은 다른 지역보다 더 높이 솟아 있어 구름의 그늘이 내려 앉기 더 쉬우므로 구름과 이행 및 전치의 관계를 이룬다. 요컨대 김종삼 시의 이미지들은 표면적으로 비유사적 관계를 이루지만 심층적으로는 유사적 관계를 이루는 이행과 전치의 운동을 일으키는 것이다. 이러한 이미지의 특성을 조르주 디디-위베르만은 비유사성(dissemblance)의 변증법이라고 불렀다.

디디-위베르만에 따르면, 중세 전체에 걸쳐 '비유사성'이라는 말은 '장소'와 관련된 개념이었다고 한다. 예컨대 아우구스티누스(Aurelius Augustinus, 354-430)는 "저는 당신으로부터 떨어져 비유사성의 장소 속에 제가 있음을 알았습니다"라고 하였다.[59] 이처럼 초기 중세 철학에서 비유사성은 신으로부터 떨어진 장소를 뜻하였다. 그와 비슷한 맥락에서 토마스 아퀴나스(Thomas Aquinas, 1224/1225-1274)는 신(神)과의 유사성을 상실해 버린 피조물의 장소를 신적 이미지―「창세기」에 따르면, 최초의 인간은 신의 이미지(imago Dei)를 본떠서 창조되었다―로부터 떨어져 나온 '흔적'이라고 불렀다. "모든 피조물 속에는 신과의 어떤 종류의 유사성이 있지만, 이성적 피조물

---

59 St. Augustine, *Confession* 7. 10, trans. F. J. Sheed, Indianapolis and Cambridge: Hackett Publishing Company, 1993, p.118.

속에서만 우리는 이미지의 유사성을 찾는다. … 반면에 다른 피조물 속에서 우리는 흔적의 방식으로 [신적 이미지와의] 유사성을 찾는다."[60] 디디-위베르만에 따르면, 장소 및 흔적은 신의 이미지와의 유사성이 깨어진 파편이자 잔해이며, 따라서 신과 닮은 이미지로 창조되었음에도 원죄에 물들어버린 인간의 타락성, 즉 인간과 신 사이의 비유사성을 의미한다고 한다.[61]

그러나 중세 철학에서 인간과 신 사이의 비유사성을 나타내는 장소 또는 흔적은 신과 거리가 멀다는 부정성(negativity)만을 의미하는 데 그치지 않았다. 부정신학(theologia negativa)과 신비주의 신학에 많은 영향을 미친 위-디오니시우스(Pseudo-Dionysius Areopagita, 약 5C-약 6C)[62]에 따르면, "긍정적 확언은 표현 불가능한 것의 은밀함과 항상 어긋나고, 부정의 방식은 신성한 것의 영역에 더욱 알맞은 것으로 나타나기 때문에, 비유사적인 모습을 통한 선언이 비가시적인 것에 더 정확히 적용될 수 있다." 신과의 비유사성은 "영적인 것의 영역으로 우리의 마음을 고양시키기에 유사성보다도 더욱 적합"하

---

60 Aquinas, St. Thomas, *Summa Theologica* 1.a.93.6, Vol. 1, trans. Fathers of the English Dominican Province, Westminster and Md: Christian Classics, 1981, p.473.
61 Georges Didi-Huberman, *Fra Angelico: Dissemblance and Figuration*, trans. Jane Marie Todd, Chicago and London: The University of Chicago Press, 1995, p.46.
62 위-디오니시우스의 저작은 신비주의자들이나 신비신학의 저작가들에게서만이 아니라, 성 알베르투스 마그누스나 성 토마스 아퀴나스와 같은 전문적 신학자들 및 철학자들에게서도 높은 평가를 받았다. 그에 따르면, 하느님은 본질을 초월하는 본질, 본질을 초월하는 미(美)와 같은 것이다. 이는 하느님 안에 실제로 있는 명사(名詞)들의 객관적인 관계나 내용이 우리들에 의해서 경험되는 명사들의 내용을 무한히 초월하여 있음을 의미한다. 위-디오니시우스는 하느님에게로 나아가는 길에는 긍정의 길과 부정의 길, 이렇게 두 가지가 있다고 사유하였다. 그는 긍정의 길보다도 부정의 길이 더욱 뛰어난 것이라고 보았다. 인간은 하느님을 인간의 형태로 생각하는 경향이 있다. 이러한 인간적 생각들을 부정의 길에 의하여 벗겨 낼 필요가 있다(F. 코플스톤, 박영도 옮김, 『중세철학사—아우구스티누스에서 스코투스까지』, 서광사, 1988, 13-135쪽).

다는 것이다.[63] 디디-위베르만은 위-디오니시우스의 이 같은 부정신학적 비유사성 개념이 아우구스티누스나 아퀴나스의 비유사성 개념과 달리 신비의 초월성(transcendence of mystery)과 시각성의 내재성(immanence of visuality) 사이의 유희로 이해될 수 있다고 보았다.[64]

만약에 신을 위풍당당하고 훌륭한 왕의 이미지로 표현한다면, 그것은 신을 '위풍당당함'이나 '훌륭함' 등의 몇 가지 고정적 개념으로 축소시켜 버릴 위험이 있다. 근본적으로 신성 자체는 고정적 개념과 어떠한 유사성도 갖지 않는다. 그러므로 신성 자체는 '신은 x이다'라는 긍정 판단이 아니라 '신은 x가 아니다'라는 부정 판단을 통해서만 표현될 수 있다. 예컨대 위-디오니시우스는 신과 전혀 닮지 않은 지렁이가 오히려 신을 드러내기에 더욱 적합한 이미지라고 보았다. 이는 주해(exegesis)의 전통과 관련해서 육화(incarnation)의 신비를 드러낸다. 표면적으로 보면 지렁이는 진흙과 한 몸이라는 점에서 가장 미천한 존재라 할 수 있다. 그러나 심층적으로 보면 지렁이와 예수 사이에는 이행 및 전치의 관계가 발생한다. 예수는 인간의 육체—인간의 육체는 진흙을 빚어 만든 것—를 입은 신성이며, 스스로 가장 미천한 자리에 처하고자 한 자이기 때문이다. 지렁이처럼 신과 거리가 먼 것처럼 보이는 이미지 속에는 그 이미지 너머의 비가시적 신성을 상기시키는 힘이 있는 것이다. 지렁이를 통해서 예수를 더 적합하게 나타내는 것은 존재론적 지위가 미천하다고 여겨지는 가시적 세계를 변증법적으로 찬양하는 방식이라 할 수 있

63 Pseudo-Dionysius the Areopagite, "Celestial Hierarchy" 2.3.141A, in *The Complete Works*, trans. Colm Luibheid, New York and Mahwah: Paulist Press, 1987, p.150.
64 Georges Didi-Huberman, *op. cit.*, p.54.

다. 신비의 초월성과 시각성의 내재성이 서로 유희한다는 것은 바로 이 점을 의미한다. 이처럼 이미지는 가시적인 현실과 비가시적인 신성 간의 단절을 넘어, 신성이 현실에 내재함을 표현하기에 알맞은 시적 기호라 할 수 있다.

「뾰죽집이 바라보이는」에서 "아—취 같은 / 넓은 문(門)"이라는 구절도 이러한 변증법과 관련이 있다. "아—취 같은 / 넓은 문"이란, 아치(arch) 형태로 만든 문을 뜻한다. 벤야민은 『독일 비애극의 원천』에서 "도발적으로 현세성을 강조하는 밑바탕에는 망설임의 형태를 띠면서도 초월성을 향한 과도한 긴장이 표명되고 있다"라고 말했다.[65] 현세성을 강조하는 것이 역설적으로 초월성에의 강렬한 지향이 되는, 이러한 "미루면서 넘는 초월"은 "아치형 긴장'"이며, "거기에는 구원사적인 의문에서 비롯된 긴장"이 숨어 있다는 것이다.[66] 아치는 현세성과 초월성 사이의 변증법을 나타낸 건축 기법이라고 할 수 있으며, 위 작품에 나오는 뾰죽집의 아치 모양의 문 역시 그러한 변증법적 운동을 일으키는 장소로서의 이미지라고 할 수 있다.[67]

| 비유사적 유사성: 잔해 속에서 드러나는 신 |

서구 중세 철학의 주해 전통에서는 초월성과 내재성의 변증법을 나타내는 비유사성의 이미지 가운데 특히 '돌'의 이미지가 중요하였다. 김종삼의

---

65 발터 벤야민, 조만영 옮김, 『독일 비애극의 원천』, 새물결, 2008, 69쪽.
66 위의 책, 87쪽.
67 김종삼의 1960년대 작품 「여인」에도 '아치'라는 시어가 나타난다. '여인의 시야' 속에 '죽어간 사람들 사이에 세워진 아취의 고요'가 있다는 구절이 그것이다. 다시 말해서 '여인의 시야'는 '죽어간 사람들'의 비가시적 영혼을 가시적 차원과 이어 주는 비전이라고 할 수 있다(金宗三, 「여인」, 故 朴寅煥 外 三二人, 앞의 책, 115쪽).

시편에서도 돌 이미지가 중요하다고 볼 수 있다. 예컨대 시인 이승훈(李昇薰, 1942-2018)은 김종삼 시선집 『평화롭게』의 해설에서, "김종삼의 상상력을 지배하는 두 개의 이미지는 물과 돌"이라고 지적하였다.[68] 표면적으로 보면 돌은 신성과의 유사성이 없는 것 같은 이미지라고 할 수 있다. 하지만 기독교 성서에서 '돌' 또는 '바위'는 예수가 태어나기 이전에 이미 예수의 탄생을 예지하는 장소와 같다. 「이사야서」 8장 14절에 따르면, "그분께서는 이스라엘의 두 집안에게 성소가 되시고 차여 넘어지게 하는 돌과 걸려 비틀거리게 하는 바위가 되"시리라고 하였다. 또한 「다니엘서」 2장의 31절부터 45절까지는 느부갓네살 왕의 꿈에 나타난 돌이 우상을 산산이 파괴하여 그 잔해가 거대한 산을 이루었다고 전하였다. 그리고 「고린도전서」 10장 4절에서 사도 바울은 "영적 바위에서 솟는 물"을 언급하는데, "그 바위가 곧 그리스도"라고 하였다. '돌'이나 '바위'는 파괴된 우상의 잔해이기도 하고, 김종삼이 "뾰죽집"이라는 시어로 표현하였던 교회이기도 하며, 그것의 기반이 되는 '언덕'이기도 하고, 예수의 무덤이기도 하다.

또한 '돌'과 '바위'는 '흙'이나 '땅'의 장소와 긴밀한 연관이 있다. 기독교 성서에서 하느님은 인간의 살을 진흙으로 빚었다(「창세기」 2:19). 예수는 하느님의 말씀이 육신, 즉 '살'을 입은 자이다. 가장 완전하고 신성한 하느님의 말씀이 불완전하고 죄의 근원이 되는 육체와 결합하였다는 것은 기독교에서 중요한 신비라고 할 수 있다. 예수의 육화는 원죄에 물든 인간을 자처함으로써 인류의 죄를 구원하고, 가장 낮아짐으로써 가장 높아지는 신비이기 때문이다. 서구 언어에서 수치(humility)는 흙을 뜻하는 어원 'hum'에서 비롯하였

---

68 이승훈 해설, 「평화의 시학」, 金宗三, 『평화롭게』, 高麗苑, 1984, 158-159쪽.

다. 김종삼의 시에서도 돌이라는 장소는 신과의 표면적인 비유사성을 통하여 신과의 심층적인 유사성을 드러내는 이미지라고 할 수 있다. 이처럼 비유사성과 유사성 사이의 변증법적 운동을 일으키는 돌 이미지는 「돌각담」에도 나타난다.

廣漠한地帶이다기울기

시작했다잠시꺼밋했다

十字型의칼이바로꼽혔

다堅固하고자그마했다

힌옷포기가포겨놓였다

돌담이무너졌다다시쌓

았다쌓았고쌓았다돌각

담이쌓이고바람이자고

틈을타凍昏이잦아들었

다포겨놓이든세번째가

비었다

—「돌」, 전문.[69]

필자는 지금까지 확인된 김종삼의 시 중에서 발표 시기가 가장 앞서는 작

---

69 金宗三, 「돌」, 『現代藝術』, 1954.6, 22쪽.

품 「돌」을 발굴하였다.[70] 발굴작 「돌」은 「돌각담」의 원형에 해당한다.[71] 「돌」
은 김종삼의 실질적인 등단작일 가능성이 상당히 높다.[72] 또한 이 발굴을 통
해서 「돌각담」의 원래 제목이 「돌」이었다는 사실을 밝힌 것은 문제적이라
할 수 있다. 「돌」은 이 작품에서 가장 근본적인 이미지가 '돌' 자체임을 분명
하게 입증해 주기 때문이다.

이와 같은 맥락에서 「뾰죽집이 바라보이는」의 장소, 즉 "뾰죽집이 바라보
이는 언덕"도 기독교적 성서 주해 방식으로 해석할 수 있다. 이는 단지 아득
히 우러러보이는 교회의 숭고함만을 강조하는 '공간적 배경'이 아닐 수 있
다. 기독교적 성서 주해 방식에 따르면, '언덕'은 탄생(인간의 창조, 예수의 육

---

70 김현은 김종삼이 "발표한 최초의 시는 「원정(園丁)」"이며, 그것이 잡지 『신세계(新世界)』
에 발표되었다고 기록하였다(김현, 「金宗三을 찾아서」, 『詩人을 찾아서』, 民音社, 1975,
40쪽). 이후로 강석경은 김종삼이 1953년 『신세계』에 「원정」을 발표하였다고 전하였으
며(강석경, 「문명의 배에서 침몰하는 토끼」, 김종삼, 장석주 엮음, 『김종삼 전집』, 청하,
1988, 282쪽), 박정만 또한 김종삼의 등단작이 1953년 『신세계』에 발표된 「원정」이라고
기록하였다(朴正萬, 「마지막 보헤미안・김종삼」, 『너는 바람으로 나는 갈잎으로』, 高麗
苑, 1987). 이러한 통설은 1988년 장석주가 엮은 『김종삼 전집』의 '저자 연보'에도 그대
로 실렸다. 하지만 신철규에 따르면, 김종삼이 1953년 『신세계』에 「원정」을 발표하였다
는 설은 오류라고 한다. 평론가 임긍재가 주간을 맡았던 『신세계』는 1953년이 아니라 그
보다 3년 뒤인 1956년 2월에 창간호를 펴냈기 때문이라는 것이다(신철규, 「김종삼 시의
원전 비평의 과제—등단작에 대한 재검토와 발굴작 「책 파는 소녀」를 중심으로」, 국제어
문학회, 『국제어문』 60집, 2014.3, 98-99쪽).
71 홍승진, 「김종삼 시 「돌」의 발굴과 의의」, 『근대서지』 15호, 2017.6.
72 김시철에 따르면, "김종삼은 54년 『현대예술』에 「돌각담」을 발표하면서 시작 활동을 시
작했다"라고 한다(김시철, 「시인 김종삼」, 『김시철이 만난 그 때 그 사람들(1)』, 시문학사,
2006, 56쪽). 김시철은 1954년 『현대예술』이라는 정확한 시기와 잡지명을 증언한 것이다.
또한 실제 발표 당시의 제목이 「돌」이었음에도 그 내용이 「돌각담」과 같다는 사실을 기
억한다는 점은 김시철이 1954년 『현대예술』에 발표된 「돌」의 원문을 직접 읽은 바 있으
며, 그것이 김종삼의 등단작이라는 사실을 확실히 알고 있었음을 입증해 준다. 이에 필자
는 김시철과 전화상으로 인터뷰를 진행하였다. 김시철은 이 인터뷰에서, 김종삼이 1954
년 『현대예술』에 「돌각담」을 발표하면서 창작 활동을 시작했다는 내용은 자신이 김종삼
본인에게 언제부터 문단에 나왔는지를 직접 물어봐서 알게 된 것이라고 증언해 주었다.

화)이자 무덤(예수의 돌무덤)이며 부활(돌무덤에서의 부활, 인류의 구원)이기도 한 돌 이미지의 일종이기 때문이다. 「뾰죽집이 바라보이는」뿐만 아니라 「그리운 안니·로·리」와 「원정(園丁)」 등에 나타난 언덕 이미지도 그러한 맥락에서 해석할 수 있다.

다시 「돌」로 돌아가 보자. 이 작품에서 가장 두드러지는 점은 글자를 띄어쓰기 없이 돌 모양의 사각형으로 배치한 타이포그래피 기법이다. 이는 T. E. 흄(Thomas Ernest Hulme, 1883-1917)이 말한 기하학적 예술을 연상시킨다. 그에 따르면, 기하학적 예술은 상대적 가치가 지배하는 인간의 영역과 절대적 가치가 지배하는 신적 영역 사이의 철저한 단절, 즉 불연속성(discontinuity)을 강조한다. 고대 이집트 예술이나 중세 기독교 예술에서 기하학적인 특징이 강하게 나타나는 이유도 이러한 불연속성의 원리에서 비롯한 것이라고 한다. 그 때문에 흄은 기하학적 예술이 종교적 태도(religious attitude)에 근거한다고 보았다. 그가 말한 종교적 태도의 핵심은 원죄의 교리, 즉 인간은 결코 완전하지 않으며 비참한 피조물이라는 교리이다. 나아가 흄은 시에서 기하학적 예술을 구현하려면 건조하고 단단한 이미지를 사용해야 한다고 주장하였다.[73] 그에게 많은 영향을 받은 영미 모더니즘 시인 T. S. 엘리엇(Thomas Stearns Eliot, 1888-1965)은 육화의 신비를 주요한 교리로 삼았던 앵글로 가톨릭을 믿었다. 그렇다면 기하학적 예술이나 육화의 신비와 연관된 영미 모더니즘 시의 중요 문제, 즉 신성과 인간성의 관계라는 문제가 「돌」에 나오는 사각형의 돌 이미지와 얽혀 있는 것이 아닐까?

---

73 T. E. Hulme, *Speculations: Essays on Humanism and the Philosophy of Art*, ed. Herbert Read, New York: Harcourt, Brace & Company, 1936, pp.54-71.

흄의 이미지즘은 이미지와 종교적 태도 사이의 연관성을 강조한다는 측면에서 김종삼 시의 이미지와 공통점이 있다. 또한 흄이 말한 불연속성의 원리는 김종삼 시에 나타나는 비유사성의 이미지와 상통하는 점이 있다. 그러나 흄의 이미지즘은 인간적 영역과 신적 영역 사이의 철저한 불연속성을 강조하는 데 핵심이 있다. 반면에 김종삼의 시에 나타나는 비유사성의 이미지는 신성과의 불연속성(비유사성)을 통해서 변증법적으로 신성과의 연속성(유사성)을 표현하는 데 핵심이 있다. 그 때문에 「돌」의 유사-사각형은 흄이 말한 기하학적 예술과 결정적인 차이점이 있다. 「돌」은 가로 10음절과 세로 10음절의 기하학적 사각형으로 배치된 것처럼 보인다. 하지만 「돌」은 완벽한 사각형을 배치하는 대신에, 그 사각형에서 벗어나는 마지막 행의 3음절을 덧붙여 놓았다. 이는 흄이 주창한 기하학적 예술의 원칙을 따르는 동시에 배반하는 것이다. 마지막 행의 3음절은 「돌」을 해석할 때 가장 사소해보이지만 가장 중요한 의미를 가질 수 있다.

"비었다"라는 마지막 행의 3음절을 제외하면, 위 작품은 총 100개의 음절로 되어 있다. 여기에서 숫자 10과 3의 대립이 드러난다. 결론부터 말하면, 100개의 음절은 '돌무덤'을 쌓는 과정, 즉 죽음으로 들어가는 과정에 해당한다. 이에 비하여 "비었다"의 3음절은 '돌무덤'이 텅 비게 되었음을 뜻한다. 서구 중세 철학의 주해 전통에서 텅 비어 버린 돌무덤은 예수의 부활을 상기시키는 이미지라고 할 수 있다.

김종삼은 「돌각담」의 영감을 얻을 무렵, 요한 제바스티안 바흐(Johann Sebastian Bach, 1685-1750)의 작품 〈마태수난곡(Matthäus-Passion)〉과 〈파사칼리아와 푸가(Passacaglia und Fuge)〉를 떠올렸다고 한다. "그 때 나의 뇌리와 고막 속에선 바하의 〈마태 수난(受難)〉과 〈파사칼리아 둔주곡(遁走曲)〉이 꽝

음처럼 스파크되고 있었다." '둔주곡(遁走曲)'은 '푸가'의 다른 말이다. 〈마태수난곡〉은 「마태복음」 중에서 그리스도의 수난을 다룬 26장과 27장을 모티브로 삼은 곡이다. 뒤이어 김종삼은 "환난의 날에 나를 부르라, 내가 너를 건지리니 라는 그리스도의 말도 무색하였다"라고 적었다.[74] 그렇다면 언어 매체로 이루어진 시와 청각 매체로 이루어진 음악을 어떻게 타당하게 비교할 수 있을까? 또한 김종삼 시의 돌 이미지와 예수의 수난 사이에는 어떠한 연관이 있는 것일까?

예술 장르 간의 비교 연구에 관한 장-루이 아케트(Jean-Louis Haquette)의 논의에 따르면, 음악사에서 악기 반주와 관계없이 음악은 거의 언제나 가사가 있는 노래로 여겨졌으며, 음악이 가사의 언어와 독립된 채 기악 연주라는 현대적 개념으로 받아들여진 것은 18세기 동안 발달하기 시작하여 낭만주의에 들어와 최고조에 이른 기악 때문이라고 한다. 그 이전까지 음악은 언어의 표현력을 위하여 봉사하는 언어의 수단이었다는 것이다.[75] 이처럼 노랫말이 없는 음악의 역사보다도 노랫말과 공존하는 음악의 역사가 더욱 오래되었다는 점에서, 문학과 음악을 비교할 때에는 '노랫말'이 일차적인 중요성을 지닌다고 할 수 있다. 그러므로 「돌각담」을 해석하기 위해서는 〈마태수난곡〉의 노랫말과 비교해 볼 필요가 있다.

〈마태수난곡〉의 앞부분에서 예수는 사람들에게 고발되어 재판을 받는다. 그 고발의 주된 혐의는 예수 자신이 성전(聖殿)을 허문 뒤 3일 만에 다시 지

---

74 金宗三, 「散文/피란길」, 『文學思想』, 1975.7, 364쪽. 시인이 인용한 '그리스도의 말'은 기독교 성서의 「시편」 50장 15절에 나온다.
75 장-루이 아케트, 정장진 옮김, 『유럽 문학을 읽다』, 고려대학교출판부, 2010, 225-228쪽.

을 것이라고 주장하며 다녔다는 것이다. 그리고 이 노래의 이야기는 예수의 십자가 책형, 죽음, 무덤에 묻힘을 거쳐 부활과 구원에 대한 염원으로 끝난다. 여기에서 예수의 죄목과 관련하여 주목할 점은 예수가 돌무덤에 묻힌 지 3일 만에 부활하였다는 대목이다. 결국 사람들이 혹세무민의 유언비어라고 비난하였던 예수의 말은 물리적으로 성전을 허물고 3일 만에 다시 지을 수 있다는 초능력의 과시가 아니라 비유적인 예언이었던 것이다. 성전은 예수의 몸을, 성전의 허물어짐은 예수의 죽음을, 3일 만에 다시 지음은 예수가 3일 만에 부활함을 각각 비유한 것이기 때문이다.

〈마태수난곡〉에서 예수가 자신의 몸을 비유하였던 성전은 돌로 쌓은 건축물이라고 할 수 있다. 예수가 묻힌 무덤 또한 돌무덤이다(「마태복음」 27:60, 「마가복음」 15:46, 「누가복음」 23:53, 「요한복음」 20:1). 김종삼의 시 「돌」에서 "포겨놓이던세번째가 / 비었다"라고 표현한 것도 이러한 맥락에서 해석할 수 있다. "세번째"라는 시어, 그리고 "비었다"의 3음절은 예수가 3일째 부활하여 돌무덤이 텅 비게 된 사건을 상기시킬 수 있다.

전봉건은 이승훈과의 대담에서 "「돌각담」을 대할때면 밧하가 들리는 것"이라고 하였다. "'백년전쟁'을 배경으로 하고 태어난 밧하의 음악은 하늘을 향해 치솟아 오르는 빛"과 같은데, 「돌각담」의 "그 비인 세번째의 자리를 응시하는 눈에서 그러한 '빛'을 봤"다는 것이다.[76] 김종삼은 자신의 산문에 전봉건의 해당 발언을 직접 인용한 바 있다.[77] 이는 김종삼이 전봉건의 「돌각담」 해석과 바흐 음악 이해에 동의와 공감을 적극 표한 것이라고 볼 수 있다.

76 全鳳建·李昇勳, 「金宗三과 밧하와 李箱」, 『現代詩學』, 1973.7, 78쪽.
77 金宗三, 「散文/피란길」, 앞의 글, 364쪽.

선행 연구 대부분은 「돌각담」이 폐허화된 현실에서의 막막한 절망감을 그린 작품이라고 규정하였다.[78] 그러나 전봉건은 이 시에서 오히려 희망의 빛을 감지하였고, 김종삼도 그 해석이 자신의 생각과 다르지 않음을 드러내었다. 한 연구에서는 「돌각담」에서 돌무덤을 반복적으로 쌓아 올리는 행위가 삶에 대한 인간의 의지를 보여준다고 해석한 바 있다.[79] 이는 「돌각담」의 희망적 함의에 주목하였다는 점에서 유효한 시도라고 할 수 있다. 하지만 김종삼과 전봉건은 이 시의 핵심이 돌무덤을 쌓아 올리는 행위보다도 돌무덤의 빈자리와 그것을 바라보는 시선에 있다고 생각하였다.

바흐의 음악이 백년전쟁의 참상 속에서 하늘로 치솟는 빛을 표현한 작품이라면, 「돌각담」은 한국전쟁으로 인한 폐허 속에서 '하늘을 향해 치솟아 오르는 빛'을 제시한 작품이 된다. "세번째"의 "빈자리"로부터 '하늘을 향해 치솟아 오르는 빛'은 죽은 예수가 무덤으로부터 부활하여 하늘로 오른 것을 연상케 한다. 또한 이는 한국전쟁이라는 폭력의 역사 속에서 예수처럼 죄 없이 죽은 인간의 영혼이 부활하리라는 믿음이기도 하다. 어쩌면 김종삼이 이미지를 시 창작의 핵심으로 삼은 까닭 자체가 영혼의 부활을 희망하였기 때문일 수도 있다. 왜냐하면 시적 이미지는 비가시적인 것을 가시화하는 이행과 전치의 운동이기 때문이다. 이러한 해석은 김종삼의 등단작에 해당하는 「돌」과 그 개작인 「돌각담」의 비교를 통하여 한층 더 유력한 근거를 마련할

---

78 송경호, 「김종삼 시의 죄의식과 '집'의 상상력―「문짝」, 「돌각담」, 「라산스카」를 중심으로」, 한국문학과종교학회, 『문학과종교』 12권 2호, 2007.12.
79 신지원, 「김종삼의 전쟁 시편에 나타난 개념적 혼성과 의미 연구」, 전북대학교 인문학연구소, 『건지인문학』 19집, 2017.6.

수 있다.

(ㄱ)	(ㄴ)
廣漠한地帶이다기울기 시작했다잠시꺼밋했다 十幸型의칼이바로꼽혔 다堅固하고자그마했다 흰옷포기가포겨놓였다 돌담이무너졌다다시쌓 았다쌓았다쌓았다돌각 담이쌓이고바람이자고 틈을타凍昏이잦아들었 다포겨놓이든세번째가 비었다	다음부터 廣漠한 地帶이다. 기울기 시작했다 十字型의 칼이 바로 꽂혔다. 堅固하고 자그마했다. 흰 옷포기가 포기어 놓였다. 돌담이 무너졌다 다시 쌓았다. 쌓았다 쌓았다 돌각담이 쌓이고 바람이 자고 틈을 타 凍昏이 잦아들었다.
―「돌각담―하나의 前程 備置」, 전문.[80]	―「돌각담」, 전문.[81]
(ㄷ)	(ㄹ)
廣漠한地帶이다기울기 시작했다잠시꺼밋했다 十字型의칼이바로꼽혔 다堅固하고자그마했다 흰옷포기가포겨놓였다 돌담이무너졌다다시쌓 았다쌓았다쌓았다돌각 담이쌓이고바람이자고 틈을타凍昏이잦아들었 다포겨놓이던세번째가 비었다.	廣漠한地帶이다기울기 시작했다잠시꺼밋했다 十字型의칼이바로꽂혔 다堅固하고자그마했다 흰옷포기가포겨놓였다 돌담이무너졌다다시쌓 았다쌓았다쌓았다돌각 담이쌓이고바람이자고 틈을타凍昏이잦아들었 다포겨놓이던세번째가 비었다.
―「돌각담」, 전문.[82]	―「돌각담」, 전문.[83]

80 金宗三, 「돌각담―하나의 前程 備置」, 金宗三·金光林·全鳳健, 앞의 책, 16-17쪽.
81 金宗三, 「돌각담」, 『十二音階』, 앞의 책, 64쪽.

(ㄴ)의 판본을 제외하면, (ㄱ)과 (ㄷ)과 (ㄹ)의 판본에서는 별도의 연 구분이 나타나지 않는다. 이러한 「돌각담」의 판본들과 달리 「돌」은 1행부터 5행까지를 1연으로, 6행부터 마지막 행까지를 2연으로 나누어 놓았다. 이때 1연은 예수의 희생과 부활 중에서 희생에 해당한다고 볼 수 있다. 「돌」과 (ㄱ)에서 "십행형(十幸型)의칼"이라는 표현은 (ㄴ) 이후부터 "십자형(十字型)의칼"이라는 표현으로 수정되었다. 이때 "칼"은 '물건을 베거나 썰거나 깎는 데 쓰는 도구'로서의 '칼[刀]'일 수도 있지만, '죄인에게 씌우던 형틀'로서의 '칼[枷]'을 뜻할 수도 있다. 후자의 뜻으로 보면 "십자형의칼"이 "기울기 / 시작"한 "광막(廣漠)한지대(地帶)"에 "바로꽂혔 / 다"라는 표현은, 경사진 골고다 언덕 위에 십자가 형틀이 꽂혀 있는 모습을 연상시킨다.

「돌」의 1연이 예수의 희생에 해당한다면, 2연은 예수의 부활에 해당한다고 볼 수 있다. "돌담이무너졌다다시쌓 / 았다쌓았고쌓았다"라는 표현은 〈마태수난곡〉 노랫말에서 예수 자신이 무너진 '성전'을 다시 쌓는 일로 비유하였던 부활의 사건과 상통하는 측면이 있기 때문이다. 또한 "세번째가 / 비었다"라는 표현은 자신이 허물어뜨린 '성전'을 새롭게 짓겠다고 예언한 '3일', 즉 예수가 죽은 뒤 부활하기까지 걸린 '3일'을 암시한다. 그러한 맥락에서 (ㄴ)의 제목에 '하나의 전정(前程) 비치(備置)'라는 부제가 붙어 있었다는 사실을 주목할 필요가 있다. '전정'은 '앞길' 또는 '앞으로 가야 할 길'을 뜻한다. 언뜻 보기에 이 작품은 '돌무덤'이 쌓이는 과정, 즉 예수의 고통과 죽음만을 그린 것으로 여겨질 수 있다. 하지만 '빈 돌무덤'이라는 장소로서의 이미지는

---

82 金宗三, 「돌각담」, 『十二音階』, 앞의 책, 64쪽.
83 金宗三, 「돌각담」, 『평화롭게』, 앞의 책, 48쪽.

죽음과 부활 사이의 이행 및 전치를 일으킨다. 돌각담의 "빈자리"는 예수의 부활과 같은 미래의 길을 예견하는 것일 수 있다. 요컨대 이 작품의 돌 이미지는 인간의 죽음이라는 과거에의 기억인 동시에, 죽은 인간 영혼의 부활이라는 미래에의 예지이기도 하다.

또한 "흰옷포기"라는 시어는 예수의 주검을 돌무덤에 묻을 때 흰빛의 아마포로 감쌌다는 기독교 성서의 한 대목을 연상시킨다(「마태복음」 27:59, 「누가복음」 23:53, 「요한복음」 19:40). "흰옷포기가포겨놓였다"라는 구절은 빈 돌무덤 안에 주검은 없고 그 주검을 감쌌던 아마포만이 놓여 있었다는 「요한복음」 20장 7절의 기록과 상통한다. 나아가 "흰옷포기"는 한국 민족이 당대까지 많이 입었던 옷일 수도 있다. 돌 이미지가 상기와 예견의 이중 운동을 일으킨다면, "흰옷포기" 이미지는 전쟁으로 인간성이 훼손되었던 기억과 함께 그 인간성이 회복되리라는 희망을 불러일으키는 것이 아닐까?

흄이 지향한 기하학적 예술의 개념에 따른다면, 김종삼 시의 돌 이미지가 나타내는 기하학적 속성은 선행 연구에서 논한 바와 같이 원죄 의식을 나타내는 것으로 분석될 수 있다. 그러나 「돌」에서 돌 이미지는 기하학적인 속성(100음절)과 함께 비기하학적인 속성(3음절)을 배치함으로써, 인간의 내재적 신성이 되살아날 수 있다는 가능성을 표현한다. 반면 김종삼의 시에서 비가시적인 것과 가시적인 것 사이의 이행과 전치, 즉 육화 자체로서의 이미지는 인간성과 신성 사이의 불연속성과 연속성, 비유사성과 유사성을 역동적으로 가로지른다. 흄이 말한 '종교적 태도'로서의 원죄 의식, 즉 인간은 신과 철저하게 단절되어 있다는 의식과 달리, 김종삼 시의 종교적 태도는 인간에게 원천적으로 신성이 내재함을 전제한다. 다만 그 신성은 전쟁과 폭력의 역사에 의하여 일시적으로 훼손되고 망각되었을 따름이다.

기존 연구는 대체로 1950년대 한국 시를 전후 현실의 황폐화 속에서 패배감 및 허무의식에 침잠한 것으로 여겨 왔다. 전후의 절망감에 깊이 빠져서 헤어 나오지 못한 상태는 일종의 원죄 의식과 같은 것으로 보일 수 있다. 많은 연구자들이 지적하였듯, 김종삼의 시에도 이러한 원죄 의식이 짙게 나타나는 것처럼 보인다. 실제로 1950년대 김종삼의 시에 나타난 장소들은 전쟁의 비극과 죄악에 뒤덮힌 잔해, 폐허, 파편, 흔적과 같이 보일지도 모른다. 하지만 김종삼의 시에는 잔해가 신성을 더욱 적합하게 드러낼 수 있다는 이미지의 변증법이 강렬하게 작동한다. 전쟁이 지나간 폐허가 신성을 더욱 적합하게 드러낸다는 것은 현실과 초월, 인간성과 신성 사이에 이행과 전치의 운동이 발생한다는 것과 같다. 김종삼의 시에서 단순히 공간적 배경처럼 보이는 이미지는 그러한 운동을 일으키는 장소로서의 이미지라고 할 수 있다. 그중에서도 특히 돌 이미지는 깨어진 신성의 파편이자 훼손된 인간성의 흔적으로서, 그 신성-인간성의 상실을 상기시키는 동시에 그것의 재생을 예견케 한다.

제3장
시간으로서의 이미지

| 이미지는 운동이다: 과거·현재·미래 사이의 시간교란 |

김종삼 시의 이미지에는 과거 속에 숨은 미래를 현재화하는 시간성이 나타난다. 이를 시간교란의 시간성이라 부를 수 있다. 이러한 이미지의 시간교란은 전쟁의 역사 속에서 인간이 죄 없이 희생되어 온 과거의 고통스러운 기억을 상기시키는 동시에, 그 희생된 인간들의 내재적 신성이 되살아나리라는 미래에의 희망을 가시화한다. 특히 과거와 미래의 현재화는 '오늘'과 같은 섬광의 이미지로 나타난다. 이를 통해 김종삼의 대표작인 「원정(園丁)」을 더욱 섬세하고 정확하게 독해할 수 있다.

김종삼의 1950년대 시편 가운데 「그리운 안니·로·리」는 이미지의 독특한 시간성을 잘 보여준다. 이 작품은 스코틀랜드 가곡인 〈애니 로리(Annie Laurie)〉에서 제목과 몇몇 모티프를 차용하였다. 바로 앞 장에서 김종삼의 시와 음악을 비교할 때에는 그 시가 전유한 음악의 노랫말에 일차적으로 주목할 필요가 있다고 하였다. 이 경우에도 마찬가지로 가곡 〈애니 로리〉의 노랫말이 시 해석의 열쇠가 될 수 있다. 그 가사는 윌리엄 더글러스(William Douglas, 1672?-1748)가 17세기 말에 지은 것이다. 가사 내용에서는 더글러스가 실존 인물인 안나 로리(Anna Laurie, 1682-1764)와의 이루지 못한 사랑을 표현하였다.[84] 이 노랫말과 비교해 보면, "얼마 못가서 죽을 아이", 즉 "그리운 / 안니 로 리"는 시적 화자의 유년 시절 기억에 남아 있는 사랑의 대상임을 알 수 있다.

나는 그동안 배꼽에
솔방울도 돌아
보았고

머리위로는 못쓸 버섯도 돌아
보았읍니다 그러다가는
「맥월」이라는

---

84 〈애니 로리〉의 가사 원문 전체는 다음과 같다. "Maxwelton's braes are bonnie, / Where early fa's the dew, / Twas there that Annie Laurie / Gi'ed me her promise true. / Gi'ed me her promise true / Which ne'er forgot will be, / And for bonnie Annie Laurie / I'd lay me down and dee. // Her brow is like the snaw-drift, / Her neck is like the swan, / Her face it is the fairest, / That 'er the sun shone on. / That 'er the sun shone on, / And dark blue is her e'e, / And for bonnie Annie Laurie / I'd lay me down and dee. // Like dew on gowans lying, / Is the fa' o' her fairy feet, / And like winds, in simmer sighing, / Her voice is low and sweet. / Her voice is low and sweet, / And she's a' the world to me; / And for bonnie Annie Laurie / I'd lay me down and dee." 이를 한국어로 옮기면 다음과 같다. "이른 이슬이 내린 / 맥스웰턴 언덕은 아름다워 / 그곳은 애니 로리가 / 절대 잊을 수 없는 / 참된 약속을 준 곳이지 / 그리고 아름다운 애니 로리를 위해서 / 나는 엎드려 죽을 거야. // 그녀의 이마는 쌓인 눈 같고, / 그녀의 목은 백조 같아 / 그녀의 얼굴은 가장 어여뻐 / 태양이 비추는 것들 중에서. / 태양이 비추는 것들 중에서 / 그녀의 눈은 검푸르지 / 그리고 아름다운 애니 로리를 위해서 / 나는 엎드려 죽을 거야. // 데이지꽃 위의 이슬 같구나 / 그녀가 요정 같이 발을 딛는 모습 / 그리고 여름철 속삭이는 바람처럼, / 그녀의 목소리는 낮고 달콤해 / 그녀의 목소리는 낮고 달콤해, / 그래서 그녀는 내게 온 세상이지 / 그리고 아름다운 애니 로리를 위해서 / 나는 엎드려 죽을 거야."

老醫의 음성이

자꾸만
넓은 푸름을 지나
머언 언덕가에 떠 오르곤
하였읍니다.

오늘은
이만치 하면 좋으리마치
리봉을 단 아이들이 놀고 있음을
봅니다

그리고는
얕은
파아란
패인트 울타리가 보입니다.

그런데
한 아이는
처마 밑에서 한 걸음도
나오지 않고
리봉이 너무 길다랗다고
짜징을 내고 있는데

그 아이는

얼마 못가서 죽을 아이라고

푸름을 지나 언덕가에로

떠오르던

음성이 조곰 전에 이야길 하였읍니다.

그리운

안니 로 리라고 이야길

하였읍니다.

—「그리운 안니·로·리」, 전문.[85]

위 작품에서 한 가지 흥미로운 사실은 가곡 〈애니 로리〉의 노랫말에 나오
는 '맥스웰턴 언덕(Maxwelton's braes)'이 「그리운 안니·로·리」에서는 "「맥월」
이라는 노의(老醫)" 또는 그의 "음성"으로 전치되었다는 점이다.[86] "언덕"과
"노의", 즉 '늙은 의사'는 서로 상당히 이질적인 기호들이라고 할 수 있다. 앞
의 제2장에서 살핀 바와 같이, 1950년대 김종삼의 시에서 '언덕'이라는 장소
로서의 이미지는 독특한 의미의 그물을 거느린다. 그것은 돌 이미지의 일종

85 金宗三, 「그리운 안니 · 로 · 리」, 金宗三 · 金光林 · 全鳳健, 앞의 책, 自由世界社, 1957,
   12-14쪽.
86 이 시의 다른 판본에서는 "「맥월」"이 "「맥웰」"로 수정되었다(金宗三, 「그리운 안니 · 로 ·
   리」, 崔南善 외, 『韓國文學全集 35 詩集 (下)』, 民衆書館, 1959, 339쪽). "맥웰"은 "맥월"보
   다도 더 '맥스웰턴'이라는 영문 발음에 가깝다고 할 수 있다.

으로서, 비가시적인 신성과 가시적인 현실 사이의 이행과 전치를 일으키는 장소라고 할 수 있다.

위 시의 2연에 나오는 "「맥월」이라는 노의의 음성"이 작품 후반부의 "언덕 가에 / 떠오르던 / 음성"이라는 구절에서와 같이 '언덕'과 결합하는 까닭도 그러한 맥락에서 이해할 수 있다. "노의"는 의사(醫師)를 가리킬 뿐만 아니라, 언덕이라는 장소가 그 위로 불러일으키는 신성의 음성을 느끼게 하기 때문이다. 그러므로 「그리운 안니·로·리」의 이미지들은 '맥스웰턴 언덕'과 "「맥월」이라는 노의" 사이에서 이행하고 전치함으로써, 늙은 의사의 목소리가 신의 음성이 되고 신의 음성이 늙은 의사의 목소리가 되는 운동을 일으킨다.

그렇다면 원곡의 맥스웰턴 언덕 이미지는 어떻게, 그리고 어째서 맥월이라는 노의의 이미지로 바뀌었을까? 이 시의 1~2연에서 "솔방울"이나 "버섯"이 몸에 "돋아" 난다는 것은 분명히 시의 후반부에 나오는 "얼마 못가서 죽을 아이"의 병세와 관련될 것이다. 예컨대 김종삼의 시 「개똥이」에서 어린아이가 전염병에 걸린 상태는 "머리위에 / 불개미알만이 씰고 어지룹다"라고 형상화된다.[87] 그렇다면 「그리운 안니·로·리」의 "리봉"도 질병의 의미와 관련이 있지 않을까? "리봉을 단 아이들"은 병에 걸려서 붕대를 감고 있는 아이들을 연상시킨다. "한 아이는 / 처마 밑에서 한 걸음도 / 나오지 않고 / 리봉이 너무 길다랗다고 / 짜징을 내고 있"다는 것은 붕대를 너무 많이 감거나 아직 풀 수 없을 만큼 병세가 위중하다는 의미로 읽을 수 있다. 붕대에 감긴 아이는 1950년대 김종삼의 시 「현실(現實)의 석간(夕刊)」에서도 확인된다.[88]

---

87 金宗三, 「개똥이」, 金宗文 엮음, 앞의 책, 102-104쪽.
88 "발바닥에서 몸둥아리 / 그리고 머리에 까지 / 감기어 온 얼룩간 少年의 붕帶가 왔다 하였

위 시와 음악을 비교할 때 특히 주목해야 할 대목은 가곡 〈애니 로리〉가 한국에서 아주 일찍부터 찬송가 〈하늘 가는 밝은 길이〉로 널리 불렸다는 사실이다. 이 찬송가는 통일찬송가 기준 545장에 해당한다. 미국 남북전쟁 기간에 감리교 군목이었던 존 로지어(John Hogarth Lozier, 1832-1907)가 〈애니 로리〉에 붙인 찬송 가사를 구한말 한국 주재 미국인 선교사 윌리엄 스왈른(William L. Swallen, 한국명 소안론(蘇安論), 1859-1954)이 한국어로 번안한 것이다. 스왈른은 1892년 내한한 뒤로, 서울·평양·함흥·원산뿐만 아니라 김종삼의 고향인 황해도 등지에서도 선교 활동을 펼쳤다.[89] 특히 그는 1903년 평양 신학교를 발족한 이후 1932년 미국으로 돌아가기 전까지 줄곧 평양 선교부에서 활동하였다. 〈하늘 가는 밝은 길이〉는 한국의 두 번째 악보 찬송가로서 1905년에 출간된 『찬성시』 제9판의 123장으로 처음 등장하였다.[90] 제9판 『찬성시』는 전체 151곡 중에서 142곡이 최초의 장로교·감리교 연합 찬송가집인 『찬송가』(1908)에 수용될 정도로 선교 초기의 한국 찬송가 역사에 많은 영향을 미쳤다.[91] 김종삼은 이 무렵에 평양 소재의 미션 계통 학교인 광성(光成)고등보통학교를 다녔다.[92] 김종삼은 음악광으로서 가곡 〈애니 로리〉에 친숙하였을 것임은 물론이다. 그는 가곡 〈애니 로리〉를 번안한 찬송가 〈하늘 가는 밝은 길이〉도 알고 있었을 가능성이 높다.

가곡 〈애니 로리〉와 찬송가 〈하늘 가는 밝은 길이〉의 관계는 일종의 신비

다(金宗三, 「現實의 夕刊」, 앞의 글, 267쪽)." 이 구절은 나중에 "全裸에 감기어 온 얼룩진 少年의 주검의 繃帶로 개작된다(金宗三, 「夕間」, 앞의 글, 46쪽).

89 閔庚培, 『韓國敎會 讚頌歌史』, 延世大學校出版部, 1997, 307쪽.

90 조숙자, 『한국 개신교 찬송가 연구』, 장로회신학대학교출판부, 2003, 58-61쪽.

91 문옥배, 『한국 찬송가 100년사』, 예솔, 2002, 158쪽.

92 「文学의 産室 시인 金宗三씨」, 앞의 글.

를 드러낸다. 끝내 이루어지지는 못하였지만 너무나 뜨거웠던 사랑의 이야기는 '하늘 가는 밝은 길', 즉 신성한 구원의 약속으로 이행할 수 있기 때문이다.[93] 세속적 사랑의 사연을 담은 음악이 천국의 빛을 예시(豫示)해 주는 노래로 전치되는 것이라고도 할 수 있다.

지상의 사랑과 천상의 구원이 서로 이행하고 전치하는 신비의 관계 속에서, 「그리운 안니·로·리」는 김종삼 시의 독특한 시간성을 느끼게 한다. "그 아이는 얼마 못가서 죽을 아이라고"라는 미래형의 시제는 "이야길 하였읍니다"라는 과거형의 문장 속에 삽입되어 있다. 이처럼 위 작품의 시제는 과거와 미래를 '오늘'로 현재화함으로써 복합적이고 역동적인 시간교란 (anachrony)을 이루고 있다.

이 시에서 과거를 서술하는 방식은 1~3연의 "그동안"이라는 시간의 한정 (determination)과 "자꾸만"이라는 특정 시간의 구체화(specification)가 결합된 것이라고 할 수 있다. 서사에서 시간을 한정하고 구체화하는 것은 유추반복적(iterative) 서술의 요소들이다. 제라르 주네트(Gérard Genette, 1930-2018)에 따르면, 유추반복적 서술이란 "n번 일어난 일을 한 번(또는 한꺼번에) 서술하는 것"으로서, "단일한 서술적 언급이 동일한 사건의 여러 발생들을 함께 맡는 것"을 뜻한다.[94] 특히 3연의 "떠오르곤 하였읍니다"에서 '—고는'은

---

93 〈하늘 가는 밝은 길이〉의 가사 전문은 다음과 같다. "1절: 하늘 가는 밝은 길이 내 앞에 있으니 / 슬픈 일을 많이 보고 늘 고생하여도 / 하늘 영광 밝음이 어둔 그늘 헤치니 / 예수 공로 의지하여 항상 빛을 보도다 // 2절: 내가 염려하는 일이 세상에 많은 중 / 속에 근심 밖에 걱정 늘 시험하여도 / 예수 보배로운 피 모든 것을 이기니 / 예수 공로 의지하여 항상 이기리로다 // 3절: 내가 천성 바라보고 가까이 왔으니 / 아버지의 영광 집에 나 쉬고 싶도다 / 나는 부족하여도 영접하실 터이니 / 영광 나라 계신 임금 우리 구주 예수라"

94 Gérard Genette, *op. cit.*, p.116.

같은 일이 반복됨을 나타내는 연결 어미이다. 이에 따라 독자는 "조곰 전에" 일어난 사건을, "그동안"이라는 한정된 시간 동안에 "자꾸만"이라는 빈도(frequency)로 발생하였던 사건 중의 하나로 인식할 수 있다.

　"조곰 전에" 늙은 의사의 음성이 들려왔다는 사건은 유추반복적 서술을 통하여 일회적 발생이 아니라 영속적 반복이 된다. 이와 같은 이유로 "그 아이는 / 얼마 못 가서 죽을" 것이라고 예견하는 그 목소리는 시적 화자의 기억 속에서 끊임없이 반복될 것이다. 「그리운 안니·로·리」에서 "오늘"은 상실된 타자에의 기억이 무한한 미래에까지 반복적으로 현재화하는 시간성을 드러낸다고 할 수 있다. 그러한 이미지의 시간성은 과거의 역사 속에서 제대로 돌봄도 받지 못하고 죽어 간 아이의 영혼을 지속적으로 상기시킬 것이기 때문이다. 이러한 까닭으로 위 시는 "조곰 전에"나 "얼마 못가서"와 같이 과거와 현재 사이의 거리를 의도적으로 축소한다. 요컨대 1950년대 김종삼의 시에 나타난 이미지의 시간성은 과거의 기억과 그 속에 담긴 미래를 영원히 현재화하는 것이다.

　위 작품의 시적 화자는 유년 시절에 "얼마 못가서 죽을 아이"를 사랑하는 마음으로 〈애니 로리〉를 즐겨 불렀을 수 있다. 그러나 그 노래는 죽은 자가 하늘나라로 간다는 예언의 노래이기도 하였다. 음악은 가곡과 찬송가라는 두 겹으로 이루어져 있어서, 어릴 적에 사랑했던 아이의 죽음은 가곡 이면에 숨은 찬송가의 예언을 실현한 셈이 된다. 1950년대 김종삼의 시에 나타난 이미지는 과거에 대한 기억이고, 미래에 대한 예언이며, 기억과 예언이 현재에서 만나는 신비의 시간이라고 할 수 있다. 유년기에 즐겨 불렀던 노래가 미래에 실현될 예언을 담는 경우는 김종삼의 시 「쑥내음 속의 동화」에서도 나타난다.

풍식이네 하모니카는 귀에 못이 배기도록 매일같이 싫어지도록 들리어
오곤 했다.

자라나서 알고 본즉 「스와니江의 노래」였다.

(중략)

용당포라고 하였던 해변가에서 들리어 오는 오래 묵었다는 돌미륵이 울
면 더욱 그러하였다.

자라나서 알고 본즉 바다에서 가끔 들리어 오곤 하였던 기적 소리를 착각
하였던 것이었다.

─이 때부터 세상을 가는 첫 출발이 되었음을 모르며.

─「쑥내음 속의 동화」, 5~11연.[95]

위 시의 화자가 유년 시절에 "귀에 못이 배기도록 매일같이" 듣던 "풍식이
네 하모니카" 소리는 "자라나서 알고 본즉 「스와니강(江)의 노래」였다"고 하
였다. "스와니강의 노래"는 스티븐 포스터(Stephen Collins Foster, 1826-1864)가
작곡한 가곡 〈스와니강(Swanee River)〉을 가리킨다. 〈고향의 옛 사람들(The
Old Folks At Home)〉이라는 원제에서도 알 수 있듯이, 이 노래의 가사는 미국
흑인이 고향을 그리워하는 내용을 담고 있다. 김종삼이 어려서 이 노래를 듣
던 때는 한국전쟁이 일어나기 이전이었다. 그런데 한국전쟁으로 인하여 남
북한이 분단된 뒤로 김종삼은 실향민이 되었다. 그러므로 "자라나서 알고

---

95 金宗三, 「쑥내음 속의 동화」, 『知性』, 1958.秋, 141쪽.

본즉"이라는 구절은 어린 시절에 정체도 모르고 듣던 노래가 결국 자기 미래에 대한 예언이었음을 사후적으로 알게 되었다는 뜻으로 해석할 수 있다.

「쑥내음 속의 동화」에는 "자라나서 알고 본즉"이 또 한 번 등장한다. 이 두 번째 "자라나서 알고 본즉"은 시적 화자가 어렸을 때에 "바다에서 가끔 들리어 오곤 하였던 기적 소리"를 "돌미륵"의 울음소리로 "착각하였"다는 것이다. 한국 미륵 신앙은 미래의 부처가 도래하여 현세를 개벽하고 민중을 구원한다는 점에서 다시개벽 사상의 원천이 되었다. 그러나 깨어난 돌미륵의 울음이 나중에 단지 기적 소리였다고 깨달은 것은 그러한 다시개벽의 세상이 도래하지 않았다는 안타까움을 느끼게 한다. 〈스와니강〉 속에 고향 상실의 예언이 숨어 있었듯이, 돌미륵의 울음소리 속에는 다시개벽의 예언이 숨어 있었을 것이다. 이처럼 김종삼의 시는 비극적 절망감에만 천착하는 것이 아니라, 기억과 예언이 현재화되는 신비를 표현한다.

김종삼의 시 「의음(擬音)의 전통(傳統)」에서 이러한 신비의 시간을 "영겁 (永劫)의 현재"라고 표현한 까닭도 그러한 맥락과 맞닿는다.[96] 영겁의 현재는 서구 형이상학의 "본질" 개념이나 기독교의 "신" 개념이 전제하는 영원불변의 무시간성과 차이점이 있다. 김종삼의 시에서 영겁의 현재는 영원불변한 무시간성이 아니라 과거와 미래를 역동적으로 응축해 놓은 시간성이기 때문이다. 이미지는 현재 속에서 과거를 떠올리며, 과거 속에서 미래를 예감케 한다. 이를 이미지의 시간교란이라고 부를 수 있다.

96 金宗三, 「擬音의 傳統」, 앞의 글, 44-45쪽.

| 기억 속의 희망을 현재화하는 '오늘' |

「개똥이」와 「그리운 안니·로·리」의 공통점은 유년기 친구의 죽음에 대한 기억을 상기시킨다는 점이다. 김종삼의 유년기는 일본 천황제 파시즘과 그에 따른 중일전쟁 및 태평양전쟁으로 점철되었다. 이러한 파시즘과 전쟁의 역사 속에서 어린이들은 아무런 죄도 없이 폭력과 죽음에 취약하게 노출되었다. 폭력의 역사는 신성이 내재하는 아이들을 희생시켜 온 역사였다고 할 수 있다. 그러나 그 아이들에 대한 기억을 끊임없이 상기한다면, 그 기억 속의 아이들과 그들의 내재적 신성은 반복적으로 현재화될 것이다. 내재적 신성이 되살아나는 순간이야말로 김종삼의 시에서 궁극적으로 지향하는 미래와 같다. 과거와 미래를 현재화하는 이미지는 신성을 품은 인간이 훼손되었던 고통의 기억과 그 신성이 재생하리라는 희망을 현재화하는 이미지라고 할 수 있다.

김종삼의 시에서 그러한 이미지의 시간성은 특히 '오늘'로 표현된다. 예를 들어 「그리운 안니·로·리」에서 "오늘"은 누군가를 사랑하였던 과거 속에 그의 죽음이라는 미래가 숨어 있었음을 현재화한 시간이었다. 이 외에도 오늘이라는 이미지의 시간성은 김종삼의 시편 곳곳에서 나타난다. 그것은 공통적으로 과거와 미래를 현재화함으로써 훼손된 신성에의 기억과 그 신성의 재생에 대한 희망을 환기한다고 볼 수 있다. 「그리운 안니·로·리」의 "오늘"이 신성에의 기억을 현재화하는 측면이 두드러진다면, 「받기 어려운 선물처럼」과 「책 파는 소녀」의 "오늘"은 신성의 재생에 대한 희망을 현재화하는 측면이 두드러진다.

(가)

主日이 옵니다. <u>오늘만은</u>

그리로 도라 가렵니다.

한켠 길다란 담장길이 버려져

있는 얼마인가는 차츰 흐려지는

길이 옵니다.

누구인가의 성상과 함께

눈부시었던 꽃밭과 함께 마중 가 있는 하늘가 입니다.

모─든 이들이 안식날이랍니다.

저 어린 날 主日 때 본

그림

카─드에서 본

나사로 무덤 앞이였다는

그리스도의 눈물이 있어 보이었던

그날이 랍니다.

이미 떠나 버리고 없는 그렇게

따사로웠던 버호니(母性愛)의 눈시울을 닮은 그 이의 날이랍니다.

영원이 빛이 있다는 아름다움이란

누구의 것도 될수 없는 날이랍니다.

그럼으로 모—두들 머믈러 있는 날이랍니다.

받기 어려웠던 선물 처럼………

—「받기 어려운 선물처럼」, 전문.[97]

(나)

그 곳은 무의미하게 보이고 있는

조그마한데다가 누추한

서점이었다.

나는

팔리지 않는 구석진 곳에

손때 묻은 표지의 얼굴을 닮은 고학의 소녀였었다.

<u>오늘은</u> 어느 날에

다녀 갔던 허름하게 생긴 분에게

책 하나가 팔리어 가고 있었다.

턱 수염과 허름한 뒷모습이 몹시 예쁘게만 보이는 것이었다.

---

97 金宗三, 「받기 어려운 선물처럼」, 金宗三 · 金光林 · 全鳳健, 앞의 책, 26-27쪽(강조는 인용자).

세상은 그지없이 아름다이 보이는 것이었다.

어지로히 지나간 드믄 날

깊은 빛갈이 되어 꽃피이던 시절에

대한 영혼에서 처럼.

—「책 파는 소녀」, 전문.[98]

(가)에서 "오늘"은 "모―든 이들"의 "안식날"로 표현된다. 모든 인간의 안식
일은 진정한 구원의 시간이라 할 수 있다. 그러므로 "오늘"은 "영원이 빛이
있다는 아름다음"의 시간이기도 하다. 이러한 구원의 빛은 "나사로 무덤 앞
이였다는 / 그리스도의 눈물"을 통해 주어진다. 예수 그리스도는 자신이 사
랑한 나사로의 죽음을 전해 듣고, 나사로의 무덤 앞에 찾아가 그를 소생시켰
다. 예수의 사랑은 죽은 인간을 부활시킬 수 있는 사랑이라고 할 수 있다. 그
때문에 나사로의 무덤 앞에서 예수가 흘린 눈물은 "모성애"의 "눈시울"에서
흐르는 눈물과 같다. 김종삼의 시편이 상기시키고자 하는 신성은 예수(신성
이 내재한 인간)의 모성애(인간에게 내재한 신성)라고 할 수 있다. 이처럼 김종삼
의 시에서 구원은 인간의 내재적 신성이 되살아나는 순간으로 형상화된다.

그런데 이 시에서 주목할 점은 예수의 모성애가 기억 속의 이미지로 표현
된다는 점이다. 나사로의 무덤 앞에서 눈물을 흘리는 예수는 "저 어린 날 주
일(主日) 때 본 / 그림 / 카―드"와 같은 기억 속의 이미지를 통하여 상기된다.
또한 "모성애"의 "눈시울"은 "이미 떠나 버리고 없는" 과거에의 기억 속에, 그

---

98 金宗三,「책 파는 소녀」,『自由公論』, 1959. 10, 190-191쪽(강조는 인용자).

러나 "따사로움"을 느끼게 하는 기억 속에 이미지로서 남아 있다. 예수와 그의 모성애가 가져다 줄 미래의 구원은 과거의 기억 속에 잠재하는 것이다. 이처럼 (가)의 '오늘'은 소멸해 버린 것 같은 신성을 기억 속의 이미지로 불러냄으로써, 참된 구원이 기약 없는 미래에 있지 않고 지금 여기에 펼쳐질 수 있음을 상상케 하는 시간이라고 할 수 있다.

다음으로 (나)의 시적 화자는 "책 파는 소녀"이다. 그녀는 "무의미하게 보이고 있는 / 조그마한데다가 누추한 서점"을 운영한다. 그런데 (나)에서 "오늘"은 "허름하게 생긴 분에게 / 책 하나가 팔리어 가는 날"이다. 그 때문에 책이 팔린 "오늘"은 "드문 날", 즉 특별한 날이 된다. 이처럼 장사가 잘되지 않는 가게에 특별한 순간이 찾아오는 장면은 김종삼의 또 다른 시 「드빗시 산장」에도 나온다. "<u>오늘에도</u> 지나간 것은 분명 차 한대밖에―"라는 구절이 그것이다.[99] (나)와 「드빗시 산장」의 '오늘'은 공통적으로 섬광처럼 스쳐가는 시간의 이미지라 할 수 있다. 김종삼의 1950년대 시편에서 섬광의 이미지는 원천적 신성이 되살아나는 순간의 이미지임을 제1부 1장에서 자세히 논하였다.

그 때문에 (나)의 마지막 연에는 "깊은 빛갈이 되어 꽃피이던 시절에 / 대한 영혼"이라는 육화의 시간이 나타난다. '깊은 빛깔이 되어 꽃 피어 있는 시절'의 이미지는 「오동나무가 많은 부락입니다」와 「빛갈 깊은 꽃 피어있는 시절에 대한 이야기」 등과 같은 김종삼의 1950년대 시편에 거듭하여 나온다. 그 이미지는 지상의 '꽃'과 신성의 '빛'이 결합한 상태를 드러낸다. 따라서 (나)의 '오늘'은 신성과 현실이 합일하는 육화의 시간을 표현한다고 볼 수 있다.

---

99   金宗三, 「드빗시 산장 부근」, 앞의 글, 356쪽(강조는 인용자).

|「원정」은 죄의식에 머무는 시가 아니다 |

    김종삼의 대표작 중 하나인 「원정(園丁)」에도 "오늘"이라는 이미지의 시간성이 나타난다. 이러한 관점에서 「원정」의 시적 성취는 새로운 해석을 요청한다.

> 苹果 나무 소독이 있어
> 모기 새끼가 드믈다는 몇날후인
> 어느 날이 되었다.
>
> 며칠만의 한번만이라도 어진
> 말솜씨였던 그인데
> <u>오늘은</u> 몇번째나 나에게 없어서는 않된다는 마련 되 있다는 길을 기어히
> 가르켜 주고야 마는 것이다.
>
> 아직 이쪽에는 열리지 않는 果樹밭 사이인
> 수무나무가시 울타리
> 길 줄기를 버서 나
> 그이가 말한대로 얼만가를 더 갔다.
>
> 구름 덩어리 야튼 언저리
> 植物이 풍기어 오는
> 유리 溫室이 있는

언덕쪽을 향하여 갔다.

안악과 周圍라면은 아무런 기척이 없고 무변(無邊)하였다 .안악 흙 바닥에는

떡갈 나무 잎사귀들의 언저리와

「뿌롱드」 빛갈의 果實들이 평탄하게

가득 차 있었다.

몇개째를 집어 보아도 놓이었던 자리가 썩어있지 않으면 벌레가 먹고 있었다.

그렇지 않은 것도 집기만 하면 썩어 갔다.

거기를 직힌다는 사람이 드러와

내가 하려던 말을 빼았듯이 말했다.

당신아닌 사람이 집으면 그럴리가 없다고ㅡ.

ㅡ「園丁」, 전문.[100]

　위 작품의 제목인 '원정'이라는 낱말은 김종삼의 산문 「의미(意味)의 백서(白書)」에도 나온다. "교회의 종소리가 나의 「이미쥐」의 파장(波長)을 쳐오면 거기서 노니는 어린것들과 그들이 재잘거리는 세계에 꽃씨를 뿌리는 원정(園丁)과도 같이 무엇인가 꿈꾸어 보는 것이다." 이 대목에서 '원정', 즉 동산을 지키는 사람은 시인을 비유한다고 볼 수 있다. 그 정원지기가 가꾸는 동

100　金宗三, 「園丁」, 『新世界』, 1956.3, 260-262쪽(강조는 인용자).

산은 시인이 언어를 통해서 가꾸는 "이미쥐"의 "세계"에 해당하기 때문이다. 특히 이 산문은 시인이 정원지기로서 가꾸어 나가는 이미지의 세계를 '어린 것들의 세계'로 제시한다. 이는 김종삼의 시 세계 전반에서 어린이의 이미지가 빈번하게 등장한다는 사실과 상통하는 측면이 있다. 나아가 김종삼은 이 산문의 말미에서 "이미쥐의 어린이들, 환상의 영토에 자라나는 식물들, 그것은 나의 귀중한 시의 소재들"이라고 언급하였다.[101]

김종삼이 생각하기에 시의 세계는 이미지의 정원이며, 시인은 정원을 가꾸는 원정처럼 이미지의 세계를 가꾸는 자이다. 이 산문에 비추어 본다면, 김종삼의 시 「원정」에 나오는 "과수(果樹)밭"이나 "유리 온실(溫室)" 등의 장소는 시인이 이미지를 가꾸는 세계와 상통하는 측면이 있다. 또한 그곳에서 가꾸어지는 "식물(植物)"이나 "과실(果實)" 등은 시인이 시의 언어로 거두려는 이미지를 암시하는 것일 수 있다.

나아가 김종삼은 자신의 시 세계에서 자라나는 이미지들을 어린이들의 이미지로 특정하였다. 그러므로 그의 시 「원정」에서 "평과(苹果) 나무"의 열매와 같은 "과실"은 어린이들과 그들에게 내재한 신성을 드러내는 비유사성의 이미지일 수 있다. 이를 뒷받침해 주는 시 구절은 "평과 나무 소독" 때문에 "모기 새끼"가 드물어졌다는 대목이다. 이 구절 외에도 6연의 "벌레가 먹고 있었다"라는 구절에서 곤충의 모티프가 되풀이된다. 「원정」에서 곤충 모티프의 의미를 해석할 때 중요한 실마리가 되는 것은 '소독'이라는 시어라고 할 수 있다. 1950년대 김종삼의 시에서는 병을 제대로 치료받지 못한 아이들의 죽음과 그 병을 막기 위한 '소독'의 이야기가 나오기 때문이다. 예컨대

---

101 金宗三, 「作家는 말한다―意味의 白書」, 앞의 글, 362쪽.

「개똥이」에는 "새끼줄 치고 / 소독약 뿌린다고"라는 구절이 있다. 여기서 소독약은 어린이들을 죽음으로 몰아넣는 질병을 막기 위한 것이다. 「원정」에서 "평과 나무"의 "과실" 역시 소독을 통해 보호되어야 할 존재라는 점에서, 질병과 죽음의 위험에 취약하게 노출된 아이의 목숨을 떠올리게 한다.

지금까지의 해석을 종합해 보면 '시적 이미지=정원에서 가꾸는 과실(식물)=어린이'라는 등식이 성립함을 알 수 있다. 특히 김종삼의 시에서 어린이는 인간의 내재적 신성을 극명하게 드러내는 존재와 같다. 예컨대 「원정」의 5연에는 "뿌롱드 빛갈의 과실"이라는 표현이 나온다. "뿌롱드"는 '황금빛'을 뜻하는 영단어 'blond'를 소리 나는 대로 표기한 것이다. 이는 잘 익은 과실의 '황금빛'을 연상케 한다. 황금빛은 고귀하고 성스러운 빛깔이라고 할 수 있다. 따라서 시적 화자가 과실에 접근하려는 것, 즉 시의 정원에서 이미지를 얻으려는 것은 곧 어린이의 고귀한 성스러움을 언어로 붙잡으려는 것과 같지 않을까? 「원정」은 '정원의 과실을 썩게 하지 않고 만지거나 집을 수 있는가'라는 물음을 던진다. 이는 '어린이에게 내재한 신성을 시적 이미지로써 오롯하게 붙잡을 수 있는가'라는 질문과 같다.

어린이의 내재적 신성을 열매의 이미지로 표현하는 또 하나의 사례로 김종삼의 1960년대 작품인 「부활절(復活節)」을 꼽을 수 있다. 이 작품에서 "아희들"은 "죄없는 무리들의 주검", 즉 인간에게 원천적으로 내재한 신성을 간직한 채 무고하게 희생된 존재들로 그려진다. 그렇게 죽은 "아희들"에게 시적 화자는 "밤 한 톨씩을 나누어 주었다"고 한다.[102] 이 시의 제목이 「부활절」이라는 사실을 고려해 보면, 밤 열매는 부활을 상징한다고 해석해 볼 수 있

102 金宗三, 「復活節」, 故 朴寅煥 外 三二人, 앞의 책, 112쪽.

다. 따라서 죽은 아이들에게 밤을 한 톨씩 나누어 주었다는 표현은 땅에 묻힌 열매에서 새싹이 다시 돋아나듯이 죽은 아이들의 영혼이 부활하기를 희망하는 표현일 것이다. 죽은 아이들의 영혼이 부활해야 한다는 희망은 폭력의 역사 속에서 희생된 아이들의 내재적 신성이 회복되어야 한다는 바람이기도 하다. 「부활절」에서와 마찬가지로 「원정」의 열매 이미지도 희생된 어린이들의 내재적 신성을 상기시키는 이미지라 할 수 있다.

또한 「원정」의 2~3연에서 "길을 기어히 가르켜 주"는 "그" 또는 "그이"의 "어진 / 말솜씨"는 신성과 언어의 관계라는 문제를 나타낸다. "그이"는 「오동나무가 많은 부락입니다」나 「빛갈 깊은 꽃 피어있는 시절에 대한 이야기」에서도 신성한 존재로 반복되어 나온다. 이와 같은 맥락에서 「원정」에서 "그이"의 "어진 / 말솜씨"는 신성의 언어를 뜻한다고 볼 수 있다.

기존 연구는 「원정」을 기독교 성서 중에서도 「창세기」와 연관시켜 분석한 바 있다. 예컨대 이 작품의 배경은 에덴동산을 암시하고, '평과'는 선악과를 비유한다는 것이다.[103] 이러한 해석에는 「원정」의 중심주제를 원죄의식으로 규정하려는 시각이 깔려 있다. 이는 김종삼의 시 세계를 죄의식의 표현으로 간주하여 온 여러 선행 연구의 관점과 크게 다르지 않다고 할 수 있다. 그러나 이미지가 시간교란적 운동을 일으키듯이, 「원정」은 구약성서와 신약성서 사이의 시간교란을 일으킨다.

이때 주목할 점은 「원정」의 "그" 또는 "그이"가 "거기를 직힌다는 사람"과 동일한 인물인가 하는 문제이다. 만약에 동일한 인물이라면 굳이 어감이 다른 두 가지 표현을 사용한 까닭이 있어야 할 것이다. 왜냐하면 "그" 또는 "그

---

103 남진우, 『미적 근대성과 순간의 시학』, 소명출판, 2001, 233-237쪽.

이"는 앞에서 이미 이야기하였거나 듣는 이가 생각하고 있는 사람을 가리키는 말인 데 비하여, "거기를 직힌다는 사람"은 훨씬 더 간접적이고 거리감 있는 표현이기 때문이다.

"거기를 직힌다는 사람"은 시의 제목인 원정, 즉 동산지기를 가리킨다. 신약성서에서 동산지기는 원죄로부터 인간을 구원하는 존재, 즉 부활한 예수를 떠올리게 한다. 막달라 마리아는 예수의 시신이 사라져 비어 있는 무덤 앞에서 울고 있다가, 그녀 앞에 나타난 예수를 동산지기 또는 정원지기로 알아보았다고 하기 때문이다(「요한복음」 20:15). 예수를 예수가 아닌 인물로 오해하는 정황에는, "직힌다는"의 '—ㄴ다는'처럼 불투명하고 간접적인 표현이 더 어울릴 것이다. 나아가 "그" 또는 "그이"와 "거기를 직힌다는 사람"을 구분하여 다르게 제시한 시적 전략은 한 인물을 동일하지 않은 두 인물로 착각한 막달라 마리아의 정황과 상통한다.

이러한 해석의 또 다른 근거로는 "당신아닌 사람이 집으면 그럴리가 없다고"라는 구절이 있다. 부활한 예수는 울고 있는 막달라 마리아에게 다음과 같이 말한다. "나를 만지지 마라. 내가 아직 아버지께로 올라가지 아니하였노라(「요한복음」 20:17)." 이 구절은 「원정」에서 "거기를 직힌다는 사람"이 시적 화자에게 건넨 말과 겹쳐질 수 있다. "당신아닌 사람이 집으면 그럴리가 없다고"라는 말은 '시적 화자가 썩지 않는 열매를 절대로 만질 수 없을 것'이라는 단정적 판단이 아니라, '어떤 이는 만질 수 없지만 어떤 이는 만질 수 있을 것'이라는 가능적 판단이기 때문이다. 그러므로 시적 화자가 집기만 하면 썩어 가는 열매, 다른 누군가가 집는다면 썩지 않을 열매는 시적 화자가 완전히 새로운 인간("당신아닌 사람")으로 거듭날 때에 비로소 접촉할 수 있는 신성을 뜻할 것이다.

프라 안젤리코, 〈수태고지(Annunciation)〉, 1433-34년경, 나무에 템페라, 150x180cm, 코르토나, Museo Diocesano. 그림의 왼쪽 상단을 보면 탄식하며 에덴동산을 떠나는 이브와 아담, 그리고 그들을 추방하는 천사가 있다. 그림의 전면에는 천사가 마리아에게 처녀의 몸으로 잉태할 것을 고지하고 있다.

선행 연구에서 지적하였듯, 「원정」은 최초로 태어난 인간(이브와 아담)이 에덴동산의 선악과에 접근하여 원죄의식을 느끼는 모습을 연상케 한다. 그러나 이 작품은 다시 새롭게 태어난 인간(원죄를 씻은 첫 번째 인간으로서의 예수)의 이미지를 거기에 중첩시킨다고 할 수 있다. 이는 「고린도전서」 15장 45-49절에서 예수를 '마지막 아담(last Adam)' 또는 '두 번째 사람(second man)'이라고 일컬은 것과 맞닿아 있다. 실제로 토마스 아퀴나스는 『신학대전』에서 예수가 "아담으로부터 유래한 물질의 살(flesh)을 취해야 했으며,

그 취함으로써 (인간) 본성 자체가 치유될 수 있었다"라고 하였다.[104] 이러한 맥락에서 14세기의 수도사이자 화가였던 프라 안젤리코는 신성한 말씀에 의하여 성모 마리아가 처녀의 몸으로 예수를 잉태하는 순간인 〈수태고지(annunciation)〉의 한구석에, 낙원으로부터 쫓겨나는 이브와 아담을 그려 넣었다.[105] 디디-위베르만에 따르면, 이러한 프라 안젤리코의 회화적 전략은 "그리스도, 즉 새로운 아담이 '첫 번째' 아담이 저지른 원죄의 면제에 대한 희망을 가져오는" 이미지의 실천이라고 한다.[106] 김종삼의 시 「원정」에서도 과거의 첫 번째 인간과 미래의 두 번째 인간을 현재화하는 '오늘'의 이미지는 죄로 물든 과거와 구원의 미래를 현재화하는 것이라고 할 수 있다. 이는 「원정」의 이미지를 선악과와 아담의 비유에 한정시킨 기존의 연구, 즉 김종삼의 시를 원죄의식에 국한시킨 기존의 연구와 상충하는 측면이 있다.

이 시에서 "거기를 직힌다는 사람", 즉 동산지기는 예수가 아버지께로 올라가서 구원의 사명을 다하기 직전의 상태, 즉 머지 않아 죄의 완전한 정화를 실현할 예정인 상태이다. 이는 인간이 원죄로부터 자유로울 수 없음을 강조한 것이 아니라, 인간의 본래적 신성 회복이 곧 이루어질 수 있다는 가능

---

104 Aquinas, St. Thomas, *Summa Theologica* 3a.31.1, *op. cit.*, p.2177.

105 필자는 이 그림 속에서 마리아에게 수태를 고지하는 천사의 이미지가 정지용의 첫 번째 시집인 『정지용시집(鄭芝溶詩集)』(詩文學社, 1935)의 표지화와 같은 것임을 최초로 밝힌 바 있다(홍승진, 「1950년대 김종삼 시의 이미지와 종교성」, 김종삼시인기념사업회 2016년 정기학술대회 자료집 『김종삼 시의 미학과 현실 인식』, 2016. 11. 19). 프라 안젤리코의 이 그림은 당시부터 한국인에게 알려져 있던 것이다. 또한 프라 안젤리코의 그림과 『정지용시집』 표지화의 연관성은 정지용 시의 이미지즘을 새롭게 해석할 근거가 될 수 있다.

106 Georges Didi-Huberman, *op. cit.*, p.74.

성과 희망에 초점을 맞춘 것이라 할 수 있다. 그와 마찬가지로 "당신아닌 사람"이라는 표현은 시적 화자의 현재 상태만을 부정하는 것일 뿐, 사람 일반의 가능성을 부정하는 것이 아니다. 기존 연구 시각과 달리, 김종삼의 시 세계는 인간성 자체를 원죄에 물든 것, 부정해야 할 것으로 표현한다고 보기 어렵다. 오히려 김종삼의 시는 인간에게 원천적으로 신성이 내재하며, 그것이 다만 현재에는 상실되어 있을 따름임을 표현한다. 이처럼 김종삼 시의 이미지는 내재적 신성에의 기억과 그 속에 담긴 구원의 희망을 현재화한다.

지금까지 제1부에서는 1950년대 김종삼 시의 이미지가 전쟁으로 폐허화된 한국의 현실 속에도 인간의 본래적 신성이 내재함을 상기시킨다고 해석하였다. 이 시기의 김종삼 시편에 나타난 다시개벽의 이미지는 전쟁과 폭력을 되풀이해 온 기존 역사의 작동방식을 근본적으로 전환시키기 위하여 하늘의 신성에 근거한 한국 민족의 원천을 상기시킨다. 현실 속의 신성을 떠올리는 이미지에는 두 가지가 있다. 하나는 비가시적인 것과 가시적인 것 사이의 이행과 전치를 일으키는 장소로서의 이미지이다. 다른 하나는 과거의 기억 속에 잠재된 미래의 희망을 현재화하는 시간교란의 이미지이다. 특히 장소와 시간으로서의 이미지는 1950년대 시편뿐만 아니라 김종삼의 시 세계 전반을 관통하는 미학적 특징이 된다고 할 수 있다.

| 제2부 |
억압받는 민중의 신성을 상기하기

제1장
오르페우스적 참여

| 말라르메와 사르트르를 넘어선 시적 참여의 모색 |

제2부에서는 김종삼의 1960년대 시편이 순수와 참여의 이분법을 넘어서는 시적 참여 방식으로서의 오르페우스적 참여를 모색하였으며, 그에 따라서 여성과 어린이와 약소민족의 이미지를 제시하였다는 것을 고찰하고자 한다. 제1장은 김종삼의 시 세계가 1960년 4월 혁명 직후부터 말라르메와 사르트르와 롤랑 드 르네빌을 전유하여 독특한 시적 참여 방식으로서의 오르페우스적 참여로 나아 갔음을 해명한다. 다음으로 제2·3·4장에서는 오르페우스적 참여라는 시 창작 방법론의 산물이 여성과 어린이와 약소민족의 이미지였음을 살필 것이다. 지금까지 대부분의 연구는 1960년대 한국문학을 순수와 참여의 이분법으로 재단하는 시각에 따라서 김종삼의 시를 비역사적이고 탈현실적인 순수의 세계로 간주해 왔다. 이와 달리 제2부에서는 억압된 민중의 신성을 이미지로써 상기시키는 1960년대 김종삼 시의 독특한 시적 참여 방식에 주목하고자 한다.

김종삼의 시 세계는 1960년 4월 혁명 직후부터 당대의 역사적 현실에 더욱 민감하게 반응하기 시작하였다. 이는 오르페우스의 개념을 둘러싼 독특한 시적 참여 방식의 모색과 연관이 있다. 김종삼의 시에서 모색한 오르페우스적 참여는 말라르메와 사르트르의 오르페우스 개념을 전유하는 것이었으며, 상징주의를 서구적인 세계관이 아니라 동양적 신비주의로 재해석한 롤랑 드 르네빌의 오르페우스 개념과 공명하는 것이었다. 김종삼의 시적 참여, 즉 오르페우스적 참여는 희생된 인간의 신성을 이미지로써 가시화하고 상기시킨다. 김종삼의 시 세계가 1960년 4월 혁명 이후의 시대 현실에 민감하게 반응하였음을 단적으로 보여주는 사례로는 「어두움속에서 온 소리」를 꼽을 수 있다. 이 시는 한국전쟁 당시에 벌어진 함양(咸陽) 민간인 학살 사건을 소재로 삼은 것이다.

마지막 담너머서 총맞은 족제비가 빠르다.

〈집과 마당이 띠엄 띠엄, 다듬이 소리가 나던 洞口〉

하늘은 바른 마음을 가진 사람들이 있다고 대낮을 펴고 있었다.

군데 군데 재떠머니는 아무렇지도않았다.
못볼것을 본 어린것의 손목을 잡고 섰던 할머니의 황혼마저 학살 되었던 僻地이다.
그 곳은 아직까지 빈사의 독수리가 그칠사이 없이 선회하고 있었다.

원한이 뼈무더기로 쌓인 고혼의 이름들과 神의 이름을 빌려 號哭하는것은 「洞天江」邊의 갈대뿐인가.

―「어두움속에서 온 소리」, 전문.[1]

　서중석에 따르면, 1960년 4월 혁명 직후에는 한국전쟁 당시의 집단 학살 사건에 대한 진상 규명의 목소리가 터져 나왔다고 한다. 거창 양민학살 사건, 보도연맹 사건 등이 잇달아 보도되면서, 국회 차원에서 양민학살사건진상조사특별위원회가 출범하기도 하였다. 하지만 이듬해 5·16 군부 쿠데타가 일어나자, 집단 학살 사건의 진상 규명을 요구했던 희생자 유족과 관련자들은 용공·이적 행위 동조자로 몰렸다.[2] 이처럼 한국전쟁 당시의 양민학살 사건은 1960년 4월 혁명과 이듬해의 5·16 쿠데타 사이라는 1년의 시간 동안에만 일시적으로 언급될 수 있었다. 김종삼이 「어두움속에서 온 소리」를 바로 이 시기에 발표한 것도 그러한 당대적 상황과 맞물려 있다.

　이 작품은 한국전쟁과 같은 폭력의 역사 속에서 희생된 인간들에의 기억을 소환한다. 그 기억은 망각의 "어두움" 속에 은폐되어 있었다. 하지만 이 시는 희생된 인간 영혼의 "소리"를 다시 불러내고자 한다. 이 작품에서 "어두움속에서 온 소리"는 "원한이 뼈무더기로 쌓인 고혼의 이름들과 신(神)의 이름을 빌려 호곡(號哭)하는" 소리로 표현된다. 그 소리는 원통하고 외로운 영혼을 호명하는 시인의 노래와 같다고 할 수 있다. 김종삼의 시 세계는 1960년대 직후부터 망각의 어둠 속에 은폐된 희생자들의 영혼을 상기시키는 방식으로 역사적 현실에 대응하며 사르트르를 호명하기 시작하였다.

1　金宗三, 「어두움속에서 온 소리」, 『京鄕新聞』, 1960.9.23.
2　서중석, 『사진과 그림으로 보는 한국 현대사』(개정증보판), 웅진지식하우스, 2013, 258-259쪽.

石膏를 뒤집어 쓴 얼굴은 어두운 畫間. 旱魃을 만난 구름일수록 움직이는 角. 나의 하루살이떼들의 市場. 짙은 煙氣가 나는 싸르뜨르의 뒷간. 주검 一步直前에 無辜한 마네킹들이 化粧한 陳列窓. 死産. 소리 나지 않는 完璧. ㅡ「小品ㅡ十二音階의 層層臺」, 전문.[3]	石膏를 뒤집어 쓴 얼굴은 어두운 畫間. 旱魃을 만난 구름일수록 움직이는 角. 나의 하루살이떼들의 市場. 짙은 煙氣가 나는 싸르뜨르의 뒷간. 죽음 一步直前에 無辜한 「마네킹」들의 化粧한 陳列窓. 死産. 소리 나지 않는 完璧. ㅡ「十二音階의 層層臺」, 전문.[4]	石膏를 뒤집어 쓴 얼굴은 어두운 畫間. 旱魃을 만난 구름일수록 움직이는 나의 하루살이 떼들의 市場. 짙은 煙氣가 나는 뒷간. 주검 一步直前에 無辜한 마네킹들이 化粧한 陳列窓. 死産. 소리 나지 않는 完璧. ㅡ「十二音階의 層層臺」, 전문.[5]

『현대문학』 1960년 11월 호에 위 작품이 발표되었을 때에는 "짙은 연기(煙氣)가 나는 싸르뜨르의 뒷간"이라는 구절이 들어 있었다. 그 구절은 1964년 『한국전후문제시집』에 다시 수록될 때에도 그대로 유지되었다. 그런데 1969년 발간된 시인의 첫 시집 『십이음계(十二音階)』에 실릴 때에는 위 구절이 "짙은 연기(煙氣)가 나는 뒷간"으로 수정되면서 "싸르뜨르"라는 시어가 지워졌다.

통사론적으로 위 작품 전체를 지배하는 문장의 유일한 주어는 "석고를 뒤집어 쓴 얼굴"이다. 석고를 얼굴에 발라서 데스마스크를 만들면, 그 데스마스크에는 죽은 자의 얼굴 윤곽이 고스란히 본떠져 나온다. 이와 마찬가지로 「십이음계의 층층대」는 인간성이 죽어 버린 시대의 풍경을 마치 데스마스

---

3 金宗三,「小品ㅡ十二音階의 層層臺, 주름간 大理石」,『現代文學』, 1960.11, 192쪽.
4 金宗三,「十二音階의 層層臺」, 故 朴寅煥 外 三二人,『韓國戰後問題詩集』, 新丘文化社, 1964, 114쪽.
5 金宗三,「十二音階의 層層臺」,『十二音階』, 三愛社, 1969, 58쪽.

크처럼 시 속에 본떠 놓은 작품이라고 할 수 있다. 인간이 자신의 생명력을 상실한 채 상품 가치로 환원되어 버릴 위험에 처해 있는 상황은 "주검 일보 직전(一步直前)에 무고(無辜)한 마네킹들이 화장(化粧)한 진열창(陳列窓)"으로 형상화된다. 생명력을 더 이상 산출하지 못하는 상황은 "사산(死産)"을 거듭 하는 상황과 같다. 이러한 근대 자본주의 사회는 겉으로 보기에 "완벽(完璧)" 하다. 그러나 '완벽'이라는 낱말은 원래 '흠 없는 옥구슬'을 뜻한다. 옥구슬에 서 소리가 나려면 작은 틈이 있어야 한다. 그러나 틈이 없는 구슬은 "소리 나 지 않는 완벽"일 따름이다. 인간을 상품 가치로 환원시키는 세계는 겉으로 완벽하게 세련된 문명을 자랑하지만, 그것은 생명력을 상실했다는 점에서 실상 아무런 아름다움(구슬의 음악 소리)도 산출하지 못하는 세계라고 할 수 있다. 이러한 알레고리적 이미지들 속에 "싸르뜨르"가 삽입되어 있다.

위의 판본 비교는 몇 가지 의문을 불러일으킨다. 어째서 김종삼은 1950년 대까지 자신의 글 속에서 사르트르를 언급하지 않다가 1960년 11월에 이르 러서 사르트르를 호명하기 시작하였을까? 통념적으로 생각하기에 참여문학 론을 주장하였으며 시가 참여 불가능하다고까지 말한 바 있는 사르트르는 김종삼의 시와 상당히 이질적이지 않은가? 왜냐하면 기존 연구에서 김종삼 의 시는 대체로 현실을 초월하여 환상의 세계를 지향하는 '순수시'라고 평가 되기 때문이다. 김종삼의 시에 나타난 사르트르의 의미를 해석하기 위해서 는 「앙포르멜」을 살펴볼 필요가 있다.

나의 無知는 어제속에 잠든 亡骸
쎄자아르 프랑크가 살던 寺院 주변에 머물었다.

나의 無知는 스떼판 말라르메가 살던

本⁶家에 머물었다.

그가 태던 곰방댈 훔쳐 내었다.

훔쳐낸 곰방댈 물고서

나의 하잘것이 없는 無知는

방 고호가 다니던 가을의 近郊

길 바닥에 머물었다.

그의 발바닥만한 낙엽이 흩어졌다.

어느 곳은 쌓이었다.

나의 하잘것이 없는 無知는 쟝=뿔 싸르트르가

經營하는 煉炭工場의 職工이 되었다

罷免되었다.

—「앙포르멜」, 전문.⁷

선행 연구들은 작품 제목에 주목하여 이 시를 '앙포르멜(informel)'이라는
서구 미술의 한 가지 흐름과 연관시켜 논의하였다.⁸ 그러나 이 시에서 언급

---

6 "木家"는 '本家'의 오식―인용자 주.

7 金宗三, 「앙포르멜」, 『現代詩學』, 1966.2, 21쪽.

8 류순태, 「김종삼 시에 나타난 현대미술의 영향 연구」, 한국어교육학회, 『국어교육』 125
집, 2008.2; 박민규, 「김종삼 시에 나타난 추상미술의 영향」, 민족어문학회, 『어문논집』
59집, 2009.4; 주완식, 「김종삼 시의 비정형성과 윤리적 은유―앙포르멜 미술과의 관련성
을 중심으로」, 국제어문학회, 『국제어문』 57집, 2013.4.

하는 예술가들과 그들의 관계가 어떠한 의미인지에 대해서는 충분히 밝히지 못하였다고 할 수 있다. 김종삼은 자신의 산문에서 「앙포르멜」에 관한 부연 설명을 남겼다. 「앙포르멜」에 나오는 예술가들은 모두 김종삼의 시 창작에 뮤즈 역할을 하는 인물들이라는 것이다.[9] 그러므로 이 작품은 시 창작에 대한 김종삼의 의식을 보여주는 일종의 메타시(meta poetry)라고 할 수 있다.

위 작품의 구조는 1·2연의 전반부와 3·4연의 후반부, 이렇게 두 부분으로 나눌 수 있다. 전반부의 공통적인 주어가 단순히 "나의 무지(無知)"인 데 비하여, 후반부의 공통적인 주어는 "나의 하잘 것이 없는 무지(無知)"이기 때문이다. 또한 1연과 2연의 시적 배경이 되는 장소는 각각 "세자르 프랑크가 살던 사원(寺院)"과 "말라르메가 살던 본가(本家)"로 제시된다. "사원"과 "본가"라는 시어는 신성하고 근원적인 장소라 할 수 있다. 이와 대조적으로 3연과 4연의 시적 배경은 각각 "반 고흐가 다니던 근교(近郊)"와 "사르트르가 경영하는 연탄공장"으로 제시된다. 이 장소들은 "사원"과 "본가"에 비하여 세속적이고 발전한 문명의 분위기를 나타낸다.

이처럼 시적 짜임새가 정교하다는 점을 미루어 보았을 때, 네 명의 뮤즈 중에서 특히 문학 분야에 속하는 인물은 전반부 첫 연의 말라르메와 후반부 마지막 연의 사르트르임을 알 수 있다. 말라르메와 사르트르를 대칭시킨 수미상관의 구조는 시인이 양자를 대칭적으로 인식하고 있었음을 드러낸다. 그런데 이러한 인식은 실제로 말라르메와 사르트르가 시의 참여(engagement) 문제에 대하여 상반된 진영을 이루었다는 사실과 밀접한 관계가 있다. 사르트르는 『문학이란 무엇인가』 1장에서, 시는 참여 불가능하며

9　金宗三, 「먼 「詩人의 領域」」, 『文學思想』, 1973.3, 317쪽.

오직 산문만이 참여 가능하다고 주장하였다. 하지만 주의할 점은 사르트르의 논의에서 참여 불가능한 것으로 규정한 시가 모든 종류의 시를 가리키는 것이 아니라, 프랑스 시의 주된 경향이었던 상징주의 시를 가리킨다는 점이다. 그리고 『문학이란 무엇인가』 1장의 각주에서 사르트르는 시가 전혀 참여 불가능하다는 것은 아니며, 시의 참여는 산문과 달리 '지는 사람이 이기는(Qui perd gagne)' 역설적 방식으로 이루어진다고 덧붙였다.[10] 불문학자 정명환에 따르면, 해당 주석은 직접적인 정치적 연관을 떠나서 현대시의 참여가 가능하다는 것을 뜻하며, 그 논조로 보아 분명히 말라르메를 염두에 둔 발언이라고 한다.[11]

『문학이란 무엇인가』 이후로 사르트르의 비평은 시의 참여 불가능성을 주장하던 입장에서 시의 참여 가능성을 주장하는 입장으로 점차 바뀌어 갔다. 이러한 입장 변화의 결정적인 분기점은 그가 1948년에 발표한 비평 「검은 오르페(Orphée noir)」이다. 「검은 오르페」는 레오폴 세다르 상고

10 이 각주는 문학비평가이자 불문학자인 김붕구(金鵬九, 1922-1991)가 일찍이 1959년에 한국어로 번역한 『문학이란 무엇인가』에서도 찾을 수 있다. "詩란 敗而勝하는 것이다. … 그러므로 만일 사람들이 무슨 일이 있더라도 詩人의 구속(參劃)에 관해서 말하고 싶다면 〈詩人〉은 본시 敗하도록 구속된 사람이라고 말해 두자(싸르트르, 金鵬九 옮김, 『싸르트르文學論文集 文學이란 무엇인가』, 新太陽社, 1959, 65쪽)." 여기에서 역자는 프랑스어 'engagement'에 해당하는 번역어를 '참여' 대신에 '구속' 또는 '참획(參劃, 계획에 참여함)'으로 옮겨 놓았다. 이러한 번역어 선택의 이유를 역자는 역주(譯註)에 다음과 같이 밝혀 두었다. "〈구속하다〉=Engager는 본시 〈抵當物〉, 〈人質〉, 〈保證〉이라는 名詞—gage에서 온 動詞. … 다시 말하면 〈社會(現實, 狀況, 歷史)속에 參劃한다〉는 뜻(위의 책, 11쪽)." 김붕구는 이 번역서에서 참여의 일반적인 의미를 나타내고자 할 때에는 '구속'이라는 번역어를, 사회적·역사적 현실 문제와 관련된 의미를 강조하고자 할 때에는 '참획'이라는 번역어를 선택하는 듯하다.
11 정명환, 「문학과 정치—사르트르의 문학참여론에 대한 비판」, 『현대의 위기와 인간』, 민음사, 2006, 171쪽.

르(Léopold Sédar Senghor, 1906-2001)가 엮은 『흑인 및 마다가스카르인의 새로운 프랑스어 시 선집(Anthologie de la nouvelle poésie nègre et malgache de langue fançaise)』의 서문(序文)이다. 이 글에서 사르트르는 에메 세제르(Aimé Césaire, 1913-2008)와 같은 알제리 흑인 시인들의 작품이 프랑스 식민주의와 인종주의에 맞서 시의 참여를 실천하고 있다고 평가하였다. 시의 참여 가능성에 관하여 사르트르 비평이 변모해 나가는 과정은 「말라르메의 참여(L'Engagement de Mallarmé)」에서 정점에 다다랐다고 할 수 있다. 이 글에서 사르트르는 자신이 이전까지 문학의 참여와 가장 거리가 먼 것으로 규정하였던 말라르메의 시를 참여와 근본적으로 연결시키고자 하였기 때문이다(사르트르가 1948년부터 말라르메에 관해 쓰기 시작한 수백 매의 초고는 분실되었으며, 1952년에 다시 집필한 미완성 상태의 글이 1979년 프랑스 잡지 및 1953년과 1966년 말라르메 선집의 서문으로 발표되었다고 한다).[12]

김종삼은 1960년 4월 혁명 직후부터 오르페우스를 제목에 내세운 시편을 발표해 나갔다. 「올훼의 유니폼」(1960.4, 이후 「올페의 유니폼」으로 개작), 「올페」(1973.12), 「올페」(1975.9) 등이 이에 해당한다. 이 시편의 제목에서 「올페」는 오르페우스를 프랑스어 발음에 따라서 표기해 놓은 것이다. 서구 문학사에서 오르페우스는 시인의 대명사로 빈번하게 등장하는 모티프라고 할 수 있다. 예를 들어 르네 웰렉(René Wellek, 1903-1995)은 릴케의 「오르페우스에게 바치는 소네트」가 오르페우스 모티프를 통해서 시인의 임무와 사명을

---

12 정명환, 「사르트르의 문학참여론에 대한 비판적 고찰」, 『문학을 찾아서』, 민음사, 1994, 81쪽.

고민한 메타시라고 설명하였다.[13] 그러므로 김종삼이 1960년대 이후부터 발표한 오르페우스 시편은 시에 관한 김종삼 자신의 고민을 담은 메타시에 속한다고 볼 수 있다.

흥미롭게도 김종삼의 1960년대 작품 중에는 「검은 올페」라는 작품이 있다. 김종삼의 「검은 올페」는 사르트르의 「검은 오르페」와 그 제목이 정확하게 일치한다. 또한 최근에는 김종삼의 영화 리뷰인 「신화세계(神話世界)에의 향수(鄉愁)—「흑인(黑人)올훼」」가 발굴된 바 있다.[14] 이는 프랑스 감독 마르셀 카뮈(Marcel Camus, 1912-1982)가 1959년 브라질에서 제작한 영화 〈흑인 오르페(Orfeu Negro)〉의 감상평이다(이에 관하여 보다 자세한 논의는 이 책의 제2부 4장을 참조). 하지만 이 영화의 원제는 포르투갈어로서 '검은'이라는 형용사가 아니라 '흑인(Negro)'이라는 표현을 썼다. 김종삼도 자신의 리뷰에서 이 영화 제목의 "Nergro"를 '검은'이 아니라 '흑인(黑人)'으로 분명히 번역하였다. 반면 사르트르의 비평 「검은 오르페」에서 '검은'을 뜻하는 프랑스어 형용사 'noir'는 김종삼 시 제목 「검은 올페」의 '검은'과 동일하다. 따라서 김종삼의 1960년대 이후 오르페우스 시편은 사르트르 비평과의 비교를 필요로 한다.

독특하게도 사르트르는 흑인시에 참여 가능성이 있는 이유를 흑인시와 말라르메 시 사이의 공통점에서 찾았다. 예컨대 흑인시에 나타나는 "언어의

---

13 René Wellek, "The Poet, the Critic, the Poet-Critic", *Discriminations: Further Concepts of Criticism*, New Haven and London: Yale University Press, 1970, pp.261-262.

14 「神話世界에의 鄉愁—「黑人올훼」」, 『新亞日報』, 1962.10.4. 이에 대한 발굴 경위는 이민호, 「김종삼 문학의 메타언어」, 『작가들』, 2018, 봄, 229쪽을 참조. 이 산문의 발굴 이전에도 김종삼의 오르페우스 시편과 영화 〈흑인 올페〉의 영향 관계를 분석한 연구 사례가 있다(강은진, 「김종삼의 「올페」 시편에 나타난 오르피즘 예술의 유산」, 국제비교한국학회, 『비교한국학』 26권 1호, 2018.4). 이 연구는 김종삼의 「올페」 시편과 사르트르 비평 사이의 영향 관계를 배제한다는 점에서 이 책과 논지를 달리한다.

폭력적 결합"이나 "시의 주술적 시도" 등과 같은 특성은 이미 프랑스 현대 시인들에 의해서 추구되어 왔던 것이라고 한다.[15] 그러므로 사르트르는 흑인 시가 "혁명적 열망과 시적 관심의 가장 진정한 종합이며 … 순수한 '시'"라고 보았다.[16] 이처럼 사르트르의 「검은 오르페」는 그가 애초부터 가지고 있었던 시의 개념을 수정한 것이 아니라, 자신이 생각해 왔던 시의 본질에 철저히 근거하여 시의 참여 가능성을 도출한 것이다. 『문학이란 무엇인가』 1장이 시의 참여 불가능성을 주장하였다면, 「검은 오르페」는 시의 참여 가능성을 제시하였다. 하지만 양자에서 시의 본질이 무엇인지에 대한 사르트르의 입장은 변화하지 않았다고 할 수 있다. 사르트르의 비평은 일관되게 '시의 본질=말라르메의 시=순수시'라는 논리를 견지하였던 것이다.

김종삼과 비슷한 세대의 문인 가운데 말라르메에 관한 깊은 이해를 보여 주는 사례로는 송욱(宋稶, 1925-1980)의 논의를 꼽을 수 있다. 송욱은 1962년 3월부터 이듬해 3월까지 『사상계(思想界)』에 『시학평전(詩學評傳)』을 연재했다. 이에 따르면, 말라르메에게 언어는 허무와 같다고 한다. 이러한 '언어=허무' 속에서 그는 순수한 관념, 즉 사물의 본질이나 이데아를 이끌어 내고자 하였다. 말라르메가 찾으려는 이데아는 현실에서 찾아볼 수 없는 부재(不在), 즉 (허)무와 같기 때문이다.[17] 말라르메의 시에 대한 사르트르의 견해

15 정명환, 「사르트르의 문학참여론에 대한 비판적 고찰」, 앞의 글, 69쪽.
16 Jean-Paul Sartre, "Black Orpheus," *The Aftermath of War(Situations III)*, trans. Chris Turner, London and New York: Seagull Books, 2008, p.298.
17 宋稶, 『詩學評傳』, 一潮閣, 1971, 246-252쪽. 그러므로 말라르메는 외부의 역사나 현실과 무관하게, 시의 내부·언어의 내부·시인의 내부에서 필연적 절대미를 찾는 순수 미학을 추구하였다고 볼 수 있다(최석, 『말라르메—시와 무(無)의 극한에서』, 건국대학교출판부, 1997, 50-62쪽).

도 이와 크게 다르지 않았다고 할 수 있다. 사르트르가 생각하는 시의 본질
은 말라르메의 시처럼 현실로부터 완전히 탈피하여 순수한 무(無)와 부재의
세계를 탐구하는 것이었기 때문이다. 사르트르는 이러한 시의 속성을 '오르
페우스적인' 것이라고 불렀다. 그는 흑인시의 순수성을 오르페우스적인 것
이라고 이름하였으며, 흑인시에 지대한 영향을 미친 말라르메 시의 순수성
도 오르페우스적인 것이라고 이름하였다. 예컨대 그는 말라르메의 시 세계
가 "전 생애를 부재하는 대상에 전념시킨 것, 즉 [시 자체 이외에는 무(無)였
던] 대지에 관한 오르페우스적 탐구"였다고 말한다.[18] 말라르메의 시는 현실
로부터 벗어나 순수한 무(無)를 탐구하였다는 점에서 살아 있는 인간으로서
저승에 내려간 오르페우스의 여정과 닮았다는 것이 사르트르의 생각이었
다. 그러므로 사르트르의 시 개념은 '시=말라르메적 순수시=오르페우스'라
는 등식으로 간추릴 수 있다. 다만 시의 참여 가능성이란 시가 현실을 철저
히 부재화하고 무화시킨다는 점에 있다고 사르트르는 생각하였다. 그렇다
면 김종삼의 「검은 올페」는 사르트르의 비평과 어떠한 공통점 및 차이점이
있을까?

　　　나는 지금 어디메 있나.

　　　맑아지려는 하늘이 물든
　　　거울속.

18 Jean-Paul Sartre, "Mallarmé: The Poetry of Suicide," *Between Existentialism and Marxism,*
　trans. John Mathews, New York: Pantheon Books, 1974, p.176.

나무 잎 그늘진 곳에

누가 놓고 갔을까.

잠시 쉬어갈 이 들가에

작은 은피리.

숨박곡질이 한창이다.

어디메 사는 아이들일까.

누구인가가 사랑하는 사람을,

찾아다니는 까치집이 보인

새벽이었다.

밤새이도록 실오래기만한 휘파람

소리가 여러 곳에 옮기어지는

영겁이라는 경보가 지나 갔다.

—「검은 올페」, 전문.[19]

   위 작품은 기본적으로 질문과 대답의 형식을 취하고 있다. 1연 1행 "나는
지금 어디메 있나"라는 구절은 질문이며, 2연 "맑아지려는 하늘이 물든 / 거

19　金宗三, 「검은 올페」, 『自由文學』, 1962.7・8, 126쪽.

울속"은 1연의 질문에 상응하는 대답이라고 할 수 있다. 작품의 제목을 미루어 보면, 시적 화자는 '검은 올페', 즉 오르페우스일 것이다. 그러므로 시적 화자가 위치해 있는 "거울속"은 오르페우스가 찾아간 죽음의 세계라 할 수 있다. 또한 3~4연의 질문은 "작은 은피리를 누가 놓고 갔을까"로 요약할 수 있으며, 그에 관한 5연의 대답은 "아이들이 (은피리를) 놓고 갔다"는 것이라 할 수 있다. 5연은 3~4연의 질문에 대답하면서 동시에 "어디메 사는 아이들일까"라는 물음을 던진다. 그러므로 시적 화자인 오르페우스가 죽음의 세계 속에서 추적하고 있는 대상은 "아이들"이라고 할 수 있다. "작은 은피리"는 그 "아이들"을 추적하기 위한 흔적 또는 실마리가 될 것이다.

위 시에서 "아이들"은 죽은 존재처럼 보인다. 그들은 죽음의 세계 속에서 "숨박곡질"을 하고 있기 때문이다. 시적 화자인 오르페우스는 죽음의 세계 속에서 아이들을 찾는 "숨박곡질"의 술래와 같다. "아이들"은 한국전쟁과 같은 폭력의 역사 속에서 희생되어야만 하였다. 하지만 그들은 "사랑하는 사람을, / 찾아다니는" 인간의 기억 행위 속에서 영원히 살아 움직일 수 있다. 이처럼 폭력적으로 희생된 인간의 영혼을 기억 속으로 소환해 내는 행위야말로 '검은 올페', 즉 '검은 오르페우스'의 소명이 된다. 그 때문에 6연에서 "아이들"은 "영겁"과 같이 지속하는 기억의 시간 속에서 살아남는 존재로 표현된다.

6연에서 "영겁이라는 경보"는 시적 화자인 '검은 올페'가 "영겁"의 차원에서 "아이들"의 영혼과 그에 관한 기억을 불러내는 소리(음악)라고 할 수 있다. 이는 앞서 살펴본 김종삼의 시 「어두움속에서 온 소리」가 죽음과 망각의 어두움 속에서 양민학살 사건의 기억을 "소리"로써 상기시킨 바와 상통한다. 이때 「검은 올페」의 "작은 은피리"는 죽음의 세계에서 아이들을 찾기 위한 매개체라는 점에서 오르페우스의 음악을 제유(提喩)적으로 표현한 것이라 할 수 있다. 마지막 연에서 "밤새이도록" 아이들을 부르는 시적 화자의 "실오래기만한 휘파람 / 소리" 또한, 인간의 영혼을 죽음의 세계로부터 불러내기 위한 오르페우스의 음악과 같다.

그런데 그 음악이 '경보'처럼 들린다고 표현한 까닭은 무엇일까? 남한의 반공 정권에서 양민학살 사건과 같은 희생을 상기시키는 것은 금지되었다. 기억은 지나간 역사의 폭력성을 단죄하는 행위이기도 하다. 특히 김종삼의 시는 어린이와 같이 신성이 내재하는 인간을 희생과 망각의 역사 속에서 상기시키고자 하였다. 김종삼의 시에서 이미지가 중요한 까닭도 신성이 내재하는 인간을 상기시켜 가시화하기 위해서라고 할 수 있다. 김종삼에게 시의 이미지는 상실된 인간의 내재적 신성을 떠올리고 드러냄으로써 그 신성이 훼손된 시대를 준엄하게 경고하는 오르페우스적 언어와 같다. 이처럼 김종삼은 1960년대부터 폭력의 역사 속에서 희생된 인간의 영혼을 가시화하여 상기시키는 작업이야말로 현실에 대한 '경보'의 역할을 할 수 있다고 생각하였던 것이 아닐까.

한편으로 김종삼의 「검은 올페」는 시의 참여 가능성을 고민한 작품이라는 점에서 사르트르의 「검은 오르페」와 공통점이 있다. 다른 한편으로 김종삼의 시 「검은 올페」는 모든 현실적 의미와 단절된 순수한 부재와 무(無)의 세계를 지향하지 않았다. 오히려 김종삼의 시는 희생된 인간의 영혼을 이미지로써 떠올린다고 할 수 있다.[20] 김종삼의 1960년대 시는 사르트르가 말라

---

20 송현지는 김종삼의 시 「검은 올페」와 사르트르의 비평 「검은 오르페」가 밀접하게 연관된다는 필자의 주장에 동의를 표하였다. 그러나 이 연구자는 김종삼 시의 '올페' 표상이 현

르메의 시를 '오르페우스적'이라고 명명한 방식과 전혀 다른 의미에서 오르페우스적인 참여를 모색하였던 것이다.

| 롤랑 드 르네빌의 신비주의적 오르페우스 개념 |

김종삼 시의 오르페우스 개념은 사르트르가 말라르메 및 흑인시를 설명할 때 사용한 오르페우스 개념과 큰 차이를 보인다. 그러나 김종삼 시의 오르페우스 개념이 순수하게 김종삼만의 발상이라고 보기는 어렵다. 그것은 앙드레 롤랑 드 르네빌의 시론과 밀접한 연관성이 있기 때문이다. 롤랑 드 르네빌은 프랑스의 시인이자 에세이스트였다. 김종삼은 "시와 에고이즘의 이원론이 빚어 놓은 별개의 체취, 그것은 로오랑드·르네빌이 말한 바와도 같이 시인이 아닌 사람에 의해서 기획된 의욕의 불가피한 귀속현상"이라고 말한 바 있다.[21] 필자는 여기에서 김종삼이 인용한 롤랑 드 르네빌 저작의 출처가 1929년의 에세이 『견자(見者) 랭보(Rimlaud le Voyant)』임을 밝혀내었다.[22] 그런데 이 저작에서는 동양적 신비주의로서의 '오르페우스 종교'를 빈

실의 어려움을 잠시나마 잊게 하며, 죽음과 같은 비극에서 잠시나마 벗어나게 하려는 김종삼의 시적 구원 의식을 드러낸다고 분석하였다(송현지, 「김종삼 시의 올페 표상과 구원의 시쓰기 연구」, 우리어문학회, 『우리어문연구』 61권, 2018.5, 10-29쪽). 하지만 김종삼시의 오르페우스적 참여는 현실의 비극적인 고통과 죽음을 망각시키거나 그로부터 탈피하지 않으며, 오히려 적극적으로 그 고통과 상실을 상기하여 직시할 것을 요구한다.

21 金宗三, 「特輯・作故文人回顧—피난때 年度 全鳳來」, 『現代文學』, 1963.2, 305쪽.

22 혹자는 김종삼이 롤랑 드 르네빌을 일본어로 수용했을 것이라고 추측할지도 모른다. 필자가 확인한 바에 따르면, 롤랑 드 르네빌의 1938년 저작 *L'Expérience poétique, ou le Feu secret du langage*는 1943년 일본에서 오시마 핫코(大島博光)에 의하여 『詩的 體驗』이라는 제목으로 번역・출간된 바 있다. 1943년에 김종삼은 일본에서 머물고 있었으므로 롤랑 드 르네빌의 『시적 체험』을 접하였을 가능성이 있다. 하지만 김종삼이 자신의 산

번하게 언급한다. 롤랑 드 르네빌은 루이 아라공(Louis Aragon), 앙드레 브르통(André Breton), 폴 엘뤼아르(Paul Éluard) 등과 같은 당대 초현실주의자들의 주목을 받았다. 하지만 롤랑 드 르네빌은 초현실주의 그룹에 가담하지 않고 단독적으로 자신의 문학관을 추구하였으며, 오히려 초현실주의 그룹을 해체시키는 데 관심이 있었다. 왜냐하면 그는 초현실주의와 변별되는 신비주의 시론을 주창하였기 때문이다. 그의 저작인 『견자 랭보』 전반에도 신비주의 시론이 뚜렷하게 나타난다. 김종삼 시의 오르페우스 개념은 롤랑 드 르네빌이 말한 오르페우스 종교의 신비주의적 측면과 밀접하게 연관되어 있다고 할 수 있다.

(1) 랭보는 독단적인 기독교의 그 편협한 규범이 결정적으로 부서지는 것을 느낀다. … 그리고 아마도 성직자들은 자신들이 신과의 화합이나 신 앞에 선 인간의 무력함을 감히 얘기하면서도 신비주의를 회의적인 것으로 고발한다. 결국 그들은 개인주의의 원칙과 신과 인간 사이의 영원한 이원성(dualité)의 원칙을 주장하려고 한다.[23]

문에서 참조한 롤랑 드 르네빌의 저서는 『시적 체험』이 아니라 『견자 랭보』였다. 그리고 『견자 랭보』가 김종삼의 일본 체류 시기에 일본어로 번역된 사례를 필자는 아직 찾지 못하였다. 그러므로 김종삼은 일본어 번역본이 아니라 다른 책을 통해서 『견자 랭보』를 접하였을 가능성이 적지 않다. 이처럼 김종삼의 서구 문학에 대한 이해가 일본어 번역에만 의존하지 않았으리라는 가설은 이 책의 제3부 1장에서도 자세히 논할 것이다. 예컨대 김종삼이 거론한 바 있는 폴 발레리의 강연문 「정신의 정치학」 역시 김종삼의 일본 체류 시기에 일본어로 번역·출간된 바 있으나, 그 당시의 일본어 번역 내용과 김종삼이 언급하는 내용 사이에는 구체적인 개념어에서부터 확연한 차이를 보이기 때문이다.
23 롤랑 드 르네빌르, 李準五 옮김, 『見者 랭보』, 文學世界社, 1992, 49쪽(강조는 인용자).

(2) 하나의 종교와 개인주의적인 제도들에 의해 지배되어 왔던 서구 세계는 시(詩)에서는 굴욕스럽고 한정된 역할밖에 인정할 수가 없었다. 왜냐하면 모든 이원적인 개념은, 첫번 효과로서 인간으로 하여금 인간 혼자 힘만으로는 그의 오성(悟性)에 도달할 수 없는 실재 세계와, 인간을 분리시키는 심연을 뛰어넘으려고 시도하는 것을 금지하기 때문이다.

여기서 독자는 랭보가 기독교로부터 얼마나 떨어져 있는지를 알 수 있을 것이다. …

그렇다면 '자아(自我)'에 대한 어떤 개념(概念)으로써 랭보는 서구(西歐)의 개인주의를 대치시키려고 주장하는가? … 고대 그리이스의 문학이 그로 하여금 동양의 형이상학에 이르게 한다. 플라톤은 그를 피타고라스에게 인도했고 이에 의해서 그는 동방이 그리이스에 전해 준 오르페우스적(Orphique) 신비에까지 이르게 되었다. …

만약 인간이 자기를 하나의 개인성으로 믿는다면 그는 타인과 구별되는 구체적인 자신이 되며 그러한 믿음이 계속되는 한 이와 같이 해서 자신을 실현시키게 될 것이다. 그가 다른 존재가 되기를 바란다면 역시 그와 같은 운명이 그에게 일어날 것이다. 왜냐하면 바란다는 것은 이미 이원성을 전제로 하고 있기 때문이다. 반대로 인간이 그의 진정한 본질을 실현시키게 되면 그는 신(神)에게로 되돌아가게 된다.[24]

(3) 오르페우스 사상 신봉자들에게는 결국 인간은 자그레우스(Zagreus)를 먹어 치운 타이탄(Titans)의 재에서 태어났기 때문에 그들은 마치 그들의 선

---

24 위의 책, 74-77쪽(강조는 인용자).

조들처럼 태어나면서부터 불순하다. 그러나 **타이탄**의 재는 역시 그가 먹어 치운 신(神)적인 존재들의 실체를 지니고 있던 것이기 때문에 <u>인간들 속에는 신(神)적인 불씨 하나가 역시 남아 있는 것이다.</u>[25]

(1)에 따르면, 서구적 개인주의의 원리는 기독교에 토대를 둔다고 한다. 기독교는 신과 인간이 절대적으로 분리되어 있다는 이원론을 전제하기 때문이라는 것이다. 인간이 신과 분리되어 있다는 전제 하에서, 인간들 각각은 단지 파편적으로 분리된 개체에 그치기 쉽다. 그러나 고대 동양의 신비주의는 인간이 신과 분리되어 있다고 간주하지 않는다고 한다. 롤랑 드 르네빌이 생각하기에 진정한 시(詩)는 그러한 신비주의가 살아남아 있는 영역이다. 그러므로 (2)에서는 서구를 지배해 왔던 기독교적-개인주의적 이원론이 시(詩)의 영역에서는 그 위세를 떨치지 못한다고 말한다. 이때 (2)에서는 서구의 개인주의에 맞서 새로운 자아 개념을 제시한다. 그것은 오르페우스 사상으로 대표되는 고대 동양의 신비주의적 자아 개념이다. 오르페우스적 신비주의는 개인이 타인과 구별된다는 이원론을 부정하며, 인간의 진정한 본질이 신과 하나라는 사유를 제시한다. 이와 같은 사유는 (3)에서 설명하는 오르페우스 종교의 신화와 관련된다. 그에 따르면, 인간은 신(神)의 재에서 태어났다고 한다. 그러므로 인간은 자신의 마음속에 신성을 품고 있으며, 이를 언제든 회복할 수 있다는 것이다.

롤랑 드 르네빌에 따르면, 오르페우스 사상에서는 인간의 마음속에 신의 불씨가 살아남아 있다고 본다. 그는 이러한 사유 방식이 단지 오르페우스

25 위의 책, 83쪽(밑줄은 인용자. 굵은 글씨는 원문에 따름).

종교에서만 나타나는 것이 아니라 인도의 『우파니샤드』나 중국의 『노자(老子)』와 같은 동양의 신비주의적 전통들 속에서도 공통적으로 나타난다고 주장한다.[26] 오르페우스적 신비주의의 맥락과 상통하는 한국 사상으로는 동학을 꼽을 수 있다. 예컨대 성해영은 동학이 신비주의적 종교의 전통에 해당한다고 지적하였다. 왜냐하면 동학에서는 인간이 궁극적 실재와의 합일, 즉 신(神)과의 합일을 체험할 수 있다고 보며, 그 합일에 근거하여 인간의 본성과 우주의 통합적 관계에 관한 사상 체계를 폭넓게 전개하기 때문이다.[27] 김용휘에 따르면, 수운 최제우는 당시 혼란한 세태의 근본 원인이 자기만을 위하는 이기심, 즉 '각자위심(各自爲心)'에 있음을 통찰하였다고 한다. 동학의 핵심 주장은 궁극적으로 '자기중심주의'를 극복하는 데 있다는 것이다.[28] 이는 서구의 개인주의(에고이즘) 전통에 맞서 개체의 영혼과 우주 전체의 신성이 하나임을 주장하는 롤랑 드 르네빌의 동양적 신비주의 시론과 맞닿아 있다. 동학과 같은 한국 민족의 토착사상은 문화적 토양을 통해서 김종삼 시 세계의 무의식 속에 살아남은 것일 수 있다. 김종삼의 무의식적 지층 속에 동학이 살아남아 있었기에, 그의 시 세계는 롤랑 드 르네빌의 시론처럼 서구 문학사의 낯선 전통인 오르페우스적 신비주의에 깊이 공감하였던 것이 아닐까? 이러한 맥락에서 김종삼의 대표작 「물통(桶)」(개작 이전의 제목은 「구고(舊稿)」)은 시를 통한 신성과 인간성의 합일을 표현한다.

---

26 위의 책, 4쪽.
27 성해영, 『수운(水雲) 최제우의 종교 체험과 신비주의』, 서울대학교출판문화원, 2017, 72-74쪽.
28 김용휘, 『최제우의 철학―시천주와 다시개벽』, 이화여자대학교출판부, 2012, 29쪽.

머나 먼 廣野의 한 복판
야튼
하늘 밑으로
영롱한 날빛으로
하여금 따우엔

희미한
風琴 소리만이
툭 툭 끊어지고
있었다.

그 동안 무엇을 하였느냐는
물음에 대해

다름 아닌 人間을 찾아다니며
물 몇桶 길어다 준 일밖에 없다고

머나 먼 廣野의 한 복판
야튼
하늘 밑으로
영롱한 날빛으로
하여금 따우에선

—「舊稿」, 전문.[29]

희미한
風琴 소리가
툭툭 끊어지고
있었다

그 동안 무엇을 하였느냐는
물음에 대해

다름아닌 人間을 찾아다니며
물 몇桶 길어다 준 일밖에 없다고

머나 먼 廣野의 한 복판
야튼
하늘 밑으로
영롱한 날빛으로
하여금 따우에선

—「물桶」, 전문.[30]

　「물통」의 개작 이전 판본인 「구고」는 수미상관의 형식을 취하고 있었다. "머나 먼 광야(廣野)의 한 복판 / 야튼 / 하늘 밑으로 / 영롱한 날빛으로 / 하여금 따우에선"이라는 표현이 「물통」에서는 마지막 연에만 등장하지만, 「구고」에서는 맨 처음의 연과 맨 마지막 연에서 반복되는 것이다. 김종삼의 시에서 불완전한 문장으로 끝나는 마지막 구절은 그 작품의 맨 처음 문장과 이어짐으로써 완전해지는 경우가 있다. 「물통」의 마지막 연을 이루고 있는 구

29 金宗三, 「舊稿」, 『現代詩』 第1輯, 1962.6, 16-17쪽.
30 金宗三, 「물桶」, 金宗三・文德守・金光林, 『本籍地』, 成文閣, 1968, 12-13쪽.

절도 그 자체로 보면 불완전한 문장이지만, 1연의 문장과 연결됨으로써, "머나 먼 광야의 한 복판 / 야튼 / 하늘 밑으로 / 영롱한 날빛으로 / 하여금 따우에선→희미한 풍금(風琴) 소리가 툭툭 끊어지고 있었다"라는 완전한 문장이 된다. 「물통」에서 마지막 문장이 불완전하다고 느끼는 독자들은 그 문장을 작품의 맨 처음 문장과 연관시킬 수 있다. 이러한 개작을 통해 「물통」은 독자들로 하여금 더욱 능동적으로 시의 빈틈을 채우도록 유도하며, 그리하여 시의 수미상관적 구조가 지닌 순환성을 더욱 역동적으로 느낄 수 있게 한다.

위 작품은 숭고한 신성이 시적 화자에게 매우 가까이 다가와 있는 것처럼 표현한다. 시적 화자는 천상의 숭고한 신성을 깊이 체험하고 있는 것이다. 이처럼 인간이 범접하기 어려운 신성을 가깝게 느끼고 있기 때문에, 시적 화자는 하늘에서 영롱하게 내려오는 날빛을 마치 "따우"의 "풍금 소리"처럼 들을 수 있다. "따우"는 '땅 위[地上]'를 의미한다. 나아가 위 작품의 수미상관적인 구조는 독자들로 하여금 천상의 햇빛이 지상의 음악으로 들려오는 순간을, 즉 무한한 신성과 유한한 현실이 소통하는 순간을 무한한 반복과 순환의 과정으로서 체험케 한다.

천상의 신성은 분명히 지상의 음악으로 시적 화자에게 들려오지만, 그 소리가 "툭툭 끊어지고 / 있었다"고 한다. 신성의 소리를 지속적으로 선명하게 자각한다는 것은 쉽지 않은 일이기 때문일 것이다. "희미한 풍금 소리가 툭툭 끊어지고 있었다"라는 하나의 문장을 "희미한 / 풍금 소리가 / 툭툭 끊어지고 / 있었다"와 같이 네 개의 시행으로 분절시켜 놓은 시적 기법은, 현실과 신성 사이의 접합이 매우 여리고 단속적(斷續的)으로 이루어지고 있음을 효과적으로 표현한다. 하지만 시적 화자는, 신성의 음악 소리가 아무리 불연속적이라고 할지라도, 그 속으로부터 어떠한 메시지를 읽어 내고야 만다. 그

메시지는 "그동안 무엇을 하였느냐는 / 물음"이다. 이 물음은 시적 화자의 삶이 어떠한 의미가 있었는지를 묻는 실존적 질문이라고 할 수 있다. 앞서 이 시의 수미상관 구조는 하늘에서 내려오는 햇빛이 음악 소리처럼 들리는 순간을 순환·반복시킨다고 하였다. 이에 따라 독자는 실존적 물음을 끝없이 되풀이하여 받게 되는 것이다.

신성의 음악 소리는 삶의 의미를 묻는 질문으로서 시적 화자에게 들려온다. 「물통」에서 드러나는 신성은 인간의 운명을 좌우하거나 조종하는 초월적 절대자가 아니라, 인간 스스로 자신의 삶을 고민하도록 만드는 천상의 햇빛이자 지상의 음악과 같다고 할 수 있다. 사실상 이와 같은 신성의 물음은 인간의 마음속에서 제기되는 물음과 크게 다르지 않을 것이다. 신성이 시적 화자에게 실존적 질문을 던지는 것은 곧 시적 화자의 마음속에 깃든 신성이 삶의 의미를 자문하는 것이기 때문이다.

이 실존적 물음 앞에서 시적 화자는 "다름 아닌 인간(人間)을 찾아다니며 / 물 몇통(桶) 길어다 준 일밖에 없다고" 응답한다. 시적 화자가 "물 몇통 길어다 준" 사람들은 모두 물을 절실하게 필요로 하던 사람들일 것이다. 물은 생명의 근원이며, 따라서 물이 갈급하던 사람들은 원천적 생명력과 단절될 위기에 처해 있던 사람들이라고 할 수 있다. 이러한 단절은 "툭툭 끊어지"는 "풍금 소리"와 같이 신성으로부터 단절된 인간의 상황과 연관이 있을 것이다. 따라서 시적 화자가 사람들에게 물을 길어다 주었다는 것은 생명력의 원천으로부터, 즉 신성으로부터 멀어진 인간들을 다시 그 신성과 이어 주기 위하여 노력하였다는 의미가 된다. 이것이 자기 삶의 진정한 의미가 무엇인지에 관한 시적 화자의 답변이라고 할 수 있다. 이 답변도 작품 전체의 수미상관 구조에 의하여 끝없이 되풀이될 것이다. 빛-음악으로 다가오는 물음과 그에 대한 답변이 끝없이 반복되는 것은, 인간에게 생명의 원천인 신성을 회복시켜 주는 일을 끊임없이 고민하고 추구해 나가겠다는 의지를 느끼게 한다. 김종삼에게 시를 쓴다는 일은 인간과 신성 사이를 소통시켜 주는 작업이었던 것이다. 이는 오르페우스 사상에 근거한 롤랑 드 르네빌의 시론, 즉 인간과 신이 하나임을 밝히는 것이 시의 본질이라는 그의 견해와 맞닿아 있다고 할 수 있다.

| 역사에 의하여 희생된 인간의 영혼을 가시화하는 음악 |

김종삼의 시 세계가 1960년대부터 말라르메·사르트르와 다른 방식으로 모색한 오르페우스적 참여는 폭력의 역사 속에서 희생된 인간의 영혼을 이미지로 가시화하여 상기시키는 방식의 참여라고 할 수 있다. 김종삼의 시는 특히 희생된 인간의 내재적 신성을 오르페우스적 참여로써 상기시키고자 한다. 내재적 신성을 참답게 떠올린다면, 폭력의 역사는 근본적으로 전환될 수 있기 때문이다. 예컨대 김종삼의 또 다른 오르페우스 시편인 「올훼의 유니폼」은 오르페우스적 참여를 통해서 역사가 근본적으로 전환될 수 있다는 사유를 제시한다.

이 시는 잡지 『새벽』 1960년 4월 호에 발표되었다. 이 호의 판권지를 보면 인쇄일이 1960년 4월 10일이며 발행일이 같은 해 4월 15일이라고 표기되어 있다. 이 작품이 발표된 지면의 목차를 보면, 「권두언(卷頭言) 하늘이 무너져도 꾀꼬리는 운다」와 이한직의 「권두시(卷頭詩) 진에(瞋恚)의 불꽃을─경향각지(京鄕各地)에서 공명선거를 부르짖는 학생들의 의거(義擧)가 있었다 하기에」 등의 글이 눈에 뜨인다. 「권두언」과 「권두시」는 모두 이승만 독재정권에 의해 자행된 1960년 3·15 부정선거와 그에 대한 시민의 항거를 다룬 것이다. 그 밖에도 『새벽』은 1960년 4월 호부터 1961년 박정희의 5·16 군사 쿠데타 무렵에 종간될 때까지 최인훈의 장편소설 『광장』 등, 독재정권하에서는 발표되기 어려운 문학작품을 수록할 만큼 독특한 성격의 매체였다. 김종삼이 자신의 시 「올훼의 유니폼」을 『새벽』에 발표하였다는 것은 그가 1960년 4월 혁명 직후부터 오르페우스 시편을 통해서 오르페우스적 참여의 방식을 모색했다는 사실을 뒷받침한다.

天井에 붙어 있는
흰 헝겊이 한꺼풀씩
가벼이 내리는 無人境인 아침의 사이,
아스팔트의
넓이는 山길이 뒷받침하여지는 湖水쪽,
푸른 제비의 行動이었다.

마치 人工의 靈魂인 사이는
아스팔트 길에는 時速違反의 올훼가 타고 빵소니 치는 競技用 자전거의
사이였다.
休息은 無限한 푸름이었다.

—「올훼의 유니폼」, 전문.[31]

31 金宗三, 「올훼의 유니폼」, 『새벽』, 1960.4, 233쪽.

위 작품에서 1연의 시적 정황은 "천정(天井)에 붙어 있는 / 흰 헝겊이 한꺼 풀씩 / 내리는 무인경(無人境)의 아침인 사이"이다. 그런데 "천정"에서 "흰 헝 겊"이 "한 꺼풀씩 내"린다는 것은 뒤에 나오는 "아스팔트"의 정황과 자연스 럽게 연결되지 않는다. 왜냐하면 "천정"은 실내의 한 부분인데, "아스팔트 길"은 실외에 있는 것이기 때문이다. 그렇다면 "천정"은 구체적 사물을 가 리키는 기호가 아니라 알레고리적인 이미지일 것이다. 그것은 아무것도 덮 여 있지 않았던 '본래의 하늘'을 "흰 헝겊"으로 뒤덮어 놓은 '가짜 하늘'과 같 다. '본래의 하늘'을 뒤덮고 있던 "헝겊"이 벗겨지면 '가짜 하늘'의 세계는 "무 인경"의 세계가 된다고 한다. 따라서 "무인경"은 '헝겊이 벗겨진 뒤 본모습을 되찾은 하늘'과 상통하는 모습이라고 해석할 수 있다.

1연에서 제시한 '가짜 하늘'은 2연에서 제시한 '인공의 영혼'과 상응한다. '여러 겹의 흰 헝겊으로 만들어진 가짜 하늘'은 '인공적으로 꾸며진 영혼'과 상통하기 때문이다. 반면에 1연에서 "무인경의 아침"과 의미상 유사한 표현 은 2연의 "시속위반(時速違反)"이나 마지막 행의 "휴식의 무한한 푸름"에 호응 한다. 그것은 인공적 유한성에서 벗어난 자연적 무한성이며, 규범적 질서에 얽매이지 않는 "시속위반"과 같이 무엇도 거칠 것이 없는 "무인경"의 상태이 기 때문이다. 그렇다면 위 시에서 인공 상태를 자연 상태로 바꾸어 놓는 동 력 또는 계기는 무엇인가? 1연에 나오는 "푸른 제비의 행동(行動)"과 2연에나 오는 "올훼의 뺑소니"가 그에 해당한다고 볼 수 있다. "푸른 제비"는 "아스팔 트 길"의 인공적 공간을 넘어서 "산(山)길이 뒷받침하는 호수(湖水)쪽"의 자연 적 장소를 환기시킨다. 이때 "푸른 제비"라는 표현에서의 '푸름'이라는 시각 적 이미지는 "휴식(休息)은 무한(無限)한 푸름"이라는 구절로 이어진다. 따라 서 "푸름"은 인공적인 것과 대비되는 자연적인 것을 의미한다고 볼 수 있다.

그와 마찬가지로 "올뭬"는 '인공의 영혼 사이'에서 자연적이고 순수한 영혼을 찾기 위하여 그 인공적 질서에 맞선 '시속위반의 뺑소니'를 감행한다. 그렇게 진정한 영혼을 되찾은 상태는 "휴식"과 같다고 할 수 있다. 김종삼이 1960년 4월 혁명 직후에 발표한 또 다른 작품들에서도 휴식과 휴가 등은 진정한 영혼이 회복됨으로써 역사가 근본적으로 전환되는 시간으로 나타난다.

(ㄱ)

그리고 나서는 참혹 속에서
바뀌어지었던 역사위에 다시 시초의
여러 꽃을 피운다고,

매말라버리기 쉬운 인간 〈성자〉들의 시초인 사랑의 움이 트인다고,

토끼란 놈이 맘놓은채
쉬고 있다.

—「토끼똥·꽃」, 부분[32]

(ㄴ)

현재까지 未來에의 한번밖엔 없다는 休日이 닥쳐오고는 있었지만 변명같이 얻어지기 어려웠던 것이다.

오고 있던 길목에 주저앉아서 나는 피부에 장애물이 붙어 있으므로 가려

---

32 金宗三, 「토끼똥 · 꽃」, 『現代文學』, 1960. 5, 69쪽.

울수록 곯었다.

이 하루의 질곡路上에서라는 거세인 金屬의 소리가 들리었다. 손가락을
놓을라치면 그치어지곤 했다.

어느새 이 休日도 무능한 牧者의 꺼먼 虛空이 떠 내려 가듯이

수 없는 車輛들이 지나 가, 여러갈래의 막바지에서

비들기들의 나래쭉지와 휴지조각들을 남기는 休日이 도망친다.

　　　　　　　　　　　　　　　　　　—「前奏曲」, 전문.[33]

(ㄱ)에서 역사의 참혹함은 시초부터 인간에게 내재하는 "성자"의 마음, 즉
"사랑"의 마음을 상실케 하는 것이다. 이때 "토끼"의 휴식은 인간의 마음속
에 내재하는 그 성스러운 사랑의 마음이 참혹한 역사 위에 꽃처럼 피어나는
순간과 같다. 이처럼 1960년대 김종삼의 시에서 '휴식'의 모티프는 일상적인
휴식이 아니라 역사의 폭력성에서 벗어난 순간, 즉 근원적 인간의 사랑이 드
러나는 순간의 알레고리로서 작동한다.

(ㄴ)에서는 그 휴식의 때가 "현재까지 미래(未來)에의 한번밖엔 없다는 휴
일(休日)"로 표현된다. '휴식의 날'은 지금까지 잘못된 방향으로 흘러 온 역사
전체가 완전히 멈추는 순간이자 언젠가 도래할 궁극적 구원의 순간과 같다
고 할 수 있다. 따라서 김종삼의 시가 표현한 '휴식의 날'은 일차적으로 1960
년 4월 혁명과 연계되지만, 지금까지 참혹과 폭력만을 거듭해 온 인류 역사
의 작동 방식이 근본적으로 멈추어야 한다는 사유까지도 담고 있다.

33　金宗三,「前奏曲」,『現代文學』, 1961.7, 168쪽.

이때 (ㄴ)의 시적 화자가 '휴식의 날', 즉 구원의 시간을 고대하는 행위는 자신의 "피부"에 붙어 있는 "장애물"을 긁으면서 "금속(金屬)의 소리"를 내는 것으로 묘사된다. 이는 자기의 육체적 삶에 장애물처럼 붙어 있는 인공적 허위를 떼어 내기 위한 노력이 결국 금속성의 악기를 연주하는 행위와 다르지 않다는 의미라고 할 수 있다. 그처럼 인공적 허위로부터 벗어나려는 노력은 김종삼의 시가 말하는 오르페우스적 음악으로서의 시적 참여에 해당한다. 이는 「올훼의 유니폼」이 인공의 영혼 사이에서 진정한 영혼을 모색하는 행위로 '오르페우스의 음악'을 표현한 바와 같다고 할 수 있다. 그러나 (ㄴ)은 「올훼의 유니폼」과 결말 지점에서 차이점을 보인다. 「올훼의 유니폼」에서는 "휴식의 무한한 푸름"이 인공적인 길 위에 도래하는 상황을 제시한다. 반면에 (ㄴ)에서는 휴식과 구원의 시간이 도래하지 못하고 달아나 버린 상태를 "무능한 목자(牧者)의 꺼먼 허공(虛空)"이 떠내려가는 상태, 또는 "비들기들의 나래쭉지와 휴지조각들"이 날리는 상태로 표현한다. 이는 (ㄴ)이 1961년 5·16 군사정변과 박정희의 집권 직후에 발표되었다는 역사적 맥락과 호응한다고 볼 수 있다.

한 산문에서 김종삼은, "노동(勞動)의 뒤에 오는 휴식(休息)"의 순간이야말로 자신의 시 창작이 이루어지는 순간이라고 언급하였다. 그런데 이러한 휴식의 순간은 역사적 현실을 외면하는 회피의 시간이 아니라, 오히려 "새 움이 트이려는 역사(歷史)의 소리에 귀를 기울"이는 시간이라고 덧붙였다.[34] 또 다른 산문에서도 김종삼은, "굴욕"과 "피로" 속에서 "휴식"을 얻을 때 자

---

34 金宗三, 「作家는 말한다—意味의 白書」, 故 朴寅煥 外 三二人, 『韓國戰後問題詩集』, 新丘文化社, 1961, 361쪽.

신의 시를 쓸 수 있으며, 이러한 "휴식"은 추락한 비행기 속에서 죽어 가는 조종사의 불붙은 잔등을 꺼 주고 손을 잡아 주는 참여의 행위라고도 하였다.[35] 요컨대 김종삼은 인공적인 것이 가장 반시(反詩)적이고 비시(非詩)적인 것이며, 휴식이야말로 진정한 시의 본질이라고 일관되게 언급한 것이다. 여기에서 '휴식'은 현실로부터 완전히 단절된 시간이 아니라, 가까이에서는 잘 들여다 보기 힘든 현실을 멀리 떨어진 자리에서 더 분명히 성찰하는 시간, 즉 지나간 역사 속에서 인간의 희생을 기억하며 앞으로 다가올 역사적 변화 과정에 주목하는 시간이라고 할 수 있다. 이러한 지향점은 김종삼의 시 「음악(音樂)—마라의 「죽은 아이를 추모(追慕)하는 노래」에 부쳐서」에도 잘 나타난다. 이 시는 특히 '은피리'라는 시어가 등장한다는 점에서도 「검은 올페」와 공통점이 있다.

(가)	(나)	(다)
아비는 話術家가 아니었느니라. 가진 것 없이 무뚝뚝하였느니라. 그런대로 품팔이하여 살아 가 느니라. 日月은 가느니라. 낮이면 大地에 피어나는 느린 구름 뭉게 가깝고도 머언 검푸른 산 줄기도 우리로다. 밤이면 大海를 가는 물 거품도 흘러 가는 化石도 우리로다. 불현듯 돌 쫓는 소리 나느니 라. 이맘때 아비의 귓전을 스치는 갇혀 있던 찬바람이 솟아 나느 니라.	日月은 가느니라 아비는 石工 노릇을 하느니라 낮이면 大地에 피어난 구름 뭉게도 우리로다 가깝고도 머언 검푸른 산 줄기도 사철도 우 리로다 만물이 소생하는 철도 우리로 다 이 하루를 보내는 아비의 술 잔도 늬 엄마가 다루는 그릇 소리 도 우리로다	日月은 가느니라 아비는 石工노릇을 하느니라 낮이면 大地에 피어난 만발한 구름뭉게도 우리로다 가깝고도 머언 검푸른 산 줄기도 사철도 우리로다 만물이 소생하는 철도 우리로 다 이 하루를 보내는 아비의 술잔 도 늬 엄마가 다루는 그릇 소리 도 우리로다 밤이면 大海를 가는 물거품도 흘러가는 化石도 우리로다

35 金宗三, 「이 空白을」, 高遠 외, 『現代韓國文學全集 18권 52人詩集』, 新丘文化社, 1967, 477쪽.

늬 棺 속에 넣었던 악기로다.
잔잔한 온 누리 늬 소리였느니라.
넣어 주었던 은방울이 달린 늬
피리로다. 늬 소릴 **찾을**라치면 검
은 구름이 뇌성이 비 바람이 일었
느니라.
아비가 가졌던 기인 칼로 하늘
을 수 없이 쳐서 갈랐느니라.
그것들도 **아비와 같이** 기진하
여 지느니라.
돌 쫏는 소리가 **머언 데서** 간
혹 나느니라.
맑은 아침이로다.

맑은 하늘은 내려 앉고
늬 **즐겨 노닐던 딸기밭** 위에
꽃 잎사귀 위에
어린 草木들 사이에 **놓여 神器**
와 같이 반짝이는
늬 피리 위에 나비가 나래를
폈느니라.
하늘에선 자라나 죄 짓는다고
자라나기 전에 데려간다 하느니
라.
죄 많은 아비는 따 우에
남아야 하느니라.
방울 달린 은피리 둘을 만들었
느니라.
하나는 늬 棺 속에
하나는 간직하였느니라.
아비가 살아가는 동안
만지작거리느니라.

註   마 라 ― ― 八 六 ○
――九――, 猶太系 墺地利의 作
曲家.

밤이면 大海를 가는 물거품도
흘러가는 化石도 우리로다

이맘 때마다 불현듯 돌쫏는
소리가 나느니라
아비의 귓전을 스치는 찬 바
람이 솟아나느니라
늬 棺속에 넣었던 악기로다
넣어 주었던 늬 피리로다
잔잔한 온 누리
늬 어린 모습이로다 애통하는
아비의 늬 신비로다 아비로다

늬 소릴 **찾으려 하면** 검은 구
름이 뇌성이 비 바람이 일었느니
라 아비가 가졌던 기인 칼로 하늘
을 수 없이 쳐서 갈랐느니라
그것들도 **나중엔** 기진해 지느
니라
아비의 노망기가 가시어 지느
니라

돌쫏는 소리가 간혹 나느니라

맑은 아침이로다

맑은 **하늘은** 내려 앉고
늬가 노닐던 뜰위에
어린 草木들 사이에
神器와 같이 반짝이는 늬 피
리 위에
나비가 나래를 폈느니라
하늘 나라에선 자라나면
죄 짓는다고 자라나기 전에
데려 간다 하느니라
죄 많은 아비는 따우에 남아
야 하느니라
방울 달린 은 피리 둘을 만들
었느니라
정성드렸느니라
하나는 늬 棺속에
하나는
아비가 살아가는 동안 만지작

불현듯 돌 쫏는 소리가 나느니
라 아비의 귓전을 스치는 찬바람
이 솟아나느니라
늬 棺속에 넣었던 악기로다
넣어 주었던 늬 피리로다
잔잔한 온 누리
늬 어린 모습이로다 **아비가 애**
통하는 늬 신비로다 아비로다

늬 소릴 **찾으려 하면** 검은 구
름이 뇌성이 비 바람이 일었느니
라 아비가 가졌던 기인 칼로 하늘
을 수없이 쳐서 갈랐느니라
그것들도 나중엔 기진해 지느
니라
아비의 노망기가 가시어 지느
니라

돌 쫏는 소리가
간혹 나느니라

맑은 아침이로다

맑은 **아침은** 내려 앉고

늬가 노닐던 뜰 위에
어린 草木들 사이에
神器와 같이 반짝이는
늬 피리 위에
나비가
나래를 폈느니라
하늘 나라에선
자라나면 죄 짓는다고
자라나기 전에 데려간다 하느
니라
죄많은 아비는 따 우에
남아야 하느니라
방울 달린 은피리 둘을
만들었느니라
정성 드렸느니라
하나는
늬 棺속에

	거리느니라.	하나는 간직하였느니라 아비가 살아가는 동안 만지작거리느니라
─「近作詩篇 音樂─마라의 「죽은 아이를 追慕하는 노래」에 부쳐서」, 전문.[36]	─「音樂-마라의 「죽은 아이를 追慕하는 노래」에 부쳐서」, 전문.[37]	─「音樂-마라의 「죽은 아이를 追慕하는 노래」에 부쳐서」, 전문.[38]

(가)에서 "아비는 화술가(話術家)가 아니었느니라. / 가진 것 없이 무뚝뚝하였느니라. / 그런대로 품팔이하여 살아 가느니라."라는 구절은 (나)와 (다)에서 "아비는 석공(石工) 노릇을 하느니라"는 구절로 고쳐졌다. 이 개작 양상에 주목한다면, "석공", 즉 돌을 조각하는 조각가는 "화술가", 즉 언어를 조각하는 시인과 병치를 이룬다는 해석이 가능하다. 따라서 위 작품 또한 시가 무엇이며 시를 쓰는 일이 어떠한지에 관한 시라고 할 수 있다.

이 시의 화자는 석공이자 죽은 아이의 아버지이다. 시적 화자는 "대해(大海)를 가는 물거품도 / 흘러가는 화석(化石)도 우리로다"라고 말한다. 여기에서 "우리"라는 1인칭 복수형은 "아비"인 시적 화자 자신과 '죽은 아이'를 의미하는 것일 수 있다. 그렇다면 드넓은 바다의 물거품과 화석이 우리라고 말하는 이유는 무엇일까? 시적 화자는 죽은 아이의 관 속에 넣어 준 "방울 달린 은피리"의 환청을 듣는다. 그 환청은 자신의 죽은 아이에 대한 시적 화자의 끝나지 않는 애도(mourning)를 나타낸다. 그런데 시적 화자는 그 환청이 "검

---

36 金宗三, 「近作詩篇 音樂—마라의 「죽은 아이를 追慕하는 노래」에 부쳐서」, 『文學春秋』, 1964.12, 220-221쪽.
37 金宗三, 「音樂—마라의 「죽은 아이를 追慕하는 노래」에 부쳐서」, 金宗三·文德守·金光林, 앞의 책, 32-35쪽.
38 金宗三, 「音樂—마라의 「죽은 아이를 追慕하는 노래」에 부쳐서」, 『十二音階』, 앞의 책, 60-63쪽.

은 구름"의 "뇌성"과 "비 바람"으로 들려온다고 한다. 이는 죽은 아이의 관 속에 넣어 준 은피리의 소리가 "온 누리"로 확대되어 있음을 형상화한 것이라 할 수 있다. 죄 없는 인간의 희생과 그에 대한 애도가 온 누리를 가득 채우고 있는 것이다. 그러므로 시적 화자는 그 슬픔으로 채워진 "대해"와 "화석"이 곧 "우리"와 다르지 않다고 인식하는 것일 수 있다. 무고한 인간의 상실과 그에 대한 애도는 바다와 화석을 이룰 만큼 오랜 시간에 걸쳐 지속되어 온 것이다. 이처럼 김종삼의 시 세계는 바다와 화석이 이루어지는 동안의 역사 전체를 인간의 상실과 그에 대한 애도로 점철되어 온 역사로 표현한다.

인간의 역사 전체가 죄 없는 인간을 희생시켜 온 역사이기 때문에, 시적 화자는 "자라나면 죄 짓는다고" 말한다. 이 발언에서 한 가지 유의할 점은, 사람이 자라나면 죄를 짓는다는 말은, 태어날 때엔 죄가 없다는 뜻을 내포한다는 것이다. 기존의 연구들은 김종삼의 시 세계에 기독교적 원죄의식이 나타난다고 규정해 왔다. 원죄의식은 인간이 태어날 때부터 죄인이라는 개념이다. 하지만 인간의 마음이 원천적으로 무죄라는 김종삼의 시적 사유는 기독교적 원죄의 개념과 거리가 멀다. 그러므로 김종삼의 시 세계가 기독교적 원죄의식을 나타낸다는 기존 연구의 관점은 수정될 필요가 있다. 폭력의 역사 속에서 살아가야만 하므로, 시적 화자는 스스로를 "죄많은 아비"라고 일컫는다. 특히 "아비"라는 성인 남성은 기존의 인류사 전체를 폭력으로 물들였던 주체라고 할 수 있다. 김종삼의 시 「음악」은 성인 남성 중심의 논리에 따라 폭력을 되풀이해 온 역사에 대항하기 위하여, 그 역사 속에서 희생된 아이의 이미지를 떠올리는 것이다.

시적 화자는 온 세상에서 들려오는 관 속의 피리 소리를 꺼내기 위하여 칼을 휘두른다. 그렇게 칼을 휘두르는 행위는 곧 석공인 시적 화자가 돌을 조각하는 행위로 이행하고 전치될 수 있다. 시적 화자가 돌을 쪼는 행위로 제작한 산물은 아마도 죽은 아이의 석관(石棺)일 것이다. 이는 이미지 특유의 시간성, 즉 이미지의 시간교란(anachrony)을 보여준다. 이 시의 스토리를 서술된 순서에 따라 나열해 보면 다음과 같다. (1) 시적 화자인 아버지는 죽은 아이의 석관 속에 넣어 준 은피리 소리가 온 세상으로부터 들려오는 것 같은 환청에 시달린다. (2) 그 은피리를 꺼내기 위해 시적 화자는 피리 소리가 가득한 온 누리에다 칼을 휘두른다. (3) 시적 화자의 칼질은 돌을 조각하는 행위가 된다. (4) 시적 화자가 돌을 조각한 결과로 죽은 아이의 석관이 만들어진다. 표면적으로는 (1)에서 (4)까지가 시간의 흐름에 따라 서술된 것처럼 보이지만, 내용상으로는 (4)가 다시 (1)의 정황으로 이어지는 것이다. 이와 같이 미래와 과거가 뒤섞이는 이미지의 독특한 시간성은 인간의 역사 전체가 인간의 무고한 희생과 그에 대한 애도로 가득 차 있음을 효과적으로 표현한다.

석공인 시적 화자가 돌을 조각한다는 정황은 예술가의 예술 행위를 암시한다고 볼 수 있다. 이 시의 제목이 「음악」인 까닭도 바로 여기에 있을 것이다. 김종삼의 시에서 오르페우스의 음악은 예술의 시적인 힘을 뜻하기 때문이다. 시적 화자의 예술 행위는 무고한 인간의 죽음을 우주에 가득찬 소리로 감지하는 일, 나아가 그 죽음을 은피리와 석관 같은 예술작품으로써 현실 속에 상기시키고 형상화하는 일이라고 할 수 있다. 시적 화자는 "방울 달린 은피리"를 두 개 만들어서, "하나는 뇌 관(棺)속에" 넣고 다른 하나는 자신이 "간직"하였다. 죽은 아이의 관 속에 넣은 피리의 방울 소리는 이승의 시적 화자가 간직한 피리의 방울 소리와 공명한다. 이 시의 제목인 '음악'은 죄 없이 죽은 자와 슬퍼하며 살아가는 자의 경계를 허물고 넘나드는 오르페우스적 예술과 같다. 김종삼에게 진정한 시 쓰기는 죄 없이 상실되었던 인간의 원천적 상태를 이미지로 떠올리는 실천이라 할 수 있다. 이 지점에서 김종삼의 시는 말라르메 및 사르트르와 전혀 다른 방식으로 시적 예술의 지향점과 실천적 참여의 지향점을 맞닿게 한다. 그의 시에서 제시하는 시의 본질은 오르페우스적인 것이며, 오르페우스적인 것은 역사의 지층을 뚫고 그 속에서 죄 없는 자의 내재적 신성을 캐내어 드러내는 것이다. 이는 역사의 일부만이 아니라 역사 전체를 문제 삼으며, 정치적 또는 경제적 억압이 아니라 인간의 신성에 대한 억압을 문제 삼는다. 그러므로 시는 시적일수록, 즉 시의 본질에 가까울수록 더 근본적으로 역사를 반성하고 극복하는 실천이 될 수 있다.

지금까지는 김종삼이 1960년 4월 혁명 이후 말라르메와 사르트르의 시 개념을 전유함으로써 독특한 오르페우스적 참여 방식을 추구한 과정에 대하여 살펴보았다. 오르페우스적 참여는 폭력의 역사 속에서 희생된 인간의 영혼을 이미지로 가시화함으로써, 그 영혼에 내재한 신성을 상기시키는 실천과 같다. 인간에게 신성이 내재한다는 시적 사유는 신과 인간의 이원론에 근거한 고립적·배타적 개인주의를 넘어선다. 이는 김종삼이 참조한 롤랑 드르네빌의 신비주의적 오르페우스 개념과 공명한다. 이처럼 김종삼의 시는 역사의 진정한 혁명을 단순한 제도나 권력 질서의 변혁보다 더욱 근본적인 내면의 다시개벽으로 제시한다. 이후 제2·3·4장에서는 오르페우스적 참여를 통한 내재적 신성의 상기가 각각 여성, 어린이, 약소민족의 이미지로 나타남을 살필 것이다.

제2장
여성주의적 시야(vision)

| 억압의 이분법을 넘는 제유법 |

앞의 제1장에서는 희생된 인간의 신성을 이미지로써 가시화하여 상기시키는 것이 1960년 4월 혁명 직후부터 모색된 김종삼 시 특유의 오르페우스적 참여 방식임을 살펴보았다. 제2장에서는 그 오르페우스적 참여를 구성하는 요소로서 여성의 시선을 고찰한다. 시 연구에서 이미지의 개념은 주로 '이미지가 표상하는 대상'과 관련해서 논의되는 데 비하여, 그 '이미지를 바라보는 시선'과 관련해서는 거의 논의가 이루어지지 않았다고 볼 수 있다. 반면 김종삼의 시는 이미지가 표상하는 대상뿐만 아니라, 이미지를 바라보는 시선의 문제에도 주의를 기울인다. '누가 어떻게 무엇을 바라보는지'의 시선에 따라서 이미지는 궁극적으로 다르게 나타날 수 있기 때문이다. 김종삼의 시에서는 특히 여성의 시선을 직접 제시하는 경우가 적지 않게 나타난다.

필자가 새롭게 발굴한 김종삼의 작품은 그의 1960년대 시편이 당대의 여타 한국문학과 달리 4월 혁명을 여성과 어린이의 혁명으로 바라보았다는 것을 보여준다. 또한 이 시기부터 김종삼의 시에는 시적 화자로서의 여성의 목소리, 시적 시점으로서의 여성의 시점이 전면에 제시된다. 이때 여성의 목소리와 시점은 기존의 남성 중심적 역사 속에서 지속적으로 희생되어 온 인간의 목소리와 시점을 대변한다고 볼 수 있다. 그것은 김종삼의 시에서 1950년대부터 1960년대까지 '여인의 시야'라는 이미지로 되풀이된다. 여인의 시야는 남성 중심적 위계를 해체하며 우주가 하나의 신성임을 통찰하는 비전이기도 하다.

김종삼은 왜 처음에 시를 쓰게 되었을까? 김종삼 시 창작의 근원적인 동기는 어디에 있을까? 이 물음을 풀기 위한 하나의 실마리는 김종삼이 『일간스포츠』 박인숙(朴仁淑) 기자와 나눈 인터뷰에서 찾을 수 있다. 기자는 시인에게 물었다. "처음에 시는 왜 쓰게 되었나요!" 이에 시인은 다음과 같이 대답하였다. "가당찮은 요구만 하는 아버지 밑에서 노예처럼 일하는 어머니의 불쌍함, 그러니 학교도 의미가 없고 집은 더욱 싫고 하던 울분을 내 속에서 삭여 내느라 글을 썼던 것 같아요."[39] 아버지의 권위에 억눌려야만 했던 어머니의 모습이 김종삼으로 하여금 불쌍함과 울분을 느끼게 하였으며, 그로 인하여 학교 공부와 가정생활에 반감을 품는 가운데에서 글을 쓰기 시작하게 되었다는 것이다. 그렇다면 김종삼이 시를 쓰게 된 근원적인 동기는 가부장제 아래에서 여성이 겪은 고통에의 공감, 그리고 남성 중심적 이데올로기에 대한 분노가 아니었을까?

가부장적 권위에 대한 김종삼의 반감은 다른 곳에서도 증언된다. 소설가 강석경은 김종삼과 인터뷰를 진행한 바 있다. 이 인터뷰 기록에서 김종삼은 자신의 아버지가 신문기자를 지낸 언론인이었으며, 『평양공론』을 발행한 지식층이었다고 말한다. 그러나 자신은 점차 성장하면서 아버지가 "시시"하

---

39 「文学의 産室 시인 金宗三씨」, 『일간스포츠』, 1979.9.27.

다고 생각하게 되었다. 이처럼 김종삼은 "멋쟁이였던 아버지완 정이 없었"던 반면에, "불쌍하게 여겨졌던 어머니와는 친구처럼 지냈다"라고 털어놓았다.[40] 김종삼은 자의식을 형성해 가면서 왜 아버지를 시시하다고 여기게 되었을까? 아마도 아버지의 학대와 착취로 인하여 어머니가 고통을 겪었다는 점 때문일 것이다. 이러한 가정환경 속에서 김종삼은 가부장적 권력에 대한 반감, 그리고 억압받는 여성과의 연대감을 깊이 내면화하였을 가능성이 있다. 이는 김종삼의 시를 여성주의적 측면에서 해석할 수 있는 근거가 된다.

기독교는 천도교와 더불어 서북 지역에서 크게 번성하였다. 그러나 기독교는 여성 착취와 남성 중심적 지배 질서에 적극적으로 대응하지 못하고 상대적으로 무력한 편이었다고 할 수 있다. 예컨대 이승원은 김종삼의 집안이 친할아버지 때부터 대대로 기독교를 믿어 왔다고 언급하였다.[41] 그렇다면 김종삼의 부친도 태생적으로 기독교 신자였을 것이다. 김종삼은 부친의 가부장적 권위에 분노를 느꼈다. 그 때문에 김종삼의 내밀한 의식 속에서 기독교는 가부장적 권위와 분리되기 어려웠을 것이다. 김종삼의 시에 나타난 신성(神性)이 부성(父性)보다도 모성과 같은 여성성으로 채색되어 있는 것은 그러한 맥락에서 이해할 필요가 있다. 서북 지역은 김종삼의 의식이 형성되어 가는 무렵에도 천도교 세력이 가장 융성하였던 곳이다. 동학의 여성주의적 측면은 그러한 문화적 환경을 통해 김종삼의 시 세계에 무의식적으로 스며들었을 것이다.

40 강석경, 「문명의 배에서 침몰하는 토끼」, 김종삼, 장석주 엮음, 『김종삼 전집』, 청하, 1988, 281쪽.
41 이승원, 『김종삼의 시를 찾아서』, 태학사, 2015, 27쪽.

그렇다면 김종삼 시의 여성주의적 시각은 언제부터 나타났을까? 필자가 발굴한 김종삼의 시 중에서 「눈시울」과 「새해의 희망(希望)·풍경(風景)」 등은 김종삼 시 세계의 여성주의적 특성을 새롭게 밝혀 준다는 점에서 적지 않은 가치가 있다. 먼저 1959년 발표작 「눈시울」은 같은 해의 같은 잡지에 발표된 「베들레헴」과 여성주의적 시각이라는 모티프를 공유한다.[42] 이처럼 1959년은 김종삼의 시에서 여성주의적 시각이 본격화된 시점이라는 것을 「눈시울」의 발굴이 한층 더 분명하게 입증해 준다.

처음 보이게 되는
티라고는 하나라도 없이
잔디밭이 가지런한 신비한
내음이 었다.

훈풍에도 시달릴 순결이 가라 앉는
차가움만이 수정 같은 기류의
한 여인의 눈시울은
원하는 이의 미지의 것이었다.

많은 일을 겪은 훈풍에도 시달릴

---

42 「베들레헴」의 최초 발표 지면은 1959년 11월 민중서관에서 발행된 『韓國文學全集 35 詩集(下)』로 알려져 있었으나, 2018년 김재현의 발굴 작업은 잡지 『小說界』 1959년 2월 호가 그보다 빠른 것임을 밝혔다. 자세한 발굴 경위에 관해서는 홍승진, 「1950~1960년대 김종삼 시 10편 발굴」, 『작가들』, 2018.봄, 223-224쪽을 참조.

순결이 스미는―.

―「눈시울」, 전문.[43]

「눈시울」에서는 여성적 시각을 "한 여인의 눈시울"로 제시한다. 그것은 남성 중심적 시각이 지배해 온 인류 역사 전체에서 온전하게 작동된 적이 다고 할 수 있다. 따라서 여성적 시각은 "처음 보이게 되는", 즉 근본적으로 낯설고 새로운 시각이기도 하다. 남성 중심적 관점은 전쟁과 폭력 등 너무나 많은 "티끌"을 역사 속에 축적해 왔다. 반면 여인의 눈시울에 비치는 새 세상의 질서는 "티라고는 하나라도 없"을 것이며, 마치 "잔디밭이 가지런한" 것처럼 평화로울 것이다. 이처럼 여성주의적 시각을 통하여 예견하는 새로운 역사의 (다시개벽과 같은) 작동 방식은 "신비한" 것처럼 보일 수밖에 없다. 따라서 "한 여인의 눈시울"은 역사적 전환을 "원하는 이의" 시각이 되며, 그리하여 폭력적 역사 너머로 평화의 역사를 예감하는, 즉 "미지의 것"을 바라보는 시각이 된다.

이 시의 마지막 연은 앞서 "눈시울"을 수식하였던 표현을 되풀이하는 것처럼 보이지만, 여기에 "많은 일을 겪은"이라는 수식어구를 덧붙인다. 여기에서 "많은 일"은 인류 문명의 역사 전체에 걸쳐 자행되어 온 이분법적 논리와 남성 중심주의의 폭력을 뜻할 것이다. 그처럼 "많은 일을 겪"으며 역사적 폭력의 참상을 목격하였기에, "한 여인의 눈시울"은 불어오는 "훈풍"마저도 평화의 조짐이 아니라 고통스러운 역사의 흔적이 아닐까 하고 두려워할 수밖에 없다. 그러나 참상의 "많은 일"은 "한 여인의 눈시울" 속에서 "순결"하게

43 金宗三, 「눈시울」, 『小說界』, 1959. 10, 235쪽.

변화된다. 이는 김종삼이 자신의 시작(詩作) 과정으로 설명한 "종교적(宗教的)이라 할 만한 정화력(淨化力)",[44] 즉 비극적 고통 속에 침잠하여 슬픔이 해소되는 카타르시스(katharsis)의 과정과 상통하는 측면이 있다. 그 정화 속에서 여성적 시각은 지금까지의 모든 문명과 근본적으로 다르게 펼쳐질 새 질서를 전망할 수 있는 것이다.

시야가 푸른 여인이 살아가던 성터이었다

우거지었던 숲사이에 비 내리던 어느 하오에도 다른 안개 속에서도
어릴때 생활이었던 꿈 속에서도

다른 날씨로서 택하여 가던 맑은 날씨에도
푸른 시야는 아로삭이곤 가는 환상의 수난자이고 아름다이 인도주의자이었다

각각으로 가하여지는 푸른 시야
베들레헴.

—「베들레헴」, 전문.[45]

위 시의 제목이자 주요 소재인 베들레헴은 예수가 태어난 고향이다. 그와

---

44 「詩人 金宗三」, 『한국일보』, 1981. 1. 23.
45 金宗三, 「베들레헴」, 『小說界』, 1959. 2, 147쪽.

동시에 베들레헴은 한국전쟁 이후의 한국 현실과 연관성이 있다. 베들레헴은 예수의 고향이기 이전에 유태 민족의 아픔이 서려 있는 장소이기도 하다. 기원전 6세기에 히스기야(Hezekiah) 왕을 비롯한 유태인들은 나라를 잃고 적국의 수도 바빌론으로 끌려가 노예 생활을 겪었다. 이 70여 년의 시기를 '바빌론 유수(Babylonian captivity)' 시대라고 부른다. 그 포로 생활 속에서 살아남은 유태인 120여 명은 베들레헴에 귀환하여 정착하였다. 베들레헴이라는 장소로서의 이미지는 이처럼 전쟁으로 황폐화된 민족적 터전을 상기시킨다고 할 수 있다.

예레미야는 야곱의 아내인 라헬이 그녀의 자녀들(유태 민족)을 잃고 통곡하는 환청을 들으면서, 그녀의 아이들이 고향으로 돌아올 것이라는 하느님의 예언과 위로를 전달한다(「예레미야서」 31:15-17). 라헬이 죽어서 묻힌 곳이 바로 베들레헴이기도 하다(「창세기」 48:7). 위에 인용한 시에서 "환상의 수난자"라는 표현은 예레미야의 환시(幻視) 속에서 비탄과 예언을 매개하는 라헬과 닮아 있다. 그러므로 그녀가 묻힌 베들레헴 성터는 단지 폐허만을 뜻하는 것이 아니라, 폭력의 역사가 해소된 미래의 상태까지도 형상화하는 장소로서의 이미지라 할 수 있다.

그러한 장소로서의 이미지는 "시야가 푸른 여인"과 상통한다. "여인"의 "푸른 시야"는 폭력과 전쟁의 논리가 아니라 사랑과 평화의 관점을 의미한다. 시야 자체가 푸르다면, 그런 시야를 통해서 바라본 세계는 더 이상 황량한 잿빛이나 참혹한 핏빛이 아니라 푸른빛으로 보일 것이기 때문이다. 폭력을 거듭하는 역사의 근본적 전환을 위해서는, 세계를 푸른빛으로 바꾸는 것보다도 인간의 시각 자체를 푸른빛으로 전환하는 일이 먼저 이루어져야 한다고 이 작품은 말하고 있다. 「베들레헴」에서는 세계를 새롭게 바라봄으로써 세계를 근본적으로 전환시킬 수 있는 그 "푸른 시야"를 남성의 것이 아니라 "여인"의 것으로 제시한다. 김종삼에게 당시 한국의 현실은 세계 문명의 폭력이 집약적으로 표출된 상황이었다고 할 수 있다. 그가 보기에 폭력의 역사를 주도해 왔던 작동 원리는 지배와 전쟁에 근거하는 남성 중심적 논리였을 것이다. 이러한 맥락에서 위 작품은 폐허에 다다른 인류사의 위기를 감지하며, 그 위기의 근본 원인인 남성 중심적 논리에 맞서 여성주의적 시야를 제시한 것이다.

위에 인용한 시에서는 1연 1행의 의미상 주어였던 "시야가 푸른 여인"이 3연 2행의 "푸른 시야"로 변화한다. 이러한 시적 기법은 어떤 것의 부분으로써 그것의 전체를 대신하는 제유(提喩, synecdoche)에 해당한다. 여인의 일부분인 "시야"가 그 "여인" 자체를 가리키기 때문이다. 부분 속에서 전체를 찾아내는 제유 기법은 동학과의 공통점을 드러내는 것일 수 있다. 시천주(侍天主)와 인내천(人乃天)은 인간 개체의 부분 속에서 우주 전체의 창조적 신성(神性)인 하느님을 직관하는 사유이기 때문이다.

이와 같은 여성의 제유법적 시선은 평화의 빛을 우주 전체에 "아로삭이"며 간다. 2연 1행부터 3연 1행까지 '-에도'와 '-에서도'라는 어미로써 음률을 형성하며 되풀이되는 구절은 여성적 시선의 빛이 지속되며 우주에 아로새겨지는 과정을 리드미컬하게 제시한다. 그리하여 시의 마지막 연에서는 "푸른 시야"가 우주의 모든 부분에 "각각으로 가하여"진다고 표현한다. 우주를 온통 푸른빛으로 물들인 "푸른 시야"는 우주 안에서 살아가는 모든 개체들 내부에도 충분히 스며들 것이기 때문이다. 이처럼 「베들레헴」의 이미지들은 "여인"과 "푸른 시야" 사이에서, 나아가 "푸른 시야"와 "각각"의 사이에서 역동적으로 이행하고 전치된다고 할 수 있다. 이 시의 제유법은 개체 속에서 우주를 관통하는 보편적 평화의 원리를 찾아내고, 그와 동시에 우주 전체의 보편성을 초월적 절대자로서가 아니라 개체 각각에 내재하는 것으로 표현하는 것이다. 요컨대 김종삼 시의 여성주의적 시야는 부분과 전체, 외부와 중심의 이분법을 무화하는 시각이라고 할 수 있다.

「베들레헴」의 마지막 연에서는 "푸른 시야" 자체를 "베들레헴"이라는 장소로서의 이미지와 등치시킨다. 더 정확히 말하면, "여인"과 "푸른 시야"와 "베들레헴"의 세 이미지는 서로 전치되고 이행하는 운동을 일으킨다고 할 수 있다. 현실에서 고통을 겪더라도 평화에의 희구를 멈추지 않는 여인의 시야는 그 자체로 진정한 평화의 원천이라는 점에서 예수(신성이 내재해 있는 인간)의 고향과 같다. 그 시야는 인간에게 내재한 신성을 꿰뚫어 봄으로써 역사의 폭력적 작동 방식을 중단시킬 수 있는 가능성의 원천이기 때문이다.

현재에 이르기까지 인류 역사는 남성을 전체이자 중심으로 설정하고, 여성을 그 외부이자 부분에 할당시켰다고 할 수 있다. 주디스 버틀러(Judith Butler, 1956-)는 정신과 육체의 구분과 같이 종속 관계와 위계서열을 뒷받침하는 이분법 자체가 서구 철학 전통에 퍼져 있는 남근이성중심주의(phallogocentrism)의 징후라고 보았다.[46] "여인의 푸른 시야"는 전체와 부분을 구획하거나 중심과 주변을 차별하는 이분법으로부터 탈피하여, 세계 전체를 평화의 원리로 감각하는 방식과 같다고 할 수 있다.

버틀러와 마찬가지로, 벨 훅스(Gloria Jean Watkins, 1952-, Bell Hooks는 필명)는 페미니즘이 서구의 형이상학적 이원론이나 기독교와 같은 가부장적 종

---

46 Judith Butler, *Gender Trouble: Feminism and the Subversion of Identity,* 2nd ed., New York and London: Routledge, 2006, pp.16-17.

교의 이념적 토대가 되었다고 통찰한다. 그 "서구의 형이상학적 이원론(세상은 언제나 두 가지 범주로, 이를테면 세상은 열등한 것과 우수한 것, 선한 것과 악한 것으로 나뉜다는 가설)이 억압과 성차별주의, 인종차별주의 등 온갖 집단의 이데올로기적 토대가 되었다는 사실과, 이것이 결국 유대 기독교 신앙 체계의 기본 개념을 형성해 간 궤적을 밝혀냈다"는 데에 페미니즘의 중요한 성취가 있다고 훅스는 지적한다.[47] 이와 같은 맥락에서 김종삼 시의 여성주의적 시야는 부분과 전체의 위계서열을 넘어서며, 외부와 중심의 이원론이 사라진 이후의 세상을 상상할 수 있게 한다. 이분법을 해체하는 여성주의적 시야는 이후 1960년대 시편 중 김종삼의 대표작인 「묵화(墨畫)」에서 높은 시적 성취를 거둔다.

물먹는 소 목덜미에

할머니 손이 얹혀졌다.

이 하루도

함께 지났다고,

서로 발잔등이 부었다고,

---

47 Bell Hooks, *Feminism is for Everybody: Passionate Politics,* 2nd ed., New York: Routledge, 2015, pp.105-106.

서로 적막하다고,

— 「墨畫」, 전문.[48]

먼저 이 시의 제목이 「묵화」라는 점에 주목할 필요가 있다. 먹으로 그린 그림에서는 아무리 개별적인 존재도 동일한 검은색으로 표현되며, 농담(濃淡)의 차이로만 개개의 사물들을 그려 낸다. 따라서 묵화는 각각의 독립된 사물이 지닌 파편성과 고립성을 부각하기보다도 사물들 사이의 스며듦과 어울림을 더욱 잘 나타내는 '번짐의 미학'을 보여준다고 할 수 있다. 이와 마찬가지로 '물'과 '마시다'와 '목덜미'는 'ㅁ'이라는 공명음의 반복을 통해서 서로 물들고 번지는 느낌을 일으킨다. 동일한 검은빛의 먹물이 그 농담의 변화에 따라서 다른 존재로 표현되듯, '물'은 소의 목구멍을 통과하는 '움직임'으로 번져 나가고 그 움직임이 다시 "소 목덜미"라는 육체로 번져 나간다. 나아가 "물먹는 소"의 둘째 음절인 '먹'과 넷째 음절인 '소'는 그 다음 행에 나오는 "할머니 손"의 둘째 음절인 '머'와 넷째 음절인 '소'에 각각 호응한다. 이 음가의 반복도 마찬가지로 "소"와 "할머니"가 서로 번지는 것 같은 느낌을 자아낸다.

또한 이 시는 '소가 물을 마신다'라는 정황과 '할머니의 손이 소의 목덜미 위에 얹힌다'라는 정황을 중첩시킨다. 이는 물이 소의 목구멍 속으로 흐르면서 목덜미의 근육을 움직이게 하고 그 움직임이 할머니의 손으로 전달되는 과정을 감각적으로 표현한다. 묵화가 물의 번짐을 통해서 세계를 창조하듯이, 이 작품은 물이 소의 목덜미와 할머니의 손으로 번지는 세계를 펼쳐 보

---

48 金宗三, 「墨畫」, 『月刊文學』, 1969.6, 136쪽.

이는 것이다. 논리적으로 보면 물과 소와 할머니는 각각 분리되어 있지만, 「묵화」의 세계에서는 모든 존재들 사이의 경계가 허물어진다. 이처럼 「묵화」는 무생물과 동물과 인간의 위계를 무화시키는 동시에, 마치 물의 흐름처럼 그들 사이에 공통적으로 관류하는 보편성을 드러낸다고 할 수 있다. 이러한 번짐의 미학은 「묵화」의 할머니를 통하여 드러나는 여성주의적 시야의 한 가지 특성이 고통 받는 존재들과의 공감이라는 것을 잘 보여준다.

또한 「묵화」는 '지나다'라는 동사를 '함께'라는 부사로 수식하며, '붓다'와 '적막하다'라는 동사를 '서로'라는 부사로 수식한다. '함께 지나다'라는 표현은 무리 없이 자연스럽다. 그러나 "서로 발잔등이 부었다고"라는 표현은 '함께 발잔등이 부었다고'라는 표현보다 부자연스럽다고 할 수 있다. '발잔등이 붓다'라는 것은 둘 사이의 상호작용이라기보다도 둘 사이의 공통적인 상태나 속성에 더욱 가깝기 때문이다. 이와 마찬가지의 이유에서 "서로 적막하다고"라는 표현 역시 부자연스러운 것이다. '적막하다'와 같이 상태를 나타내는 형용사는 상호 간의 영향이나 작용이 될 수 없기 때문이다. 이러한 표현 방식은 김종삼 시의 여성주의적 시야와 관련이 있다. '발잔등이 붓다'와 '적막하다'라는 상태를 마치 상호작용처럼 표현한 것은 오래도록 극심하게 착취되어 온 생명들의 공통적 고통과 침묵을 연결시킴으로써 소와 할머니 사이의 경계가 허물어지는 순간을 효과적으로 표현하기 때문이다.

| 새로운 세상을 새롭게 상상하는 영성 |

1959년 작품 「눈시울」과 「베들레헴」에서 알 수 있듯이, 김종삼 시에 나타나는 여성주의적 시야는 미래의 역사적 전환을 바라보는 시각이기도 하다.

특히 김종삼의 시는 1960년 4월 혁명을 여성주의적 시야로써 들여다본다. 이는 여타의 동시대 한국 시인·작가들에게서 찾아보기 어려운 김종삼 시의 특징이기도 하다. 1960년대 시편에서 희망의 비전이 더욱 적극적으로 나타나는 까닭은 그 시편의 발표 시기와 연관이 있지 않을까? 이 연관성을 잘 보여주는 작품으로는 필자가 발굴한 김종삼의 시 「새해의 희망·풍경」이 있다. 이 시는 1961년 1월, 그러니까 1960년 4월 민주화 혁명 이후와 이듬해 5·16 군부 쿠데타 사이에 발표되었다.

> 온 누리에 눈송이 내리는 하늘 아래
> 포장되는 새 그림 책
>
> 우리들의 〈싼타크로—스〉인
> 우체부들은 마을과 골짜구니를 기어올라
> 아가와 언니들에게 뜻하지 않게
> 내어미는 書籍이 있어
>
> 화로불 가의 체온이 따스하게 익어가는
> 우리들의 다사로운 가정
> 모—든 어머니들이
> 겨울을 밀어 버리고
> 감싸 준 자제들의 귀여운 행복이
> 무르익어가는
> 새해

송이처럼

말끔하게 얹혀져 오는

—「새해의 希望·風景」, 전문.[49]

　이 시에서는 두 가지 정황이 절묘하고 참신한 조화를 이루고 있다. 하나는 "새해"를 맞아 "온 누리에 눈송이"가 "말끔하게 얹혀져" 온다는 정황이다. 다른 하나는 "우체부들"이 "마을과 골짜구니를" 찾아다니며, "아기"와 "언니들"과 "어머니들"이 사는 "가정"에 "새 그림 책"인 "서적(書籍)"을 전해 주는 정황이다. 두 정황의 이미지들은 전치와 이행의 운동을 일으킨다. 눈송이가 지상에 내리는 이미지는 집배원들이 그림책을 가정마다 배달하는 이미지로 전치되며, 하늘로부터 찾아오는 눈송이들의 이미지는 마을마다 찾아다니는 집배원들의 이미지로 이행하는 것이다. 예컨대 시의 1연에서 "포장되는 새 그림 책"의 이미지만을 제시했다면, 이 그림책은 실제의 그림책이라는 의미만을 가리키는 데 그칠 수 있다. 그러나 "포장되는 새 그림 책"이라는 표현 바로 앞에는 "온 누리에 눈송이 내리는 하늘 아래"라는 표현이 배치되어 있다. 눈이 많이 내리면 온 누리는 새 그림책처럼 완전히 다른 빛으로 물든다. 더구나 새해에 내리는 눈은 특히 과거의 해묵고 얼룩진 일들을 표백하고 정화시키는 상징으로서 인간에게 다가온다. 이를 시적 화자는 "겨울을 밀어버리고" 새로운 계절이 다가오는 정황으로 표현한다. 새해에 오는 눈은 혹독한 시절이 끝나고 "행복"의 시절이 올 것임을 알려 주는 하늘의 메신저라는 점에서 기쁜 소식을 알리는 우체부들과 같다. 따라서 새해에 오는 눈으로

49　金宗三, 「새해의 希望·風景」, 『小說界』, 1961.1, 88-89쪽.

포장되는 새 그림책은 과거의 상처를 완전히 표백한 새 세계의 상태를 암시한다고 할 수 있다.

나아가 이 시는 우체부들을 "우리들의 〈싼타크로—스〉"로 제시한다. 산타클로스는 예수의 생일에 맞추어 아이들에게 선물을 나누어 준다. 이 이야기 속에는 아기 예수의 탄생이라는 구원의 복음이 지상의 모든 아이와 공명할 수 있다는 메시지가 알레고리적으로 숨겨져 있다. 우체부들은 기쁜 소식을 전하는 자라는 점에서, 하늘의 메시지를 지상에 알리는 눈송이와 대등 관계를 이룬다고 할 수 있다. 크리스마스에 산타클로스가 아이들에게 선물을 주는 까닭은, 죄로 물든 어른들의 세계를 구원하는 아기 예수의 신성이 모든 아이들의 마음속에 있기 때문일 것이다.

그런데 위 시에서는 "우리들의 다사로운 가정"을 상당히 문제적인 방식으로 형상화한다. 남성 중심적 권력의 근본 토대 중 하나는 남편 또는 아버지만이 가장으로서 가족에 대한 지배권을 행사하는 가부장제라고 할 수 있다. 반면에 이 시에서 그려지는 가정의 모습 속에는 "아기" 또는 "자제들"과 "언니들"과 "어머니들"만이 있을 뿐, 성인 남성의 자리가 완전히 지워져 있다. 가부장적 권위의 흔적이 사라지고 지금껏 억압받아 온 존재들이 부각되는 새로운 가정의 이미지는 낡은 질서가 새로운 질서로 전환될 '새해의 희망적 풍경'과 같다고 할 수 있다.

1960년 4월 혁명 직후에 김종삼은 「새해의 희망·풍경」뿐만 아니라 「여인」이라는 시를 발표하면서 여성주의적 시야를 통하여 4월 민주화 혁명의 함의를 새롭게 바라보았다. 「여인」은 그 제목에서부터 시인의 여성주의적 경향을 강하게 드러낸다. 이 시에서 여성은 전쟁고아를 돌보는 보육원의 보모로 형상화된다. 이로써 김종삼 시의 여성주의가 어디에서 비롯하는지를 엿볼 수 있다. 그것은 끊임없이 전쟁을 야기해 온 폭력의 역사와 관련된다.

전쟁과 희생과 희망으로 하여 열리어진 좁은 구호의 여의치 못한 직분으로서 집 없는 아기들의 보모로서 어두워지는 어린 마음들을 보살펴 메꾸어 주기 위해 역겨움을 모르는 생활인이었읍니다.

그 여인이 쉬일때이면
자비와 현명으로써 가슴속에 물들이는
뜨개질이었읍니다.

그 여인의 속눈썹 그늘은
포근히 내리는 눈송이의 색채이고
이 우주의 모든 신비의 벗이었읍니다.

그 여인의 손은 이그러져가기 쉬운
세태를 어루만져 주는
친엄마의 마음이고 때로는 어린양떼들의 무심한 언저리의 흐름이었읍니다.

그 여인의 눈속에 든 지혜는
이 세기 넓은 뜰에 연약하게나마 부감된 자리에 비치는 어진광명이었읍니다.

그 여인의 시야는 그 어느 때이고

그 오랜 동안

선량한 생애에 얽히어졌다가 모진 시련만이 겹치어 죽어간 사람들 사이에

세워진 아취의 고요이고

아름다운 꿈을 지녔던 그림자입니다.

— 「여인」, 전문.[50]

「여인」의 3연과 5연과 6연에서는 "그 여인"의 '눈[眼]'과 관련된 이미지들이
병치 관계를 이룬다. 3연의 "속눈썹 그늘", 5연의 "눈속에 든 지혜", 6연의 "시
야"는 모두 눈과 관련된 시어들이기 때문이다. 위 시의 화자에게 이 여성적
시선는 "이 우주의 모든 신비의 벗"과 같다. 이 대목에서 시의 독자는 다소간
당혹스러움을 느낄지도 모른다. "그 여인"은 분명히 구호원의 "보모"라는 특
정 인간을 가리켰는데, 3연에 이르러서는 "이 우주의 모든 신비의 벗"으로까
지 '신격화'되기 때문이다. 이는 김종삼의 시 세계가 여성을 인격성인 동시
에 신성인 존재로서 형상화한다는 점과 관련이 있을 것이다. 기독교적 세계
관에서 인간인 동시에 신인 존재는 오직 예수뿐이다. 그러나 김종삼의 시편
은 구호원의 보모와 같은 여성들을 인간성과 신성의 일체로 그려 낸다는 점
에서 기독교적 세계관과의 차이를 드러낸다.

김종삼의 시는 사회적으로 극심한 억압 아래 짓눌려 있는 여성을 신격으
로 표현한다. 또한 「여인」에서 여성은 전쟁고아를 돌보는 희생을 통하여 일
그러져 가는 세태를 어루만지고, 이 세기에 광명을 비추는 "자비와 현명"의
사랑을 보여준다. 이는 가부장제 권력에 순응하는 여성의 헌신이 아니라, 지

50 金宗三, 「여인」, 『京鄕新聞』(석간), 1961.4.27.

배의 패러다임 자체를 종식시키는 여성의 사랑과 지혜를 제시하는 것이라 할 수 있다.

"그 여인"이 이처럼 '신격화'되는 이유는 작품 안에서 찾을 수 있다. "그 여인"에게 내재한 "신비"의 한 특징이 마지막 6연에서 발현하기 때문이다. 6연에서는 "그 여인의 시야", 즉 여성적 시선이 "선량한 생애에 얽히어졌다가 모진 시련만이 겹치어 죽어간 사람들 사이에 / 세워진 아취"와 같다고 한다. 인간의 육안으로는 죽은 사람의 영혼을 볼 수 없다는 것이 우리의 통념이다. 사람의 넋은 비가시적이기 때문이다. 그러한 통념과 달리 "그 여인의 시야"는 "죽어간 사람들"을 바라본다는 점에서 크나큰 "신비"와 같다. 이처럼 「여인」에 나타난 여성주의적 시야는 폭력의 역사 속에서 죄 없이 희생된 인간 영혼의 비가시적인 신성을 현재 속으로 가시화한다. 그 때문에 "그 여인의 시야는" 비가시적인 것과 가시적인 것, 죽음과 삶, 죽은 인간의 영혼과 현실 사이를 이어 주고 매개하는 "아취" 모양의 다리와 같다. 요컨대 이 작품의 여성주의적 시야가 신성을 띠는 까닭은, 영혼의 세계와 삶의 세계를 잇는 종교성과 관련이 있다고 할 것이다.

매튜 폭스(Matthew Fox, 1940-)에 따르면, "가부장적 종교, 그리고 종교를 위한 가부장제 패러다임은 적어도 3500년 동안 세계 문명을 지배해 왔다."[51] 이 지적을 인용하며 벨 훅스는 "성차별주의와 남성 지배를 용납하는 기독교 교리는 이 사회에서 학습하는 젠더 역할의 모든 방식들에 많은 영향을 미친다"고 날카롭게 지적하였다. 페미니즘 운동은 초기부터 그러한 가부장적 종

---

51 Matthew Fox, *Original Blessing: a Primer in Creation Spirituality: Presented in Four Paths, Twenty-Six Themes, and Two Questions*, New York: Jeremy P. Tarcher/Putnam, 2000, p.18.

교를 비판하면서 반향을 불러일으켰다고도 하였다. 예를 들어 전통적인 사회주의 정치단체에서 활동하다가 급진적 페미니즘 운동에 뛰어든 여성들은 대부분 무신론자였다고 한다. 물론 그러한 경향의 운동가들은 신성한 여성성의 시야(vision)로 회귀하려는 노력을 '비정치적이며 감상적인 것'이라고 보았다. 하지만 훅스에 따르면, 그러한 경향의 운동은 가부장적 종교에 대한 도전이 영성의 해방과 연결되어 있음을 통찰하는 여성들이 점점 늘어나면서 이내 종식되었다고 한다. 이러한 맥락에서 훅스는 우리의 종교적 믿음이 새롭게 바뀌지 않으면 우리의 문화를 페미니즘적으로 결코 전환할 수 없다고 말하였다.[52] 그녀가 신성한 여성성에 근거한 종교를 주장한 까닭도 이 때문이다.

페미니즘을 긍정하는 경이로운 영적 전통들의 세계가 오늘날에 넘쳐 남에도, 대다수 사람들은 이런 실천에 관하여 알 수 있는 기회를 접하지 못한다. … 페미니즘적 영성은 더 이상 유효하지 않은 신념 체계를 심문할 수 있는 공간을 모두에게 만들어 주었으며, 새로운 길을 창조하였다. 그것은 다양한 방식들로 신을 제시하고, 신성한 여성성에 대한 우리의 경외심을 회복시키면서, 우리가 영적 삶의 중요성을 긍정하거나 재긍정하는 방법을 찾도록 도왔다. 모든 형태의 지배와 억압으로부터의 해방을 영적 탐사와 본질적으로 동일시하는 것은 우리를 영성으로 되돌렸다. 그 영성은 정의와 해방을 위한 우리의 투쟁과 영적인 실천을 통일시킨다. 영적인 충만함에 대한 페미니

52 Bell Hooks, op. cit., p.106.

즘의 시야(vision)는 자연스럽게 진정한 영적 삶의 토대가 된다.[53]

　동학은 여성주의를 긍정하는 한국의 영적 전통에 해당한다고 볼 수 있다. 조선을 비롯하여 한문문명권을 지배한 유교적 세계관이나 서구문명의 중심이 되어 온 기독교적 세계관 등의 재래적 가치 체계는 가부장제라는 낡은 패러다임의 바탕이 되어 왔다. 이와 달리 김종삼의 시 속에는 동학과 같은 여성주의적 영성의 전통이 살아남아 있다. 김종삼 시의 이미지들은 여성주의적 신성을 드러내기 때문이다. 전쟁과 폭력, 차별과 억압으로 점철되어 온 역사 아래에 깊이 잠재되어 있던 여성주의적 신성이 그의 시적 이미지들을 통하여 되살아나고 있는 것이다. 이는 여성주의의 다양한 흐름 중에서, 무신론적 관점보다는 새로운 영성의 긍정이야말로 가부장제 극복의 핵심이라고 보는 여성주의에 더욱 가깝다. 이러한 여성주의적 영성은 김종삼의 1960년대 시편에서 더욱 두드러진다. 예를 들어 1964년에 발표된 작품 「나의 본적(本籍)」이 그러하다.

　　　나의 本籍은 늦가을 햇볕 쪼이는 마른 잎이다.

　　　밟으면 깨어지는 소리가 난다.

　　　나의 本籍은 巨大한 溪谷이다. 나무 잎새다.

　　　나의 本籍은 푸른 눈을 가진 한 여인의 영원히 맑은 거울이다.

　　　나의 本籍은 次元을 넘어다니지 못하는 독수리다.

　　　나의 本籍은

53 Ibid., p,109.

몇 사람 밖에 아니되는 고장

겨울이 온 敎會堂 한 모퉁이다.

나의 本籍은 人類의 짚신이고 맨발이다.

―「나의 本籍」, 전문.[54]

이 시의 형식은 "나의 본적"이라는 주어와 그것에 수반되는 술어들이 병
치를 이루는 구조이다. 그와 같은 구조를 통하여 "나의 본적"은 "마른 잎"―
"거대(巨大)한 계곡(溪谷)"―"거울" 등의 기호들과 연결된다. 주어-술어의 관
계들 각각은 은유의 축을 이루며, 술어(은유)들끼리의 관계는 환유의 축을
이룬다.

의미의 관련성에 따라서 각 은유들을 묶어 보면 [잎, 계곡, 잎새]의 제1그
룹, [거울, 독수리]의 제2그룹, [모퉁이, 짚신과 맨발]의 제3그룹으로 나눌 수
있다. 제1그룹 내에서 "잎"은 "밟으면 깨어지는 소리가" 날 만큼 무척 여리
고 작은 존재다. 그에 비하여 "계곡"은 "거대한" 사물이라는 점에서 "잎" 또는
"잎새"와 대비 관계를 이룬다. 제2그룹 내에서 "거울"은 "영원히 맑은" 것인
데 비하여, "독수리"는 "차원을 넘어다니지 못하는" 것이라고 한다. 영원하
다는 것은 어떠한 차원에도 한정되지 않는 것인 반면에, 차원을 넘지 못한다
는 것은 영원성과 거리가 있는 것이다. 3그룹 내에서도 마찬가지로 "모퉁이"
와 "짚신"·"신발"의 양자가 서로 대비를 이룬다. "모퉁이"는 몇 사람밖에 안
되는 고장의 겨울철 교회당 한구석을 나타낸다. 가뜩이나 인구가 적은 마을
의 교회당인데, 겨울까지 찾아왔으니 인적이 더욱 드물 것이다. 반면에 "짚

---

54 金宗三,「나의 本籍」,『現代文學』, 1964.1, 177쪽.

신"·"신발"은 "인류(人類)"의 것으로 표현된다. 인적이 드물다는 의미의 은유와 인류 전체를 뜻하는 은유가 대비를 이루는 것이다.

이와 같은 각 은유 그룹 내에서의 대비를 통과하면서 "나의 본적", 즉 시적 화자의 원천적 정체성은 미미하고 한정적인 존재와 거대하고 보편적인 존재 사이의 변천을 거듭한다. 제1그룹 내에서 잎―계곡―잎새는 소멸―잠재―부활의 과정을 제시한다. 다음으로 2그룹 내에서 "한 여인의 영원히 맑은 거울"은 그 과정을 비추어 보일 수 있는 여성적 시야로 제시된다. 「나의 본적」의 시적 화자는 그 여성적 시야를 자신의 원천적인 정체성으로 삼는다. 여성적 시야는 소멸―잠재―부활을 멈추지 않는 "영원"을 바라볼 수 있다. 이러한 시야를 통하여 바라보면, 생명과 영혼 사이의 경계가 사라질 것이다. 물리적 생명을 잃은 것은 완전히 소멸한 것이 아니라 언젠가는 되살아날 수 있는 잠재적 영혼의 상태로서 남아 있기 때문이다. 삶과 영혼의 차원을 넘나들고자 하는 여성적 시야는 "차원을 넘어다니지 못하는 독수리"의 시선과 닮아 있다. 독수리가 이 생명의 세계와 저 영혼의 세계 사이를 넘나들지 못하면서도 지상으로부터 하늘로 높이 솟아 날아다니는 까닭은, 생명의 차원과 영혼의 차원을 넘나들고자 하는 의지가 그만큼 강하기 때문일 것이다. 따라서 기존 연구의 견해와 달리, 김종삼의 시는 현실과 초월 사이의 이분법적 단절을 전제하지 않는다고 할 수 있다.

"한 여인의 영원히 맑은 거울"은 동학에서의 거울 이미지와 공통점이 있다. 의암(義菴) 손병희(孫秉熙, 1861-1922)는 우주가 내재하는 자아의 본성을 '거울'에 곧잘 비유하였다. 그에 따르면, "사람이 처음에 태어날 때에는 실로 티끌 하나도 없이 보배로울 따름인 거울 한 조각만을 가지고 오는 것"이라고 한다.[55] 그는 성선설이나 성악설의 견해와 달리, 인간 본성이 우주 전체를 고스란히 비추는 거울과 같다고 생각하였다. 그러므로 통념에 물들지 않은 본래의 '나'는 "성품과 이치의 거울이고 하늘과 땅의 거울이며 과거와 지금의 거울이고 세계 전체의 거울"이다.[56] 의암은 "성품이 열리면 모든 사건과 이치의 좋은 거울이 된다. 그 모든 이치와 사건이 거울 속에 들어와 운동하며 작용할 수 있는 것을 마음이라고 하며, 마음이 곧 신성이다"라고 하였다.[57] 이와 마찬가지로 김종삼의 시 세계에서 인간의 원천적인 본성은 그것을 둘러싼 세계와 투쟁하거나 대립하는 것이 아니라, 우주의 모든 차원을 일원적으로 비추어 보이는 '여인의 푸른 눈=영원히 맑은 거울'과 같다.

| 모퉁이일수록 잘 보이는 우주 |

여성주의적 시야는 남성 중심의 역사에서 언제나 변두리에 놓여 있었다. 「나의 본적」의 제3그룹에서 "모퉁이"라는 주변부적 장소로서의 이미지가 나타나는 까닭도 그러한 맥락에서 이해해 볼 수 있다. 그러나 제3그룹에서는 "모퉁이"가 "인류의 짚신"과 중첩을 이룬다. 주변적 위치야말로 가장 보편적 위상을 나타낼 수 있다는 사유가 이러한 중첩의 형식을 통해서 표현된다. 제3그룹을 이해하기 위해서는 김종삼의 시 「나」와 「생일(生日)」과 「시체실(屍體室)」을 함께 살펴볼 필요가 있다. 거기에 공통적 이미지들이 나타나기 때

---

55 "人生厥初 實無一毫持來只將寶鏡(孫秉熙, 「無體法經―聖凡說」, 『義菴聖師法說』, 508쪽)."
56 "我爲性理鏡, 天地鏡, 古今鏡, 世界鏡(孫秉熙, 「無體法經―見性解」, 위의 책, 483쪽)."
57 "性開則, 爲萬理萬事之良鏡. 萬理萬事入鏡中, 能運用曰心, 心卽神(孫秉熙, 「無體法經―性心辨」, 위의 책, 465쪽)."

문이다.

(가)

나의 理想은 어느 寒村 驛같다.

간혹 크고 작은

길 나무의 굳어진 기인 눈길 같다.

가보진 못했던 다 파한 어느 시골 장거리의

저녁녘 같다.

나의 戀人은 다 파한 시골

장거리의 골목 안 한 귀퉁이 같다.

—「나」, 전문.[58]

(나)

꿈에서 본 몇 집 밖에 안되는

화사한 小邑을 지나면서

아름드리 나무보다도 큰 독수리가 날아가는 것을 보면서

來日에 나를 만날 수 없는 未來를 갔다.

—「生日」, 1~3연.[59]

58 金宗三,「나」,『自由公論』, 1966.7, 231쪽.
59 金宗三,「生日」,『本籍地』, 앞의 책, 28-29쪽.

(다)

그녀는 하느님의 **맨발**이었다. —「屍體室」, 부분.[60]	그녀는 하느님의 **딸**이었다. —「屍體室」, 부분.[61]

(가)와 (나) 사이에는 두 가지 공통점이 있다. 첫 번째로 (가)와 (나)는 주변적이고 소외된 장소를 제시한다. 두 번째로 (가)와 (나)에서는 모두 그러한 주변적 위치를 자신이 지향하는 정체성으로 삼는다. (가)에서는 주변성을 "나의 이상(理想)"이나 "나의 연인(戀人)"과 같이 시적 화자가 절실하게 희망하는 것으로 삼았다. (나)의 시적 화자는 주변적 위치 속에서 "내일(來日)에 나를 만날 수 없는 미래(未來)"에 갈 수 있었다고 한다. 이 시에서 주변적인 위치는 기존의 '나'와 전혀 다른 미래의 '나'를 찾을 수 있는 잠재성의 장소이다. 「라산스카」에서도 시적 화자는 자신의 위치를 "하늘속 맑은 / 변두리"와 같은 주변적 장소로 표현하며,[62] 「주름간 대리석(大理石)」에서도 시적 화자가 "한 모퉁이"에 있다는 주변적 위치 감각을 드러낸다.[63]

여성주의적 시야는 언제나 역사의 중심 권력이나 지배적 질서로부터 소외되어 있던 모퉁이, 귀퉁이, 변두리와 같았다. 「나의 본적」의 시적 화자는 그 주변화되고 소외된 영역을 자신의 새로운 정체성으로 삼고자 한다. 김종삼의 시 세계 전반에서 나타나는 주변적 장소로서의 이미지들은 여성이나 어린이와 같이 역사 속에서 억압되어 온 인간들의 주변적 위치 감각을 표현

60 金宗三,「屍體室」,『現代文學』, 1967.11, 102쪽.
61 金宗三,「屍體室」,『十二音階』, 앞의 책, 16쪽.
62 金宗三,「라산스카」,『現代文學』, 1961.7, 169쪽.
63 金宗三,「小品—주름간 大理石」,『現代文學』, 1960.11, 192쪽.

한다. 남성 중심주의적 역사 속에서 여성이 그런 위치에 놓여 있었다. 그렇지만 "짚신"과 "맨발"이 없이 인류는 단 한 걸음도 나아갈 수 없으며 제대로 서 있을 수조차 없다. 인류의 짚신이나 맨발처럼 인류의 역사 내내 가장 낮은 곳에서 짓밟혀 온 여성들은 역설적으로 누구도 배제하지 않고 모든 인간을 떠받드는 위치에 있다고 할 수 있다. 그들은 억압적 지배 질서에 의해 끝없이 희생되고 소외되지만, 그렇기 때문에 지배와 피지배를 나누는 권력질서보다 더 보편적인 인간성을 제시할 수 있는 잠재력이 그들의 주변성 속에 내재하는 것이다.

더 주변적인 인간이 더 보편적인 인간성을 드러낸다는 이 역설을 「나의 본적」에서는 "모퉁이"가 곧 "인류(人類)의 짚신이자 맨발"이라고 표현한다. 짚신과 맨발은 인간의 신체 부위 중에서 가장 미천하며 더럽다고 여겨지는 곳에 위치한다. (다)에서도 여성은 "하느님의 맨발"로 표현되었다. 이 구절은 개작 과정에서 "하느님의 딸"로 수정되었다. 인간을 지배하고 착취해 온 인간들은 그들에게 내재한 신성을 잃어버린 것과 같다. 그 때문에 김종삼의 시에서는 소외되고 억압된 인간들을 통하여 내재적 신성을 드러내는 경우가 적지 않다고 할 수 있다. 예컨대 「이 짧은 이야기」는 현실 속에 숨어 버린 신성을 여성의 주변적 시선으로써 드러내 보이는 작품이다.

한 걸음이라도 흠잡히지 않으려고 생존하여 갔다.

몇 걸음이라도 어느 성현이 이끌어 주는 고되인 삶의 쇠사슬처럼 생존되어 갔다.

아름다이 여인의 눈이 세상 육심[64]이라곤 없는 불치의 환자처럼 생존하여
갔다.

환멸의 습지에서 가끔 헤어나게 되며는 남다른 햇볕과 푸름이 자라고 있
으므로 서글펐다.

서글퍼서 자리 잡으려는 샘터, 손을 잠그면 어질게 반영되는 것들.

그 주변으론 색다른 영원이 벌어지고 있었다.

—「이 짧은 이야기」, 전문.[65]

위 시에서 "여인의 눈"은 자기만을 위하여 갈등하고 투쟁하며 이익을 뺏
는 '세상 욕심'으로부터 벗어나 있다. 그러나 세상은 아직까지도 살육과 전
쟁을 거듭하는 방식으로 작동 중이라고 할 수 있다. 결국 시적 화자가 자신
의 현실을 "환멸의 습지"라고 표현한 까닭은, 그 현실이 욕심을 중심으로 굴
러 간다고 여기기 때문일 것이다. 환멸의 현실에서 인간의 삶은 고귀한 이상
과 거리가 멀었던 것, 그저 '생존하여 갔다'고만 말할 수 있는 것처럼 보인다.
이제까지와 전혀 다른 상생의 원리로 세계를 바라보려는 "여인의 눈"은 폭
력적인 역사의 전개 속에서 "불치의 환자"처럼 취급받으며 힘겹게 살아남을
수밖에 없다. 그러한 시야를 지닌 존재의 "생존"은 매우 험난할 수밖에 없는
것이다. 그럼에도 이 시에서 "여인의 눈"이라는 여성주의적 시야는 "환멸의
습지"로부터 "가끔" 벗어날 수 있는 가능성의 원천이 된다. "여인의 눈"은 그

64 "육심"은 '욕심'의 오기인 듯—인용자 주.
65 金宗三,「이 짧은 이야기」, 故 朴寅煥 外 三二人, 앞의 책, 115쪽.

처럼 여린 희망의 빛을 바라보며 가시화하는 시야라고 할 수 있다.

4연에서는 여성주의적 시야를 통해서 붙잡을 수 있는 희망의 내용을 구체적으로 제시한다. 환멸을 벗겨 낸 뒤에 펼쳐지는 세상은 "남다른 햇볕과 푸름이 자라고" 있는 세상이며, "색다른 영원이 벌어지고" 있는 세상이다. 「나의 본적」에서와 마찬가지로 「이 짧은 이야기」에 나타난 여성주의적 시야도 영원성을 지향하는 것으로 제시된다. 그러나 주의할 점은 이때의 영원성이 서구 전통 형이상학-기독교에서 말하는 영원성과 상당히 다르다는 사실이다. 서구 전통 형이상학-기독교에서 말하는 영원성은 영원불변한 동일성을 의미한다고 볼 수 있다. 반면에 「이 짧은 이야기」에서 여성주의적 시야를 통해 드러나는 영원성은 "남다른 햇볕과 푸름"과 "색다른 영원"으로서 나타난다. 이때 "남다른"과 "색다른"이라는 표현은 '다른'이라는 음가의 반복으로써 운율을 빚어낸다. 남다르다는 것은 평범하지 않음을 의미하며, 색다르다는 것도 획일적이지 않음을 의미한다. 또한 "색다른 영원이 벌어지고 있었다"는 표현은 영원성을 일종의 '벌어짐' 또는 '일어남'의 사건(event)으로서 나타낸 것이다. 요컨대 여성주의적 시선이 지향하는 영원성은 특이성의 무한한 생성에 더욱 가깝다.

이러한 영원성의 관점은 동학에서 말하는 하늘님 또는 신(神) 개념과 맞닿는다고 할 수 있다. 해월 최시형은 하늘님의 속성을 "심령(心靈)의 약동불식(躍動不息)", 즉 마음에 내재하는 영혼의 쉬지 않는 운동성이라고 사유한다.[66] 해월은 이러한 원천적 기운[元氣]의 작용이 "만물을 생성한다[萬物生生]"고

---

66 崔時亨, 「其他」, 『海月神師法說』, 434쪽.

본다.[67] 야뢰(夜雷) 이돈화(李敦化, 1884-1950?)는 그 심령(心靈)이 바로 "만물 생명 원력(元力)이며 생명발작(生命發作)의 원리며 활력"이라고 말한다.[68] 소춘(小春) 김기전(金起田, 1894-1948)도 사람의 생명력이란 심령의 법칙에 따라 생성하는 힘이며, 심령이란 정복·격리·지배를 특징으로 하는 현대 서구 문명과 일상 활동으로부터 초월하는 운동이라고 말한다.[69] 김기전의 논의를 미루어 보면, 서구 전통 형이상학-기독교에서 말하는 영원 개념은 절대적이고 획일적이며 고정적인 동일성을 목표로 삼기 때문에 정복과 격리와 지배의 원리가 되기 쉽다. 영원불변한 동일성은 그것과 같지 않은 것, 타자, 차이, 생성 등을 무시하고 심지어 배격하기 때문이다. 하지만 동학에서 말하는 신성이란 끝없이 변화하는 우주적 생명력과 같다고 할 수 있다. 김종삼의 시에서 여성주의적 시야는 이러한 우주적 생명 원리로서의 신성을 통찰하는 시야로 나타난다. 이러한 특성을 잘 보여주는 작품으로는 「마음의 울타리」를 꼽을 수 있다.

많은

어머니들에게도 옛부터도

그랬거니와

柔弱하고도 아름다웁기 그지없음은

67 崔時亨, 「虛와 實」, 위의 책, 272쪽; 「靈符呪文」, 위의 책, 294쪽.
68 李敦化, 「吾人의 新死生觀, 意識과 死生=生命과 死生=靈魂과 死生」, 『開闢』 20호, 1922.2, 29-30쪽.
69 金起瀍, 「活動으로부터 超越에, 全 人間의 軟化를 救治하는 一策으로써 나는 敢히 이 글을 草합니다.」, 『開闢』 20호, 1922.2.

짓밟히어 갔다고 하지마는

(중략)

제 각기 色彩를 기대리고 있는

새 싹이 마무는 봄이 오고

너희들의 부스럼도 아물게 되며는

나는

「미숀」

병원의 늙은 간호원이라고 하잔다.

―「마음의 울타리」, 부분.[70]

　이 시의 화자는 "「미숀」 / 병원의 늙은 간호원이라고" 한다. 그는 미션 계통 병원에서 "가난하게 / 생긴 아기들", 즉 가난한 환경에서 태어난 어린이를 돌본다. 그의 목표는 그 아기들의 "부스럼"을 아물게 하는 것이다. 그는 아기들의 부스럼이 다 아물게 되는 희망의 순간을 "제 각기 색채(色彩)를 기대리고 있는 / 새 싹이 마무는 봄"이라고 표현한다. 이 구절에서 '마물다'라는 낱말이 구체적으로 무슨 뜻인지는 정확하게 파악하기 어렵다. 다만 이 구절이 나중에 가서 "새싹이 트이는 봄"으로 수정되었다는 점에서, '마물다'는 '트이다'라는 뜻의 북한 방언이 아닐까 추측해 볼 수 있다.[71]

70　金宗三,「마음의 울타리」, 故 朴寅煥 外 三二人, 앞의 책, 113쪽.
71　金宗三,「울타리」,『東亞日報』, 1966.3.8; 金宗三,「마음의 울타리」,『十二音階』, 앞의 책, 37쪽.

아이들의 부스럼이 아무는 날과 새싹이 마무는(트이는) 날은 서로 병치 관계를 이룬다. "아무는"과 "마무는"이 비슷한 음가를 반복함으로써 리듬감을 이루는 것도 그 병치 관계를 강화한다. "제 각기 색채를" 기다린다는 표현은 아이들의 마음속에 서로 다른 빛깔의 특이성이 들어 있음을 암시한다. 아이들에게는 저마다의 고유한 빛깔이 내재해 있으며 그들 하나하나가 모두 유일무이한 생명으로서의 신성을 지닌다고 할 수 있다(유일무이함은 신의 특성 중 하나). 이는 「이 짧은 이야기」에서 말하는 "남다른 햇볕과 푸름" 및 "색다른 영원"과 상통하는 측면이 있다. 1950년대 김종삼 시편에 나타나는 "빛깔 깊은 꽃 피어있는 시절"의 이미지와 관련하여 고찰하였듯, 그의 시 세계 전반에서 '빛깔'이나 '색채'와 같은 부류의 시어들은 공통적으로 신성을 나타낸다고 할 수 있다. 그처럼 "늙은 간호원"의 시야는 병원에서 회복을 기다리는 아이들을 신성의 씨앗들로서 바라볼 수 있는 것이다.

또한 여성주의적 시야는 폭력적 역사 속에서 희생된 인간들을 상기시킨다. 과거의 "많은 어머니들"은 "유약하고도 아름답기" 그지없는 이들이었다. 그러나 유약하고 아름다운 존재는 그만큼 권력의 잔혹함에 의하여 짓밟히기 쉽다. 쉽게 "짓밟히어 갔"던 존재들에게는 유약하고 아름다운, 즉 가장 평화로운 신성이 들어 있었던 것이다. 여성주의적 시야는 그러한 인간 내부의 신성을 들여다볼 줄 아는 시야이자, 그 훼손된 신성을 보존하고 기억하는 시야기도 하다. 따라서 인간 내부의 신성은 폭력의 역사에 의하여 훼손되었더라도 다시금 여성주의적 시야에 의해서 가시화될 수 있다. 이와 같은 측면은 김종삼의 시 「오(五)학년 일(一)반」과 「지(地)—옛 벗 전봉래(全鳳來)에게」에서 잘 나타난다.

(1)

어머니의 모습은 잠시나마 하느님보다도 숭고하게

이 땅우에 떠 오르고 있었읍니다.

이제 구경 왔던 제또래의 장님은 따뜻한 이웃처럼

여겨졌읍니다.

—「五학년 一반」, 부분.[72]

(2)

어두워지는 風景은

모진 생애를 겪은

어머니 무덤

큰 거미의 껍질

—「地—옛 벗 全鳳來에게」, 3연.[73]

　(1)에서는 "어머니의 모습은 잠시나마 하느님보다도 숭고하게 / 이 땅우에 떠 오르고 있었읍니다"라고 한다. 이때 중요한 지점은 '하느님만큼 숭고'하다고 표현하는 대신에 "하느님보다도 숭고"하다고 표현한 대목이다. 김종삼의 시 세계가 기독교적 세계관에 한정되어 있었다면, 이러한 표현은 쓰기 어려웠을 것이다. 김종삼의 시에서 여성은 하느님만큼 숭고한 것이 아니라 하느님보다도 숭고한 존재로 형상화된다.

---

72 金宗三, 「五학년 一반」, 『現代詩學』, 1966.7, 10쪽.
73 金宗三, 「地—옛 벗 全鳳來에게」, 『現代詩學』, 1969.7, 14쪽.

(2)에서 "어두워지는 풍경(風景)"은 김종삼 시 특유의 역사철학과 관련된 표현이다. 김종삼의 시 세계에서 지금까지의 모든 역사는 전쟁과 폭력의 논리에 따라 작동하며 점차 파국에 치달아 가는 과정으로 제시되기 때문이다. 그런데 이 시의 제목은 인간이 살아가는 대지를 의미한다고 볼 수 있다. 그 대지에는 "어두워지는 풍경", 즉 파국으로 치닫는 역사 속에서 죄 없이 희생되어 간 인간들이 묻혀 있을 것이다. 이 시에서는 희생된 인간들이 축적되어 온 대지를 "모진 생애를 겪은 / 어머니 무덤 / 큰 거미의 껍질"의 이미지로 표현한다. 그 이미지는 인간이 살아 온 대지 전체가 여성을 희생시킨 장소였음을 상기시킨다.

지금까지 김종삼의 시에서 오르페우스적 참여를 가능케 하는 여성주의적 시야에 대해 살펴보았다. 이 장에서는 크게 세 가지 특성을 중심으로 김종삼의 시의 여성주의적 시야를 고찰하였다. 첫째로, 여성주의적 시야는 1950년대 말부터 김종삼의 시에 나타나며, 모든 억압과 차별의 본바탕인 이분법적 시각에 맞서 그것을 해체하는 제유법적 시각으로서 제시된다. 둘째, 1960년 4월 혁명 이후로 김종삼의 시에 나타나는 여성주의적 시야는 근본적으로 새로운 세상을 근본적으로 새롭게 상상하는 시적 방법이 되는데, 이는 특히 남근이성중심주의를 넘어서는 여성주의적 영성과 상통하는 측면이 있다. 셋째로, 김종삼의 1960년대 시편에 나타나는 여성주의적 시야는 인류사 전체에 걸쳐 소외당하고 억눌려 온 자들의 마음속에 진정으로 보편적인 신성으로서의 생명력이 숨어 있음을 비추어 보인다. 이러한 여성주의적 시야를 통하여 김종삼의 시는 어린이와 약소민족의 이미지를 포착한다. 어린이와 약소민족의 이미지는 다음의 제3·4장에서 각각 논의될 것이다. 어린이와 약소민족은 여성처럼 인류사 전체에 걸쳐 억압을 받아온 민중이라고 할 수 있다. 여성의 시선을 통하여 어린이와 약소민족을 바라본다는 것은 곧 신성을 품은 피억압 민중의 시선으로써 피억압 민중에게 내재한 신성을 바라본다는 것이 된다. 1960년대 이후 김종삼의 시 세계에서 본격적으로 모색한 오르페우스적 참여의 의미가 여기에 있을 것이다.

제3장
어린이의 생명력

| 참혹의 역사를 다시 시초의 사랑으로 바꾸는 동심 |

    제3장은 김종삼의 1960년대 시편에서 오르페우스적 참여를 통하여 상기되는 어린이의 이미지에 관하여 고찰한다. 먼저 김종삼의 시편이 1960년 4월 혁명을 '5월'과 같은 어린이 해방의 시간으로 표현한다는 점에 주목한다. 나아가 어린이 이미지들은 가난과 억압과 희생에도 불구하고 인간의 마음에 원천적으로 내재하는 생명 원리로서의 신성을 상기시킨다고 할 수 있다. 특히 김종삼의 대표작인 「술래잡기 하던 애들」(이후 「술래잡기」로 개작)과 「민간인(民間人)」에 나오는 물에 빠진 어린이 이미지에 의해서는 죽음을 생명으로 전환시키는 어린이의 내재적 신성이 상기됨을 해명하고자 한다.

    김종삼의 시에서 참된 의미의 혁명은 질서나 제도를 바꿈으로써 인간을 강제적으로 개조하는 외부로부터의 혁명이 아니라, 인간의 마음이 전환되고 세계를 바라보는 방식이 전환됨에 따라서 세계가 근본적으로 전환되는 내부로부터의 혁명이라고 할 수 있다. 독특하게도 김종삼의 1960년대 시편은 이와 같은 역사의 전환을 동심(童心), 즉 어린아이의 마음이 되살아나는 순간으로 표현한다. 그의 시 「토끼똥·꽃」은 동심의 회복을 통해서 다시개벽과 같은 역사의 근본적 전환이 도래할 수 있다는 가능성을 제시한다.

토끼똥이 알알이 흩어진 가장자리에 토끼란 놈이 뛰어 놀고 있다. 쉬고 있다. 피어 오르는 아지랑이의 체온은 성자처럼 인간을 어차피 동심으로 흘러가게 한다. 그리고 나서는 참혹 속에서 바뀌어지었던 역사위에 다시 시초의 여러 꽃을 피운다고, 매말라버리기 쉬운 인간 〈성자〉들의 시초인 사 랑의 움이 트인다고, 토끼란 놈이 맘놓은채 쉬고 있다. —「토끼똥·꽃」, 전문.[74]	토끼똥이 알알이 흩어진 가장자리에 토끼란 놈이 뛰어 놀고 있다. 쉬고 있다. 피어 오르는 아지랑이의 체온은 성자처럼 인간 을 어차피 동심으로 흘러가게 한다. 그리고 나서는 참혹 속에서 바뀌어지었던 역사 위에 다시 시초의 여러 꽃을 피운다고, 메말라버리기 쉬운 인간 〈성자〉들의 시초인 사랑의 새 움이 트인다고, 토끼란 놈은 맘놓은 채 쉬고 있다. —「五月의 토끼똥·꽃」, 전문.[75]

역사의 전환을 「토끼똥·꽃」에서는 '다시 시초'라는 역설적 어법으로 표현한다. 이것이 역설적인 까닭은, '시초'가 '맨 처음'이라는 뜻인 반면에 '다시'는 지난 것을 새롭게 되풀이한다는 뜻이기 때문이다. 이 같은 역설적 어법을 활용한 까닭은 「토끼똥·꽃」에서 '시초'라는 낱말이 함의하는 바와 관련이 있다. 이 시에서 인간이 회복해야 할 '시초'는 '동심', 즉 어린아이의 마음을 가리킨다. 그리고 인간이라면 누구나 어린아이의 시절을 통과하며, 어린아이의 마음을 가져 본 적이 있다. 따라서 '동심으로 흘러'간다는 것은 잃어버린

---

74 金宗三, 「토끼똥·꽃」, 『現代文學』, 1960.5, 69쪽.
75 金宗三, 「五月의 토끼똥·꽃」, 故 朴寅煥 外 三二人, 앞의 책, 112쪽.

'시초'를 '다시' 회복하는 일과 같을 것이다. 다만 어른이 되어 가면서 그 동심을 망각하거나 상실하기 쉬울 따름이다. 이와 같은 동심의 망각 및 상실 과정을 「토끼똥·꽃」에서는 "메말라버리기 쉬운 인간 〈성자〉들의 / 시초"라고 표현한다. "다시 시초"라는 역설은 어린아이의 마음이 곧 성자(聖者)의 마음이자, 반드시 회복해야 할 인간의 시초임을 의미하는 것이다.

나아가 "다시 시초"라는 역설은 김종삼의 시 세계 속에 살아남은 다시개벽 사상의 흔적이기도 하다. 다시개벽 사상은 상극(相克)의 논리로 작동해 온 참혹의 역사가 상생(相生)의 원리에 근거한 사랑의 역사로 전환된다는 동학 고유의 역사철학이라고 할 수 있다. 동학에서는 자신의 마음에 신성이 내재함을 알아차릴 때 비로소 다시개벽이 이루어진다고 본다.

역사적 전환을 동심의 회복으로 제시한 「토끼똥·꽃」의 시적 사유는 동학의 어린이 사상과 긴밀하게 연관된다. 동학은 어린아이를 하늘님의 위상으로까지 끌어올렸으며, 1920년대 이후 한국 어린이 해방운동의 최전선을 이끌었다. 이 시와 동학적 어린이 사상의 연관성은 작품 제목의 개작 양상에서도 찾을 수 있다. 위의 두 판본을 비교하면 알 수 있듯이, 김종삼은 「토끼똥·꽃」이라는 제목을 「오월(五月)의 토끼똥·꽃」으로 고쳤다. 동심을 주제로 하는 이 작품의 제목에 '오월'이라는 표현을 덧붙였다는 점은 5월 어린이날을 떠올리게끔 한다.

장정희에 따르면, 소파(小派) 방정환(方定煥, 1899-1931)과 소춘 김기전이 이끈 천도교소년회는 1922년 5월 1일을 어린이날로 처음 선포했다고 한다. 천도교소년회는 1922년의 어린이날 선포가 널리 알려지지 않자, 40여 개의 소년단체를 망라한 조선소년운동협회를 조직하여 1923년 5월 1일에 어린이날 기념식을 대대적으로 거행함으로써 오늘날까지 이어지는 어린이날의 전통을 만들어 냈다는 것이다.[76] 이는 1925년 스위스 제네바에서 제정된 국제 어린이날보다 빠른 것으로서, 공식적인 세계 최초의 어린이날이라고 할 수 있다. 방정환은 동학(천도교) 3대 교주 손병희의 셋째 사위이며, 김기전은 천도교 기관지『개벽』을 이끌었던 동학의 핵심 사상가 가운데 하나이다. 이처럼 동학(천도교) 세력은 세계 최초의 어린이날을 5월에 선포하였던 것이다.

김정의에 따르면, 5월 어린이날은 1937년 행사를 마지막으로 일제에 의하여 금지되었다고 한다.[77] 김종삼은 1921년 황해도 은율에서 태어나 평양에서 학교를 다녔다. 1920년대 이후 동학(천도교) 세력이 가장 융성하였던 곳은 황해도와 평안도를 비롯한 서북(西北) 지역이었다. 이처럼 김종삼의 유년 시절은 어린이날이 선포되어 전국적 차원에서 대대적으로 개최되다가 중단되기까지의 시기와 거의 일치한다.

천도교에서는 왜 어린이날을 5월 1일로 선포하였을까? 그 실마리는 1923년 5월 1일의 어린이날을 알리는 천도교청년회 간행 잡지『개벽』의 논설 「오월(五月) 일일(一日)은 엇더한 날인가」에서 찾아볼 수 있다. 이 논설에 따르면 5월 1일이 "구라파(歐羅巴)"에서는 "메―데―(May, day)"라는 "노동기념제"이지만, "조선에 잇서는 아직까지" 메이데이에 대해서 "하등(何等)의 구체적 논의가 업섯다"라고 한다. 이와 달리 조선에서의 5월 1일은 서구의 노동운동과 달리 소년운동의 날로 설정되었다는 것이다. 그 이유는 '기후(氣候)'와 관련이 있다. 5월은 "대우주(大宇宙)의 회춘기(懷春期)", 즉 우주가 봄을 회

76 장정희,「어린이날의 유래와 회차(回次) 재고」, 근대서지학회,『근대서지』15호, 2017.6, 418-424쪽.
77 김정의,「방정환의 소년인권운동 재고」, 역사실학회,『實學思想研究』14輯, 2000.1, 888쪽.

복하는 시기와 같다는 것이다. 5월의 봄을 맞아서 "생육(生育)되는 삼라(森羅)의 만생(萬生)은 다―가티 생(生)의 환희(歡喜)를 노래하"게 된다.[78]

천도교에서는 5월 1일이 우주적 생명력의 기쁨을 노래하는 날이며 모든 생명의 생일이기 때문에 어린이날로서 알맞다고 보았다. 이는 어린이에게 우주적 생명력의 원천이 내재한다는 동학 특유의 어린이 사상을 잘 보여준다. 「토끼똥·꽃」은 생명의 기쁨이 되살아나는 '다시개벽'의 순간을 동심의 회복과 연관시킨다. 이는 어린이 해방운동을 우주 생명의 생일로서 사유하였던 동학의 어린이 사상과 상통하는 측면이 있다. 이러한 맥락에서 김기전은 어린이날의 소년운동이 개벽운동과 합치된다고 주장하였다.[79] 동학은 5월 1일을 메이데이로 기념하는 서구 사회주의운동과 달리, 그날을 통하여 어린이를 해방시키고 어린이에게 내재하는 우주의 생명력을 해방시킴으로써 계급운동보다 더욱 근본적인 차원의 변혁운동을 펼쳤다. 이와 마찬가지로 김종삼의 시 세계는 1960년 4월 혁명이 서구적 개혁운동보다도 더 근본적인 차원의 동심 해방으로서 전개될 수 있음을 상상케 한다.

선행 연구 대부분은 김종삼 시에 나타나는 어린아이의 의미를 기독교적 세계관에서의 어린이 개념으로써 분석하였다. 예컨대 김기택에 따르면, 김종삼의 시에 나오는 아이들은 죽음을 통하여 삶의 불행과 육체의 한계를 극복함으로써 천상의 시공간에 살게 되는 존재라고 분석하였다.[80] 이는 육체=물질=현실을 부정적인 것으로 규정하고, 그것으로부터 절대적으로 초월한

---

78 「五月 一日은 엇더한 날인가」, 『開闢』, 1923. 5, 32-35쪽.
79 起瀍, 「開闢運動과 合致되는 朝鮮의 少年運動」, 『開闢』, 1923. 5.
80 김기택, 「김종삼 시에 나타난 어린이의 특징 연구」, 한국아동문학학회, 『한국아동문학연구』 31집, 2016. 12.

천상의 신성을 긍정적인 것으로 판단하는 기독교적 이원론의 발상과 같다. 또한 임수만은 약자들의 얼굴에서 그리스도의 모습을 읽어 내는 레비나스의 유대교적 윤리학에 기대어, 김종삼의 시가 어린아이를 약자의 전형으로 형상화한다고 보았다.[81] 그러나 이 책에서는 김종삼의 시에 나타나는 아이의 이미지들이 단순히 약자의 전형을 상징하는 것이 아니라, 우주에 내재하는 생명 원리로서의 신성을 표현한다고 해석할 것이다.

김종삼은 자신의 시작(詩作) 행위가 "나의 「이미쥐」의 파장(波長)을 쳐오면 거기서 노니는 어린것들과 그들이 재잘거리는 세계에 꽃씨를 뿌리는 원정(園丁)과도 같이 무엇인가 꿈꾸어 보는 것"과 같다고 말하였다. 또한 그는 "나의 의미(意味)의 백서(白書) 위에 노니는 이미쥐의 어린이들"이 바로 "나의 소중한 시의 소재"라고 언급하였다.[82] 김종삼의 시 세계에서 이미지는 곧 어린이들과 같다. 김종삼 시의 이미지들은 성인 중심의 억압적 규범으로부터 벗어나 자유롭게 인간의 생명력을 표현하는 운동이기 때문이라고 할 수 있다. 그것은 어린이의 내재적 신성을 가시화하는 것과 맞닿아 있다. 김종삼의 1960년대 작품 「평화(平和)」와 「무슨 요일(曜日)일까」에서는 성인 중심의 통제가 사라진 상태에서 아이의 신성이 드러나는 정황을 제시한다.

---

81 임수만, 「金宗三 시의 윤리적 양상」, 청람어문교육학회, 『청람어문교육』 42집, 2010.12.
82 金宗三, 「作家는 말한다—意味의 白書」, 앞의 글, 362쪽.

고아원 마당에서 풀을 뽑고 있었다 선교사가 심었던 수十년 되는 나무가 많았다 아직 허리는 쑤시지 않았다 잘 먹이지도 입히지도 못하지만 잠깨이는 아침마다 오늘 아침에도 어린것들은 행복한 얼굴을 지었다 —「평화」, 전문.[83]	醫人이 없는 病院뜰이 넓다. 사람들의 영혼과같이 介在된 푸름이 한가하다. 비인 乳母車 한臺가 놓여졌다. **말을 잘 할줄 모르는 하느님**의 것일까. 버리고 간 것일까. 어디메도 없는 戀人이 그립다. 窓門이 열리어진 파아란 커튼들이 바람 한점 없다. 오늘은 무슨 曜日일까. —「무슨 曜日일까」, 전문.[84]

「평화」에서 시적 화자는 "고아원 마당에서 풀을 뽑고" 있다. 마당의 잡초를 뽑는 이유는 그 마당에서 자라는 나무가 더 원활하게 자랄 수 있게 하기 위해서일 것이다. 그러므로 시적 화자가 잡초를 뽑는 행위는 고아원에서 아이를 기르는 행위로 이행하고 전치될 수 있다. 잡초를 뽑는 방식으로 아이를 기르는 것은 나무가 자라는 방향 자체를 규제하는 것이 아니라, 나무가 자기 본래의 생명력을 표출하며 스스로 자유롭게 자랄 수 있도록 돕는 것이다. 비록 시적 화자의 양육 방식은 "잘 먹이지도 입히지도 못"는 것이지만, 성인의 욕망을 아이의 성장 과정에 강제하는 방식과는 거리가 멀다. 그 때문에 시적 화자는 "잠깨이는 아침마다 오늘 아침에도 / 어린것들은 행복한 얼굴을 / 지었다"라고 기쁘게 말할 수 있다. 어린이가 자신의 생명력을 자유롭게 표현할 수 있도록 하며 그것을 방해하는 장애물만 제거해 주는 것이 어른의

---

83 金宗三, 「평화」, 『女像』, 1967.3, 153쪽. 지금까지 「평화」가 최초로 발표된 지면은 1969년에 발간된 김종삼의 첫 시집 『십이음계』로 알려져 있었다. 하지만 필자는 『여상(女像)』 1967년 3월 호에 발표된 이 작품의 원문을 발굴할 수 있었다.
84 金宗三, 「무슨 曜日일까」, 『現代文學』, 1965.8, 37쪽(강조는 인용자).

바람직한 역할이라는 것이다. 어린이들이 자신의 생명 활동을 최대한 자유롭게 표현하며 행복을 느끼는 것은 시의 제목과 같은 '평화'의 본질을 나타낸다고 할 수 있다.

「무슨 요일일까」에서도 성인의 통제가 사라진 상태를 작품의 첫 번째 시행에서부터 제시한다. "의인(醫人)이 없는 병원(病院)"은 매우 드문 상황이라 할 수 있다. 따라서 병원에 의사가 없는 상황은 일반적인 "요일(曜日)"의 질서 속으로 포섭되기 어렵다. "무슨 요일일까"라는 물음은 작품 속의 시간이 규범적이고 일상적인 시간의 질서로 파악되지 않음을 느끼게 한다. 성인으로서의 의사는 아이의 생명을 관리하고 통제하며 감시하는 존재라고 할 수 있다. 그러나 「무슨 요일일까」에서는 아이들의 생명을 통제하는 성인의 존재가 나타나지 않는다. 성인이 사라진 자리에 드러나는 것은 빈 유모차 한 대이다. 시적 화자는 그것을 보고 "말을 잘 할줄 모르는 하느님의 것"이 아닐까 생각한다. 김종삼의 시 세계는 이처럼 하느님의 신성을 가시화하는 이미지로 어린이를 표현한다. 성인의 감시와 통제가 사라진 자리에서는 어린이의 신성이 제대로 드러날 수 있는 것이다.

김종삼의 시 세계에서 어린이는 무한한 가능성을 품은 인간의 이미지로 제시된다. 어린이의 신성은 곧 무한한 변화의 가능성을 의미한다고 볼 수 있다. 이는 김종삼의 1950년대 시 「소년」에서 잘 드러난다. 「소년」은 필자가 최초로 발굴한 작품이다.

도라 가기 싫어하는 집에서 다음
날이면 다시 나오는 소년이 되었다.

맑게 개인 하늘을 사랑하였다.

맑은 내—ㅅ물 줄기를

약꼴로 보이는 강아지를 좋아하는

소녀가 되었다.

부질없이 서글픈 소녀가 되었다.

그러다가 싫어지면은 언니가 죽은지

얼마 안된다는

묵경이를 찾아 가는 소년이 되었다.

—「소년」 7~10연.[85]

　「소년」의 시적 화자는 1연에서 7연까지 '소년'으로 제시된다. 그러나 이 소년은 9연에서 갑자기 '소녀'가 된다. 소년에서 소녀로 변화한 시적 화자는 10연에서도 소녀로서의 정체성을 유지하다가 다시 "소년이 되었다"고 한다. 「소년」에서 시적 화자는 "약꼴로 보이는 강아지를 좋아하는" 행위를 통해서 소녀의 정체성으로 구성된다. "부질없이 서글"퍼하는 행위 역시 소녀의 정체성을 구성한다. 그리고 "언니가 죽은지 / 얼마 안된다는 / 묵경이"라는 소녀를 "찾아 가는" 행위는 시적 화자에게 소년의 정체성을 부여한다. 약골로 보이는 강아지를 좋아하는 것은 시적 화자의 마음에 내재하는 자비의 신성을 느끼게 한다. 언니가 죽은 지 얼마 안 된다는 묵경이를 위로해 주러 가는 마음속

85　金宗三, 「소년」, 『女性界』, 1956.8, 257쪽.

에도 지극한 사랑이 묻어난다. 어린이에게 내재한 사랑의 신성은 어린이의 정체성을 자유롭게 변화시킬 만큼의 무한한 잠재력과 같다고 할 수 있다.

이처럼 어린이에게 내재하는 사랑으로서의 신성은 김종삼의 동시 「히국이는 바보」에서도 잘 나타난다. 기존까지 확인된 바에 따르면, 김종삼의 시 편 중에서 명백하게 동시로 간주할 수 있는 작품은 오직 「□동시(童詩)□ 오빠 슈샤인」뿐이었다. 이 시는 제목에서부터 작품의 장르를 '동시'라고 명시하였기 때문이다. 그러나 필자는 김종삼의 또 다른 동시 「히국이는 바보」를 발굴할 수 있었다.

　　　　히국이는 사과를 보기만 해도 춤대

　　　　히국이는바보―.

　　　　사과 두 알을 산다고
　　　　그래. 양 손에 하나씩
　　　　쥔다고 그래―

　　　　그리고 히국이는
　　　　엄살쟁이야―

　　　　빠알간 사과를
　　　　보기만 해도 춤대.

「히국이는 바보」에서 시적 화자가 '회국이'를 '바보'라고 놀리는 까닭은, '회국이'가 "빠알간 사과를 / 보기만 해도 춥"다고 하기 때문이다. 사람의 살빛은 추운 날씨에 찬바람을 맞으면 빨갛게 된다. 그 때문에 '회국이'는 사과의 붉은빛이 추위 때문이라고 생각하는 것이다. 그 아이는 "사과 두 알"을 "양손에 하나씩 / 쥔다고" 하면서 사과의 추위를 자기 손으로 데우려 한다. 인간의 손은 두 개뿐이다. '양손'은 사과의 추위를 자신의 추위처럼 여기는 '회국이'가 자신의 따뜻한 심성을 표현할 수 있는 최대치라고 할 수 있다. 요컨대 이 시에서 어린아이의 행위는 비록 영악하거나 합리적이지는 않지만, 인간 아닌 사물과도 공감하며 자신의 마음을 다하여 제 주변의 고통을 위로하는 인간성을 형상화한다.

| 우주적 생명 원리에 근거한 어린이주의 |

「히국이는 바보」에서처럼, 김종삼의 시에서 어린이는 열매의 이미지와 밀접한 연관이 있다. 무한한 생명력을 품고 있는 열매처럼, 어린이는 사랑의 신성을 품고 있기 때문이다. 어린이의 신성은 생명의 무한한 창조성과 같다고 할 수 있다. 김종삼의 시 「부활절(復活節)」에서도 어린이의 이미지는 열매의 이미지로 이행하고 전치된다. 이러한 이미지의 운동은 어린이에게 내재하는 생명력으로서의 신성을 표현한다.

---

86 金宗三, 「히국이는 바보」, 『동아일보』(소년동아), 1960.1.17.

(가)	(나)
벽돌 성벽에 일광이 들고 있었다. **잠시, 육중한 소리를 내이는 한** 그림자가 지났다. 그리스도는 나의 산계급이었다고 **현재는** 죄없는 무리들의 주검 옆에 조용하다고 **너무들 머언 거리에 나누어저 있다고** 내 호주머니 〈머리〉 속엔 밤 몇톨이 들어 있는 줄 알면서 그 오랜 동안 전해 내려온 **사랑의** **계단을** 서서히 올라가서 낯 모를 아희들이 모여 있는 **안악으로** 들어 섰다. 무거운 저 울 속에 든 꽃잎사귀처럼 이름이 적혀지는 **아희들** 밤 한 톨씩을 나누어 주었다.	**城壁에 日光이 들고 있었다** 육중한 소리를 내는 그림자가 지났다 그리스도는 나의 산계급이었다고 죄없는 무리들의 주검옆에 조용하다고 내 호주머니속엔 밤몇톨이 들어 있는줄 알면서 그 오랜 동안 전해 내려온 **전설의** **돌층계를** 올라가서 낯모를 **아이들이** 모여 있는 안쪽으로 들어섰다 무거운 **거울**속에 든 꽃잎새처럼 이름이 적혀지는 **아이들에게** 밤한톨씩을 나누어 주었다
—「復活節」, 전문.[87]	—「復活節」, 전문.[88]

위 작품에서 "죄없는 무리들의 주검"의 정체는 "아희들"로 드러난다. 시적 화자가 성벽의 계단을 걸어서 "안쪽"으로 들어가자, 원래는 시신의 상태였던 아이들이 살아 있는 상태로 나타난다. 그 때문에 성벽의 계단은 삶의 세계와 죽음의 세계를 연결하는 매개체라고 할 수 있다. 무고하게 희생된 인간들의 영혼은 사랑을 통해서 부활하기 때문에, (가)에서는 죽음과 삶의 매개체를 "사랑의 / 계단"이라고 표현하였을 것이다. 또한 (나)에서 "전설의 돌층계"라는 표현은 죽음으로부터 인간 영혼이 부활하는 것이 "그 오랜 동안 전해 내려온" 인간의 염원이자 희망임을 느끼게 한다.

---

87 金宗三, 「復活節」, 故 朴寅煥 外 三二人, 앞의 책, 112쪽.
88 金宗三, 「復活節」, 『十二音階』, 앞의 책, 32쪽.

성벽 안쪽에는 "낯 모를 아희들이 모여 있"으며, 거기에서 시적 화자는 아이들에게 "밤 한 톨씩을 나누어 주"기도 한다. 시적 화자가 성벽 안쪽에 살아 있는 어린이의 영혼들에게 하필이면 밤톨을 나눠 주는 까닭은 무엇일까? 첫째로, 우리말에는 어린이의 작은 모습을 비유하는 표현으로 '밤톨만하다'라는 숙어가 있다. 다음으로, 아이들의 파랗게 깎은 머리통과 밤톨 사이에는 형태적인 유사성이 있다. 셋째로, 기독교 성서에 따르면, 엘리사벳은 임신한 마리아를 방문하여 "당신 자궁의 열매가 복되다"라고 말하였다(「누가복음」 1:42). 열매에 해당하는 희랍어 성서 원문의 단어 'καρπός(karpós)'는 일차적으로 '과일, 곡물, 열매, 산물, 씨앗'을 의미하며, 그와 관련해서 '아이'를 의미하기도 한다. 열매나 씨앗은 땅에 묻혀서 썩어야만 새로운 생명을 싹틔울 수 있다. 「부활절」의 시적 화자는 무고하게 희생된 어린이들을 땅에 묻혀서 썩어 가는 씨앗으로 바라보는 것이다.

이처럼 김종삼의 시에서 아이들의 죽음은 비극성뿐만 아니라 새로운 생명으로 부활할 수 있는 가능성을 나타낸다고 할 수 있다. 열매에 생명력이 내재하듯이, 인간에게는 생명력으로서의 신성이 내재하는 것이다. 폭력의 역사는 인간의 내재적 생명력을 희생시켜 온 역사와 같다. 따라서 인간의 신성을 상기시키는 김종삼 시의 어린이 이미지는 폭력의 역사에 대항하는 이미지라고도 할 수 있다. 김종삼의 시 세계는 폭력과 억압의 역사를 뚫고 인간의 무한한 생명력을 표현하는 것이야말로 진정한 사랑과 평화의 상태임을 드러내기 때문이다. 요컨대 김종삼 시의 어린이들은 성인 중심의 폭력적 역사를 사랑의 역사로 전환시킬 수 있는 잠재력의 이미지가 된다. 어린이들의 마음과 같이 폭력을 사랑으로 바꿀 수 있는 인간의 원천적 신성은 김종삼의 1960년대 시 「마음의 울타리」에서도 잘 나타난다.

지금의 너희들의 가난하게

생긴 아기들의

많은

어머니들에게도 옛부터도

그랬거니와

柔弱하고도 아름답기 그지없음은

짓밟히어 갔다고 하지마는

(중략)

서운하고도 따시로움의

사랑을

나는

무엇인가를 미처 모른다고 하여 두잔다.

제 각기 色彩를 기대리고 있는

새 싹이 마무는 봄이 오고

너희들의 부스럼도 아물게 되며는

—「마음의 울타리」 2~6연.[89]

   시적 화자는 병들고 "가난하게 생긴" 아기들에게 그들의 "어머니들"에 관한 이야기를 들려준다. "옛부터도 / 그랬거니와 / 유약(柔弱)하고도 아름답기 그지없음은 / 짓밟히어 갔다고" 하는 것이다. 이는 남성과 성인 중심의 역

---

89 金宗三, 「마음의 울타리」, 故 朴寅煥 外 三二人, 앞의 책, 112-113쪽.

사 전체가 얼마나 폭력적이었는가 하는 비판적 인식을 드러낸다. 시적 화자가 생각하기에 인간의 역사는 여성과 어린이들처럼 유약하고 아름다운 존재를 폭력적으로 희생시켜 온 과정이다. 그 역사로부터 어린이들이 해방되는 순간은 "제 각기 색채(色彩)를 기대리고 있는 / 새 싹이 마무는 봄이 오"는 순간으로 표현된다. 어린이들의 마음에는 무한한 생명력으로서의 신성이 내재한다. 그 내재적 신성이 실현되는 순간은 새싹들에게 내재하는 유일무이의 빛깔이 실현되는 순간과 같다고 할 수 있다. 이와 유사한 맥락에서 천도교 사상가 김기전은 어린이의 존재 자체를 우주 자연의 생명력이 새싹처럼 표현된 것으로 사유한다.

어린이 그들은 사람의 부스럭(屑)이도 파편도 아니오 풀노 비기면 싹이오 나무로 비기면 순인 것을 알자. 또 우리 사람은 과거의 연장물(延長物)도 조술자(祖述者)도 아니오. 한(限) 업는 극(極) 업는 보다 이상(以上)의 명일(明日)의 광명을 향하야 줄다름치는 자임을 알쟈. 그리고 우리가 쌔여 잇는 이 우주는 태고쩍 어느 때에 제조된 기성품도 완성품도 아니오 이 날 이 시간에도 부단(不斷)히 성장되며 잇는 일대(一大)의 미성품(未成品)인 것을 알쟈. 그런대 해마다 날마다 끈힘 업시 나타나는 져 새싹이 새순이 그 중에도 우리 어린이덜이 이 대우주의 일일(日日)의 성장을 표현하고 구가(謳歌)하고 잇슴을 알며 그들을 떠나서는 다시 우리에게 아모러한 희망도 광명도 업는 것을 깨닷쟈.

멋 천년을 두고 두고 과거만 돌녀다 보던 우리의 목은 아조 병적(病的)으로 그 편에만 끼우러지게 되엿슬넌지도 모른다. 그러나 이제브터는 억지로라도 져 미래를 내다보기로 하쟈. 언제에는 과거의 표징(標徵)은 어룬이라

하야 사회규범의 일체를 어룬을 중심 삼아써 운위(云爲)한 바와 가티 이제브터는 미래의 상징은 어린이라 하야써 사회규범의 일체는 어린이를 중심 삼아써 운위하도록 하쟈. 져—풀을 보라. 나무를 보라. 그 줄기와 뿌리의 전체는 오로지 그 적고 적은 햇순 하나를 떠밧치고 잇지 아니한가. 그래서 이슬도, 햇빗도, 또 단비도 맨 몬져 밧을 자는 그 순이 되도록 큼맨그러 잇지 아니한가. 우리 사람도 별 수가 업다. 오즉 그러케 할 것 뿐이다. 사회의 맨 밋구명에 깔니워 잇던 재래(在來)의 어린이의 가련한 처지를 활신 끌어올니여 사회의 맨 놉흔 자리에 두게 할 것뿐이다.[90]

김기전은 인간의 사고방식을 과거 지향적 사유와 미래 지향적 사유의 두 가지로 나눌 수 있다고 보았다. 과거 지향적 사유에 따라서 사회규범을 만들 때에는 그 기준을 과거에 맞추고 그 중심을 어른에 두기 쉽다. 하지만 김기전은 우주를 끊임없이 성장하는 미완성품으로 보아야 한다고 주장하였다. 그중에서도 가장 극명하게 우주적 생명력을 표현하는 존재가 곧 어린이들이다. 소춘이 주장한 미래 지향적 사유는 어른이 아니라 어린이를 사회적 삶의 척도에 두는 것이다. 풀과 나무의 가장 높은 곳에 싹이 위치하는 것처럼, 지금까지 가장 천대받아 왔던 어린이를 사회의 가장 높은 위상에 두어야 한다는 것이 김기전의 어린이주의였다. 이는 단순히 어린이를 어른과 동등한 인격체로 대우해야 한다는 논리를 넘어선다.

또한 「마음의 울타리」에서 '울타리' 이미지는 천도교의 '한울' 개념과 공통점이 있다. 예컨대 야뢰 이돈화는 "무궁(無窮)히 살펴내어 무궁(無窮)히 알았

90 起瀍, 「開闢運動과 合致되는 朝鮮의 少年運動」, 앞의 글, 24-25쪽.

으면 무궁(無窮)한 이 울 속에 무궁(無窮)한 내 아닌가"라는 『용담유사』 「흥비가」의 일절에 주목한다. 이돈화는 그 구절에서 "「울」이라는 것은 우주(宇宙)의 전체(全體) 전량(全量)을 가르쳐 하는 말"이라고 해석한다. 김기전도 수운 최제우의 '울' 개념을 중시한다.[91] 현대 한국어에서도 동일하지만, 중세 한국어에서 '욿' 또는 '울'은 '울타리'를 뜻한다.[92] 「원정」, 「그리운 안니·로·리」, 「의음의 전통」 등과 같은 김종삼의 1950년대 시편에서도 울타리의 이미지는 상당히 중요한 의미를 띤 채로 빈번하게 나타난다. 마음의 울타리라는 이미지는 '마음이 곧 우주의 울타리'라는 동학의 내재적 신성 개념과 상통하는 측면이 있는 것이다.

| 역사의 죄를 씻으며 되살아나는 어린이-이미지 |

어린이 이미지들이 가시화하는 것은 무한한 생명력으로서의 우주적 신성과 같다. 따라서 어린이 이미지가 가시화하는 신성은 죽음 속에서도 생명을 작동시키는 힘이라고 할 수 있다. 이를 가장 잘 드러내는 1960년대 작품은 김종삼의 시편 중에서 널리 알려진 「술래잡기」이다. 지금까지 이 작품의 최초 발표 지면은 김종삼이 1969년에 간행한 첫 시집 『십이음계』라고 알려져 있었다. 그러나 필자는 『십이음계』에 수록되기 이전의 판본인 「술래잡기 하던 애들」을 발굴하였다. 발굴작의 제목에서 알 수 있는 바는 '애들', 즉 어린이의 이미지가 이 시의 핵심이라는 점이다.

91 김기전, 「무궁울 혼잣말」, 『소춘 김기전 전집』 2권, 국학자료원, 2010, 247-251쪽.
92 한글학회, 『우리말 큰사전 4권 옛말과 이두』 「욿」 항목, 어문각, 1992, 5294쪽.

심청일 웃겨보자고 시작한 것이 술래잡기었다
꿈속에서도 언제나 외로웠던 심청인
오랫만에 제 또래의 애들과 뜀박질을 하였다.

붙잡혔다.
술래가 되었다.

얼마후 심청은
눈 가리기 헌겊을 맨채
한 동안 서 있었다

술래잡기 하던 애들은
안됐다는듯 심청을 위로해 주고 있었다.

—「술래잡기 하던 애들」, 전문.[93]

　이 시는 고전소설 『심청전(沈淸傳)』과의 상호텍스트성(intertextuality)을
지닌다. 예를 들어 심청이 "눈 가리기 헌겊을 맨채 / 한 동안 서 있었다"는
것은 그녀가 제물로 바쳐지기 전에 눈을 가리고 서 있는 모습을 연상시킨
다. 『심청전』과 「술래잡기 하던 애들」 사이의 상호텍스트성은 마스터플롯
(masterplot)이라는 개념을 통해서 효과적으로 해석할 수 있다. 마스터플롯은
우리가 무수한 형식들로 되풀이하는 이야기들이며, 우리의 가장 깊은 가치·

---

93 金宗三, 「술래잡기 하던 애들」, 『母音』, 1965.6, 27쪽.

희망·공포 등과 밀접히 연관되는 이야기들로 정의된다. 우리의 가치들과 정체성이 마스터플롯에 접속되어 있는 만큼, 그 마스터플롯은 강력한 수사학적 충격을 일으킬 수 있다. 마스터플롯이 문화적으로 특수할수록, 그것의 실제적 힘은 일상생활에서 더욱 커진다. 모든 민족 문화들은 그들의 마스터플롯을 가지며, 그것들 중 어떤 것은 보편적 마스터플롯의 지역적 변주들에 해당한다.[94]

심청 설화라는 마스터플롯은 한국 민족의 문화적 정체성 및 가치들과 밀접한 연관이 있다. 따라서 「술래잡기 하던 애들」은 심청의 마스터플롯을 공유하고 있는 독자들에게 강력한 힘을 미친다. 중심인물을 '심청'으로 명명하는 시적 기법은 독자들의 기억 속에서 심청의 마스터플롯을 소환해 낸다. 또한 일반 독자들은 배에서 사람을 바다에 빠뜨리기 전에 그 사람의 눈을 천으로 가려 준다는 배경지식을 지니고 있다. 그러므로 "눈 가리기 헌겊"이라는 이미지는 독자들의 기억 속으로부터 심청의 희생과 관련된 마스터플롯을 소환해 낼 수 있는 것이다.

심청이 술래잡기의 술래가 되어서 눈 가리기 헝겊을 맨 채로 서 있게 되었다는 것은 그녀가 어른 중심의 폭력적인 논리에 따라 인신공양의 희생물이 되었음을 의미한다. 고전소설 『심청전』의 특정 판본 속에서 심청의 아버지가 시각장애인이라는 점은 그의 맹목적인 죄악을 상징한다. 방민호에 따르면, 소설가 채만식(蔡萬植, 1902-1950)은 고전소설 『심청전』을 「심봉사」로 여러 번 패러디함으로써 심청 아비의 시각장애라는 특성에 맹목적 욕망이

---

94 H. Porter Abbott, *The Cambridge Introduction to Narrative*, Cambridge, New York: Cambridge University Press, 2008, pp. 46-47.

제2부 억압받는 민중의 신성을 상기하기 | **237**

라는 의미를 부여하였다고 한다.[95] 그렇다면 심청의 마스터플롯에서 성인의 폭력적 논리란 구체적으로 무엇을 의미하는가?

『심청전』에서 성인의 맹목적 폭력성은 첫째로 유교적 이데올로기에 해당한다고 볼 수 있다. 김기전도 어린이를 가장 억압하는 이데올로기가 바로 유교의 장유유서(長幼有序) 개념이며, 전제주의(專制主意)적인 효(孝)의 이념과 관료주의적인 예(禮)의 이념처럼 상하·존비·귀천을 차별하는 논리야말로 유가사상(儒家思想)의 기초 관념이라고 지적한 바 있다.[96] 다음으로, 『심청전』에서 심청을 희생시키는 또 하나의 논리로는 불교적 이데올로기를 꼽을 수 있다. 심봉사의 눈을 뜨게 하는 목적으로 공양미 300석을 요구한 것은 '화주승'으로 상징되는 불교 이념이기 때문이다. 유교와 불교는 통일신라부터 조선까지를 지배해 온 봉건적 국가 이데올로기였다고 할 수 있다. 이는 『심청전』과의 상호텍스트성을 통하여 독자들로 하여금 성인의 맹목적 폭력성이 곧 유교나 불교와 같은 봉건적 국가 이데올로기였음을 성찰케 한다. 「술래잡기 하던 애들」은 어른들의 장난처럼 희생된 심청의 이미지를 통하여, 성인 중심적 지배 이데올로기가 인간의 원천적 동심을 훼손시켜 온 지금까지의 비극적 역사를 반성케 하는 것이다.

하지만 이 작품이 현실에 대한 부정적·비극적 의식으로만 끝나는 것은 아니라고 할 수 있다. 이 시를 통해서 심청의 마스터플롯을 떠올릴 수 있는 독자들은 심청이 희생된 뒤에 다시 살아날 것을 이미 알기 때문이다. 『심청전』

---

95 방민호, 『채만식과 조선적 근대문학의 구상』, 소명출판, 2003, 173-191쪽.
96 起瀍, 「開闢運動과 合致되는 朝鮮의 少年運動」, 앞의 글, 21-23쪽; 起瀍, 「上下·尊卑·貴賤, 이것이 儒家思想의 基礎觀念이다」, 『開闢』, 1924.3, 14-20쪽.

은 희생제의와 희생양이라는 비극적 마스터플롯뿐만이 아니라 부활과 재생이라는 희망의 마스터플롯을 내포하는 것이다. 경판(京板) 24장본『심청전』을 보면, 심청은 원래 용왕의 딸이자 천궁(天宮)의 선녀였으며, 그녀의 아버지 심현은 원래 천궁의 선관(仙官)이었다.선녀에게는 서왕모의 잔치에 쓸 술을 관리하는 임무가 있었는데, 자신이 사랑하던 선관에게 그 술을 먹였다. 술을 훔친 죄를 벌하기 위하여, 옥황상제는 선관으로 하여금 지상에서 딸에게 빌어먹고 사는 자가 되게 하고, 선녀로 하여금 지상에서 눈 먼 아비를 봉양하는 자가 되게 하였다.[97] 심청의 죽음과 재생은 그 죄를 정화하는 과정이다.[98] 성현경은 '심청(沈淸)'이라는 이름 자체가 정화의 과정을 상징하는 기호라고 해석하였다. 그에 따르면 심청은 마음[心]이 맑아서[淸] 심청(沈淸=心淸)이기도 하지만, '沈'을 '심'이 아닌 '침'으로 읽을 경우에 그것은 물속에 깊이 가라앉음 또는 빠짐을 의미한다고 한다. 물에 빠졌다가[沈] 나옴으로써 죄를 깨끗하게 한다[淸]는 것이 그 이름의 뜻이라는 것이다.[99]

---

97 김종삼이 심청 설화를 깊이 이해하고 있었다는 증거는 "꿈속에서도 언제나 외로웠던 심청"이라는 구절에서도 확인할 수 있다. 심청이 꿈속에서 외로웠다는 시적 정황은 김종삼의 순수한 창작이 아니기 때문이다. 완판(完板) 71장본『심청전』에서는 심청의 적강(謫降) 이야기가 심청의 친모인 곽씨 부인의 태몽(胎夢)을 통해서 제시된다. 이 태몽에서 선녀 심청은 자신이 하늘에서 죄를 지어 인간세상으로 쫓겨남에 어디로 갈지 모르고 있었다고 곽씨 부인에게 이야기한다. "상계계 득죄ᄒᆞ야 인간의 늬치시미 갈 바를 몰나더니(정하영 역주,『한국고전문학전집 13권 심청전』, 고려대학교민족문화연구소, 1995)."「술래잡기 하던 애들」에서 심청이 꿈속에서도 외로웠다고 한 것은『심청전』에서 하늘로부터 쫓겨난 심청이 곽씨 부인의 태몽을 통하여 자신의 오갈 데 없이 외로운 상황을 하소연하는 대목과 상통한다. 그와 동시에 이 꿈은 심청이 원래 천상계의 존재였음을 분명하게 확인시키는 증거이기도 하다.

98 金東旭 엮음,『景印 古小說板刻本全集 · 2』, 연세대학교 인문과학연구소, 1973 소장 경판 24장본 참조.

99 成賢慶,「성년식 소설로서의 沈淸傳—京板 24張本의 경우」, 西江語文學會,『西江語文』

경판 24장본에 따르면, 심청이 선녀였을 때의 이름은 규성(奎星)이라고 한다. 성현경은 규성이라는 이름이 이십팔수(二十八宿) 중의 하나인 별이라는 점에서 빛을 상징한다고 해석하였다. 따라서 규성 선녀가 인간세상으로 적강한 것은 곧 빛(밝음)의 상실을 뜻한다는 것이다. 이와 비슷하게 심청의 아버지 심현이 선관이었을 때의 이름 역시 별을 뜻하는 노군성(老君星)이었다. 그는 득죄의 결과로 빛(시력)을 잃고 어둠의 세계를 살다가 심청 덕분에 빛을 되찾는다. 따라서 성현경은 경판 24장본이 빛의 이미지와 깊은 연관성이 있다고 보았다.[100] 심청은 원래 별이었으며, 희생을 통하여 자신의 원천적 빛을 회복하는 동시에 그 빛으로써 가부장의 맹목적이고 어두운 욕망을 정화한다. 하늘에서 반짝이는 별빛은 신성을 의미한다고 볼 수 있다. 이는 김종삼의 시에서 어린이가 신성을 내재한 인간의 이미지로 제시되고 있다는 점과 밀접하게 연관된다.

이러한 근거들을 미루어 본다면, 위 시에서 심청이 인당수에 몸을 던지기 직전의 정황으로 끝나는 것은 현실에 대한 부정적 의식만을 나타내는 것이 아니라 할 수 있다. 이러한 마지막 장면 처리는 성인 중심의 폭력적 논리에 의해서 희생된 심청이 되살아난다는 마스터플롯을 독자들이 떠올리도록 유도하기 때문이다. 이처럼 독자의 기억을 자극하고 일깨우는 기법은 죄의 정화라는 주제를 명시적으로 독자에게 주입하는 것이 아니라, 독자 스스로 죄와 정화의 과정을 성찰하도록 이끄는 것이다.

또한 심청의 이야기를 술래잡기 놀이로 형상화한 기법은 죽음과 재생

3輯, 1983.10, 15쪽.
100 위의 글, 18-20쪽.

의 역동적 리듬을 효과적으로 표현한다. 조르주 디디-위베르만은 프로이트 (Sigmund Freud, 1856-1939)가 분석한 포르트-다(fort-da) 놀이에서 어린이가 던지고 다시 끌어오는 실 꾸러미가 하나의 이미지와 같다는 점에 주목한다. 디디-위베르만은 이미지로서의 실 꾸러미가 부재를 형상화하는 만큼 생생하게 율동한다고 말했다.[101] 아이들의 놀이 속에서 이미지는 부재와 죽음과 상실을 형상화한다. 그 순간에 부재는 부동하는 것에서 리드미컬하게 생동하는 것으로 전환된다는 것이다. 위 시에서도 심청이라는 어린이의 이미지, 그리고 어린이의 술래잡기 놀이라는 이미지는 죽음을 단순히 모방하거나 재현하는 데에서 나아가 죽음 속에 생명의 율동적인 움직임을 불어넣는다. 심청 이미지와의 연관성 속에서 살펴보아야 할 김종삼의 또 다른 작품은 「민간인(民間人)」이다. 이 작품에서 물에 빠져 죽은 어린아이의 이미지는 심청 모티프의 변주로 새롭게 해석할 수 있기 때문이다.

1947년 봄 深夜 黃海道 海州의 바다 以南과 以北의 境界線 용당浦 사공은 조심 조심 노를 저어가고 있었다 기침도 금지되어 있었다 十餘名이 타고 있었다 울음을 터뜨린 한 嬰兒를 삼킨 곳. 스무몇해나 지나서도 누구나 그 水深을 모른다 —「民間人」, 전문.[102]	1947년 봄 深夜 黃海道 海州의 바다 以南과 以北의 境界線 용당浦 사공은 조심 조심 노를 저어가고 있었다. 울음을 터뜨린 한 嬰兒를 삼킨 곳. 스무몇 해나 지나서도 누구나 그 水深을 모른다. —「民間人」, 전문.[103]

101 Georges Didi-Huberman, *Ce que nous voyons, ce qui nous regarde*, Paris: Editions de Minuit, 1992.

이 작품의 시간적 배경은 '1947년 봄'이다. 김종삼은 「민간인」뿐만 아니라 「달 뜰 때까지」라는 작품에서도 "해방 이듬 이듬해 봄"에 심야를 틈타 국경을 넘어 월남하는 사람들을 묘사한 바 있다.[104] 실제로 해방 후와 한국전쟁 전의 시기에는 공산당의 핍박을 피하기 위해서나 종교의 자유를 찾기 위해서 월남한 사람들이 많았다.

더욱 흥미로운 점은 위 시에서 공간적 배경을 "황해도(黃海道) 해주(海州)의 바다 / 이남(以南)과 이북(以北)의 경계선(境界線) 용당포(浦)"로 제시한다는 점이다. 실제로 황해도 해주만의 남부 해안 중앙에는 용당반도(龍塘半島)가 돌출하여 있으며, 거기에 용당포가 있다. 지도상으로 보면 38도선은 해주의 용당반도를 정확히 가로지르고 있다. 그런데 더욱 문제적인 점은 심청이 인신공양의 희생물로 바쳐진 인당수 또한 백령도와 황해도 장산곶 사이의 바다, 즉 38도선이 가로지르는 바다였다는 사실이다. 성현경에 따르면, 경판 24장본 『심청전』의 배경인 '인단소'는 소설 내용상으로 남경 상인들이 남경과 북경을 왕래할 때에 그 중간이 되는 길목, 즉 서해의 중간쯤에 위치한다는 것이다. 실제로 서해의 중간쯤이 되는 백령도 부근, 황해도 장연 앞바다에는 '인단소', '인당수', '임당수' 등으로 불리는 험난한 물길이 있다고 한다. 그러므로 심청이 태어나고 자란 유리국의 남군땅은 황해도라고 볼 수 있다는 것이다. 또한 심청이 태어나고 자란 황주는 황해도 황주로 추정할 수 있

102 金宗三, 「民間人」, 『現代詩學』, 1970.11, 42쪽.
103 金宗三, 「民間人」, 『詩人學校』, 新現實社, 1977, 40-41쪽.
104 金宗三, 「달 뜰 때까지」, 『文學과知性』, 1974. 겨울, 931쪽.

다고 한다.[105] 최운식에 따르면, 심청이 살던 황주를 '황해도 황주'라고 구체적으로 표현해 놓은 이본들이 있다고 한다. 나아가 이 연구자는 황해도에서 살다가 한국전쟁 때 백령도로 옮겨 와서 사는 사람들을 포함하여 백령도 주민들이 공유하고 있는 심청 전설을 조사한 바 있다. 그 주민들은 인당수(임당수)가 백령도와 장산곶 사이에 위치한다고 증언하였다. 이러한 사실로 미루어 본다면, 심청 전설은 오랜 옛날부터 장연, 연백, 송화, 신천, 옹진 등의 황해도 지역과 인근 섬인 대청도 등지에서 널리 전해 오는 이야기라고 할 수 있다는 것이다.[106] 그러므로 황해도 은율 태생의 김종삼은 심청의 설화와 그 배경이 황해도 앞바다라는 사실을 익숙하게 접하며 성장하였을 가능성이

위 지도를 보면, 용당반도와 인당수는 38선 위에 위치함을 알 수 있다. 또한 김종삼의 고향 은율과 심청의 고향 황주는 서로 멀리 떨어져 있지 않은 황해도의 두 지역이라고 할 수 있다.

105 成賢慶, 「판소리 文學으로서의 沈淸傳—小說과의 關係를 中心으로」, 서강대학교동아연구소, 『東亞硏究』 5輯, 1985.2, 197-199쪽.
106 최운식, 「「심청전」의 배경이 된 곳」, 반교어문학회, 『泮橋語文硏究』 11집, 2000.8, 198-210쪽.

있다.

김종삼의 고향인 은율과 심청의 고향으로 알려져 있는 황주 사이의 거리는 그리 멀지 않다고 할 수 있다. 더욱 중요한 점은 심청이 희생된 인당수와 「민간인」에서 '영아'가 희생된 용당포는 공통적으로 38선 위에 위치한다는 사실이다. 「술래잡기」는 심청 설화를 단순히 패러디한 것이 아니라, 심청 이미지 속에 남북 분단의 비극을 포개 놓은 것이라 할 수 있다.

여기에는 이미지의 시간교란이 잘 나타난다. 심청 이미지는 심청의 희생이라는 비극적 과거가 분단 및 전쟁에 의한 아이들의 희생을 예견한 것이었음을 표현한다. 이러한 이미지의 시간교란은 미래까지 교란시킬 수 있다. 심청의 희생이라는 과거 속에 전쟁의 비극이라는 미래가 예견되어 있다면, 심청의 부활이라는 과거 속에는 폭력의 역사를 초극할 수 있는 미래의 희망이 잠재할 것이기 때문이다. 심청 이미지는 이처럼 과거의 기억 속에 잠재하는 미래의 희망을 가시화할 수 있다. 김종삼은 자신이 시를 창작하는 과정에서 "종교적(宗敎的)이라 할 만한 정화력(淨化力)"을 중요하게 생각한다고 밝힌 바 있다.[107] 「술래잡기」의 심청과 「민간인」의 영아가 그러한 종교적 정화력의 이미지에 속할 것이다.

「민간인」에서 '용당포'라는 장소로서의 이미지는 시간교란의 운동을 발생시킨다. 용당포 앞바다는 과거에 성인 중심의 이데올로기에 의해서 심청이 희생된 바다와 맞닿아 있다. 김종삼은 황해도 앞바다라는 장소로서의 이미지를 통하여 심청이 희생되었던 과거 속에 1947년도 영아 살해 사건이 예견되어 있었음을 놀라운 방식으로 표현한 것이다. 그럼에도 시인은 인간이 비

---

107 「詩人 金宗三」, 『한국일보』, 앞의 글.

극적 운명의 굴레에서 벗어날 수 없다고 보지 않는다. 김종삼의 시 세계는 인간이 자신의 운명을 스스로 이루어 나갈 수 있다고 사유한다. 그러한 시적 사유를 잘 보여주는 이미지가 다름 아닌 심청이다. 분명 영아 살해 사건은 분단과 이데올로기 대립 등의 성인 중심적 논리에 따른 비극적 사건이다. 그러나 이 끔찍한 죽음의 이미지는 독자들로 하여금 그 이미지를 외면할 수 없도록 한다. 독자들은 그 고통스러운 이미지를 어쩔 수 없이 직시함으로써, 오랜 역사에 걸쳐 어린이들이 겪어 온 폭력을 반성할 수 있을 것이다. 그 응시와 반성의 과정을 통과할 때에 비로소 독자들은 폭력의 역사와 연루되어 있는 자신의 죄를 정화할 수 있다. 이렇게 독자의 죄를 정화시킬 수 있는 힘은 심청과 영아의 이미지를 통하여 작동하는 것이다.

조르주 디디-위베르만은 그와 같은 이미지의 작동 방식을 '피할 수 없는 봄(voir)'이라고 일컫는다. 시의 독자들에게 '피할 수 없는 봄'을 가장 극명히 요청하고 있는 대목은 「민간인」의 마지막 연이다. 마지막 연에서 시적 화자는 "울음을 터뜨린 한 영아(嬰兒)를 삼킨 곳. / 스무몇해나 지나서도 누구나 그 수심(水深)을 모른다"라고 진술한다. 시적 화자가 "영아를 삼킨 곳"이라는 장소로서의 이미지를 제시하는 까닭은 무엇일까? 더구나 그것을 "누구나" 알지 못하는 "수심(水深)"의 이미지로 제시한 까닭은 무엇일까? 디디-위베르만은, "보기라는 행위가 우리를 바라보고, 우리에 관여하며, 어떤 의미에서 우리를 구성하기도 하는 어떤 텅 빔(vide)을 우리에게 제시하고, 이 텅 빔으로 우리를 열 때, 우리는 보기 위하여 두 눈을 감아야 한다"라고 말한다.[108] 영아를 삼킨 곳, 누구도 알 수 없는 수심의 이미지는 어떤 텅 빔을 우리에게

---

108 Georges Didi-Huberman, *Ce que nous voyons, ce qui nous regarde*, op. cit.

제시한다. 그것은 인간으로서 견디기 힘들 만큼 끔찍한 사건을 상기시키기 때문에, 일말의 인간성이라도 남아 있는 독자라면 이러한 텅 빔을 외면하기 힘들다. 그러한 의미에서 영아를 삼킨 수심 이미지의 텅 빔은 우리가 그것을 외면할 수 없도록 한다. 디디-위베르만은 이를 "우리가 보는 이미지가 우리를 응시한다(regarde)"라고 표현하였다.

이미지가 우리를 응시하며 우리에게 제시하는 텅 빔은 인간의 죽음, 부재, 상실과 관계가 있다. 디디-위베르만은 상실이 이미지와 시선을 어떻게 변화시키는지를 다음과 같이 설명하였다. "보아야 할 개별 사물은 외양상 움직임이 없고 중립적이지만 [우리가] 보아야 할 사물에 어떤 상실이 미치면—이는 단순하나 강제적인 연상, 또는 언어유희를 통해서였다—피할 수 없는 것이 된다는 점을 이해하기 시작한다. 그리고 우리는 이로부터 그 사물이 우리를 바라보며 우리에게 관여하고 우리 곁을 떠돈다는 것 또한 이해하기 시작한다."[109] 개별 이미지들은 그 자체로 특별한 의미나 운동을 발생시키지 않는다. 그러나 상실을 겪은 인간은 이미지들을 부동적이고 중립적인 상태로 바라보지 않게 된다. 「민간인」의 마지막 구절도 마찬가지이다. '영아를 삼킨 곳', 즉 영아의 상실이 이루어진 장소에서 영아가 겪은 고통과 두려움의 깊이는 이해 불가능한 것이다. 「민간인」은 그 불가해한 고통과 두려움의 깊이를 누구도 알지 못하는 '수심(水深)'의 이미지로 형상화한다. 독자들은 그 텅 빈 수심을 알 수 없지만 그것을 이해하기 위해서 자신의 상상력을 동원하게 된다. '영아를 삼킨 곳'의 불가해한 '수심'은 이러한 방식으로 우리를 응시하며 우리 곁을 떠돌기 시작한다.

---

109 Ibid.

상실 속에서 우리가 피할 수 없이 바라보아야만 하는 이미지, 우리를 응시하는 이미지는 부동적이거나 중립적이지 않다. 그것은 상실을 움직이게 하고 죽음 속에서 생명을 작동시킨다. 「민간인」에서 무참히 살해당한 영아의 이미지는 매우 단순한 것처럼 보이지만 독자들의 마음을 동요시킨다. 그리하여 독자들이 자신들의 마음속에 그 영아와 같은 어린이의 상태가 살아남아 있는지를 성찰케 하고, 자신의 마음속에 내면화된 성인 중심의 논리가 얼마나 폭력적인지를 반성하게 만들며, 어린이의 신성을 다시금 회복하도록 추동한다.

지금까지 김종삼의 1960년대 시편에서 오르페우스적 참여의 방식으로 나타나는 어린이 이미지를 살펴보았다. 김종삼의 시에서 1960년 4월 혁명은 동심 해방의 시간이자 폭력의 역사가 사랑의 역사로 전환하는 다시개벽의 시간과 같다. 또한 어린이 이미지는 인간에게 원천적으로 내재하는 사랑과 생명력으로서의 신성을 상기시킨다는 점에서 동학적 어린이주의를 내포한다. 특히 김종삼의 대표작인 「술래잡기 하던 애들」과 「민간인(民間人)」에 나타나는 '물에 빠진 아이의 귀환' 이미지는 죽음에서 생명으로의 역동적인 전환과 그를 통한 성인 중심적 논리의 극복을 예감케 한다.

제4장
약소민족의 성화(聖火)

| 중립과 동학을 둘러싼 신동엽·최인훈과의 연관성 |

제4장에서는 김종삼의 1960년대 시편이 오르페우스적 참여의 방식으로 제시하는 약소민족 이미지에 관하여 고찰한다. 특히 김종삼의 시 세계가 약소민족에게 내재하는 신성의 관점에서 혁명의 문제를 사유함을 밝힐 것이다. 김종삼의 아우슈비츠 연작에 나타난 약소민족으로서의 유태인 이미지는 제국주의와 파시즘의 억압 속에서 희생되어 온 인간의 내재적 신성을 상기시킨다. 이러한 관점을 통해서 김종삼의 대표작 중 하나인 「북치는 소년」은 현실을 초월한 아름다움이 아니라 인간의 보편적 신성을 표현한 작품으로 해석될 것이다.

1960년대 한국에서는 중립화 통일론을 모색하는 움직임이 활발하였다. 서중석에 따르면, 1960년 4월 혁명 직후에는 미국의 김용중이나 일본의 김삼규가 주장하던 중립화 통일론이 한국 내 잡지 등에 소개되면서 차츰 국내 통일운동에 불을 지폈다고 한다. 그리하여 중립화 통일론은 1960년대 말까지 통일운동의 중심을 차지하였다는 것이다.[110] 이는 당시 한국 문단에도 중요한 흔적들을 남겼다. 예컨대 월남문인 최인훈의 소설 『광장』에서 중심인물 이명준은 중립국을 선택한다. 이 소설이 잡지 『새벽』의 1960년 10월 호, 즉 1960년 4월 혁명과 이듬해 5·16 군사정변 사이에 발표된 것도 그 무렵부터 대두한 중립화론과 연관이 있다.

김종삼의 1960년대 시편에서는 중립국의 도시를 호명한다. 이 또한 1960년대의 중립화론과 관련이 있지 않을까? 이를 결정적으로 입증해 주는 단서들 중 하나는 김종삼이 시인 신동엽과 직접적으로 교류하였다는 사실이다. 신동엽의 대표작 중 하나인 「껍데기는 가라」는 1964년에 처음 발표되었다고 한다. 홍윤표는 이 시가 1968년 『52인시집』에 최초로 발표되었다는 기존 신동엽 전집들의 연보가 틀렸으며, 1964년 12월에 발간된 동인지 『시단(詩壇)』 6집에 처음으로 발표되었음을 밝혔다.[111] 이 시의 마지막 6연에는 "이곳에선 두 가슴과, 그곳까지 내 놓은 / 아사달 아사녀가 / 중립(中立)의 초례청 앞에 서서, / 부끄럼을 빛내며 / 맞절을 할 것이다."라는 구절이 나온다.[112] 이 시에서는 남북을 상징하는 '아사달 아사녀'가 통일을 성취하는 곳이 '중립(中立)의 초례청'으로 제시된다. 「껍데기는 가라」의 '중립'이라는 시어는 1960년대의 중립화 통일론과 밀접한 연관성이 있는 것이다.

이처럼 자신의 작품에서 직접적으로 중립을 언급한 신동엽은 김종삼과 관계를 맺고 있었다. 지금까지의 연구들 중에서 김종삼과 신동엽 사이의 교

---

110 서중석, 『사진과 그림으로 보는 한국 현대사』, (개정증보판), 앞의 책, 271-275쪽.
111 홍윤표, 「민족시인 신동엽의 「껍데기는 가라」의 첫 발표 연대 오류와 연보 바로잡기」, 근대서지학회, 『근대서지』 4호, 2011.12, 379쪽.
112 申東曄, 「껍데기는 가라」, 詩壇同人會, 『詩壇』 6집, 靑雲出版社, 1964.12, 329쪽.

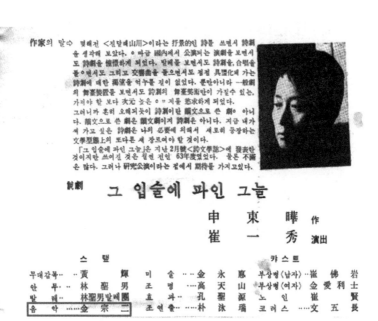

작가의 말◇ 몇해전 <진달래山川>이라는 抒景的인 詩를 쓰면서 詩劇을 생각해 보았다. 마침 國內에서 公演되는 演劇을 보면서도 詩劇을 憧憬하게 되었다. 발레를 보면서도 詩劇을, 슴펠을 들으면서도 그리고 交響曲을 들으면서도 절절 具體化되 가는 詩劇에 대한 渴望을 억누를 것이 없었다. 뿐만아니라 一般劇의 舞臺裝置를 보면서도 詩劇의 舞臺笑劇반이 가질수 있는, 가며야 할 보다 次元 높은 ○지를 要求하게 되었다.
그러니까 혼히 오해되듯이 詩劇이란 韻文으로 쓴 劇이 아니다. 韻文으로 쓴 劇은 韻文劇이지 詩劇은 아니다. 지금 내가 써 가고 싶은 詩劇은 나의 必要에 의해서 새로히 등장하는 文學型態上의 또다른 세 장르여야 할 것이다.
「그 입술에 파인 그늘」은 지난 2月號 <詩文學誌>에 發表한 것이지만 쓰여진 것은 칠년 전인 63年度였다. 물론 不滿은 많다. 그러나 硏究公演이라는 곳에서 期待를 가져고있다.

詩劇

그 입술에 파인 그늘

申 東 曄 作
崔 一 秀 演出

스 탭		카 스 트	
무대감독…	黃 輝	미 술 …金 永 憲	부상병〈남자〉…崔 佛 岩
안 무…	林 聖 男	조 명 …高 天 山	부상병〈여자〉…金 愛 利士
발 레…	林聖男발레團	효 과 …孔 聖 源	노 인…崔 賢
음 악 …金 宗 二		조연출…朴 汰 瑞	코러스…文 五 長

신동엽의 시극 「그 입술에 파인 그늘」 팸플릿

류 관계에 주목한 경우는 찾아보기 어렵다. 그러나 필자는 김종삼의 시극동 인회(詩劇同人會) 활동이 신동엽과 관련된 것을 밝혀낼 수 있었다. 김종삼은 시극동인회가 1963년에 발족되었을 무렵부터 회원으로 참가하였다.[113] 시 극동인회는 1966년 2월 26일부터 27일까지 국립극장에서 제2회 공연을 올 렸는데, 이때의 레퍼토리에 신동엽의 시극 「그 입술에 파인 그늘」이 들어 있 었다. 김종삼은 이 시극에 음악 감독으로 참여했다.[114] 시극동인회의 대표였 던 박용구(朴容九, 1914-2016)는 시극동인회의 간사를 처음에 장호(章浩, 1929-

113 「『詩劇』同人會發足」, 『東亞日報』, 1963.8.12.
114 「第2回『詩劇』공연」, 『中央日報』, 1966.2.18; 「詩劇同人會公演」, 『경향신문』, 1966.2.21.

1999)가 맡았다가 나중에 신동엽이 맡았으며, 신동엽의 시극 「그 입술에 파인 그늘」은 시극으로서 명작에 속한다고 회고한 바 있다.[115] 이 시극을 소개하는 프로그램 팸플릿에는 음악 스태프로 참여한 김종삼의 이름이 분명하게 표기되어 있다. 통일 염원을 표출한 신동엽의 시극에 음악 담당으로 참여한 만큼, 김종삼이 신동엽의 통일론을 접하였을 가능성을 배제할 수는 없을 것이다.

또한 「그 입술에 파인 그늘」에는 '동학군'이 극에서 중요한 상징적 의미를 가지고 등장한다. 시극의 시간적 배경은 한국전쟁의 와중이지만, 동학혁명운동의 장면이 알레고리적으로 극중에 삽입된다. 여기에서 동학군은 '일군(日軍)'과 '청군(淸軍)'에게 각각 "아랫도리"와 "젖가슴"을 빼앗길 위기에 처하는데, 이는 한국전쟁에서 한국이 미국과 소련에 의해 분할 통치된 상황을 상징한다. 이때 동학군의 등장 부분에 "거센 음, 북소리 들리면서"라는 지문이 나온다.[116] 이 시극의 음악 담당이었던 김종삼이 거센 북소리를 표현하는 데 관여하였을 것은 분명하다. 김종삼은 동학군 등장 대목에 적합한 음악적 효과를 내기 위해서 그 대목의 상징적 의미와 전후 맥락 등을 고려하였을 것이다. 또한 '동학'이라는 표현이 등장하는 시 「껍데기는 가라」, 동학의 제1대 교조 최제우에 관한 시 「수운(水雲)이 말하기를」, 장편서사시 「금강(錦江)」 등, 동학을 직접적으로 언급한 신동엽의 시편은 적지 않다고 할 수 있다. 신동엽과 교류한 김종삼은 신동엽의 이러한 시편도 접하였을 것이다. 이는 김

115 박용구, 『예술사 구술 총서 1권 박용구—한반도 르네상스의 기획자』, 국립예술자료원·수류산방, 2011, 397-399쪽.
116 신동엽, 「그 입술에 파인 그늘」, 『신동엽전집』, 창비, 1980, 336쪽.

종삼의 시 세계에 동학 사상의 흔적이 살아남아 있다고 하는 이 책의 가설을 실증적으로 뒷받침한다. 필자가 발굴한 김종삼의 시 「오보의 야튼 음(音)이」에서도 중립 지향적 의식이 나타난다.

알프스 넘어 나라의 이름이
스웨덴이라던가 노르웨이라던가

그것은 다시 지금의 손이 되어
고운 花瓣을 떠받들것을 期約한다.
東洋의 美人 그 黃菊의 얼굴
아니면 이슬방울만한 金錢花 한포기라도
기어코 그 손은 이 地上위에 다시
떠받들것을 期約한다.

흙을 만지는 손
그 손은 언제나 그래서
이 地上에 永生할 것을 期約한다.

—「오보의 야튼 音이」, 전문.[117]

위 시의 화자는 '스웨덴'과 '노르웨이'를 호명한다. 작품의 2연에서는 그 나라들이 "고운 화판(花瓣)을 떠받들것을 기약(期約)한다"고 서술한다. 이때 고

117 金宗三, 「오보의 야튼 音이」, 『母音』, 1965. 2, 6쪽.

운 화판은 "동양(東洋)의 미인(美人) 그 황국(黃菊)의 얼굴"로 묘사된다. 노란 국화를 '동양의 미인'에 비유하였으므로 이 국화는 실제로 꽃을 지시하는 것 이상의 알레고리적 의미를 내포할 것이다. 동양의 미인으로 비유되는 국화는 동양의 알레고리라고 할 수 있다. 나아가 위 작품은 스웨덴과 노르웨이가 상징하는 정신 또는 이념이 동양을 떠받치리라는 것을 마치 "흙을 만지는 손"이 지상 위의 꽃들을 떠받치는 것처럼 형상화한다.

스웨덴과 노르웨이가 상징하는 정신은 중립의 이념이라고 할 수 있다. 스웨덴은 제1차 세계대전 기간 동안 중립을 지켰으며, 제2차 세계대전 때에도 중립을 지켰다. 특히 제2차 세계대전 때에는 중립을 지키는 상태에서도 헝가리의 유태인들에게 비자를 제공하고 그들을 입국시킴으로써 그들의 탈출을 도왔다. 스웨덴과 마찬가지로 노르웨이도 제1차 세계대전 때 중립국의 위치를 지켰다. 제2차 세계대전 때에도 중립을 선언했지만, 나치에 의해 5년 동안 점령을 당하였다. 「오보의 야튼 음이」에서 스웨덴과 노르웨이를 동시에 호명한 것은 두 나라가 모두 중립국이라는 공통점을 환기시킨 것이다. 이 시를 필자가 새롭게 발굴한 것은 김종삼의 1960년대 시 세계에 나타나는 중립의 의식을 보여준다는 점에서 적지 않은 의미가 있다.

한 인터뷰에서 김종삼은 자신의 시 세계가 이국정서를 표현하고 있다는 의견에 동의하지 않으며 자신이 "한국에 잘못 태어난 게 아니다"라고 말하였다. 그리고 그는 "노르웨이건 핀란드건" 관계없이 "태어나지 말았어야 한다"라고 덧붙였다.[118] 여기서 굳이 노르웨이와 핀란드를 거론한 까닭은 무엇일까? 김종삼은 노르웨이와 핀란드가 사람이 살기에 좋은 곳이라고 생각하

---

118 강석경, 앞의 글, 292쪽.

였기 때문일 것이다. 그렇게 좋은 나라에서조차도 자신은 태어나지 않기를 바란다는 뜻이다. 그렇다면 김종삼은 어째서 노르웨이와 핀란드를 좋은 나라라고 생각했을까? 노르웨이가 중립을 선언하였던 바과 같이, 핀란드도 제2차 세계대전이 끝난 직후에 중립을 선언하였다고 한다. 월남시인 김종삼은 일제의 파시즘 전쟁과 한국전쟁을 몸소 겪었기 때문에, 어떠한 전쟁 논리와 폭력적 이념에도 휩쓸리지 않는 중립의 나라를 지향하였던 것일 수 있다. 이러한 중립국의 표상은 「종착역(終着驛) 아우슈뷔치」에도 나타난다.

> 官廳 지붕엔 비둘기떼가 한창이다.
>
> 날아다니다간 앉곤 한다.
>
> 門이 열리어져 있는 敎會堂의 形式은 푸른 뜰과 넓이를 가졌다.
>
> 整然한 舖道론 다정하게 생긴 늙은 우체부가 지나간다.
>
> 부드러운 낡은 벽들의 골목길에선 아이들이 고분고분하게 놀고 있고.
>
> 박해와 굴욕으로서 갇힌 이 무리들은 제네바로 간다 한다.
>
> 어린 것은 안겨져 가고 있었다.
>
> 먹을 거 한 조각 쥐어쥔채.
>
> —「終着驛 아우슈뷔치」, 전문.[119]

이 작품에서 박해받는 무리들이 스위스의 제네바로 가고자 한 이유는 무엇일까? 유태인 중에는 나치의 박해를 피하여 스위스 망명을 선택한 경우도 일부 있었다. 그렇다면 유태인 중의 일부가 스위스로 망명하고자 하였던 까

---

119 金宗三, 「近作詩篇 終着驛 아우슈뷔치」, 『文學春秋』, 1964.12, 220쪽.

닭은 무엇인가? 스위스는 1815년에 영세중립을 선언한 뒤로, 제1차 세계대전과 제2차 세계대전 동안에 중립을 지켜 내었다. 유태인은 중립국인 스위스가 나치의 탄압을 피할 수 있는 곳이라고 여겼을 것이다.

김종삼 시의 아우슈비츠 이미지는 유태인들의 중립국 망명과 1960년대 한국 내의 중립화론을 알레고리적으로 긴밀하게 연관시킨다. 김종삼의 1960년대 시편에서 유태인 이미지들은 약소민족으로서의 한국 민족과 알레고리적으로 연관된다고 할 수 있다. 한국 민족을 유태인과 유비하는 사고방식은 김종삼의 시 세계뿐만 아니라 월남작가 최인훈의 소설 『회색인』에서도 두드러지게 나타난다. 『회색인』의 주인공 독고준은 '한국'이 "세계의 고아, 버림받은 종족, 동양의 유태인"이라고 사유한다.[120]

(1) 서양적인 봉건제도 아래서 농노(農奴)란 이름으로 불린 백성이 받은 참혹한 대우는 어느 폭군 아래 있던 한국 백성보다 못하지는 않았을 거야. 프랑스혁명은 그런 폭정 때문에 터지지 않았나. 또 말하겠지. 그러나 그들은 스스로 그 부정을 타파하고 새 역사를 열었다구. 우리는 왜 안 했나? 동학혁명(東學革命)이 그것 아닌가. 사람이 곧 하늘[人乃天]이며 제폭구민(除暴救民)한다는 깃발 아래 일어선 농민 전쟁이 만약 승리했더라면, 과연 한국의 운명은 어떻게 되었을까. 설마 국회가 생기고 삼권 분립은 없었겠지만 동양 사람의 정치적 유토피아였던 왕도낙토(王道樂土)의 꿈에 불타는 지도자들 밑에서, 이 강토가 오랜 잠에서 소스라쳐 깨는 것은 가능한 일일 수도 있지 않겠는가? 이런 것이 유신(維新)이지 무언가. 그런데 그놈의 동학당이 왕당파와

120 최인훈, 『최인훈 전집 2 · 회색인』 3판, 문학과지성사, 2008, 83쪽.

일본군 때문에 압살을 당했어. 마치 모처럼 내려온 '구세주'를 외국 총독과 결탁해서 잡아 죽인 유대 사람들처럼.[121]

(2) 사실상 역사상에 나타난 그 어느 국가든 그 배후에 신전(神殿)을 가지고 있었어. … 유대 부족들과 여호와. … 우리나라의 단군. … 신라의 불교가 쇠퇴하니 고려가 이어서 되살렸고 그것이 또 썩으니 조선의 유교가 물려받았고 그것이 또 기울어지니 동학(東學)이 받으려다 그만 눌러버리지 않았나. 그것을 무어라 부르건, 불교다, 유교다, 동학이다 불렀지만 결국 무한자(無限者)에 붙인 이름이야. 우리 민족도 그 성화(聖火)를 면면히 계승해오다가 동학에 이르러 그만 놓쳐버렸어. 그러자 나라는 망했어.[122]

위 인용문은 한국인과 유태인의 유비를 통해서 한국 민족의 문화적 특성을 성찰하는 대목들이다. 이에 따르면, 한국 민족 공동체는 삶의 정신적 척도가 되는 신념 체계에 정신적 원천을 두고 있었다고 한다. 유태인들이 여호와 하느님을 신앙하는 것과 같이, 한국 민족도 하늘님을 모시는 이념으로써 결속되어 있었다는 것이다. 그 이념을 가장 잘 보여주는 것이 바로 동학이라고 최인훈 소설은 말하고 있다. 또한 한국 민족 공동체의 문화 속에는 하늘님의 신성을 회복함으로써 역사를 근본적으로 전환시키고자 하는 역사철학이 있다. 유태인들에게는 여호와 하느님의 메신저로서 메시아가 도래하리라는 메시아주의적 역사철학이 있다. 최인훈은 전통적인 하늘님 신앙을 중

---

121 위의 책, 205쪽.
122 위의 책, 212-213쪽.

심으로 역사를 변혁하려 하였던 한국 민족 고유의 역사철학이 동학으로 표출되었다고 사유한다. 김종삼의 시에서 한국 민족을 알레고리화한 유태인 이미지들도 그러한 한국 민족의 성스러운 문화를 강렬하게 상기시킨다.

▎폭력의 역사에도 신성을 보존하는 민족들 ▎

김종삼은 오직 유태인 이미지들을 통해서만 한국 민족의 정체성을 표현하지 않았다. 1) 약소민족으로서 폭력의 역사 전반에 걸쳐 오래도록 억압되어 온 민족 공동체, 그리고 2) 폭력의 역사 아래에 억압받으면서도 하늘의 신성과 소통하며 주체적 정체성을 지켜 온 민족 공동체는 모두 김종삼의 시 세계에서 한국 민족과의 알레고리를 이루는 이미지라고 할 수 있다. 그 대표적인 예시로서 김종삼의 산문 「신화세계의 향수―「흑인 올훼」」를 꼽을 수 있다. 이 글은 마르셀 카뮈 감독이 1959년에 제작한 영화 〈흑인 오르페〉의 리뷰이다. 김종삼은 오르페우스 신화라는 "「테마」"를 가지고 편견으로 왜곡되기 쉬운 백인들에게로 가져가지 않고 인류 중에서 가장 도외시되어 있는 흑인들의 생태 속에 가져갔다는 것이 이 영화의 중요한 「포인트」"라고 말한다. "흑인들에게는 현대문명을 눈 아래 내려다보면서도 수평선에서 떠오르는 태양을 신화의 세계에서 마주보고 사는 것"이다.[123] 서구 백인들의 이성 중심주의적 문명에서는 죽은 인간의 영혼과 소통할 수 있다는 오르페우스의 테마는 비합리적이며 미신적인 사고방식으로 치부되기 쉽다. 이러한 맥락에서 김종삼은 이성 중심주의적 '현대문명'과 달리 흑인들이 호흡하는 '신

---

123 金宗三, 「神話世界에의 鄕愁―「黑人올훼」」, 『新亞日報』, 1962. 10. 4.

화의 세계'에 향수를 느낀 것이다.

이처럼 김종삼은 흑인들이 1) "인류 중에서 가장 도외시되어있는" 약소민족이라는 점, 그러면서도 2) 신화와 같이 고유한 문화적 정체성을 지닌 민족 공동체라는 점에 주목하였다. 김종삼의 시 「스와니강(江)이랑 요단강(江)이랑」 역시 그러한 두 가지 측면에서 흑인의 공동체와 유태 민족의 공동체와 한국 민족의 공동체를 연결시키는 작품이라고 할 수 있다. 작품의 제목에서 '스와니강'은 스티븐 포스터가 작곡한 민요 〈스와니강(Swanee River)〉을 가리킨다. 〈스와니 강〉의 노랫말은 흑인들이 떠나온 고향과 부모 형제를 그리워하는 내용이다. 반면 시에서 '스와니강'과 대등하게 병치시킨 '요단강'은 김종삼의 작품 「모세의 지팽이」에도 나오는 모세의 이야기와 관련된다. 스와니강이 억압받는 흑인 공동체의 원천적 고향과 같은 장소라고 한다면, 요단강은 억압받는 유태인들이 그들의 구원과 희망의 원천으로서 동경하는 장소라고 할 수 있다. 「스와니강이랑 요단강이랑」에서는 한국의 시골에 사는 "나이 어린 소년"이 "어디메 있다"고 들어 본 "스와니강(江)이랑 요단강(江)"을 상상한다.[124] 시적 화자인 한국인 소년은 흑인의 원천적 고향인 스와니강이나 유태인의 정신적 이상향인 요단강과 같은 민족적 정체성의 원천들을 자신의 마음속에서 연결 지었던 것이다. 김종삼의 시에서 유태인과 흑인은 억압받는 약소민족인 동시에 민족의 원천적 이상향을 희구하는 공동체라는 점에서 한국 민족의 문화적 정체성과 알레고리적 관계를 이룬다.

---

124 金宗三, 「스와니江이랑 요단江이랑」, 高遠 외, 앞의 책, 116쪽; 金宗三, 「스와니江이랑 요단江이랑」, 『十二音階』, 앞의 책, 18쪽; 金宗三, 「스와니江이랑 요단江이랑」, 黃東奎·鄭玄宗 엮음, 『주머니 속의 詩』, 悅話堂, 1977, 41쪽; 金宗三, 「스와니江이랑 요단江이랑」, 『평화롭게』, 高麗苑, 1984, 66쪽.

흑인과 유태인뿐만 아니라 '인디언', 즉 아메리카 원주민도 김종삼의 시 세계에서는 한국 민족의 문화적 정체성과 알레고리적 관계를 이루는 약소민족 공동체의 이미지에 속한다고 할 수 있다. 예컨대 김종삼의 「샤이안」은 아메리카 원주민인 샤이엔(Cheyenne)족이 "일팔육오(一八六五)년 와이오밍 콜라우드[125]산(山) 아래"에서 백인들에게 무참히 학살된 사건을 다룬 시이다.[126] 이처럼 샤이엔족은 1) 폭력의 역사 속에서 희생당한 약소민족이다. 또한 샤이엔족은 이 작품의 내용에서뿐만 아니라 실제로도 2) 태양숭배를 중심으로 하는 신화적·종교적 세계관이 그 민족 공동체의 정신적 구심점을 형성하고 있었다.

김종삼 시의 유태인 이미지들 역시 신성과 끊임없이 소통하는 공동체를 형상화한다. 그 사례로 김종삼이 1962년에 발표한 작품 「모세의 지팡이」를 꼽을 수 있다.[127] 모세는 야훼 하느님의 사명에 따라서 노예 신세였던 이스라엘 백성들을 이집트로부터 탈출시키고자 하였던 유태인 예언자다. 이 시의 제목인 모세의 지팡이는 기독교 성서에서 야훼의 권능을 모세가 위임 받았다는 것의 징표로 나타난다. 다시 말해서 모세의 지팡이는 유태인이라는 민족 공동체와 하느님의 신성이 서로 소통할 수 있는 매개체라고 할 수 있다. 여기에서도 유태 민족과 한국 민족의 알레고리적 관계는 상당히 중요하다. 모세라는 유태인 선지자의 이미지를 제시한 것은 한국 민족이 진정으로 해방되었는지, 그리고 무엇을 정신적 이정표로 삼아야 하는지 등의 물음을 떠

---

125 '콜라우드'는 미국 와이오밍 주에 있는 '클라우드' 산의 오기―인용자 주.

126 金宗三, 「샤이안」, 『詩文學』, 1977.2; 金宗三, 「샤이안」, 『詩人學校』, 앞의 책, 42쪽; 金宗三, 「샤이안」, 『평화롭게』, 앞의 책, 124쪽.

127 金宗三, 「모세의 지팡이」, 『現代詩』 第2輯, 1962.10, 65쪽.

올리게 하기 때문이다. 특히 모세의 지팡이라는 시적 소재는 한국 민족의 진정한 해방이 하늘의 신성과 소통할 때에야 가능함을 암시한다. 이처럼 김종삼 시의 유태인 이미지는 1) 약소민족으로서 오랜 역사 동안 희생되어 왔으며, 2) 그럼에도 하늘의 신성을 중심으로 하는 한국 민족의 문화적 정체성을 알레고리화한다.

1960년대에 김종삼 시의 이미지들은 여성과 아이처럼 성인-남성 중심의 역사 속에서 폭력적으로 억압되어 온 인간 영혼의 신성을 가시화한다. 그와 같은 맥락에서 김종삼의 1960년대 시편은 아우슈비츠의 이미지를 제시한다. 아우슈비츠에서 학살된 유태인은 폭력의 역사 속에서 억압당하고 희생된 약소민족 중 하나이다. 김종삼 시의 유태인 이미지들은 여성과 아이의 이미지와 마찬가지로 신성이 내재하는 피억압 민중을 나타낸다고 할 수 있다. 김종삼의 작품 「지대」는 이러한 가설을 분명하게 증명해 준다. 이 시는 유태인 이미지를 여성 이미지와 겹쳐 놓고 있기 때문이다.

미풍이 일고 있었다
떨그덕 거리며 선회하고 있었다
噴水의 石材둘레를 間隔들의 두발 묶긴 검은 標本들이

옷을 벗은 여자들이 벤취에 앉아 있었다
한 여자의 눈은 擴大되어 가고 있었다

입과 팔이 없는 검은 標本들이 기인 둘레를 떨그덕 거리며 선회하고 있었다
半世紀가 지난 아우슈뷔치 收容所의 한 部分을 차지한

이 시의 행위자(agent)는 '미풍=검은 표본들=옷을 벗은 여자들'이다. 시의 맨 마지막인 3연 2행에 이르러 독자들은 '미풍=검은 표본=옷을 벗은 여자들'의 정체가 무엇인지를 알아차릴 수 있다. 그들은 바로 "아우슈뷔치 수용소(收容所)"의 가스실에서 학살당하기 직전에 옷을 모두 벗어야 했던 여성들이 학살되는 여성들을 '표본들'의 이미지로 제시한 것도 이러한 해석을 뒷받침한다. 나치는 가스를 이용한 대량 학살, 생체 실험, 인간의 자유의지를 통제하고 굴복시키는 시험 등의 표본으로 아우슈비츠의 수용자들을 이용하였기 때문이다.

3연 2행의 마지막 문장을 1연 1행의 첫 번째 문장에 연결시켜 본다면, '반세기가 지난 아우슈뷔치 수용소의 한 부분을 차지한→미풍이 일고 있었다'라는 하나의 온전한 문장이 된다. 반세기가 지나도록 아우슈비츠 수용소의 한 부분에서 미풍이 불고 있었다는 뜻이다. 그런데 위 작품은 이 미풍의 움직임을 검은 표본들의 움직임, 즉 아우슈비츠에서 옷이 모두 벗겨진 채로 학살된 여성들의 움직임으로 형상화한다. 여기에서 독자는 반세기가 지나도록 수용소에서 떠나지 못하고 미풍처럼 떠도는 망자의 넋을 느낄 수 있다. 이처럼 「지대」의 이미지는 희생된 인간의 영혼들을 반세기의 더께 속으로부터 가시화하여 상기시킨다.

또한 위 시는 2연에서 "한 여자의 눈은 확대(擴大)되어 가고 있었다"라고 묘사한다. 3개의 연 가운데 두 번째 연에, 즉 텍스트의 중앙에 확대되어 가고 있는 여자의 눈 이미지를 배치시킴으로써, 이미지가 우리를 응시하게 만드는 효과를 발생시키는 것이다. 김종삼의 1960년대 시편 전반에서 여성주의적 시야는 매우 중요하고 빈번하게 나타난다. 그것은 힘이 없다는 이유로 폭력의 역사에 의해 희생되었던 여성의 입장에서 희생된 자들을 기억하고 평화를 희구하는 시각이라고 할 수 있다.

디디-위베르만은 아우슈비츠를 직접 체험하지 않은 자들이 아우슈비츠를 "알기 위해서는 스스로 상상해야 한다"라고, 그 고통과 끔찍함을 "기억하기 위해서는 상상해야 한다"라고 말한다. 아우슈비츠의 끔찍함에 관해서 우리는 흔히 '말할 수 없다'거나 '상상할 수 없다'라는 절대적인 용어들을 사용한다. 그럼에도 "이미지는 사유 또는 성찰이 불가능한 것처럼 보이는 곳에서, 또는 최소한 사유가 정지해 있으며 망연자실해져 있고 얼이 빠져 있는 것처럼 보이는 곳에서 돌연히 출현"할 수 있다는 것이다.[129] 이처럼 살아남는 이미지는 상상 불가능성에 저항한다는 점에서 정치적 의미를 지닐 수 있다.

디디-위베르만은 이미지가 '유령적(phantasmal)'이라고 하였다. 아우슈비츠의 이미지처럼, 아카이브(archive)로서의 이미지는 "죽은 자의 소리들의 질료적 흔적으로서 다뤄지기" 때문이다.[130] "가장 깊게 매장되어 있고 가장 유령적이기 때문에 가장 죽어 있는" 이미지는 "가장 움직이고 가장 가까우며 가장 충동적이고 가장 본능적이기 때문에 가장 살아 있는 것이다." 따라서

---

129 Georges Didi-Huberman, *Images in Spite of All: Four Photographs from Auschwitz*, trans. Shane B. Lillis, Chicago, London: The Universoty of Chicago Press, 2008, pp.3-30.

130 Georges Didi-Huberman, *The Surviving Image: Phantoms of Time and Time of Phantoms: Aby Warburg's History of Art*, University Park, Pennsylvania: The Pennsylvania State University Press, 2017, p.40.

이를 "살아남음(Nachleben)의 기이한 변증법"이라고 할 수 있다.[131] 이러한 맥락에서 아비 바르부르크(Aby Warburg, 1866-1929)는 "아카이브적 자료들은 들리지 않는 목소리들의 어조와 음색을 복원하기 위하여 독해된다"라고 말한다.[132] 「지대」에서 아우슈비츠를 반세기 동안 배회하는 미풍의 이미지는 가장 유령적인 이미지이지만, 가장 살아남는 이미지가 된다.

또한 여자들의 이미지와 미풍의 이미지 사이에서 서로 이행하고 전치하는 운동이 일어나는 까닭은 고대 신화의 정령(nymph) 이미지가 살아남은 것이라고 볼 수도 있다. 디디-위베르만에 따르면, 정령은 바람-여성 속에서 육화되고, (원래 '숨결'을 뜻하는) 아우라(Aura) 속에서 육화된다고 한다.[133] 「지대」의 바람-여성 이미지도 그러한 정령 이미지로 해석할 수 있다. 왜냐하면 김종삼은 말라르메의 시 「목신의 오후」를 자신의 산문에서 직접 언급한 바 있기 때문이다.[134] 「목신의 오후」는 목신 판(pan)과 정령 사이의 이야기가 주를 이룬다. 이 시는 다음과 같이 시작한다. "이 정령들을, 나는 영속시키고 싶다 // 그토록 밝은, / 그녀들은 가볍게 육화하고, 그 육화는 무성한 잠으로

131 Ibid., pp.91-92.
132 Aby Warburg, "The Art of Portraiture and the Florentine Bourgeoisie," *The Renewal of Pagan Antiquity: Contribution to the Cultural History of the European Renaissance*, trans. David Britt, Los Angeles, CA: Getty Research Institute for the History of Art and the Humanities, 1999, p.187.
133 Georges Didi-Huberman, *The Surviving Image: Phantoms of Time and Time of Phantoms: Aby Warburg's History of Art*, op, cit., pp.163-165; Aby Warburg, "Francesco Sassetti's Last Injunctions to His Son," *The Renewal of Pagan Antiquity: Contribution to the Cultural History of the European Renaissance*, op. cit., p.240.
134 金宗三, 「먼 「詩人의 領域」」, 앞의 글, 317쪽.

무거운 대기(大氣) 속을 날아다닌다 // 내가 꿈을 사랑했나?"[135] 여기에서도 님프들은 너무나 밝고 가벼워서 대기 속에 육화하는 이미지로 나타나는 것이다. 이 구절에서 말라르메는 명확하게 '육화하다(incarnat)'라는 시어를 썼다. 육화는 비가시적인 것과 가시적인 것이 서로 이행하고 전치되는 움직임이라는 점에서 이미지의 독특한 힘과 상통한다.

이렇게 본다면 김종삼의 아우슈비츠 시편이 단순히 인간으로서의 원죄의식과 수치심만을 나타냈다는 기존 연구 견해는 재고할 여지가 있다. 「지대」에 나타나는 유령으로서의 정령 이미지는 아우슈비츠에서 학살된 여성의 죽음과 부재에 움직임과 힘을 불어넣기 때문이다. 이는 원죄의식이나 수치심이 아니라, 어떠한 폭력에도 결코 파괴될 수 없는 인간 영혼의 생명력을 표현한다고 볼 수 있다. 「아우슈뷔치」(1963.12)는 이러한 관점에서 새롭게 해석될 수 있는 또 하나의 아우슈비츠 시편이다.

---

135 "Ces nymphes, je les veux perpétuer. / Si clair, / Leur incarnat léger, qu'il voltige dans l' air / Assoupi de sommeils touffus. // Aimai-je un rêve?(Stéphane Mallarmé, *Collected Poems and Other Verse*, trans. E. H. and A. M. Blackmore, Oxford, New York: Oxford University Press, 1994, pp.38-39)." 「목신의 오후」 프랑스어 원문과 영어 번역을 함께 제시한 이 책에서는, 프랑스어 원문의 'incarnat'를 '육화하다'라는 의미의 영어 단어 'incarnate'로 분명히 옮겼다. 프랑스어에서 'incarnat'는 '선홍색'이라는 뜻과도 관련이 있다. 프랑스어에서 'carnation'은 '혈색' 또는 '살색'을 뜻하기 때문이다. 「목신의 오후」 원문에서 'incarnat'는 정령들이 대기 중에 육화된다는 의미뿐만 아니라, 대기 중에 육화되는 정령들 피부의 발그레한 빛깔의 의미도 내포한다.

(가)	(나)
어린 校門이 **가까이 보이고 있었다.**	어린 校門이 보이고 있었다.
한 기슭엔 雜草가,	한 기슭엔 雜草가,
날빛은 어느 때나 영롱하였다.	
	죽음을 털고 일어나면
어쩌다가 죽음을 털고 일어나면	어린 校門이 **가까웠다.**
날빛은 영롱하였다.	한 기슭엔
어린 校門이 **가까이 보이고 있었다.**	如前 雜草가, **아침 메뉴를 들고**
한 기슭엔	校門에서 뛰어나온 學童이 學父兄을 반기는 그
如前 雜草가,	림처럼
校門에서 뛰어나온 學童이 學父兄을 반기는 그	**복실 강아지가 그 뒤에서 조고맣게 쳐다 보고**
림 처럼	있었다.
바둑 강아지가 그 뒤에서 조고마게 처다 보고	아우슈뷔츠 收容所 鐵條網 기슭엔 雜草가 무성
있었다.	해 가고 있었다.
아우슈뷔치 收容所 鐵條網 기슭엔 雜草가 무성	
해 가고 있었다.	
—「아우슈뷔치」, 전문.[136]	—「아우슈뷔츠」, 전문.[137]

'어린 교문'은 '학동(學童)'과 같은 어린이들의 생명력과 연관이 있다고 할 수 있다. 이와 대조적으로 '수용소 철조망'은 인류사의 가장 끔찍한 폭력과 연관된다. 따라서 두 이미지는 극명한 대립을 이룬다. 이처럼 상반되는 '어린 교문'과 '아우슈비츠 수용소 철조망'의 두 이미지를 서로 이행시키고 전치시킨 까닭은 무엇일까? 그 까닭은 시적 화자가 처해 있는 정황과 관련이 있다. 이 시의 화자는 "죽음을 털고 일어나면 / 어린 교문(校門)이 가까"이 보였다고 말한다. 다시 말해서 시적 화자는 죽음 속에서 다시 살아난 자인 것이다. 죽음으로부터 부활한 시적 화자의 시선으로 바라본다면, 죽음의 상징인 아우슈비츠 수용소 철조망조차도 어린이들의 생명력이 넘치는 학교의 교문

---

136 金宗三, 「아우슈뷔치」, 『現代詩』 第5輯, 1963.12, 200쪽.

137 金宗三, 「아우슈뷔츠」, 金宗三·文德守·金光林, 앞의 책, 24-25쪽.

처럼 보일 수 있다. 또한 수용소 철조망 기슭에 무성하게 자라고 있는 잡초들마저도 그 "교문(校門)에서 뛰어나온 학동(學童)이 / 학부형(學父兄)을 반기는 그림처럼" 보일 수 있으며, 그 교문 "뒤에서" 시적 화자를 "조그맣게 쳐다보고" 있는 "복실 강아지"처럼 보일 수 있다. 강아지풀과 같은 잡초는 '복실 강아지'처럼 보이기도 하며, 무성하게 자란 잡초들은 그 자체로도 털이 복슬복슬한 강아지와 닮았기 때문이다.

수용소 철조망 근처에 무성히 자란 잡초들은 그 비극성과 황폐함을 느끼게 할 뿐이겠지만, 죽음을 털고 살아난 자의 시선에는 그것이 활기찬 강아지의 생명력으로 느껴질 수 있다. 또한 강아지들은 친숙한 사람을 보면 무척 반기며 달려간다. 이러한 모습은 학동이 학부형을 반기느라고 교문을 뛰어나가는 모습과 겹쳐질 수 있다. 김종삼의 시에서 학동과 같은 어린이 이미지들은 인간의 원천적 신성인 생명력을 가시화하는 것이다. 수용소 철조망으로부터 죽음을 털어 내고 일어나는 자는 생명이 없는 것조차 생명체처럼 바라볼 수 있다. 죽음 속에서 되살아나는 사람의 이미지는 폭력의 역사가 남기고 간 폐허 속에 생명력을 불어넣는 것이다. 이와 같이 김종삼의 시에서 약소민족의 이미지들은 생명력으로서의 신성을 상기시킨다.

| 차별적 범주를 초극하는 인간 보편의 아름다움 |

약소민족에게 내재하는 신성은 김종삼의 대표작 「북치는 소년」에서도 잘 나타난다. 한국의 "아희"가 "가난"할 수밖에 없는 이유는, 한국 민족이 일제 파시즘의 식민 지배와 한국전쟁 등과 같은 역사의 여러 모순을 집약적으로 겪었기 때문이라고 할 수 있다. 하지만 가난한 한국의 아이는 그러한 역사의 모순들이 집약된 상황 속에서도 인간의 내재적 신성을 드러낸다. 이는 인간의 보편적 신성을 회복할 수 있는 가능성이 폭력적 역사의 모순을 집약적으로 체험한 민족에 의하여 주체적으로 모색·실현될 수 있다고 보는 동학의 사유와 맞닿는다.

> 내용 없는 아름다움처럼
>
> 가난한 아희에게 온
> 서양 나라에서 온
> 아름다운 크리스마스 카드처럼
>
> 어린 羊들의 등성이에 반짝이는 진눈깨비처럼.
>
> —「북치는 소년」, 전문.[138]

위 시에서 "내용 없는 아름다움"이라는 표현은 지금까지 수많은 연구자들이 김종삼의 시 세계를 현실 도피적 무의미의 순수시로 파악하는 근거가 되어 왔다. 하지만 그 표현만을 따로 떼어 놓고 분석하게 되면, 그것이 담고 있는 함의들을 제대로 이해하지 못할 위험이 클 것이다. 그러므로 먼저 이 표현과 작품 제목의 연관성을 섬세하게 고찰할 필요가 있다. 강연호와 류경미가 언급하였듯, 〈북치는 소년〉은 일차적으로 크리스마스 캐럴 〈북치는 소년(The Little Drummer Boy)〉을 가리킨다. 그러므로 '내용 없는 아름다움'이 무

---

138 金宗三, 「북치는 소년」, 高遠 외, 앞의 책, 121쪽.

엇인지를 알기 위해서는 영어 캐럴 〈북치는 소년〉의 가사와 비교해 볼 필요가 있다.

Come they told me	그들이 저에게 오라고 말했어요
Our new born King to see	우리가 가서
Our finest gifts we bring	새로 태어난 왕을 만나기 위해
To lay before the King	우리의 가장 좋은 선물을
So to honor Him	왕 앞에 드리기 위해
When we come.	그리하여 그를 경배할 수 있게
Baby Jesus,	아기 예수님,
I am a poor boy too	저도 가난한 소년이에요
I have no gift to bring	저는 왕에게 드릴만한 선물을
That's fit to give the King	가져오지 못했어요
Shall I play for you	당신을 위해
On my drum?	제 북을 연주해도 될까요
Mary nodded	마리아가 끄덕였어요
The ox and lamb kept time	소와 새끼양이 박자를 맞췄어요
I played my drum for Him	저는 그를 위하여 연주했어요
I played my best for Him	저는 그를 위하여 최선을 다했어요
Then He smiled at me	그때 그가 저를 향해서 웃었어요
Me and my drum	저와 제 북을 향해서

영어 캐럴 〈북치는 소년〉의 노랫말은 이야기를 담고 있다. 가사의 중심인물이자 서술자는 가난한 소년이다. 이 소년은 아기 예수의 탄생을 축하하기 위해서 자신이 소유하고 있는 것 중의 가장 좋은 것을 아기 예수에게 바치고자 한다. 소년은 자신이 비록 물질적으로 궁핍하지만, 아기 예수에게 바칠만큼 고귀한 것이 자기에게 주어져 있다고 생각한다. 그것은 북으로 아름다운 음악을 연주하는 능력이다. 물질적인 선물 대신에 소년은 자신이 연주하는 북소리를 아기 예수에게 바친다. 그러자 아기 예수는 북치는 소년을 보고 미소 짓는다. 아기 예수는 부유한 자들이 값비싼 물건을 선물하는 것보다도, 가진 것 없는 어린이가 자신의 마음을 다해서 북소리를 들려주는 것이 더욱

고귀한 일이라고 생각하는 것이다. 소년이 아기 예수를 위해 연주하는 북소리는 물질적 가치로 환산될 수 없는 인간의 가장 원천적이고 고귀한 마음을 의미한다.

　김종삼의 시 「북치는 소년」에서 '내용 없는 아름다움'은 위와 같은 영어 캐럴의 노랫말 내용과 긴밀하게 연관된다. 이 작품의 1연에서 말하는 '내용 없는 아름다움'은 2연의 정황을 통해서 구체적으로 예시된다. 2연이 1연의 예시라고 해석할 수 있는 이유는, 1연의 '아름다움'이라는 표현이 2연의 '아름다운'이라는 표현과 이어지기 때문이다. 이를 미루어 보면, '내용 없는 아름다움'의 구체적인 예시가 곧 "아름다운 크리스마스 카드"임을 알 수 있다. 그렇다면 시적 화자는 어째서 크리스마스카드가 내용 없는 아름다움의 예시라고 생각하는가? 그 카드는 "가난한 아희에게" 크리스마스 선물로 전달된 "서양 나라"의 카드라고 한다. 가난한 아이는 제대로 된 교육도 받지 못하였을 것이며, 따라서 크리스마스가 무엇인지, 크리스마스 카드를 자신에게 선물하는 의미가 무엇인지, 그 카드를 보낸 서양 나라가 어디인지도 충분히 알지 못할 것이다. 이러한 정황을 미루어 본다면, '내용이 없다'는 것은 일차적으로 가난한 아이가 자신이 받은 크리스마스카드의 내용이 무엇인지 정확하게 알지 못한다는 것을 뜻한다.

　또한 크리스마스 카드는 가난을 당장 해결하는 데 도움이 되지 않는, 즉 먹을 것도 입을 것도 아닌 카드일 뿐이다("내용 없는"). 그럼에도 그것이 오히려 가난한 아이에게 지극한 기쁨("아름다움")을 선사한다. 지식을 학습하지 못한 인간에게도, 물질적으로 빈곤한 인간에게도, 외국의 문화에 낯선 인간에게도, 내용 없는 아름다움은 가장 보편적인 차원에서 소통·전달될 수 있다. 지식의 학습, 물질적 소유, 국가의 관습 등은 인간이 교육을 받고 사회화되는 과정에서 인위적·후천적으로 인간의 정체성을 구성하는 범주들이라고 할 수 있다. 인간이 느끼는 아름다움 중에는 학습된 지식의 높낮이에 따라서, 물질적 여유의 격차에 따라서, 국가 간 관습의 차이에 따라서 더욱 아름답게 느껴지는 것도 있으며 덜 아름답게 느껴지는 것도 있다. 그처럼 차별적인 범주에 근거하는 아름다움을 '내용 있는 아름다움'이라고 부를 수 있다면, '내용 없는 아름다움'은 지식수준의 높낮이와 물질적 빈부 격차와 국가별 문화 차이와 같은 내용들을 모두 넘어선 차원의 아름다움이라고 할 수 있다. 그것은 현실에서 벗어난 무의미적 순수성의 아름다움과 달리, 현실을 살아가는 인간이 느낄 수 있는 가장 보편적인 아름다움을 의미한다.

이는 캐럴 〈북치는 소년〉의 영어 가사에 담긴 이야기의 메시지와 공명을 이룬다. 사회 통념에 따르면, 가난한 소년이 연주하는 북소리는 가장 가치 있는 것이 아니라 오히려 가장 쓸모없는 것으로 보이기 쉽다. 이 노랫말 속에서 가난한 소년의 선물은 풍부한 지식의 결과물도, 물질적 풍요의 결과물도 아니라고 할 수 있기 때문이다. 하지만 아기 예수를 가장 기쁘게 한 것은 오히려 그 소년의 북소리였다. 아기 예수가 마구간에서 태어났다는 것은 그가 가장 가난한 인간의 편에 서기 위하여 태어났다는 것을 뜻한다. 더 정확히 말하자면, 아기 예수는 사회적 규범이나 물질적 빈부의 내용을 초월할 만큼 가장 보편적인 사랑을 인간에게 제시하기 위하여 태어난 존재라고 할 수 있다. 소년이 연주하는 음악의 아름다움은 인간을 차별화하는 일체의 인위적·규범적 내용을 초월하기 때문에 아기 예수와 공유될 수 있는 것이다. 이처럼 캐럴 〈북치는 소년〉의 영어 가사도 차별적 범주의 '내용'을 초월하여 가장 보편적이고 원천적인 '아름다움'을 보여준다.

김종삼의 시 「북치는 소년」은 캐럴 〈북치는 소년〉의 가사와 동일한 주제를 나타내고 있지만, 그와 동시에 캐럴 가사의 스토리 구조를 정반대로 바꿔 놓고 있기도 하다. 두 작품에는 선물을 주고받는 스토리가 공통적으로 나타난다. 캐럴 가사에서 선물을 주는 쪽은 가난한 소년이고 선물을 받는 쪽은 아기 예수이다. 하지만 김종삼의 시에서 선물을 주는 쪽은 서양 나라이고 선물을 받는 쪽은 한국의 가난한 아이이다. 요컨대 캐럴에서 선물을 주고받는 구조는 '발신자: 가난한 소년 → 수신자: 아기 예수'인 반면에, 김종삼의 시에서는 그 구조가 '발신자: 서양 나라에서 아기 예수의 탄생을 축하하는 문화 → 수신자: 한국의 가난한 아이'로 뒤바뀌어 있는 것이다. 「북치는 소년」은 캐럴 〈북치는 소년〉과 유사한 주제를 공유하면서도 캐럴의 발신자-수신자 구조를 뒤집어 놓은 것이다.

이렇게 캐럴의 발신자-수신자 구조를 뒤집어 놓음으로써, 「북치는 소년」은 한국의 가난한 아이들을 아기 예수의 자리에 위치시킨다고 할 수 있다. 기독교 교리에 따르면, 예수와 같은 초월적 절대자는 유일신이어야만 하며 인간과 철저히 분리되어 있는 존재여야만 한다. 하지만 김종삼의 시는 가난한 한국의 아이와 같은 약소민족들을 곧 아기 예수처럼 신성한 존재로 격상시키는 것이다.

이러한 시적 사유를 가장 잘 보여주는 이미지는 「북치는 소년」의 마지막 3연에 나타난다. "어린 양(羊)"은 기독교 전통에서 예수를 상징한다. 예수는 하느님의 뜻에 따라 인간을 죄로부터 구원하기 위한 희생양이라는 점에서 '하느님의 어린 양'으로 일컬어지기 때문이다. 그런데 「북치는 소년」에서 '어린 양들'은 2연의 '아이'라는 이미지와 관련되어 있다. '아이'와 '어린 양들'은 '어리다'는 속성을 공유하기 때문이다. 이는 한국의 가난한 아이들 모두가 예수와 같은 '하느님의 어린 양'임을 의미하는 것이다. 나아가 시적 화자는 "어린 양들의 등성이에 반짝이는 진눈깨비"의 이미지를 제시한다. '진눈깨비'는 하늘로부터 내려오는 것이라는 점에서 하늘의 신성을 암시하는 이미지라 할 수 있다. 진눈깨비의 여러 속성 중에서 특히 '반짝임'이라는 속성이 강조되는데, '반짝임'은 빛의 속성이며, 빛은 신의 속성이기도 하다. 결국 "어린 양들의 등성이에 반짝이는 진눈깨비"의 이미지는 가난한 한국 어린이의 마음이 천상의 신성과 소통하고 접촉하는 상태를 가시화한다고 볼 수 있다. 표면적으로 보면, 「북치는 소년」은 가난한 한국 아이가 '서양 나라' 문화를 일방적으로 동경하거나 서구 문화가 한국의 후진적 상황에 무조건적으로 전파되는 모습을 제시하는 것처럼 보일지도 모른다. 그러나 이 시에서는 심층적인 차원에서 가난한 한국의 아이가 지식과 계급과 국경의 차이를 초극하여 인간의 가장 보편적인 아름다움과 공명하는 상태를 표현한다.

이러한 김종삼 시의 약소민족 이미지는 1970년대 중반 이후의 제3세계문학론보다 시기적으로 앞설 뿐만 아니라, 제3세계문학론으로 환원할 수 없는 보편적 문제의식을 제시한다. 오창은에 따르면, 제3세계문학론은 라틴 아메리카의 종속 심화 및 독점 강화에 관한 경제학적 논의를 한국적으로 재해석한 것이라고 한다.[139] 이밖에도 공임순은 제3세계문학론이 중심과 주변의 착취-피착취 관계를 첨예한 쟁점으로 부상시킨 1960~1970년대 제3세계의 민족해방운동 및 반제국주의운동과 관련된다고 보았다.[140] 김예림이 설명하였듯, 1970년대 제3세계문학론은 사회과학에서 비롯한 '제3세계론'이 인문학

---

139 오창은, 「'제3세계 문학론'과 '식민주의 비평'의 극복」, 우리문학회, 『우리文學硏究』 24집, 2008.6.
140 공임순, 「1960~70년대 후진성 테제와 자립의 반/체제 언설들—매판과 자립 그리고 '민족문학'의 함의를 둘러싼 헤게모니적 쟁투」, 상허학회, 『상허학보』 45집, 2015.10.

으로 넘어오면서 대항지식으로 구축되어 간 것이라 할 수 있다.[141] 이처럼 정치경제학적 틀에 근거하는 제3세계문학론과 달리, 김종삼 시의 이미지들은 신성에의 믿음을 중심으로 하는 문화적 정체성의 관점에서 약소민족의 문제를 사유케 한다. 이는 문화적 관점에서 인간의 문제를 성찰하는 보편주의 문학의 성취라 할 수 있다.

또한 제3세계문학론에서 '제3세계'는 주로 신생국, 신흥국, 후진국, 개발도상국, 중립국, 비동맹국가, 아시아-아프리카-라틴아메리카(AALA) 등을 가리키는 개념이었다. 김명인은 제3세계론이 본질적으로 근대주의적·일국적인 민족문학론의 일종이이라는 점에서, 민족 이외의 것을 타자화하거나 위계화할 수밖에 없는 논리 일반의 문제점으로부터 자유로울 수 없다고 지적하였다.[142] 또한 박연희는 『창작과비평』을 중심으로 하는 1970년대 민족문학론이 미국 흑인문학 중심의 민중 개념에 토대를 두며, 이는 굴절된 아메리카니즘 또는 서구 중심주의로부터 자유롭지 못하다고 비판하였다.[143] 이와 달리 1960년대 김종삼 시의 이미지들은 유태인·흑인·한국인의 공통성 및 연대감을 사유한다는 점에서 제3세계문학론의 한계를 뛰어넘는다. 또한 김종삼의 약소민족 시편들은 제3세계문학론의 무의식에 깔려 있는 서구 중심주의와 달리, 서구 중심주의적 역사 속에서 억압되어 온 민족들의 인류학적 이

---

141 김예림, 「1960~1970년대의 제3세계론과 제3세계문학론」, 상허학회, 『상허학보』 50집, 2017.6, 420쪽.

142 김명인, 「민족문학론과 동아시아론의 비판적 검토—해방의 서사를 기다리며」, 민족문학사학회 · 민족문학사연구소, 『민족문학사연구』 50호, 2012.12.

143 박연희, 「제3세계 문학의 수용과 전유—『창작과비평』의 미국 흑인문학론을 중심으로」, 상허학회, 『상허학보』 47집, 2016.6.

미지들을 제시함으로써 그 억압에 대한 비판 작용을 한다.

지금까지 김종삼의 1960년대 시편에 나타난 약소민족의 이미지를 살펴보았다. 김종삼의 아우슈비츠 연작에 나타난 유태인 이미지는 1) 제국주의와 파시즘이 지배해 온 역사 속에서 지속적으로 희생되고 억압받아 온 민족, 2) 그 억압 속에서도 하늘의 신성이라는 정신적 원천을 지키는 민족의 알레고리라 할 수 있다. 그 때문에 김종삼의 시에서는 유태인 이미지뿐 아니라 흑인과 아메리카 원주민의 이미지도 한국 민족과의 알레고리를 이룬다. 그와 같은 맥락에서 김종삼의 대표작 중 하나인 「북치는 소년」은 현실을 초월한 무의미의 아름다움이 아니라 지식과 빈부와 국가 등의 모든 차별적 범주들을 넘어선 인간 보편의 신성을 표현한다. 이러한 김종삼 시의 약소민족 이미지는 정치경제학적 담론에 기초해 있는 제3세계론과 달리 신성에 기초한 제3세계적 사유를 드러낸다는 점에서 문학사적 의의가 적지 않다고 할 수 있다.

| 제3부 |
살아남는 이미지로 파시즘에 맞서기

제1장
문명위기와 에고이즘

| 핵 위기 속에서 모색하는 우주와의 일체감 |

제4부에서는 김종삼의 1970년대 이후 시편에 나타난 네오파시즘 비판 등의 문명사적 위기의식을 고찰하고, 그와 관련하여 에고이즘의 극복과 내재적 신성을 제시하는 시인 정신 및 민중 이미지들을 살펴보고자 한다. 김종삼은 1970년대 이후 시편에서부터 문명사적 위기를 진단하고, 그 문명위기의 초극 방안으로서 인간의 내재적 신성을 제시한다. 김종삼의 1970년대 이후 시편에서 그 내재적 신성은 죽음의 측면과 삶의 측면이라는 두 갈래로 나타난다고 할 수 있다. 하나는 죽은 뒤에도 내재적 신성으로 살아남는 시인 정신과 꿈의 이미지이며, 다른 하나는 사람과 삶의 신성을 표현하는 민중의 이미지이다.

김종삼의 1970년대 이후 시편에서는 문명사적 위기의식이 한층 더 뚜렷하게 나타난다. 이 시기 김종삼의 시에서는 점차 악화되어 가는 시인 자신의 신체적 고통을 핵무기 개발과 같은 기술 지배적 문명의 질병으로 알레고리화한다. 나아가 김종삼의 시 세계는 발레리에 대한 비판 등을 통해서, 문명사적 병폐의 근본 원인이 배타적 이기주의와 그로 인한 내재적 신성의 상실에 있음을 사유한다. 또한 이 시기 김종삼 시의 이미지들은 우주적 신성에 관한 아인슈타인과 릴케 등의 사유와 접속한다. 이러한 이미지는 문명위기의 근본적인 극복 방안을 내재적 신성으로 형상화한다.

김종삼은 1974년부터 자신의 신체적 병세가 급격하게 악화되어 가는 상황을 시 작품으로 표현하기 시작하였다. 예를 들어 1974년 겨울에 발표한 「투병기(鬪病記) 2」와 「투병기(鬪病記) 3」, 그다음 해에 발표한 「투병기(鬪病記)」와 「원정(園丁)」, 1976년 발표작 「궂은 날」, 1978년 작품 「앞날을 향하여」 등을 꼽을 수 있다.[1] 이와 같이 신체적 질병의 고통을 직접적으로 표출하는 작품들은 그 이전 시기의 김종삼 시 세계에서는 찾아볼 수 없는 것이다. 김종삼은 1975년 6월 4일 자 『조선일보』에 발표한 작품 「원정」의 '시작(詩作) 메모'를 통해서, 자신이 "작년 이맘때 병원에 입원했다"라고 밝혔다.[2] 이를 미루어 보면, 시인은 1974년 6월 무렵부터 투병 생활을 시작하였으리라는 추정이 가능하다. 이 시점부터 김종삼은 1984년에 작품 활동을 마칠 때까지 자신이 겪는 병환에 관해서 적지 않은 분량의 작품을 지속적으로 발표하였다.

그의 질병 시편은 개인적인 질병의 이미지를 통하여 문명사적인 질병을 알레고리적으로 표현한다. 이는 죄의식이나 죽음충동만을 나타내는 것이라기보다, 문명 비평적 의식을 나타낸 것에 더 가깝다고 할 수 있다. 김종삼의 「투병기」는 이러한 특성을 잘 보여주는 작품이다.

---

1   金宗三, 「鬪病記 · 2」, 『文學과知性』, 1974. 겨울; 金宗三, 「鬪病記 · 3」, 『文學과知性』, 1974. 겨울; 金宗三, 「鬪病記」, 『現代文學』, 1975.1; 金宗三, 「園丁」, 『朝鮮日報』, 1975.6.4; 金宗三, 「궂은 날」, 『月刊文學』, 1976.1; 金宗三, 「앞날을 향하여」, 『心象』, 1978.8.
2   金宗三, 「園丁」, 앞의 글.

꺼먼 부락이다

몇 겹의 유리가 하나씩 벗겨지고 있었다

살 곳을 찾아가는 중이다

하얀 바람결이 차다

집들은 샤갈이 그린 폐가들이고

골목들은 프로이트가 다니던

진수렁투성이다

안고 가던 쉔베르크의 악기가

깽깽거린다

―「鬪病記」, 전문.[3]

이 시에 등장하는 인물들 사이에는 뚜렷한 공통점이 있다. 마르크 샤갈 (Marc Chagall, 1887-1985)은 유태인 화가로서, 1941년에 나치의 탄압을 피하여 미국으로 망명하였다. 또한 프로이트는 1938년에 비엔나를 떠나 런던으로 망명하였다. 또한 아르놀트 쉔베르크(Arnold Schönberg, 1874-1951)는 유태인 음악가로서, 1933년 나치에 의해 유럽에서 추방되어 1941년에 캘리포니아로 이주하였다. 이들은 공통적으로 박해를 받고 삶의 터전까지 잃어버렸던 유태인이다.[4]

3   金宗三, 「鬪病記」, 앞의 글, 239쪽.
4   이 밖에도 김종삼의 시 세계 곳곳에서는 유태인 예술가들을 호명한다. 예를 들어 「音樂 ―마라의 「죽은 아이를 追慕하는 노래」에 부쳐서」(『文學春秋』, 1964.12), 「꿈속의 나라」 (『現代文學』, 1976.11), 「音―宗文兄에게」(『누군가 나에게 물었다』, 民音社, 1982)에서 등 장하는 구스타프 말러는 오스트리아 안에서는 보헤미아인, 독일인 중에서는 오스트리아

이 작품에서 개인적 질병의 이미지와 시대적 질병의 이미지는 알레고리를 이룬다. 그런데 샤갈, 프로이트, 쇤베르크는 파시즘과 같은 폭력의 문명 속에서도 오히려 예술과 학문을 통하여 인간의 가치를 적극적으로 드러내었다. 따라서 「투병기」의 유태인 예술가·지식인 이미지들은 인류 문명사의 질병에 맞서서 인간 영혼의 신성을 밝히려는 약소민족의 문화적 정체성과 알레고리를 형성한다.

어째서 김종삼은 이 시기부터 악화되어 가는 자신의 신체적 질병을 인류 문명사적 위기의 알레고리로 제시하기 시작하였을까? 김종삼의 1970년대 이후 질병 시편 속에서는 어째서 나치의 유태인 탄압과 같은 30여 년 전의 과거가 다시 호명되었을까? 이는 당대에 시인이 느끼고 있던 문명사적 위기 의식과 관련이 있지 않을까? 김종삼이 처해 있던 1970년대의 시대 현실은 어떠한 측면에서 김종삼의 위기의식을 불러일으켰던 것일까? 이 물음들과 관련된 실마리는 「개체(個體)」 속에 담겨 있다.

間間 暴音의 底邊 夜間 鍛造工廠과

인, 세계 안에서는 유대인이라는 삼중의 이방인으로서 살아갔던 음악가이다. 또한 김종삼의 「라산스카」 연작에서 제목이 가리키는 훌다 라샨스카(Hulda Lashanska, 1893-1974)는 러시아 유태계 집안에서 태어난 미국인 소프라노이다. 「라산스카」 연작의 제목이 훌다 라샨스카를 가리킨다는 사실은 신철규가 처음 밝혔다(신철규, 「하늘과 땅 사이를 비껴가는 노래, 「라산스카」—전집에 미수록된 두 편의 「라산스카」」, 『현대시학』, 2014.11). 김종삼의 시 「첼로의 PABLO CASALS」(『現代詩學』, 1973.9)에 등장하는 반다 란도프스카(Wanda Landowska, 1879-1959)는 바르샤바 유태계 집안에서 태어난 폴란드인 하프시코드 및 피아노 연주자로서, 1940년에 나치를 피해 미국으로 망명했다. 이처럼 김종삼의 시 세계에 나오는 유태인 예술가들은 긴밀한 연관성 속에서 해석할 필요가 있다.

딴 世界 이 곳엔 甚한 傾斜이다

漆黑이다

尨大하다

빗방울이 번지고 있었다

죽음의 재들이 날아 와 불고 있었다 해괴한 光彩를 일으키는 巨大한 物體
가 스파크되고 있었다

空中을 흘러가는 널판조각들의 溶暗은 거꾸로 가고 있었다

나의 精神은 술렁이고 있다.

—「個體」, 전문.[5]

「개체」는 겉으로 보기에 구체적으로 무엇을 표현하는지 쉽게 알기 어렵
다. 하지만 작품의 3연에서 "죽음의 재"라는 시어가 의미하는 바는 다소 명
확한 편이다. "죽음의 재"는 '핵폭발에 의하여 생겨나 주변의 땅 위에 떨어지
는 방사성 낙진(落塵)'을 달리 이르는 말이기 때문이다. 한국의 일간지 기사
에 따르면, 1954년 3월 1일 태평양 비키니섬에서 실시된 수소폭탄 핵실험에
서 발생한 낙진이 일본에 피해를 입혔을 때, 그 낙진을 '죽음의 재'라고 일컬
었다고 한다.[6] 그렇다면 3연에서 "해괴한 광채(光彩)를 일으키는 거대(巨大)

---

5   金宗三,「個體」,『月刊文學』, 1971. 5, 194쪽.
6   「原水爆과 氣象」,『東亞日報』, 1954. 8. 8.

한 물체(物體)가 스파크되고 있었다"라는 구절은 거대한 핵무기가 폭발하여 스파크를 일으키며 광채를 뿜는 모습을 표현한 것이라고 충분히 짐작해 볼 수 있다.

여기에서 흥미로운 지점은 3연의 서술이 물리적인 시간 순서의 반대 방향으로 진행된다는 점이다. '죽음의 재', 즉 방사성 낙진은 핵폭탄이 지상에서 폭발하고 얼마 동안의 시간이 경과한 이후에 불어오는 것이다. 반면에 이 작품의 3연은 "죽음의 재들이 날아 와 불고 있었다"라는 문장 바로 다음에 핵무기의 폭발 장면에 해당하는 문장을 배치한다. 4연의 "용암(溶暗)은 거꾸로 가고 있었다"라는 구절에서 '용암'이라는 시어는 영화나 연극의 전문 용어로서, '화면이 처음에 밝았다가 점차 어두워지는 기법', 즉 '페이드아웃(fade-out)'을 의미한다. 「개체」는 페이드아웃의 기법을 활용한 것이다.

4연에서는 '거꾸로 가는 용암(페이드아웃)'에 의하여 점차 밝아지는 화면 속으로 비행기들이 날아가는 장면을 보여준다. 3연에서는 그 비행기에서 투하된 핵폭탄이 거대한 섬광을 일으키며 폭발하고, 뒤이어 죽음의 재가 불어오는 장면을 제시한다. 이와 같은 진행 과정에 따른다면, 시의 2연은 죽음의 재가 불어온 뒤에 황폐해진 대지의 풍경을 묘사한 것이라 할 수 있다. 2연에서 "심(甚)한 경사(傾斜)이다 / 칠흑(漆黑)이다 / 방대(尨大)하다"라는 구절은 핵무기에 의해 방대한 구역의 표면이 깊게 파이고 황폐화된 모습을 연상케 한다. "빗방울이 번지고 있었다"라는 구절은 '죽음의 재'라는 시어와 의미상 연관이 있다. 방사성 낙진은 대기를 타고 이동하다가 빗물로 내리면서 심각한 피해를 입히기 때문이다.

그렇다면 「개체」에서 핵무기 이용의 궁극적인 시발점 또는 원인으로 제시한 것은 마지막 5연에 해당한다고 볼 수 있다. 왜냐하면 이 시는 스토리의 인과관계에 따른 전개를 역순으로 제시한 것이기 때문이다. 시의 마지막 연은 "나의 정신(精神)은 술렁이고 있다"라는 표현으로 끝난다. 따라서 핵무기로 인한 세계 파괴는 '나의 정신'으로부터 비롯하였다는 것이다. 이처럼 「개체」는 핵무기로 인한 세계 파괴의 근본 원인을 되짚어 감으로써, 인류 문명을 위협하는 사태가 개인의 정신에서 비롯하였다는 시적 사유를 제시한다.

이 작품의 제목이 「개체」인 까닭도 이러한 맥락에서 이해할 수 있다. 개체는 개인과 비슷한 뜻의 낱말이기 때문이다. 그런데 「개체」는 문명 전체의 위기가 근본적으로 개인적 정신에서 비롯한다는 사유를 암시한다. 문명사적 위기의 근본 원인이 잘못된 개인적 정신 속에 있기 때문에, 문명의 위기를 극복할 수 있는 방안도 올바른 정신 속에서 찾을 수 있을 것이다. 이처럼 김종삼의 1970년대 이후 시편은 문명 전체의 위기를 정치경제학적인 관점이 아니라 인간의 정신적 관점에서 파악한다.

김종삼의 시 세계는 당대 현실을 핵무기 개발과 같은 문명사적 위기로 진단한다. 예를 들어 그의 1975년 작품 「가을」에는 "어지러운 문명(文明) 속에 날은 어두워졌다"라는 구절이 나타난다.[7] 아마도 김종삼은 인류의 정신이 올바르지 못하기 때문에, 이 세계가 핵무기 등과 같은 문명의 위기에 처하였다고 생각한 것이 아닐까? 이와 같은 맥락에서 그의 1970년대 이후 시편은 핵무기 개발에 공헌한 알베르트 아인슈타인(Albert Einstein, 1879-1955)을 호명한다. 「파편(破片)—김춘수씨(金春洙氏)에게」는 아인슈타인과 관련된 문제를 시 창작의 문제와 연관시킨 작품 중 하나이다.

---

7   金宗三, 「가을」, 『新東亞』, 1975.12, 149쪽; 金宗三, 「가을」, 『詩人學校』, 新現實社, 1977, 19쪽; 金宗三, 「가을」, 『평화롭게』, 高麗苑, 1984, 57쪽.

어느 날밤

超速으로 흘러가는

몇 조각의 詩 破片은

軌道를 脫線한 宇宙船과 合勢해

가고 있었다.

처지기도 하고 앞서기도 한다.

그러다가는 치솟았다가 뭉치었다가

흩어지곤 한다.

超速으로 흘러가는

몇 조각의 詩 破片은

아인슈타인이 神이 버리고 간

宇宙迷兒들이다

어떻게 생긴지 모른다

毅然하다

어떤 때엔 아름다운 和音이 반짝이는

작은 방울 소릴 내이곤 한다

세자르 프랑크의 별.

—「破片—金春洙氏에게」, 전문.[8]

---

8   金宗三, 「破片—金春洙氏에게」, 『月刊文學』, 1977.6, 138-139쪽(강조는 인용자).

「파편」의 시간적 배경은 "어느 날밤"이다. 낮은 이성이 지배하는 시간이라면, 밤은 이성으로 파악하기 힘든 꿈이 활동을 개시하는 시간이라 할 수 있다. 이러한 밤의 시간 속에서, 시적 화자는 "몇 조각의 시(詩) 파편"이 "우주" 속을 "초속으로 흘러" 간다고 말한다. '초속'은 사전적(辭典的)으로 '보통보다 훨씬 빠른 속도'를 의미한다. 하지만 이 한자어의 축차적인 의미는 '물리적 속도를 초월한 상태'라고 풀이할 수도 있다. 김종삼에게 시(詩)는 과학적으로 분석 가능한 물리법칙의 영역을 초월하여 우주와 소통하는 매체이기 때문이다.

이처럼 물리적·이성적 영역을 초월한 시(詩)는 "신(神)이 버리고 간 / 우주미아(宇宙迷兒)"라고도 한다. 오늘날의 시는 우주적 신성과 온전하게 소통하지 못하고 있다는 것이다. 이 작품의 제목을 「파편」이라고 붙인 까닭도 이러한 맥락에서 해석할 수 있다. 오늘날의 시는 우주적 신성 자체와 멀어진 상태, 즉 신성이 깨어진 파편 상태라는 것이다.

이 시대의 시가 비록 우주적 신성의 파편에 지나지 않을지라도, 파편으로서의 시 속에는 신성의 흔적이 분명히 살아남아 있다고 할 수 있다. 이는 하나의 거울이 깨지더라도 그 파편들 각각이 거울의 속성을 여전히 지니는 것과 같기 때문이다. 그러므로 시의 파편이 "어떤 때엔 아름다운 화음(和音)이 반짝이는 / 작은 방울 소릴 내이곤 한다"는 것은 곧 신성의 파편으로서 신성을 간헐적이고 부분적으로나마 드러낸다는 뜻이 된다.

그런데 위 작품의 생경한 점은 '아인슈타인'을 호명한 대목이다. 이를 이해하기 위해서는 작품 밖으로 잠시 나와서 아인슈타인의 실제 삶과 생각을 참조할 필요가 있다. 세계를 위기로 몰아넣는 핵무기 개발에 큰 책임을 느꼈던 아인슈타인은 핵무기 반대운동에 적극적으로 앞장서는 등, 진정한 세계 평화의 실현 방안을 치열하게 고민하였다. 아인슈타인의 세계 평화 운동은 그의 독특한 우주적 종교관에서 우러나온 것이라 할 수 있다. 그는 1930년 11월 9일 자 『뉴욕 타임스 매거진』에 기고한 「종교와 과학」이라는 글에서 종교를 세 단계로 구분하였다. 첫째로, 두려움의 종교는 원시적 사회에서처럼 인간이 두려워하는 현상을 신으로 가공한 것이다. 둘째로, 도덕적 종교는 신에게 사회적·도덕적 관념을 부여하는 것이다. 아인슈타인에 따르면 모든 종교는 두려움의 종교와 도덕적 종교라는 두 가지 형태가 다양하게 혼합된 것이라고 한다. 그는 이런 종교들이 모두 의인법적(擬人法的) 신 개념에 근거한다는 점에서 공통적이라고 본다. 그것들과 달리 아인슈타인은 세 번째 단계의 종교를 적극적으로 옹호하였다. 그는 이를 '우주적 종교 감정'이라고 일컬었다. 우주적 종교 감정은 우주를 하나의 의미 있는 완전체로 체험하고자 하는 감정이기 때문에 의인법적 신(인격신) 개념을 상정하지 않는다고 하였다. 이는 교리나 교회도 필요로 하지 않기 때문에, 이러한 감정으로 충만해 있던 데모크리토스, 아시시의 성 프란체스코, 스피노자 등은 동시대인들로부터 무신론자나 이단으로 취급되기도 하였다는 것이다. 아인슈타인은 우주적 종교 감정을 일깨우고 또 살아 있게 하는 것이야말로 예술과 과학의 가장 중요한 기능이라고 생각하였다.[9]

김종삼의 「파편」에서는 단순히 우주를 과학적으로 연구한 사람으로서 아인슈타인을 묘사하지 않는다. 이 작품은 인격신 개념이 아니라 우주 전체를 신으로 느껴야 한다는 아인슈타인의 우주적 종교 감정 개념을 배경으로 하

---

9   알베르트 아인슈타인, 홍수원·구자현 옮김, 「종교와 과학」, 『아인슈타인의 나의 세계관』, 중심, 2003, 51-54쪽.

여, 시의 본질이 우주적 신성과의 합일에 있음을 암시한 것이라 할 수 있다. 「파편」에서 '아인슈타인'을 '신(神)'과 동격으로 표현한 이유도 그러한 맥락에서 해석할 필요가 있다. 이 시의 "아인슈타인이 신(神)이"라는 구절은 아인슈타인과 신을 대등한 위상으로 표현한다. 아인슈타인의 우주적 종교 감정이라는 개념은 우주 자체를 하나의 신으로 느끼는 감정이다. 그러한 감정을 품은 사람은 우주 속에 존재하는 자기 자신도 하나의 신으로 느낄 수 있다. 「파편」에서는 아인슈타인이 우주적 종교 감정을 지녔기 때문에 신과 같다고 표현한 것이다. 김종삼이 이와 같은 아인슈타인의 사유에 공감하였다는 증거는 「꿈나라」에도 나타난다. 이 시는 아인슈타인의 사유를 릴케의 사유와 중첩시킨다.

(가)	(나)
두이노城 안팎을 나무다리가 되어서 다니고 있었 다 소리가 난다	두이노城 안팎을 나무다리가 되어서 다니고 있었다 소리가 난다
간혹	간혹
죽은 친지들이 보이다가 날이 밝았다 모찰트 銅 像을 쳐다보고 있었다 **비엔나 어느 公園 一角같다 첨듣는 아름다운 和音이**	죽은 친지들이 보이다가 날이 밝았다
	모차르트 銅像을 쳐다보고 있었다
아인슈타인에게 인간의 죽음이 뭐냐고 묻는이에 게 모찰트를 못듣게 된다고 온 누리에 平和만이	아인슈타인에게 인간의 죽음이 뭐냐고 묻는 이에게 모차르트를 못듣게 된다고 **모두 모두 平和하냐고 모두 모두.**
白髮의 庭園師가 인자하게 보이고 있었다	
―「꿈나라」, 전문.[10]	―「對話」, 전문.[11]

김종삼은 「꿈나라」라는 제목을 「대화(對話)」로 고치는 등, 이 시에 상당한 수정을 가하였다. 이 시의 원래 제목이 「꿈나라」였다는 것은 '두이노성(城)'이나 '모차르트 동상(銅像)' 등의 장소들이 꿈속에서 상상한 것임을 짐작케 한다. 시인이 그 제목을 「대화」로 고친 까닭은, 이 작품의 핵심이 '대화'에 있다고 생각하였기 때문일 것이다. 이때 '대화'는 죽음이 무엇인지를 묻는 물음에 아인슈타인이 대답하는 대목, 즉 "아인슈타인에게 인간의 죽음이 뭐냐고 / 묻는 이에게 모차르트를 못듣게 된다고"라는 구절에 해당한다. 지금까지의 연구들 중에는 이것이 아인슈타인의 실제 발언이라는 점을 밝힌 사례가 없었다. 그러나 이 구절은 실제로 죽음이 무엇이냐는 물음에 대한 아인슈타인의 답변 내용을 반영한 것이다. 필자가 새로 밝혀낸 이 사실은 김종삼이 아인슈타인의 사유를 얼마나 깊고 자세히 이해하고 있었는지를 증명한다. 아인슈타인 아카이브 No. 34-321에 담겨 있는 내용은 아래와 같다.

　나의 혼을 만든 것, 그것은 모차르트였습니다. 어떤 사람이 나에게 물었습니다. "당신에게 있어서 죽음이란 무엇입니까?"라고. 나는 대답했습니다. "나에게 있어서 죽음이란 모차르트를 들을 수 없게 되는 것입니다."라고.
　나는 음악에서 이론을 추구하지는 않습니다. 인간의 내부에서부터 세차게 용솟음치는 일체감을 감각적으로 느낄 수 없는 작품은 좋아하지 않습니다. … 모차르트의 음악은 우주에 예부터 존재하여 이 거장의 손에 의해 발

10　金宗三, 「꿈나라」, 『心象』, 1975. 4, 48쪽.
11　金宗三, 「對話」, 『詩人學校』, 앞의 책, 36-37쪽.

견딜 날을 기다렸던 것처럼 순수합니다.[12]

　김종삼의 시에서 표현한 바와 같이, 아인슈타인은 실제로 '죽음이 무엇인가'라는 질문을 받은 적이 있다고 한다. 그에 대해서 아인슈타인은 '죽음은 모차르트를 들을 수 없게 되는 것'이라고 답하였다는 것이다.[13] 그렇다면 아인슈타인은 어째서 '죽음이란 모차르트를 들을 수 없게 되는 것'이라고 대답하였을까? 그 이유는 아인슈타인이 자기 나름대로 모차르트(Wolfgang Amadeus Mozart, 1756-1791)를 이해한 방식과 밀접하게 연관된다. 아인슈타인은 이론적인 음악이 자신의 취향에 맞지 않는다고 단호하게 말하였다. 이론적인 음악은 '인간의 내부에서부터 세차게 용솟음치는 일체감을 감각적으로 느낄 수 없는 작품'이기 때문이다. 뒤집어 말하자면, 아인슈타인이 애호하는 음악은 곧 인간의 내부에서 용솟음치는 일체감을 감각적으로 느낄 수 있는 음악이라 할 수 있다. 인간의 내부에서 용솟음치는 일체감을 느낀다는 것은 앞서 살펴본 우주적 종교 감정의 개념과 상통하는 측면이 있다. 아인슈타인

12　NHK 아인슈타인 팀, 현문식 옮김, 『아인슈타인의 세계 1 · 천재 과학자의 초상』, 고려원미디어, 1993, 137-138쪽.

13　김종삼이 「꿈나라」(이후 「대화」로 개작)를 발표하기 이전인 1966년에 일본에서는 아인슈타인의 이 발언이 번역된 바 있었다. "死とは……, モーツァルトお聴けなくなることだ(吉田秀和 · 高橋英郎 共編, 『モーツァルト頌』, 白水社, 1966)." 하지만 김종삼이 아인슈타인의 이 언급을 일본어 번역으로 접했다고는 보기 힘들다. 이 번역에는 누군가가 아인슈타인에게 죽음이 무엇이냐고 질문하는 내용이 빠져 있으며, 아인슈타인의 대답만이 "……"라는 말줄임표를 통해서 생략적으로 옮겨져 있다. 반면에 김종삼의 「꿈나라」에는 죽음이 무엇이냐는 질문에 대해서 아인슈타인이 대답했다는 사실을 자세하게 반영했다. 나아가 「꿈나라」는 그 질의응답의 맥락 속에서 아인슈타인이 모차르트 음악에 부여한 의미까지도 표현한다. 그러므로 김종삼이 일본어 교육을 받고 성장한 이중어 세대라는 이유만으로, 그의 지적 배경이 일본에 있다고 단정할 수는 없다.

이 지향하는 우주적 종교 감정은 우주 전체를 하나의 신성으로 바라볼 때에 인간의 내부로부터 솟아오르는 신비감이기 때문이다. 아인슈타인은 우주적 신성과의 일체감을 느끼게 하는 음악이 바로 모차르트의 작품이라고 생각하였다. 그가 '모차르트의 음악은 우주에 예부터 존재'해 왔던 것 같다고 말한 까닭도 그 때문이라고 할 수 있다. 모차르트의 음악이 인간 내면과 우주적 신성 사이의 일체감을 불러일으키기 때문에, 아인슈타인은 "나의 혼을 만든 것, 그것은 모차르트였다"라고 말한 것이다. 그에게 죽음은 개체 단위의 물리적인 생명이 멈추는 것이 아니었다. 개체와 우주 사이의 일체감을 느끼지 못하는 상태야말로 진정 죽음을 맞는 것이다. 이에 따르면, 우주와의 일체감을 느끼지 못하는 개인은 물리적으로 살아 있어도 살아 있는 것이 아니라고 할 수 있다. 죽음이란 모차르트를 듣지 못하게 되는 것이라는 아인슈타인의 대답은 이러한 맥락 속에서 이해할 수 있다.

(나)로 개작되기 이전에, (가)에는 "첨듣는 아름다운 화음(和音)"이라는 구절이 들어 있었다. 이 구절은 「파편」의 "아름다운 화음"이라는 표현과 동일하다. 앞서 자세히 논의하였듯이, 「파편」의 '아름다운 화음'은 시를 통하여 파편적으로나마 드러나는 우주적 신성을 의미한다. (가)의 3연에서 제시한 '아름다운 화음'은 그 다음의 4연에서 언급하는 "모찰트"의 음악을 가리킨다고 보아야 자연스럽다. 모차르트의 음악은 '아름다운 화음', 즉 우주적 신성을 느끼게 하는 음악이라는 것이다. 이는 아인슈타인이 모차르트를 이해한 방식과 상통한다.

(나)는 (가)의 "온 누리에 평화(平和)만이"라는 구절을 "모두 모두 평화(平和)하냐고 모두 모두"라는 구절로 수정하였다. 모차르트의 음악과 같은 예술은 인간의 마음속에 우주적 신성과의 일체감을 불러일으킨다. 그 우주적 종교

감정은 진정한 평화를 실현시킬 수 있는 원천과 같다. 나와 네가 하나의 신성임을 느낀다면, 나와 너 사이의 갈등과 전쟁은 일어날 수 없기 때문이다. 요컨대 "모두 모두 평화하냐고 모두 모두"라는 구절은 예술이 인간과 우주적 신성 사이의 일체감을 회복시켜야 하며, 그럴 때에야 비로소 참된 평화가 구현될 수 있다는 사유를 질문의 어법으로써 제시한 것이라 할 수 있다.

| 발레리의 배타적 정신 대(對) 릴케의 우주적 내면 |

또한 위 시는 아인슈타인을 릴케와 연결시킨 시라고 할 수 있다. 이 작품에서 '두이노성(城)'은 릴케의 연작시 「두이노의 비가(Duineser Elegien)」를 암시하는 시어이기 때문이다. 김종삼은 김현과의 인터뷰에서 "젊었을 때에 열심히 읽은 것은 보들레르였지만, 릴케를 읽으면서 그를 곧 떠났다"라고 말하면서, "릴케에게는 그의 진실을 배웠다"라고 덧붙였다.[14] 홀트후젠에 따르면, 「두이노의 비가」는 유럽의 기독교적 전통에서 나타나는 우주의 의미를 전도시킨 반항적 작품이라고 한다. 이 연작시는 내면화된 우주의 통일성, 즉 '내면세계장소(Weltinnenraum)'를 제시하기 때문이라는 것이다. 내면세계장소는 생과 사의 크나큰 통일체로서의 열린 장(Offene)이며, 기독교적 피안(彼岸)을 거부하고 사자(死者)의 영역에까지 확대된 독자적 차안성(此岸性)이라고 할 수 있다.[15]

위 작품에서 시적 화자의 '꿈나라'는 릴케가 말하는 내면세계장소와 같이

---

14 金炫, 「金宗三을 찾아서」, 『心象』, 1974.4.
15 H. E. 홀트후젠, 姜斗植 옮김, 『릴케』, 弘盛社, 1979, 179-180쪽.

삶과 죽음을 합일시킨다. '꿈나라'라는 내면세계장소에서는 "죽은 친지들이 보이"기도 하고, 죽은 지 오래된 아인슈타인과 대화를 나눌 수도 있기 때문이다. 기존의 연구들이 김종삼의 시 세계를 기독교적 세계관으로 분석해 왔던 것과 달리, 김종삼의 시 세계는 기독교적 세계관으로부터 벗어난 릴케의 시 세계와 심층적으로 공명하는 것이다.

물론 김종삼은 1970년대 이전부터 이미 릴케의 시 세계를 접하고 있었다. 예컨대 김종삼은 1961년에 발표한 산문 「의미(意味)의 백서(白書)」에서 릴케의 시적 사유에 경의를 표하였다. 그 까닭을 구체적으로 이해하기 위해서는 김종삼이 릴케를 언급한 산문 「의미의 백서」를 살펴볼 필요가 있다.

「바레리」는 개아(個我)와 타아(他我)가 제 각기 지니는 정신면(精神面)의 제 현상(諸現象)을 조절하는 정신의 기능을 정신의 정치학이라는 분야에서 해결지으려고 하지만 나는 그와 같이 위대한 시인이 아니어서 그런지 개아와 타아가 벗어지고 서로 얽혀져서 혼잡을 이루는 시의 잡답(雜踏) 속에서 언제나 한 발자욱 물러서서 나의 시의 경내(境內)에서 나의 이미쥐의 관조에 시간을 보내기를 더 소중히 여기고 있는 것이 사실이다. …

나는 「리르케」가 말한―새로운 언어 개념에 대해서 경건히 머리를 수그리는 기쁨을 오늘에 이르기까지도 잊어버리지는 않고 있다.

그는 말하기를 새로운 언어란 언어의 도끼가 아직도 들어가 보지 못한 깊은 수림 속에서 홀로 숨쉬고 있다고 말했다.

말하자면 함부로 지껄이는 언어들은 대개가 아름다운 정신을 찍어서 불태워 버리는 이른바 언어의 도끼와 같은 수단에 지나지 않으므로 그와 같은 언어 속에는 새로운 말이라는 것이 없다는게 우리들의 「라이나·마리아·리르케」의 지론이다. …

그러기에 「리르케」는 자기의 사랑하는 「크라라·리르케」와도 헤어져 (물론 로당의 비서도 집어치우고) 고풍한 성벽 속에서 새 움이 트이려는 역사의 소리에 귀를 기울여 가면서 홀로 촛불 밑으로 모여오는 아무도 발견해 보지 못하고 또한 맞이해 본 일 없는 언어들과 이야기를 주고 받으며 때로는 그들을 쓰다듬어 가면서 그의 만년을 보냈던 것이다.…

시인 「리르케」의 지론은 나의 시작상의 좌우명이기도 하다.[16]

위 인용문은 폴 발레리(Paul Valéry, 1871-1945)와 릴케를 암시적으로 대조시킨다. 선행 연구 중에서는 이성일의 논의만이 발레리에 관한 김종삼의 언급을 분석하였다. 그러나 이 연구자는 김종삼이 왜 하필이면 발레리와 릴케를 대비시켰는지, 발레리가 말하였다는 '정신의 정치학'이 무엇을 가리키는지 등에 관해서 구체적으로 해명하지 못하였다. 또한 이 연구의 가장 큰 문제점은 발레리의 사유가 근대적 자아 개념을 부정하는 것이라고 오해하고, 김종삼이 근대적 세계관을 비판하기 위하여 발레리를 참조하였다고 설명한다는 점이다.[17]

이 산문에서 릴케와 발레리를 비교한 것은 릴케와 발레리 사이에 실제로 문학적 교류가 있었기 때문이다. 홀트후젠에 따르면, 릴케는 1921년 초에 발레리의 시 작품을 처음 접하였다고 한다. 릴케는 발레리의 시 여러 편을 독

---

16 金宗三, 「作家는 말한다―意味의 白書」, 故 朴寅煥 外 三二人, 『韓國戰後問題詩集』, 新丘文化社, 1961, 361-362쪽.
17 이성일, 「김종삼 시론 연구―시적 언어에 대한 인식 규명을 중심으로」, 한중인문학회, 『한중인문학연구』 33집, 2011.8, 31-34쪽.

일어로 번역·출간하였으며, 이를 계기로 발레리가 1924년 4월에 릴케를 방문하였다는 것이다. 마지막으로 그들은 1926년 9월 13일 제네바 호반의 안티라는 곳에서 만났으며, 거기서 발레리의 친구 집 정원을 여러 시간 동안 산책하였다고 한다.[18] 이처럼 김종삼이 발레리와 릴케를 대비시켜 놓은 것은 일차적으로 발레리와 릴케가 실제로 교류하였다는 사실에 근거한다.

또한 발레리의 '정신의 정치학'에 관한 김종삼의 언급은 구체적으로 발레리의 연설문인 「정신의 정치학(La politique de l'esprit)」을 가리킨다. 발레리는 1932년 11월 16일 아날대학에서 「정신의 정치학」이라는 제목의 강연문을 발표하였다. 「정신의 정치학」은 근대적 자아 개념을 비판한다기보다도 오히려 근대적 자아(데카르트적 코기토) 개념에 토대를 두고 있으며, 그와 같은 측면에서 릴케의 사유와 전적으로 대비된다. 김진하에 따르면, 발레리의 '정신의 시학'은 철저하게 의식적·지성적으로 규명된 것만을 인간의 능력으로 간주하는 것이라고 한다. 따라서 발레리는 지성적 분석과 시작(詩作) 행위를 동일한 것으로 보고자 하였으며, 과학적 인식과 예술적 창조 사이의 차이를 인정하지 않았다는 것이다. 나아가 그는 자아의 지성적 기능인 정신(esprit)이 정서적 차원의 영혼(âme)보다 우월하며 물리적 차원의 생명-육체-자연과 대립한다고 보았다.[19] 마르셀 레이몽 역시 발레리의 문명 비평은 '모든 것을 지성과의 관계에서 고찰한 것'이라고 지적하였다.[20] 이처럼 발레리의 시 세계는 서

18 H. E. 홀트후젠, 앞의 책, 198-199쪽.
19 김진하, 「폴 발레리의 '정신(esprit)'의 시학 연구」, 서울대학교 박사학위논문, 2003. 2, 14-30쪽.
20 마르셀 레이몽, 이준오 옮김, 『발레리와 존재론—발레리와 정신의 유혹』, 예림기획, 1999, 186쪽.

구 근대 문명의 토대인 합리적 개인의 과학적 지성에 철저하게 근거한 것이라 할 수 있다.

홀트후젠도 마찬가지로 "릴케와 발레리, 즉 영혼과 내면세계장소의 시인과, 정신의 시인이며 데카르트 학파에 속하는 엄격하고도 명석한 지중해적인 이 광명의 시인처럼 크나큰 대립은 상상할 수가 없을 것"이라고 말하였다.[21] 실제로 「의미의 백서」에서 김종삼은 발레리와 자신의 차이를 강조하는 동시에, 릴케의 시론을 자기 "시작상의 좌우명"으로 삼고 있다고 밝혔다. 다만 김종삼은 발레리의 정신 개념에 대한 자신의 거리감을 "나는 그와 같이 위대한 시인이 아니"라고 반어적으로, 또는 겸손하게 에둘렀을 뿐이다. 그렇다면 김종삼이 접한 「정신의 정치학」은 구체적으로 어떠한 내용인가?

나의 목적은 정신을 특징짓는 것만이 아니다. 나의 목적은 무엇보다도 정신이 세계에 대해서 무엇을 만들었는지, 특히 정신이 어떻게 근대 사회를 산출하였는지를 보여주는 것이다. … 인간의 세계에서, 정신은 다른 정신들에 둘러싸여 있는 자신을 발견한다. 각각의 정신은 이를테면 자신과 같은 타자들 무리의 중심이 되며 유일하지만, 단지 규정할 수 없는 숫자의 한 단위다. 그것은 비교 불가능한 것인 동시에 아주 흔한 것이다. 각 정신과 다른 모든 정신들 사이의 관계들은 정신의 가장 중요한 부분이다. … 한편으로, 정신은 대중에 반대한다. 정신은 자기 자신이기를 원하며, 심지어는 자신이 주인인 영역을 끝없이 확장하고자 한다. 다른 한편으로, 정신은 사회, 즉 서로를 모두 제한하는 의지와 인간적 희망의 세계를 인정하도록 강요받는다. 그리고

<hr />

21　H. E. 홀트후젠, 앞의 책, 198쪽.

때때로 정신은 자신이 발견하는 질서를 완성하기도 하며 다른 때에는 파괴하기도 한다.

정신은 집단을 혐오한다. 정신은 정치적 단체를 좋아하지 않는다. 정신은 (다른) 정신들의 동의에 의해서 자신이 약화된다고 느낀다. 실제로 정신은 자신이 (다른) 정신들과의 불일치로부터 무엇인가를 획득한다고 느낀다. 자신의 동료들처럼 생각하고자 하는 인간은 아마도 순응을 싫어하는 인간보다 덜 지성적일 것이다. … 그러나 오늘날 정신은 자신의 건설적인 본능을 활용할 기회를 찾기에 힘들일 필요가 없다. 정치적 분야는 끝없는 기회를 제공한다.[22]

발레리에 따르면, 정신은 다른 정신들에 순응하기보다는 오직 자신을 보존하고 확장시키며 자기에 의한 지배를 다른 정신들에게도 관철시키고자 하는 본능을 지니고 있다고 한다. 정신은 다른 정신들과 필연적으로 대립한다. 레이몽은 발레리의 정신 개념이 "개인과 마찬가지로 정신 또한 자기를 유일한 것으로 믿고 모든 것을 자기를 위해 거침없이 요구하는 경향"을 지닌 것이며, 따라서 "집단의 내부에는 항상 싸움이 긴박해 있"도록 만드는 것이라고 설명하였다.[23] 인간들 사이의 이러한 근본적 적대감을 전쟁에서의 파괴 대신에 건설적이고 창조적인 경쟁으로 전환시키는 정신의 기능이 바로 발레리가 말한 정신의 정치학이라고 할 수 있다. 「의미의 백서」에서 '개아

22　Paul Valéry, "Politics of the Mind," *History and Politics*, trans. Denise Folliot and Jackson Mathews, New York: Pantheon Books, 1962, pp.102-103(강조는 원문에 따름).

23　마르셀 레이몽, 앞의 책, 190쪽.

(個我)'와 '타아(他我)'라고 표현한 것은 각각 위의 인용문에서 하나의 정신과 그것을 둘러싼 다른 정신들에 해당할 것이다.[24]

발레리는 개인의 이성적·과학적 정신이 세계 전체를 충분히 파악하고 변화시킬 수 있다고 믿었다. 그 때문에 근대 문명의 위기도 개인적 이성에 의해서 극복될 수 있다는 생각을 끝내 포기하지 않았다. 김종삼은 이 지점에서 발레리의 사유와 거리를 두고자 하였다. 나아가 김종삼은 발레리의 사유와 대척점에 위치하는 것으로서 릴케의 사유를 제시하였다. 릴케의 내면세계 장소라는 개념은 한 인간의 영혼이 신이나 사후세계의 영역까지 포함해서 우주 전체를 내재화한 상태를 의미한다. 이처럼 우주 전체가 내재화된 영혼 속에서는 당연히 자아와 타자 간의 구분이나 대립이 있을 수 없다. 김종삼이 「의미의 백서」에서 발레리와 릴케를 연관시킨 것은 정신과 영혼을 암시적으로 대비시키기 위해서였을 것이다. 김종삼의 시 세계는 1970년대 이후부터 릴케를 의식적으로 호명하기 시작하였다. 1970년대 이후 김종삼의 시 세계는 점차 심화되어 가는 근대 문명의 위기를 감지하고, 그것을 진정으로 초

---

24 혹자는 '개아'나 '타아'라는 표현이 다소 낯설어 보이는 한자어라는 점에서 김종삼이 일본어 번역본의 단어를 그대로 가져온 것이라고 추측할지도 모른다. 실제로 「정신의 정치학」은 일본에서 요시다 켄이치(吉田健一)의 번역으로 1939년 출간된 바 있다(ヴァレリイ, 吉田健一 譯, 『精神の政治學』, 創元社, 1939, 1-61쪽). 하지만 필자는 이 일본어 번역본에 '개아'와 '타아'라는 표현이 단 한 차례도 나타나지 않는다는 사실을 확인할 수 있었다. 그러므로 '개아'와 '타아'는 김종삼이 일본어 번역본을 직접 인용하지 않았으며, 일본어 번역으로부터 크게 영향 받지 않았음을 증명해 준다. 나아가 일본어 번역본에 '개아'와 '타아'라는 단어가 쓰이지 않았다는 사실은 김종삼이 일본어 이외의 프랑스어 원문 또는 영어 번역을 통해서 발레리 등의 서구 문학을 접했을 가능성도 시사한다. 비록 일본어 번역을 통해서 발레리 등의 서구 문학을 읽었다고 하더라도, 김종삼이 그 내용을 무비판적으로나 일방적으로 수용하는 대신에 자기 나름의 관점에 따라 이해하고 독특한 방식으로 변형·표현했다는 점은 틀림없는 사실이다.

극할 수 있는 방향으로서 릴케의 시적 사유를 호출하였다고 볼 수 있다.

김종삼이 발레리의 시적 사유를 「정신의 정치학」에서 참조하였다면, "「리르케」가 말한―새로운 언어 개념"은 어떤 글에서 참조하였을까? "새로운 언어란 언어의 도끼가 아직도 들어가 보지 못한 깊은 수림 속에서 홀로 숨쉬고 있다"라는 구절의 출처는 무엇일까? 이는 『젊은 시인에게 보내는 편지(Briefe an einen jungen Dichter)』의 한 대목을 김종삼이 변형시킨 것이라 할 수 있다.[25] 그 대목의 원문에서는 '도끼'나 '수림'과 같은 표현을 찾기 어렵다. 이는 발레리의 경우와 마찬가지로, 김종삼이 원래 릴케가 썼던 구절을 자기 나름의 관점에서 이해하여 창조적으로 표현하였기 때문이라고 할 수 있다. 그에 해당하는 원래의 대목을 옮겨 보면 아래와 같다.

비평의 글만큼이나 예술 작품에 접근하는 데 소용없는 것도 없습니다. 비평의 말은 언제나 다행스런 오해로 귀결될 따름이니까요. 사람들이 보통 생각하는 것처럼 우리가 모든 것들을 다 이해할 수 있고 또 말로 표현할 수 있

---

25 필자는 해당 구절의 출처를 찾는 과정에서 이와 매우 유사한 김재혁 교수의 글을 발견할 수 있었다. "우리는 언어가 아직 들어가 보지 못한 정신의 숲을 파헤치는 도끼로서의 언어에 대한 성찰을 하고 자신의 고민을 털어놓으며 호소하는 말테의 혼을 만나게 된다(김재혁, 「작품해설―『말테의 수기』를 읽는 법」, 라이너 마리아 릴케, 김재혁 옮김, 『말테의 수기』, 펭귄클래식 코리아, 2010, 251쪽)." 그 때문에 필자는 김재혁 교수가 쓴 구절과 김종삼이 「의미의 백서」에서 언급한 릴케의 시론이 동일한 텍스트에 출처를 두고 있다고 추측하고, 김재혁 교수에게 직접 자문을 구하였다. 김재혁 교수는 자신의 글이 릴케의 『젊은 시인에게 보내는 편지』 가운데 첫 번째 편지의 한 구절을 바탕으로 형상화한 것이라고 답변하였다. 또한 김종삼이 「의미의 백서」에서 릴케의 말을 언급한 대목도 이 구절에서 착상했을 것이라고 덧붙였다. 이 밖에도 김재혁 교수는 릴케의 『말테의 수기』 중 '다른 해석의 시기' 부분이 언어의 새로움에 대한 추구와 관련된다고 조언하였다. 이처럼 필자에게 귀한 의견을 제공해 준 김재혁 교수에게 진심으로 감사드린다.

는 것은 아닙니다. 대부분의 사건들은 말로 표현할 수가 없습니다. 왜냐하면 그것들은 우리의 말이 한 번도 발을 들여놓지 못한 영역에서 일어나니까요. 이 모든 것보다 더 말로 표현할 수 없는 것이 바로 예술 작품들입니다.[26]

위 인용문에서 릴케가 비평적 언어와 시적 언어를 구분한 것은 김종삼이 발레리와 릴케를 대비시킨 구도와 상응한다고 볼 수 있다. 김종삼은 비평 언어가 지성적 정신에 기초하고 있으며, 그 지성적 정신이 근대 문명의 위기를 초래한 근본 원인이라고 생각하였을 것이다. 핵무기 개발과 전쟁 위협 등은 타인과의 대립과 세계의 지배로 나아가는 서구 근대의 개인적 이성에서 비롯하였기 때문이다. 이와 같은 맥락에서 김종삼이 1970년대에 발표한 「피카소의 낙서(落書)」는 「의미의 백서」에서 언급한 '언어의 도끼' 이미지를 시적으로 표현한 것이라 할 수 있다.

뿔과 뿔 사이의 처량한 박치기다 서로 몇군데 명중되었다 명중될 때마다 산속에서 아름드리 나무 밑둥에 박히는 도끼의 소리다.

도끼 소리가 날때마다 구경꾼들이 하나씩 나자빠졌다.

연거푸 나무 밑둥에 박히는 도끼 소리.

---

26 라이너 마리아 릴케, 김재혁 옮김, 「첫 번째 편지」, 『젊은 시인에게 보내는 편지』, 고려대학교출판문화원, 2006, 12쪽.

이 작품은 "뿔과 뿔"이 부딪치는 소리의 이미지와 "연거푸 나무 밑둥에 박히는 도끼 소리"의 청각적 이미지, 그리고 "구경꾼들이 하나씩 나자빠"지고 있는 시각적 이미지를 몽타주한다. 김종삼은 피카소의 1951년 작품인 〈한국에서의 학살(Masacre en Corea)〉을 알고 있었을 가능성이 있다. 이 그림은 군인들이 여성과 아이에게 발포하는 장면을 그린 것이다. 군인들이 총을 쏠 때마다 '뿔과 뿔'이 부딪히는 소리나 '도끼 소리'와 같이 커다란 소리가 날 것이다. 그 소리가 날 때마다 총에 맞은 여성과 아이들은 하나씩 쓰러질 수밖에 없다. 이처럼 「피카소의 낙서」 속에는 전쟁의 그림이 숨어 있다고 할 수 있다. 「피카소의 낙서」에서 "뿔과 뿔 사이의 처량한 박치기"라는 갈등과 대립의 정황은 '도끼'라는 이성적 언어의 알레고리로서 형상화된다. 그것은 죄 없는 인간의 학살과 같은 근대 문명의 위기를 초래할 수밖에 없다. 이처럼 「피카소의 낙서」의 파편적 몽타주 기법은 근대 문명을 지배하는 배타적 이성과 그에 따른 문명사적 위기가 언어의 문제와 연관됨을 형상화한다.

'도끼'의 언어와 정반대로 시적 언어는 세계와 우주 전체를 인간의 마음에 내재화하는 영혼의 언어이다. 김종삼의 시 세계에서 시적 언어는 근대 문명의 위기를 진정으로 초극할 수 있는 방법론이라고 할 수 있다. 인류 문명의 역사가 지성적 정신에 의하여 위기를 맞았다면, 그 위기를 초극하고 새로운 역사를 열어 나갈 수 있는 가능성은 시적 영혼 속에서 가능할 것이기 때문이다.

---

27 金宗三, 「피카소의 落書」, 『月刊文學』, 1973.6, 185쪽.

| 계산적 이성을 내재적 신성으로 전환시키는 상기 |

문명 비평의 관점에서 발레리와 릴케를 대비시킨 김종삼의 시적 사유는 하이데거(Martin Heidegger, 1889-1976)의 릴케론인 「무엇을 위한 시인인가?(Wozu Dichter?)」를 통하여 더 구체적으로 해명할 수 있다. 하이데거에 따르면, 근대 문명은 "신성의 빛이 세계사에서 사라지고" 있다는 점에서 "세계의 밤의 시대"이며 "궁핍한 시대"라고 한다. "세계의 시대는 신의 부재를 통해, 즉 '신의 결여(Fehl Gottes)'를 통해 규정된다. … 신의 결여란 어떠한 신도 더 이상 분명하게 그리고 일의적으로 사람들이나 사물들을 자기 자신에게로 모아들이지 못하고, 또 그러한 모아들임으로부터 세계사 및 세계사에서의 인간적 체류를 마련해 주지 못하고 있다는 것을 의미한다."[28] 그렇다면 하이데거가 말하는 신성이란 무엇인가? 하이데거에게 신성은 "순수한 연관, 전체적 연관, 완전한 자연, 삶"이라는 낱말들과 동일한 의미이며, 따라서 '존재'와 같은 뜻이라고 할 수 있다.[29] 이는 "아무런 한계도 없이 서로가 서로 속으로 흘러넘쳐서 서로에게 작용을 미치는 순수한 힘들이 집결된 것으로서의 열린 장"을 뜻한다.[30]

어째서 근대 문명은 신성을 잃어버린 시대일까? 하이데거에게 근대 문명의 본질은 세계 전체와의 연관(신성)으로부터 깨어져 나온 고립된 개인의 이성에 따라서 그것이 맞서고 있는 세계 전체를 대상화하는 기술 지배 문명과

---

28 마르틴 하이데거, 신상희 옮김, 「무엇을 위한 시인인가?」, 『숲길』, 나남, 2008, 395-396쪽.
29 위의 책, 416쪽.
30 위의 책, 443쪽.

같다. "기술적 지배"는 본질적으로 "인간의 인간다움과 사물의 사물다움"을 "시장의 계산된 교환가치로 해소"시키는 경향이 있다. "그 때문에 인간 자신과 그의 사물은 단순한 재료가 되고 대상화의 기능으로 되어 간다는 증가하는 위험에 내맡겨져 있다."[31] 발레리는 인간의 가장 훌륭한 능력이 자신 이외의 모든 대상들을 분석·파악·지배·변형하는 자아의 지성적 정신이라고 주장하였다. 하이데거의 관점으로 본다면, 발레리의 정신 개념은 세계의 모든 존재자들을 기술적으로 지배·조작·대상화하는 근대 문명의 본질을 드러낸다. 김종삼도 1970년대 이후의 시편에서부터 근대 문명의 기술 지배적 본질을 문제적인 것으로 표현하기 시작하였다. 그 예로 「고장난 기체(機體)」를 꼽을 수 있다.

해온바를 訂正할 수 없는 시대다
나사로의 무덤앞으로 柩梧을 깨는 連山을 떠가고 있다

현대는 더 便利하다고하지만 人命들이 값어치 없이 더 많이 죽어가고 있다
자그만 돈놀이라도 하지않으면 延命할 수 없는 敎人들도 있다

—「고장난 機體」, 전문.[32]

위 시의 화자는 '현대'가 '편리(便利)'함을 추구하는 문명이라고 말한다. 이처럼 세계에 존재하는 모든 것들을 계산 가능한 교환가치로 환원시키는 논

---

31 위의 책, 428-429쪽.
32 金宗三, 「고장난 機體」, 『現代詩學』, 1971.9, 21쪽.

리는 "인명(人命)", 즉 인간의 생명마저도 이용의 대상으로 여길 뿐이다. 그렇기 때문에 인간의 생명도 교환가치의 논리에 따라서 얼마든지 대체되거나 폐기될 수 있는 대상으로 전락하기 쉽다. "인명(人命)들이 값어치 없이 더 많이 죽어가고 있"는 까닭도 그 때문일 것이다. 또한 이와 같은 기술 지배적 문명 속에서는 종교마저도 타락하지 않을 수 없다. 종교는 인간에게 가장 성스러운 것과 관련된다. "교인(教人)", 즉 종교적 인간에게는 그러한 성스러움을 드러내어야 할 의무가 있다. 하지만 기술 지배적 문명은 인간의 가장 성스러운 것마저 단순한 교환가치의 논리로 환원시킨다. 그 때문에 근대 문명은 "교인(教人)들"이 "자그만 돈놀이라도 하지않으면 연명(延命)할 수 없는" 시대, 즉 신성을 잊은 시대라 할 수 있다. 인간다움을 잊은 인간은 문명 속에서 "고장난 기체(機體)"처럼 추락할 것이다.

이와 마찬가지로 총 1연 1행으로 이루어져 있는 김종삼의 1980년 작품 「나」는 인간성이 위험에 처한 상황을 "망가져 가는 저질 플라스틱 임시(臨時) 인간(人間)"이라는 한 줄의 문장으로 압축시킨다.[33] 근대 문명 속에서 인간은 마치 "저질 플라스틱"처럼 언제든지 변형·조작되거나 대체·폐기될 수 있는 대상일 따름이다. 기술 지배의 대상이 되는 인간은 인간다움을 잃는다는 점에서 "임시 인간"이라고 할 수 있다. 이는 인간성이 "망가져 가는" 상황과 다르지 않다.

이러한 맥락에서 김종삼의 시 세계는 1970년대 이후부터 '신(神)의 죽음'이라는 모티프를 제시하기 시작한다. 예컨대 「외출(外出)」에서는 근대 문명과 같은 '밤'의 시대를 "죽은 신(神)들이 / 점철(點綴)된 // 칠흑(漆黑)"의 시대로

---

33 金宗三, 「나」, 『心象』, 1980.5, 59쪽.

표현한다.[34] 이러한 김종삼의 시적 사유는 하이데거가 기술 지배에 의해 신성이 사라져 버린 근대 문명을 '세계의 밤의 시대'로 사유하였던 것과 상통하는 측면이 있다. 「외출」에서 '죽은 신들'은 기독교에서 전제하는 유일신과 거리가 멀다. '죽은 신들'은 복수형 명사인 반면에, 기독교적 유일신은 결코 복수형으로 표현될 수 없기 때문이다. 이처럼 김종삼의 시에서 표현하는 신의 죽음은 개인적 이성 중심의 문명 속에서 우주적 신성이 사라진 시대를 암시한다고 볼 수 있다.

하이데거에 따르면, 세계를 기술적으로 대상화하고 계산하는 행위는 근대적 인간의 내면에서 비롯한다. "그 영역을 데카르트는 사유하는 자아(ego cogito)의 의식으로서 특징짓는다." 데카르트(René Descartes, 1596-1650)의 '사유하는 자아'와 발레리의 '정신'은 공통적으로 인간 내면의 본질을 '계산하는 이성'으로 규정한다고 볼 수 있다. 인간성을 위협하는 기술 문명을 전환시키기 위해서는 계산적인 이성에 환원된 인간 내면의 본질을 다른 방향으로 전향시켜야 한다. 이성(지성)적 내면을 '마음(영혼)의 내면'으로 전환해야 한다는 것이다. 이러한 맥락에서 릴케의 내면세계장소는 계산적 내면이 마음의 내면으로 뒤바뀐 상태를 드러낸다는 것이 하이데거의 릴케론이었다.

마음의 내면과 그 비가시성은 계산하는 표상행위의 내면보다 더욱더 내적이고 비가시적일 뿐만 아니라, 동시에 그것은 단지 가까이에 세워놓을 수 있는 대상들의 영역보다 훨씬 더 넓게 펼쳐진다. 마음의 볼 수 없는 가장 깊은 곳에서 인간은 비로소 사랑해야 할 것, 즉 조상, 죽은 이, 어린이, 그리고

34　金宗三, 「外出」, 『現代文學』, 1977.8, 23쪽. 인용한 구절에서 "膝黑"은 '漆黑'의 오기.

앞으로 다가올 자들에게 마음을 기울이게 된다. … 비일상적 의식의 내면은, 그 안에서는 우리에게 모든 것이 계산의 수량성을 넘어서 있고 이러한 구속 으로부터 자유롭게 벗어나 있어 열린 장의 구속 없는 전체 속으로 넘쳐흐를 수 있는 그런 내면장소로 남아 있다. 이렇게 과분한 넘쳐흐름은 그것의 현존 을 고려해 바라보자면 내재적이면서 비가시적인 마음에서 솟아오르는 것이 다. … 세계적 현존재를 위한 마음의 내면장소는 또한 '내면세계장소'라고도 불린다.[35]

하이데거가 보기에 릴케의 시는 이성적 내면을 마음의 내면세계장소로 전환시키는 사명을 수행하고자 하였다. 김종삼의 1981년 작품 「연주회」에 도 "영원 불멸의 인간다운 아름다움의 내면세계"라는 표현이 등장한다.[36] 하 이데거에 따르면, 그러한 "의식의 전환은 대상들을 앞에 세우는 표상작용의 내재로부터 마음의 장소 안에서의 현존(현재)에로 그 시선을 바꾸어 내면을 열어 밝히는 상-기(想-起, Er-innerung)인 것"이라고 한다.[37] 릴케의 시는 상-기 를 통하여 비가시적인 마음속에 있는 우주 전체의 연관(신성)을 온전하게 가 시화함으로써, 신성이 사라져 버린 기술 문명의 시대에 신성의 흔적을 찾아 낸다. 이와 마찬가지로 김종삼 시의 이미지들은 상기를 통하여 마음속의 신 성을 가시화한다고 볼 수 있다.

---

35 마르틴 하이데거, 앞의 책, 448-449쪽.
36 金宗三, 「연주회」, 『月刊文學』, 1981. 1, 125쪽.
37 마르틴 하이데거, 앞의 책, 451쪽.

| (1)
連山 上空에 뜬
구름속에서 무슨 소리가 난다
아직 못할 單一樂器이기도 하고
평화스런 和音이기도 하다
어떤 때엔 天上으로
어떤 때엔 地上으로
먼이가 된 나에게도
무슨 신호처럼 보내져 오곤했다
죽었다던 神의 소리인가
무슨 소리인가
38 以遠
모두가 녹슬고 살벌한 고향 땅
죽은 옛 친구들
너희들 소리인가
무슨 소리인가
너희들 이후론 친구도 없다.

―「소리」, 전문.[38] | (2)
連山 上空에 뜬
구름 속에서 무슨 소리가 난다
무슨 소리가 난다
아직 못할 單一樂器이기도 하고
평화스런 和音이기도 하다
어떤 때엔 天上으로
어떤 때엔 地上으로 바보가 된 나에게도
무슨 신호처럼 보내져 오곤 했다

―「소리」, 전문.[39] |
| | (3)
마음이 넓어지는 것 같다
마음이 활짝 열리어지는 것 같다
활력이 솟아 오르는 것 같다
아름드리 나무 가지 사이
햇빛 비추이니 마음도 밝아지는 것 같다.
그러나
38 以遠 옛 친구들
죽은 내 친구들
어른거리는 내 친구들
너희들 이후론 친구도 없다.

―「山과 나」, 전문.[40] |

김종삼은 (1)을 (2)와 (3)이라는 두 편의 시로 분할시켰다. (2)는 (1)의 1~8행
만을 떼어 낸 작품이다. (1)에서 시적 화자는 우주적 신성을 "죽었다던 신(神)
의 소리" 같다고 사유한다. 하지만 시적 화자는 완전히 사라진 것처럼 보이
는 신성의 "신호"를 감지한다. 나아가 시적 화자는 '죽었다던 신의 소리'를
"죽은 옛 친구들 / 너희들 소리"로 감지한다. '죽은 옛 친구들'은 "38 이원(以

---

38 金宗三,「소리」,『東亞日報』, 1982.7.24.

39 金宗三,「소리」,『평화롭게』, 앞의 책, 31쪽.

40 金宗三,「山과 나」,『世界의文學』, 1983. 여름, 155쪽.

遠)", 즉 38선에서 멀리 떨어져 있는 "모두가 녹슬고 살벌한 고향 땅"에서 시적 화자가 어울렸던 친구들이다. 이처럼 월남시인인 김종삼의 시 세계에서는 전쟁에 의하여 죄 없이 죽어 가야만 했던 친구들을 이미지로써 상기시킨다. 김종삼 시의 이미지는 마음이라는 내면세계장소 속에 살아남아 있는 '죽은 인간'의 비가시적 신성을 밖으로 가시화하는 '상-기(Er-innerung)'를 수행하는 것이다.

(3)에서 시적 화자는 우주 전체를 오롯이 내재화할 만큼 "활짝 열리어지는" 마음속에서 "활력이 솟아 오르는 것 같다"고 말한다. (3)의 7~9행에서 그 활력의 정체는 "38 이원(以遠) 옛 친구들 / 죽은 내 친구들 / 어른거리는 내 친구들"로 드러난다. 이처럼 삶뿐만 아니라 죽음까지도 내재화할 만큼 드넓은 내면세계장소 속에서는 죽은 자들도 활력을 띠고 솟아오르는 것이다. (3)에서는 비록 (1)에서와 같이 '죽은 신들'이라는 표현을 쓰고 있지 않음에도, 내면세계장소 속에서 솟아오르는 신성으로서의 '활력'을 '죽은 내 친구들'로 가시화한다. 이처럼 김종삼 시의 이미지들은 마음속에 살아남아 있는 망자들의 비가시적 신성을 밖으로 개시하는 상-기의 운동이라고 할 수 있다.

지금까지 김종삼의 1970년대 이후 시편에 나타나는 문명사적 위기의식의 의미를 고찰하였다. 이 시기 김종삼의 시편은 점차 악화되어 가는 시인의 신체적 질병을 핵무기 개발과 같은 기술 지배적 문명의 질병으로 표현한다. 핵무기 개발과 관련하여 김종삼의 시는 아인슈타인의 사유를 상기시킨다. 아인슈타인은 우주 전체를 신성으로 인식하며 경외하는 사유를 제시하였다. 그러한 맥락에서 김종삼의 시는 아인슈타인의 사유를 릴케의 사유와 연결시킨다. 릴케는 삶의 세계와 죽음의 세계를 모두 포함한 우주 전체가 하나의 신성이며, 그 신성이 인간의 마음에 내재화될 수 있다고 사유하였다. 김종삼은 발레리의 정신(지성) 개념을 지양하고, 릴케의 마음(영혼) 개념을 지향하였다. 발레리의 정신 개념은 하이데거가 말한 기술 문명의 개인적 이성과 상통한다. 반면 하이데거는 릴케의 시적 언어가 근대의 이성적 사고방식에서 우주 전체가 숨어 있는 마음, 즉 내면세계장소로 인간의 내면을 전환시키는 것이라고 보았다. 1970년대 이후의 김종삼 시편도 이러한 내면세계장소의 이미지를 제시한다. 그것은 이성으로 파악할 수 없는 우주 전체의 연관 관계(신)를 품고 있는 비가시적 마음의 이미지이며, 그 속으로부터 신을 가시화하고 상-기시키는 이미지라고 할 수 있다.

제2장
죽음 이후의 시인

| 밤을 가로지르는 시적 마음의 파동 |

앞의 제1장에서는 김종삼의 1970년대 이후 시편에 나타나는 문명 비판과 그에 따른 우주적 신성과의 합일 지향을 살펴보았다. 제2장에서는 우주적 신성과의 합일을 죽음의 측면에서 표현하는 이미지들에 주목한다. 김종삼의 시에 나타난 우주적 신성과의 합일은 삶의 세계뿐만 아니라 죽음의 세계까지 통합함으로써 죄 없이 죽은 인간의 내재적 신성과 소통하는 것이라고 할 수 있기 때문이다. 특히 이 시기 김종삼의 시에는 죽은 예술가들과의 우정과 연대의식이 나타난다. 죽은 벗과의 우정이라는 사유는 헬렌 켈러의 신비주의와 긴밀한 연관이 있다. 또한 김종삼 시의 이미지들은 삶과 죽음을 연결하는 신호나 파동으로 나타난다. 이러한 이미지를 통해서 상기되는 죽은 시인의 마음은 인간의 고통에 공감하며 세계를 변화시키는 힘이 있다. 또한 김종삼의 시에서 죽은 시인들의 마음과 소통하고 연대하는 예술가 공동체로서의 꿈-나라 이미지에 대해 살필 것이다.

김종삼의 1970년대 이후 시편에서는 인간의 마음을 밤과 죽음의 시간에 작용하는 '뇌파(腦波)', '전자파(電磁波)', '파장(波長)' 등과 같은 파동의 이미지

들로 형상화한다. 그중 먼저 부정적 의미의 계열을 이루는 파동 이미지들은
김종삼의 「난해한 음악들」과 「그럭저럭」 등에서 찾을 수 있다.

(가)

나에겐 너무 어렵다 난해하다

왕창 성행되는

이 세기에 찬란하다는

인기가요라는 것들

팝송이라는 것들

그런 것들이

대자연의 영광을 누리는 산에서도

볼륨높이 들릴때가 있다

그런때면

메식거리다가

미친놈처럼

뇌파가 출렁거린다.

                                    ―「난해한 음악들」, 전문.[41]

41   金宗三, 「난해한 음악들」, 『心象』, 1981, 28쪽.

(나)

그날도

하릴 없이 어정 어정 돌아 다니고 있었다

수 없는 車波들의 公害속을

장사치기들의 騷亂속을

생동감 넘치어 보이는

속물들의 人波속을

머뭇거리다가 팝송 나부랭이 인기 대중가요가 판치는

곳에서 커피 한잔 먹었다 메식거려 기분 나쁘게 먹었다

충무로 쪽을 걷고 있을 때

한평 남짓한 자그만 카셋트 점포에서

핏셔 디스카우가 부른

슈베르트의 보리수가

찬란하게 흘러 나오고 있었다

한 동안 자그마한 그 점포가

다정스럽게 보이고 있었다.

―「그럭저럭」, 전문.[42]

---

42   金宗三, 「그럭저럭」, 『文學思想』, 1980.5, 112-113쪽.

(가)의 시적 화자는 "인기가요"와 "팝송"에 대한 메슥거림을 나타내며, (나)의 시적 화자도 "팝송 나부랭이 인기 대중가요"에 대한 메슥거림을 나타낸다. 이러한 메스꺼움은 대중음악에 대한 시적 화자의 거부감과 같을 것이다. 통념적으로 대중음악은 대중들이 어렵지 않게 들을 수 있으며, 따라 부르기도 쉬운 음악이라고 여기기 쉽다. 하지만 (가)에서 시적 화자가 드러내는 거부감은 대중음악이 "난해하다"는 생각과 관련된다. 대중음악은 난해하기 때문에 시적 화자의 '뇌파'를 "출렁거"리게 만든다는 것이다. 그 출렁거리는 뇌파는 대중음악에 대해서 느끼는 메스꺼움으로서의 부정적 파동이라고 할 수 있다.

　(나)는 대중사회의 정신을 "차파(車派)"와 "인파(人波)"라는 파동의 이미지들로 표현한다. '인파'는 일반적으로 사용되는 낱말이지만, '차파'는 김종삼이 만들어 낸 낱말이다. '차파'와 '인파'는 '파'라는 각운을 이루면서 그 의미상의 유사성을 더 선명히 드러낸다. 위 작품에서 '인파'는 "장사치기들"과 같은 "속물들"의 파동과 같다. '장사치기'는 모든 존재자들을 이윤 추구의 도구로 환원시킨다고 할 수 있다. 세속적 인간은 수량적으로 계산 가능한 교환가치만을 삶의 유일한 척도로 삼을 것이다.

　더 많은 상품가치를 축적하기 위해서 요구되는 것 중의 하나는 속도이다. (나)의 '차파'가 그와 같은 자본주의적 속도에 해당한다고 볼 수 있다. 또 다른 예로 김종삼의 시 「두꺼비의 역사(轢死)」는 자동차들의 맹렬한 속도에 무참히 짓밟힌 두꺼비의 이미지를 제시한다. '역사'라는 낱말은 '차에 치여 죽음'을 의미한다. "차량들"은 "아스팔트길"이 나 있는 방향에 맞춰 달리지만, 두꺼비는 그 아스팔트길을 가로질러 건너가고자 한다. 차량들이 내달리는 속도에 반해서, 두꺼비가 차도를 가로지르는 속도는 "엉금엉금 기어가"는 속도이다. 이 시의 화자는 차량들의 질주를 거스르는 두꺼비의 느린 걸음에서 쾌감을 느낀다. 두꺼비의 운동은 속도 지향의 문명에 대항하는 몸짓과 같아서일 것이다. 하지만 결국 두꺼비는 "대형(大型) 연탄차 바퀴에 깔리는 순간의 확산(擴散)소리"를 내며 죽는다. 속도 중심의 질서로부터 벗어나려는 생명체의 운동은 문명의 위력에 압살되기 쉽다.[43]

이와 같은 '차파'와 '인파'는 시적 화자의 마음에 "공해(公害)"로 느껴질 따름이다. 그는 공해와 같은 속물적 파동으로부터 벗어나서 깨끗한 영혼의 파동을 찾아 헤맨다. 그 맑은 마음의 파동은 "한평 남짓한 자그만 카셋트 점포"서 "찬란하게 흘러 나오"는 "슈베르트의 보리수"에서 느낄 수 있다고 한다. 이는 슈베르트(Franz Pet Schubert, 1797-1828)의 가곡 〈겨울 나그네(Die Winterreise)〉 중의 제5곡 〈보리수(Der Lindenbaum)〉를 가리킨다.

Am Brunnen vor dem Tore	성문 앞 우물가에
da steht ein Lindenbaum	보리수 하나 서 있어
ich traumt' in seinem Schatten	그 그늘 아래서 꿈을 꾸었지
so manchen suβen Traum	수많은 달콤한 꿈을
Ich schnitt in seine Rinde	그 줄기에 새겼지
so manches liebe Wort	수많은 사랑의 말을
es zog in Freud' und Leide	그 나무는 기쁨과 슬픔으로 다가오네
zu ihm mich immer fort	언제나 멀리서 나를 향하여
Ich muβ t'auch heute wandern	나는 오늘도 이 한밤중에
vorbei in tiefer Nacht	떠돌아다녀야 하네
da hab' ich noch im Dunkel	어둠 속에서
die Augen zugemacht	눈을 감으면
Und seine Zweige rauschten	나뭇가지들이 나를 부르는 것처럼
als riefen sie mir zu	살랑거리는 소리를 내지
Komm her zu mir, Geselle	"여기 내게로 오라, 친구여
hier findst du deine Ruh	여기서 네 휴식을 찾으라"

---

43 金宗三, 「두꺼비의 轢死」, 『現代文學』, 1971.8, 351쪽.

Die kalten Winde bliesen mir grad' ins Angesicht; der Hut flog mir vom Kopfe ich wendete mich nicht Nun bin ich manche Stunde entfernt von jenem Ort und immer hor' ich rauschen du fandest Ruhe dort du fandest Ruhe dort!	차가운 바람 불어와 내 얼굴을 때리지 모자가 날아가도 돌아보지 않았지 지금 나는 그곳으로부터 떠나온 지 오래지만 그 살랑거리는 소리를 언제나 듣지 "너는 그곳에서 휴식을 찾으라" "너는 그곳에서 휴식을 찾으라!"

위 노랫말의 보리수에는 화자의 '꿈'과 '사랑의 말'이 가득 아로새겨져 있다. 다시 말해서 보리수는 꿈과 사랑의 원천과 같다고 할 수 있다. 그 원천 속에서 인간은 진정한 평화를 발견할 수 있다. 노랫말의 핵심 낱말이 되는 독일어 'Ruhe'는 '휴지(休止)', '적막', '평화', '휴식', '잠'을 뜻한다. 그러므로 화자는 그곳을 떠나서 춥고 어두운 밤을 떠돌아다니더라도 자신의 원천으로부터 울려 퍼지는 음성을 들을 수 있다. 원천은 인간의 꿈과 사랑이 담겨 있는 곳, 진정한 평화를 발견할 수 있는 곳과 같다. 인간은 아무리 원천으로부터 떨어져 있더라도, 원천을 완전히 상실할 수는 없다. 근대의 기술 지배적 문명 속에서 우리는 원천과 너무나 멀리 떨어져 있다고 할 수 있다. 그럼에도 우리에게는 미약하게 들려오는 한줄기 원천의 신호가 살아남아 있다. 그 것은 원천이 보존하고 선사하는 꿈과 사랑과 평화의 음파와 같다. 김종삼에게는 이 음파를 잘 감지하는 것이 시적인 마음이며, 그 음파 자체가 예술적인 영혼을 나타내는 것이다. 슈베르트가 표현한 예술적 영혼은 가곡 「보리수」의 음악과 같은 파동으로 퍼져 나간다. 이러한 시적 마음으로서의 파동은 「최후(最後)의 음악(音樂)」과 「심야(深夜)」에도 뚜렷이 나타난다.

(다)

세자아르 프랑크의 音樂 「바리아숑」은

夜間 波長

神의 電源

深淵의 大溪谷으로 울려퍼진다

밀레의 고장 바르비종과

그 뒷장을 넘기면

暗然의 邊方과 連山

멀리는

내 영혼의

城廓

―「最後의 音樂」, 전문.[44]

(라)

또 症勢가 발작되었다 거대한 岩壁의 한 측면이 된다 분열되는 꽛사갈리

아 遁走曲이 메아리치곤 한다 나는 견고하게 조립된 한 個의 위축된 물체가

된다 위축된 怪力이 되어 電磁波처럼 超速으로 흘러가는 광막한 宇宙 空間

이 된다 腦波가 고갈되었으므로 아무 생각도 하지 못한다.

―「심야(深夜)」, 전문.[45]

44　金宗三, 「最後의 音樂」, 『現代文學』, 1979. 2, 264쪽.
45　金宗三, 「심야(深夜)」, 『學園』, 1984. 5, 86쪽.

(다)와 (라)는 공통적으로 예술적 영혼으로서의 파동 이미지에 전기(電氣) 에너지의 속성을 부여한다. 먼저 (다)는 세자르 프랑크(César Franck, 1822-1890)의 음악이나 장-프랑수아 밀레(Jean-François Millet, 1814-1875)의 회화 같은 예술적 영혼의 파동인 "야간 파장(波長)"을 "신(神)의 전원(電源)"이라고 표현한다. '전원'은 전류가 오는 원천, 전기 에너지의 원천을 의미한다. 또한 (라)는 파사칼리아 음악에 빠진 시적 마음의 "뇌파"를 '전자파(電磁波)' 이미지로 제시한다. 이처럼 예술적 영혼, 즉 시적 마음을 전자파로 표현한 것은 릴케의 후기작 『오르페우스에게 바치는 소네트』 1부 12번에 등장하는 형상(Figur) 개념과 상통하는 측면이 있다. 이 시에서 릴케는 형상을 안테나와 안테나 사이에 흐르는 전자파로 표현한다. 릴케에게 형상은 단순한 시적 기법의 일종에 불과한 것이 아니라고 할 수 있다. 그가 말하는 형상은 세계와 존재의 본질 자체이기도 하다. 릴케의 시 세계에서 시적인 마음은 우주 전체가 하나로 결합된 형상 자체라 할 수 있다. 김종삼의 시에서도 형상, 즉 이미지는 비가시적인 세계와 가시적인 세계 모두가 하나로 연관되어 인간의 마음에 내재함을 표현한다. 그러므로 릴케와 김종삼 양자에게는 '시적 마음(예술적 영혼)=전자파=우주 전체의 결합성=이미지(형상)'라는 등식이 성립한다고 요약할 수 있다.

Heil dem Geist, der uns verbinden mag;	우리를 결합하는 정신 만세;
denn wir leben wahrhaft in Figuren.	우리는 참으로 형상 속에서 산다.
Und mit kleinen Schritten gehn die Uhren	그리고 시계는 작은 발걸음으로
neben unserm eigentlichen Tag.	우리의 본래적 시간 곁을 간다.
Ohne unsern wahren Platz zu kennen,	우리의 참된 장소에 관한 앎이 없이,
handeln wir aus wirklichem Bezug.	우리는 실제의 관계에서 행동한다.
Die Antennen fühlen die Antennen,	안테나는 안테나를 느끼고,
und die leere Ferne trug …	텅 빈 아득함이 실어주었다……

Reine Spannung. O Musik der Kräfte! Ist nicht durch die lässlichen Geschäfte jede Störung von dir abgelenkt? Selbst wenn sich der Bauer sorgt und handelt, wo die Saat in Sommer sich verwandelt, reicht er niemals hin. Die Erde schenkt. —Rainer Maria Rilke, Die Sonette an Orpheus XII[46]	순수한 긴장. 오, 힘들의 음악! 우리의 무심한 일을 통해서 모든 방해가 너를 비껴가지 않는가? 아무리 농부가 염려하고 행동해도, 씨앗이 여름 속에서 변화하는 곳으로 그는 결코 다다르지 못한다. 대지가 선사한다. —라이너 마리아 릴케, 「오르페우스에게 바치는 소네트 XII」 전문.

박미리에 따르면, 위 시에서 말하는 형상이란 안테나들(개별적 존재자들)을 결합하는 전자파의 관계성, 즉 우주 전체의 비가시적인 관계성을 표현한다는 점에서 "힘들의 음악"과 같다고 한다.[47] 릴케의 중기 작품 『형상시집』에서도 형상은 무수한 작은 움직임들의 공동 작용으로 생겨나는 직관의 통일체를 뜻한다.[48] 형상은 이처럼 우주 전체의 본질로서 존재하는 역동적 관계 자체라고 할 수 있다. "우리는 참으로 형상 속에서 산다"는 것은 세계 속의 모든 존재가 역동적 관계라는 바탕 위에서 존재하고 있음을 의미한다. 릴케의 형상 개념과 비슷하게, 김종삼의 시 세계를 특징짓는 형상, 즉 이미지는 단순히 개별적인 존재들을 감각적으로 묘사하는 것과 거리가 멀다. 김종삼 시의 이미지는 비가시적인 것과 가시적인 것을 모두 포함한 우주 전체가 인간의 마음속에서 역동적으로 결합하여 있다는 것을 표현하는 데 핵심이 있기

---

46 Rainer Maria Rilke, *Sonnets to Orpheus*, trans. M. D. Herter Norton, New York: W. W. Norton & Company, Inc., 1942, pp.38-39.

47 박미리, 「추상성으로서 후기 릴케의 형상 개념—오르페우스에게 부치는 세 소네트」, 한국카프카학회, 『카프카연구』 22집, 2009.12, 244쪽.

48 김재혁, 『릴케의 작가정신과 예술적 변용』, 한국문화사, 1998, 91쪽.

때문이다. 따라서 김종삼의 시에서는 이미지가 곧 파동과 같다고 할 수 있다. 「제작」(1981. 여름)에서도 이러한 측면이 나타난다.

세자아르 프랑크의 바리아송
夜間電磁波

도스토옙스키와
헬렌켈러 여사에게도 直結되었다.

—「制作」, 전문.[49]

위에 인용한 시의 제목은 「제작(制作)」이다. 위 작품 이외에도 김종삼은 「제작」이라는 제목으로 두 편의 시를 더 남겼다.[50] 김종삼이 남긴 세 편의 「제작」 연작은 시에 관한 시, 다시 말해서 메타시(meta-poetry)에 해당한다고 볼 수 있다. 단적인 예를 들자면, 1981년 10월에 발표한 「제작」에는 "비시(非詩)일지라도 나의 직장(職場)은 시(詩)이다"라는 구절이 나온다. 이는 시 속에서 시에 관한 태도를 메타적으로 드러낸다.

또한 세 편의 「제작」 연작은 제목에서부터 시(ποίησις, poiēsis)와 제작(ποίημα, poiēma) 사이의 어원적 공통성을 드러낸다. 고대 그리스인들의 근본 체험 속에서 시는 특정 예술 장르일 뿐만 아니라 예술적 창조 행위의 본질을

---

49 金宗三, 「制作」, 『世界의文學』, 1981. 여름, 176쪽.
50 金宗三, 「制作」, 『新風土 「新風土詩集 Ⅰ」』, 白磁社, 1959, 56-57쪽; 金宗三, 「制作」, 『現代文學』, 1981. 10, 229쪽.

가장 잘 나타내는 것이었기 때문이다. 이러한 그리스적 발상에 입각해서 하이데거는 문학·회화·음악 등을 포괄하는 예술적 창조의 본질이 곧 시 짓기(Dichtung)라고 보았다.[51] 김종삼의 시 세계에서도 시는 단순히 소설이나 희곡과 변별되는 특정 문학 장르만을 가리킨다고 보기 어렵다. 요컨대 김종삼의 「제작」 연작은 모든 예술적 창조의 본질로서 시를 표현한 것이라 할 수 있다.

위 작품의 시적 화자는 시적 마음인 '야간전자파'가 "도스토예프스키와 / 헬렌켈러 여사에게도 직결(直結)되었다"고 말한다. 표도르 도스토옙스키와 헬렌 켈러는 김종삼이 생각하는 예술적 영혼을 구체적으로 예증해주는 존재라고 할 수 있다. 도스토옙스키는 허무주의의 관점에서 신비주의를 지향하였으며, 헬렌 켈러는 낙관주의의 관점에서 신비주의를 추구하였다. 그러므로 위 작품에서 제시하는 시적 마음은 헬렌 켈러와 도스토옙스키의 신비주의와 상통한다고 볼 수 있다. 그중 먼저 헬렌 켈러의 신비주의적 사유가 구체적으로 어떠한 것이며, 그것이 어떻게 김종삼 시의 이미지와 맞닿는지를 살펴보자.

---

51 "모든 예술이 그 본질에 있어 시 짓기(Dichtung)라고 한다면, 건축예술과 회화예술 그리고 음악예술은 시(Poesie)로 환원되어야 한다. 이러한 주장은 매우 자의적이다. 우리가 만일 시(포에지)를 좁은 의미에서의 언어예술이라는 예술의 한 장르로 특징짓고, 앞에서 언급한 예술들을 모두 이러한 언어예술의 한 변종이라고 생각하는 한, 그것은 분명히 자의적인 생각일 따름이다. 그러나 포에지로서의 시는 진리를 환히 밝히는 기투의 한 방식일 뿐이다. 다시 말해 넓은 의미에서의 시 지음(Dichten)의 한 방식일 뿐이다(마르틴 하이데거, 신상희 옮김, 「예술작품의 근원」, 『숲길』, 앞의 책, 106쪽)."

| 헬렌 켈러: 신성을 감각하기, 영혼과 교우하기 |

헬렌 켈러의 신비주의적 사유는 『낙관주의』라는 글에서도 분명하게 나타난다. "내게 있어서 깊고 엄숙한 낙관주의는 개체적인 것 속에 신이 존재한다는 확고한 믿음에서 솟아올라야 하는 것이다. 신은 멀리 떨어져 있거나 접근할 수 없는 우주의 통치자가 아니라, 우리 모두의 가까이에 있는 존재다. 신은 땅, 바다, 하늘에 존재할 뿐만 아니라 우리 심장의 순수하고 고귀한 박동들 전체 속에 존재하는 '모든 정신들의 원천이자 중심, 그것들의 유일한 휴식처'다."[52] 그녀는 신이 모든 개체들 속에 있으며, 심장의 모든 박동 속에 정신의 원천이자 중심으로서 존재한다고 확고하게 믿었다.

헬렌 켈러는 신과 인간이 절대적으로 단절되어 있는 것이 아니라, 인간의 마음에 신이 내재한다고 사유하였다. 이는 정통 기독교 교리로부터 다소 벗어나 있다고 할 수 있다. 그녀는 에마뉘엘 스베덴보리(Emanuel Swedenborg, 1688-1772)의 사상으로부터 많은 영향을 받았기 때문이다. 스베덴보리는 전통적 기독교 교리를 비판한 신비주의 신학자였다. 헬렌 켈러는 스베덴보리에게서 영향을 받은 자신의 종교관을 『내 어둠속의 빛』에서 상세하게 서술하였다.[53] 그녀는 정통 기독교의 금욕주의와 원죄의식에 맞서서 신의 내재성과 기쁨을 강조하는 스베덴보리의 종교관을 옹호하였다. "스베

---

52 Helen Keller, *Optimism: An Essay*, New York: T. Y. Crowell and Company, 1903, pp. 28-29.

53 『내 어둠속의 빛』은 1927년에 출간된 『나의 종교』의 개정판이다. 『나의 종교』는 한국에서 1977년에 번역되었다(鄭寅寶 옮김, 『나의 종교(宗敎)』, 대광문화사). 개정판의 한국어 번역으로는 박상익 옮김, 『나는 신비주의자입니다』, 옛오늘, 2002가 있다.

덴보리는 『신성한 섭리』에서 신이 생명과 기쁨을 주려는 무한한 욕구로 인해 우주를 창조했다는 진리를 강력하게 설명했다. 위안을 주는 그 책의 여러 구절 속에는 멀리 떨어져 있고 접근 불가능한 신성에 대한 믿음의 무익함과 공허함이 드러나 있다."[54] 신이 지상의 생명을 창조하는 까닭은 생명 자체가 기쁨이기 때문이라는 것이다. 그러므로 끝없이 변화하고 생성하는 생명력 자체가 신의 창조성을 입증하는 것이라 할 수 있다. 김종삼의 시 역시 예술가의 마음속에서 솟아나는 창조성을 인간에게 본래적으로 내재하는 기쁨의 생명력, 즉 신성으로서 제시한다. 이러한 내재적 신성은 '접근 불가능한 신'의 개념과 상반된다.

헬렌 켈러가 옹호한 스베덴보리의 사상은 이미지의 문제와도 관련이 있다. 이는 "생명을 주조하는 강력한 요소로서의 '유물(reliquiae)'에 관한 스베덴보리의 교리"를 일컫는다. "유물은 때로 '유적(remains)'이라고 번역되는데, 어릴 적부터 우리 안에 남겨진 사랑과 진리와 아름다움의 지속적 인상을 가리킨다. 우리의 기억에 각인된 천상적 생명의 명확한 이미지들을 가짐으로써만 우리는 더욱 아름다운 것들을 상상하고 그것들을 살아 있는 현실로 만드는 법을 배울 수 있다."[55] 스베덴보리의 유물 또는 유적 개념은 인간의 마음에 내재하는 신성의 이미지를 뜻한다. 그러한 이미지가 인간의 기억 속에 각인되어 있기 때문에, 인간은 신성을 떠올리고 실현할 수 있는 것이다. 신성은 인간의 마음속에 이미지라는 유적으로서 살아남는다. 헬렌 켈러는 내재적

---

54 Helen Keller, *Light in My Darkness*, West Chester; Pennsylvania: Chrysalis Books, 2000, p.82

55 Ibid., p.83

신성의 이미지를 지각하는 능력을 신비적 감각(mystic sense)이라고 불렀다.

내가 지닌 '신비적' 감각은 … 분명히 통찰력이 있는 것이다. 그것은 멀리 떨어진 사물들을 시각장애인의 인지 내에 가져옴으로써 별들마저도 우리의 문 앞에 바로 있는 것처럼 보이게 하는 능력이다. 이 감각은 나를 영적 세계와 연결시킨다. 그것은 내가 불완전한 촉각 세계로부터 얻은 제한된 경험을 조망하고, 그 경험을 영적으로 만들어 내 마음속에 나타낸다. 이 감각은 내 안에 있는 인간에게 신성을 드러낸다. 그것은 지상과 그 너머의 위대한 것 사이, 지금과 영원 사이, 신과 인간성 사이의 결합을 형성한다. 그것은 성찰적이고 직관적이며 회상적이다.[56]

신비적 감각은 제한된 신체적 감각을 넘어서 아무리 멀리 떨어져 있는 것이라도 감각할 수 있게 해 주는 능력이다.[57] '영적 세계'와 같은 죽음의 세계

---

56 Ibid., p.129.
57 헬렌 켈러는 어려서부터 먼 곳에 있는 물체를 인식하는 능력 덕분에 언어를 습득하고 세계를 이해할 수 있었다고 회상한다. 예를 들어 그녀는 서재에 앉은 채로 아테네까지 다녀올 수 있었다고 한다. 이 체험을 통해서 헬렌 켈러는 자기 영혼이 실재하는 것이며, 신이 모든 곳에 동시에 존재하는 영혼임을 깨우쳤다는 것이다. 그 때문에 "나는 지혜로운 사람들의 사유들, 그들의 유한한 삶보다 더 오래 살아남는 사유들을 읽을 수 있었으며 내 자신의 일부로 지닐 수 있었다"라고 술회한다(Ibid., p.11). 널리 알려진 그녀의 이 체험은 김종삼의 시편에서도 비슷하게 나타난다. 「외출(外出)」의 시적 화자는 "飛翔할 수 있는 超能力의 怪物體"로서 "노트르담寺院", "和蘭", "부다페스트"를 하룻밤 사이에 돌아다녔다고 말한다(金宗三, 「外出」, 『現代文學』, 1977.8, 23쪽). 그리고 「또 한번 날자꾸나」에서 시적 화자는 "얕은 지형지물들을 굽어보면서 천천히 날아갔다"고 한다(金宗三, 「또 한번 날자꾸나」, 『韓國文學』, 1981.4, 236-237쪽). 특히 「또 한번 날자꾸나」라는 제목은 이상의 「날개」와 상호텍스트성이 있다.

는 삶의 세계와 가장 멀리 떨어져 있는 것이며, 가장 비가시적인 것이라 할 수 있다. 그러한 영혼의 세계마저도 인간의 마음속에 가시화하는 능력이 바로 신비적 감각이다. 이 감각은 영혼의 세계까지 포함한 우주 전체를 마음속으로 나타내는 것이다. 이러한 우주 전체의 완전성을 헬렌 켈러는 신성이라고 보았다. 신은 무한하고 완전함을 가리키기 때문이다. 따라서 신비적 감각은 지상의 현재 속에 살아가는 인간의 유한한 삶을 무한한 신성과 결합시킨다.

헬렌 켈러에 따르면, "영적 세계가 귀가 멀고 눈이 먼 사람에게 어떠한 어려움도 주지 않는" 까닭도 신비적 감각 덕분이라고 한다. "내적 또는 신비적 감각은 비가시적인 것에 관한 시야(vision)를 준다"는 것이다. 그 때문에 죽은 인간의 영혼들도 이 감각 속에서 살아남아 가시화될 수 있다. 이와 같은 헬렌 켈러의 사유는 "삶과 죽음이 하나"라는 결론에 도달한다. 헬렌 켈러가 삶과 죽음을 하나로 사유한 것은 자신의 죽은 친구들과 "영적으로 접촉하려는 노력"이기도 하였다. "내가 '상실한' 사랑하는 친구들 각각이 이 세계와 다음 세계의 연결 고리라는 나의 믿음은 결코 흔들리지 않는다. … 삶은 [사람들을] 나누고 떼어 놓는 반면에, 죽음은 그 중심에 영원한 생명이 존재하며 [사람들을] 재결합하고 화해시킨다."[58] 죽은 친구들의 영혼은 완전히 소멸하는 것이 아니라 인간의 마음속에 살아남는다는 것이다. 신비적 감각은 죽은 친구들과의 영적 접촉을 통해서 가시적인 세계와 비가시적인 세계를 연결시킬 수 있다고 한다. 김종삼의 1970년대 이후 시편에서 제시하는 시적 마음의 파동은 그처럼 삶과 죽음의 경계를 넘나드는 영혼들 사이의 우정과 연대로

---

58   Helen Keller, *Light in My Darkness*, op. cit., pp.133-135.

표현된다. 「올페」(1975.9)는 이를 잘 보여준다.

햇살이 눈부신

어느 날 아침

하늘에 닿은 쇠사슬이

팽팽하였다

올라오라는 것이다.

친구여. 말해다오.

—「올페」, 전문.[59]

「올페」에서 시적 화자는 저승으로 내려가 죽은 친구의 영혼을 건져 올리
고자 한다. 이 시는 "친구여. 말해다오."라는 청유형 문장으로 끝을 맺는다.
이는 시적 화자인 '올페'가 친구의 목소리를 들을 수 없다는 사실과 그로 인
한 올페의 답답함을 짐작케 한다. 그리스 신화의 오르페우스는 자신의 아내
인 에우리디케의 영혼을 이승으로 데려가는 동안에 아내를 향하여 뒤돌아
보지도 못하였으며 아내의 목소리를 들을 수도 없었기 때문이다.

그런데 이 시에서 특이한 점은 올페가 친구의 영혼을 데리고 되돌아가고
자 하는 곳이 '하늘'로 설정되어 있다는 사실이다. 일반적으로 '하늘'은 지상

---

59 金宗三, 「올페」, 『詩와意識』, 1975.9, 22쪽.

의 현실과 동떨어져 있는 장소를 의미하며, 기독교에서는 인간이 죽으면 그 영혼이 올라가는 곳으로 간주된다. 하지만 그리스 신화의 오르페우스가 아내의 영혼을 건지기 위해 지상의 현실에서 저승으로 내려간 것과 달리, 「올페」의 시적 화자는 친구의 영혼을 되살려 내기 위해 하늘에서 지상으로 내려왔다가 다시 하늘로 올라가려고 한다. 이는 오르페우스 신화의 '이승/저승'이라는 구도를 '천상/지상'의 구도로 교묘하게 변형시킨 것이다. 이와 같이 교묘한 구조 변형은 '이승이 곧 천상'이며 '저승이 곧 지상'이라는 김종삼의 독특한 시적 사유를 느끼게 한다. 김종삼의 시 세계는 인간의 현실적 삶에 신성의 영혼이 내재함을 표현하기 때문일 것이다. 또한 그의 시는 죽음의 세계와 삶의 세계를 서로 이어진 것으로 바라본다. 헬렌 켈러가 죽은 친구와의 영적 접촉을 통해서 삶과 죽음이 하나임을 감각한다면, 김종삼의 시는 특히 죽은 예술가 친구들의 영혼을 삶의 세계와 연결시킨다. 이러한 예술적 영혼들의 우정과 연대 감각은 김종삼의 또 다른 시 「장편(掌篇)」(1976.11)에서 극명하게 드러난다.

사람은 죽은 다음
천국이나 지옥에 간다 하지만
나는 틀린다
여러번 죽음을 겪어야 할
아무도 가 본일 없는
바다이고
사막이다

작고한 心友銘

全鳳來 詩

金洙暎 詩

林肯載 文學評論家

鄭　圭 畵家

—「掌篇」, 전문.[60]

　위 작품의 1연과 2연 사이에는 구조적 유기성이 있다. 1연에서 "사람은 죽은 다음 / 천국이나 지옥에 간다"는 것은 기본적인 기독교 교리의 하나라고 할 수 있다. 천국과 지옥에 관한 교리는 현실 세계와 사후 세계 사이의 절대적 단절을 전제하는 세계관에서 비롯하기 때문이다. 하지만 시적 화자는 그러한 기독교적 통념과 달리, 자신이 죽은 다음에 "천국이나 지옥에" 가지 않는다고 단언한다. 그 대신에 자신은 '바다'와 '사막'에 간다고 말한다. 바다와 사막은 천국이나 지옥처럼 지상과 절대적으로 단절되어 있는 곳이 아니라 지상에 속하는 특정 장소들이다. 요컨대 위 작품은 죽음의 세계를 삶의 현실과 단절된 것이 아니라 삶의 일부로 표현한 것이다. 이는 김종삼의 시 세계를 기독교적 세계관으로 국한시켜 해석하던 기존 연구 방식에 한계가 있음을 입증한다.

　또한 1연의 시적 화자는 자신의 죽음이 "여러번"이나 "겪어야 할" 것이라고 말한다. 죽음을 여러 번 겪는다는 사유도 기독교적 생사관(生死觀)과 뚜렷한 차이가 있다. 기독교에서 인간은 단 한 번 죽음으로써 천국이나 지옥에 간다

60　金宗三, 「掌篇」, 『月刊文學』, 1976.11, 24쪽.

고 전제하기 때문이다. "여러번 죽음을 겪어야" 한다는 구절은 결정적으로 1연과 2연의 유기적 연관성을 성립시킨다. 2연의 "작고한 심우명"은 한 사람만이 아니라 여러 사람의 이름으로 나열되기 때문이다. 1연에서 죽음을 여러번 겪는다는 표현은 2연에서 죽은 벗들이 여러 명 제시된 것과 밀접하게 연관된다고 할 수 있다.[61] 2연에 제시된 네 명의 예술가는 실제로 김종삼이 사랑한 친구들이었다. 김종삼의 마음속에 새겨져 있는 벗들이 죽을 때마다, 김종삼은 죽음과 같은 고통을 느꼈을 것이다. 그러므로 1연에서 시적 화자가 여러 번 죽음을 겪는다고 표현한 것은 2연에 나열된 마음의 벗들이 죽을 때마다 시적 화자 자신도 죽음과 같은 고통을 경험하였다는 뜻으로 읽을 수 있다. 그처럼 고통스러운 정신적 죽음의 반복은 '바다'처럼 막막하고 '사막'처럼 황량할 것이다.

김종삼이 마음의 벗[심우(心友)]으로 여긴 예술가들은 전쟁의 고통 속에서도 아직까지 세상이 경험해 보지 못한 예술적 가치를 창조하고자 하였다. 시적 화자는 친구들의 죽음을 자신의 것으로 경험하기 때문에 여러 번 죽음을 겪어야 한다. 시적 화자의 죽음은 일회적인 것으로 끝나는 것이 아니라, 친구들이 죽을 때마다 반복되는 것이다. 친구들의 죽음을 자신의 것으로 경험한다는 것은 예술가 친구들의 영혼이 자신의 마음속으로 이어진다는 것을 암시한다고 볼 수 있다. 그리하여 시적 화자의 삶은 자신의 죽은 친구들이 지향하였던 예술의 길을 마저 걸어가는 것이 된다. 한 명의 예술가가 죽으면 그의 영혼이 자신의 마음에 살아남아서 남은 길을 마저 걷고, 또 한 명의 예

---

61 시인 전봉래와 김수영은 각각 1951년과 1968년에 작고하였다. 비평가 임긍재는 1962년에, 화가 정규는 1971년에 세상을 떠났다.

술가가 죽으면 그의 영혼도 자신의 마음에 살아남아 남은 길을 뒤이어 간다. 그 예술가들이 걸어가려는 길은 새로운 예술을 창조하는 전인미답의 길이라고 할 수 있다. 1연에서 시적 화자가 여러 번 겪어야 할 죽음을 통해 다다르게 되는 곳을 "아무도 가 본일 없는" 영역이라고 표현하는 까닭도 그 때문일 것이다. "아무도 가 본일 없는" 죽음의 세계는 작고한 예술가들의 창조적인 마음이 시적 화자의 마음속에 살아남아서, 시적 화자로 하여금 끊임없이 그 창조성을 이어 가도록 이끄는 내면세계장소와 같다.

| 창조적 연대성: 임긍재와 꿈-나라, 박두진과 시인-학교 |

예술의 창조성은 김종삼의 시에서 구체적으로 어떻게 나타나는가? 이 문제는 "심우명"의 인물들 중 하나인 임긍재(林肯載, 1918-1962)를 통해서 고찰할 수 있다. 임긍재의 비평 중에서 김종삼 시의 꿈 이미지와 밀접하게 연관되는 것으로 「꿈과 문학(文學)」이 있기 때문이다. 이 글에서 임긍재가 논의하는 꿈의 개념은 「꿈나라」, 「꿈속의 나라」, 「꿈 속의 향기」, 「꿈의 나라」 등과 같은 1970년대 이후 김종삼 시편의 꿈 이미지와 여러 가지 측면에서 맞닿아 있다.

「꿈과 문학」에서 임긍재는 꿈과 문학의 공통점이 "현실에서 약동하는 상극과 갈등이라는 추악한 면"을 다스린다는 점에 있다고 말하였다. 꿈과 문학은 현실에서 벌어지는 상극과 갈등 대신에 "회화적이고 몽상적인 영상과 환각을 통해 독자의 마음속에 아름답고 커다란 충격이 일어날 수 있도록" 한다. 꿈의 역할을 수행하는 문학은 "화려한 유토피아와 파라다이스를 이 땅에 문학적으로 파노라마"하는 것이다. 꿈과 불가분의 관계에 있는 문학의 사명은 "꽃밭으로부터 불어오는 훈풍과 향기를 마음껏 마시듯이, 아름다운 정신세계를 그리며 현실을 망각하지 않는 정도에서, 현실을 초월하여 꿈나라의 꿈을 이 세상에 실현시키도록 노력"하는 데 있다.[62] 꿈과 같은 문학은 첫째로, 현실의 상극과 갈등을 초극하기 위한 문학이다. 둘째로, 영상, 즉 이미지를 제시하는 문학이다. 셋째로, 현실을 초월하기 위해서 현실을 부정하는 것이 아니라, 초월적 이상을 현실에 실현시키기 위한 문학이다.

　김종삼의 1970년대 이후 시편에도 '꽃밭의 훈풍과 향기'나 '꿈나라'와 같은 이미지들이 반복적으로 등장한다. 예컨대 「꿈의 나라」에서 시적 화자는 "무척이나 먼 / 언제나 먼 / 스티븐 포스터의 나라를 찾아가" 보고자 한다.[63] 「꿈의 나라」 외에도 김종삼의 여러 시에는 가곡 〈스와니강〉과 그것을 작곡한 미국 음악가 스티븐 포스터가 나온다.[64] 김종삼은 자신에게 그토록 스티븐 포스터의 음악이 중요하였던 까닭을 미국 휴스턴의 우주 센터와 비교해서 말하곤 하였다. 현대시학사에서 주관한 제2회 작품상의 수상 소감에서 김종삼은 "휴스턴보다는 스티븐·포스터가 더 위대(偉大)하다"라고 말하였다.[65] 또한 신문 인터뷰를 통해서는 다음과 같은 말을 남겼다. "포스터의 노래는 작사는 조금 유치하지만 곡은 참으로 좋지 않아요? 나는 지금도 우주선(宇宙船)제조본부인 휴스턴보다도 위대해 보입니다."[66]

62　林肯載, 「꿈과 文學」, 『白民』, 1947.9.

63　金宗三, 「꿈의 나라」, 『文學思想』, 1984.3, 254-255쪽.

64　金宗三, 「쑥내음 속의 동화」, 『知性』, 1958. 秋; 金宗三, 「스와니江이랑 요단江이랑」, 高遠 외, 『現代韓國文學全集 18권 52人詩集』, 新丘文化社, 1967; 金宗三, 「스와니 江」, 『東亞日報』, 1973.7.7.

65　金宗三, 「受賞所感」, 『現代詩學』 1971.10, 46쪽.

66　「文学의 産室 시인 金宗三씨」, 『일간스포츠』, 1979.9.27.

텍사스주 휴스턴에 위치한 린든 B. 존슨 우주 센터는 1961년에 설립되었으며, 미국의 모든 유인(有人) 우주 계획을 총괄하는 본부였다. "우주선제조본부인 휴스턴"은 미국의 발전한 과학 기술 문명을 대표하는 것이라 할 수 있다. 이와 대조적으로 스티븐 포스터의 음악은 미국의 아름다운 예술적 영혼을 드러낸다. 미국의 우주 탐사 계획은 우주마저도 대상화하고 수량화하려는 기술 문명의 논리를 극명하게 상징한다. 반면에 김종삼의 시에서 진정한 예술적 영혼은 우주를 하나의 신성으로 경외하며, 그 우주적 신성과 인간의 마음을 합일시키는 것이다. 그러므로 스티븐 포스터의 음악이 우주선제조본부보다 위대하다는 김종삼의 발언은 미국의 예술 정신이 미국의 기술 문명보다 위대하다는 사유를 내포한다고 볼 수 있다. 그러한 예술적 정신과 접촉하려는 의지가 스티븐 포스터를 만나러 가는 '꿈나라' 이미지로 표현된 것이다.

하지만 김종삼 시에서 지향하는 예술적 영혼의 우정과 연대가 엘리트주의적이고 예술지상주의적이기만 한 것이라고 보기는 어렵다. 김종삼의 시에서 진정한 예술적 영혼의 연대는 삶의 고통이라는 역사적 체험의 동질감을 전제하기 때문이다. 스티븐 포스터의 가곡 〈스와니강〉은 미국에서 고향을 잃고 억압받아 온 흑인의 고통을 표현하였다. 스티븐 포스터는 비록 백인이었음에도, 인간의 고통에 공감할 수 있는 예술 정신의 소유자였기 때문에 흑인들의 고통에 공감함으로써 아름다운 예술을 새롭게 창조하였던 것이 아닐까? 그와 마찬가지로 월남문인 김종삼은 전쟁으로 인한 고향 상실과 정신적 고통을 체험하였기 때문에 〈스와니강〉의 예술적 영혼과 공명할 수 있었다. 이러한 예술적 영혼은 기술 문명이 추구하는 획일적 이윤 추구의 논리와 대척점을 이룬다고 할 수 있다. 김종삼의 또 다른 시 「꿈속의 나라」에서도 '꽃밭'과 '꿈나라'의 이미지를 통해 예술적 영혼과 연대를 형상화한다.

한 귀퉁이

꿈나라의 나라
한 귀퉁이

나도향
한하운씨가
꿈속의 나라에서

뜬구름 위에선
꽃들이 만발한 한 귀퉁이에선

지그믄트 프로이트가
구스타포 말러가
말을 주고받다가
부서지다가
영롱한 날빛으로 바뀌어지다가

　　　　　　　　　　　　　　　　　　─「꿈속의 나라」, 전문.[67]

67　金宗三, 「꿈속의 나라」, 『現代文學』, 1976.11, 242쪽.

위 시에 등장하는 지그문트 프로이트와 구스타프 말러는 실제로 만난 적이 있다고 한다. 음악가 말러는 삼중의 이방인으로 살아야 하였다. 오스트리아에서는 보헤미안으로, 독일에서는 오스트리아인으로, 세계에서는 유태인으로 차별을 겪었기 때문이다. 이러한 상황 속에서 말러는 1910년 여름 프로이트에게 자신과 만나 달라는 편지를 보내었다고 한다. 이 만남을 통해서 프로이트는 말러에게 정신분석 상담을 해 주고 말러의 정신을 치유하였다는 것이다.[68] 프로이트도 말러와 마찬가지로 유태인으로서 나치의 억압에 고통 받았다. 그 때문에 프로이트는 자신과 같은 고통을 겪는 말러의 정신을 공감하며 위로할 수 있었을 것이다. 위 작품은 프로이트와 말러의 실제 만남이라는 전기적 사실에 근거한 것이라 할 수 있다.

반면 위 시에서 나도향(羅稻香, 1902-1926)과 한하운(韓何雲, 1919-1975)의 만남은 전기적 사실이 아니라 '꿈'의 상상력을 통해서 창조된 것으로 추정된다. 나도향은 1925년 7월 『여명(黎明)』지에 「벙어리 삼룡(三龍)」을 발표하였다. 이 소설은 당시에 천대받던 언어장애인의 고통과 사랑을 절실하게 그려낸 나도향의 대표작이다. 한하운은 한센인으로서 극심한 차별을 겪으며, 그 고통을 시의 언어로 피워 낸 시인이다. 김종삼은 프로이트와 말러의 공명처럼, 나도향과 한하운의 예술도 시공을 넘어서 공명하며 인간의 고통을 치유하고 생명을 긍정할 수 있다고 생각하였던 것이 아닐까?

「꿈속의 나라」에서 또 하나 주목할 점은 서구 예술가·지식인들과 한국 예술가들을 몽타주한 기법이다. 기존의 연구들은 김종삼의 시 세계가 서구 지향성에 따른 국적 불명의 모호한 이미지, 서양 문화에 대한 심취, 이국 취향

---

68 이준석, 『프로이트, 구스타프 말러를 만나다』, 이담Books, 2012, 156-162쪽.

등을 보인다고 간주한 바 있다.[69] 그러나 1970년대 김종삼의 시편에는 한국의 시인·예술가에 관한 호명이 두드러지게 나타난다. 1950년대부터 1970년대 이전까지 김종삼의 시편이 언급한 한국 예술가들은 시인 전봉래, 연극인 김규대(金圭大, 1923-1958),[70] 시인 이인석, 시인 전봉건, 시인 김광림, 화가 이중섭(李仲燮, 1916-1956) 등, 김종삼처럼 북한이 고향이거나 김종삼과 개인적으로 교류한 인물들로 한정되었다. 하지만 1970년대 이후부터는 「꿈속의 나라」의 나도향·한하운 등과 같이 김종삼과 개인적 친분이 없을 법한 한국 예술가들이 상당수 등장한다. 김종삼 시의 꿈 이미지들은 억압받은 민족들의 예술적 영혼 사이에 창조적 연대가 발생할 수 있음을 보여준다. 이러한 꿈 이미지의 민족적 의미는 여러 한국 시인들이 등장하는 김종삼의 대표작 「시인학교(詩人學校)」에서도 드러난다. 이 시에서 죽은 한국 시인들이 학교에 다닌다는 상상력은 예술적 영혼의 창조와 연대를 상상(꿈) 속의 예술가 공동체(나라)로 형상화한다. 따라서 시인학교의 이미지는 꿈나라 이미지의 계열에 속한다고 볼 수 있다.

김종삼의 현대시학 제2회 작품상 수상 소감에는 다음과 같은 구절이 있

69 이승원, 「김종삼의 시의식과 생의 아이러니」, 서울여자대학교 인문과학대학 국어국문학과, 『태릉어문연구』 10집, 2002; 김용희, 「전후 한국시의 '현대성'과 그 계보적 가설—김종삼 시를 중심으로」, 한국근대문학회, 『한국근대문학연구』 19집, 2009.4; 김소현·김종회, 「김종삼 시에 나타난 타자적 공간 연구」, 부산대학교인문학연구소, 『코기토』 85호, 2018.6.
70 함경남도 태생으로 동경중아대학을 나온 뒤 연극계에 투신. 한국전쟁 전에 국립극장의 연출분과위원으로 있었으며 이후 극단 '신협'의 운영위원, 서울방송국의 연출가 등으로 활약. 1958년 4월 22일 심장마비로 별세. 57년 환도 기념공연으로 쉴러 작 '신앙과 고향'을 국립극장 무대에 올릴 때 조연출, 1956년 국립극단 신협의 48회 공연으로 임희재 작 '꽃잎 먹고사는 기관차' 연출.

다. "박두진씨(朴斗鎭氏)는 시인들은 시인 부락(部落)에서 살자고 했다. 그 집들에서 울리는 못박는 소리가 즐거웠다."[71] 김종삼의 이 언급은 박두진(朴斗鎭, 1916-1998)의 시 「시인공화국(詩人共和國)」을 가리킨다.[72] 시인공화국에 관한 박두진의 상상력은 꿈나라에 관한 김종삼의 상상력과 상통하는 측면이 있다. 「시인공화국」에서 '공화국'은 꿈나라의 '나라'와 대응하기 때문이다. 김종삼은 시적 마음의 창조성과 연대성에 관한 '시인공화국'의 상상력과 공명하였던 것이다.

公 告

오늘 講師陣

음악 部門
모리스•라벨

미술 部門
폴•세잔느

시 部門
에즈라•파운드

71   金宗三, 「受賞所感」, 앞의 글, 46쪽.
72   朴斗鎭, 「詩人共和國」, 『거미와 星座』, 大韓基督教書會, 1962, 179-191쪽.

모두

缺講.

金冠植 쌍놈의새끼들이라고 소리지름. 持參한 막걸리를 먹음. 敎室內에
쌓인 두터운 먼지가 다정스러움.

金素月

金洙暎 休學屆

全鳳來

金宗三 한귀퉁이에 서서 조심스럽게 소주를 나눔. 브란덴브르그 협주곡
五번을 기다리고 있음.

校舍.

아름다운 레바논 골짜기에 있음.

—「詩人學校」, 전문.[73]

　「시인학교」에서 선생은 모두 서구 예술가들인 반면에, 학생은 모두 한국
시인들이다. 이와 같은 설정은 서구 문화에 대한 한국문학의 일방적 추종을
표현한 것처럼 보일지도 모른다. 이는 한국 근대문학을 서구 문학의 이식으
로 설명하는 이식문학론을 연상케 한다. 이식문학론은 한국문학을 서구 문

73　金宗三,「詩人學校」,『詩文學』, 1973.4, 57쪽.

학의 단순한 모방으로 간주하며, 따라서 한국문학을 그것의 '원본'인 서구 문학보다 수준 낮은 것으로 판단할 위험이 있다.

하지만 「시인학교」의 첫 번째 부분에서는 서구 예술가들로 이루어진 강사진이 "모두 / 결강"하였다고 표현한다. 여기에서 중요한 점은 서구 예술가 강사진의 자리를 비워 내는 효과가 '결강'이라는 시어를 통하여 발생한다는 점이다. 해럴드 블룸(Harold Bloom, 1930-2019)에 따르면, 진정으로 뛰어난 시인이 되려고 하는 자는 선배 시인으로부터의 영향에 대해 불안을 느낀다고 한다. 후배 시인은 자신이 선배 시인의 영향에서 벗어나지 못하고 그의 아류나 모방에 머물지 않을까 하는 불안을 느끼기 쉽다는 것이다. 이와 같은 불안은 후배 시인이 선배 시인을 모방하는 데 만족하지 못하게 하며, 선배 시인과 다른 자기만의 독창성을 추구하도록 부추긴다. 블룸은 후배 시인이 선배 시인과 달라지기 위하여 동원하는 여러 가지 방법들을 고찰했는데, 그중 하나로 '케노시스(kenosis)'를 꼽았다. 케노시스는 희랍어로 '비워 냄'을 의미하는 용어로서, 후배 시인이 자신에게 미친 선배 시인의 영향을 비워 내는 것에 해당한다.[74] 서구 예술가들로 이루어진 시인학교의 강사들이, 그것도 전체 인원이 결강하였다는 표현은 서구 예술의 영향을 비워 내려는 일조의 케노시스 효과를 일으킨다고 할 수 있다.

이러한 해석을 뒷받침해 주는 또 하나의 근거는 "모두 / 결강"이라는 표현 다음에 곧바로 "김관식(金冠植) 쌍놈의새끼들이라고 소리지름"이라는 구절이 나온다는 점이다. 이 구절은 김관식(金冠植, 1934-1970)이 그의 실제 삶에

---

74 Harold Bloom, *The Anxiety of Influence: A Theory of Poetry* 2nd ed., New York, Oxford: Oxford University, 1997, pp.87-91.

서 만취 상태로 폭력적 언행을 일삼았다는 전기적 사실만을 단순히 반영해 놓은 것처럼 보일지도 모른다. 그런데 이 시에서 김관식이 "쌍놈의새끼들이 라고 소리"를 퍼부은 대상은 무단으로 '결강'한 강사들이다. 다시 말해서 김 관식은 서구 예술가들에게 욕설을 퍼붓는 행위자로 표현된 것이다. 김관식 의 시 세계는 당시에 지배적이었던 서구 문화의 유행으로부터 벗어나서 한 국의 주체적 문화를 추구하고자 하였다. 천상병(千祥炳, 1930-1993)에 따르면, "서구문화 지배의 현 20세기 문화에서 그리고 그 정치적 영향 밑에서 우리 나라도 또한 빠져 나갈 도리가 없었는데" 김관식은 그에 맞서 "정공법(正攻 法)을 썼다"고 한다. 또한 천상병은 "김관식만이 우리 한국문화의 명예를 걸 고 중국식(中國式) 현대시(現代詩)로 중국문화에 침을 뱉은" 시인이라고 회고 하였다.[75] 이러한 맥락에서 「시인학교」는 서구 예술가 선생들의 결강을 제 시한 뒤에, 결강한 서구 예술가들에게 욕설을 퍼붓는 김관식의 행동을 곧바 로 붙여 놓은 것이다. 김관식은 서구 문화의 지배적인 영향력과 유행을 비판 하였다. 또한 그는 서구 문화를 비판한다고 해서, 중국 전통의 동양 문화로 회귀하고자 하지 않았다. 김관식은 중국에 대한 사대주의와 서구에 대한 추 수주의를 동시에 거부하였다. 「시인학교」는 이러한 김관식의 문학적 의식 을 서구 예술가에 대한 케노시스와 병치시킴으로써, 한국 시문학사에 주체 적 창조성의 저력이 축적되어 있음을 표현하는 것이다.

「시인학교」의 7연에서는 한국 시문학사의 저력을 보여주는 김소월(金素 月, 1902-1934)과 김수영(金洙暎, 1921-1968)이 "휴학계(休學屆)"를 낸 상태라고

---

75 千祥炳, 「젊은 東洋詩人의 運命——金冠植의 歸天을 슬퍼하면서」, 『창작과비평』, 1970.겨 울, 758-759쪽.

말한다. 휴학은 복귀의 가능성을 전제하는 것이다. 휴학 기간이 끝나면 학생들은 학교로 돌아올 자유와 권리가 있다. 마찬가지로 김소월과 김수영의 빈 자리는 휴학과 같은 한국시의 공백처럼 보이지만, 그들의 시적 마음은 살아 있는 한국 시인들의 마음속에 되살아날 수 있다.

죽은 시인이 살아남아 있다는 시적 사유는 「시인학교」의 8연에서 더욱 뚜렷이 나타난다. 전봉래는 피난지 수도 부산의 스타다방에서 음독자살하였다. 전봉건의 회고에 따르면, 전봉래가 죽어 가며 스타다방에서 들었던 바흐의 음악은 김종삼의 것이었던 브란덴부르크 협주곡의 레코드판이었다고 한다.[76] 그러므로 위 시의 8연에서 "전봉래(全鳳來) / 김종삼(金宗三)"이 "브란덴브르그 협주곡 오(五)번을 기다리고 있"다고 표현한 것은 전봉래가 김종삼의 바흐 음반을 들으며 죽었다는 사실과 관련이 있을 것이다. 김종삼의 음반을 들으며 전봉래가 자살하였다는 사실은 위 작품에서 두 시인이 그 음악을 같이 들으며 교감을 나누는 이미지로 이행하고 전치된다. 이 시에 언급하는 예술가들의 이름들 가운데 살아 있는 사람의 이름은 '김종삼'이 유일하다. 따라서 김종삼이 자신의 자살한 친구와 만나고 있다고 표현한 것은 삶과 죽음의 경계를 넘어선 시적 마음의 살아남음을 암시한다. 죽은 시인이 발언을 한다거나, 언제든 되돌아올 수 있는 휴학의 상태에 있다거나, 살아 있는 사람과 교감한다는 꿈 이미지 속에는 한국 시인들의 창조적 영혼과 그 연대가 나타나 있는 것이다.

9연은 "교사(校舍)", 즉 학교 건물이 "아름다운 레바논 골짜기에 있"다고 한다. 시인학교 건물의 위치를 레바논으로 설정한 것은 일차적으로 기독교 성

---

76 全鳳健, 「交友錄—피난살이 시름 잊게 한 金宗三」, 『東亞日報』, 1984.3.21.

서의 맥락과 연관된다. 기독교 성서에서는 레바논의 골짜기를 아름다운 이상향으로 묘사하였기 때문이다(「열왕기상」 7:2-3; 「아가」 4:11-15). 그러나 「시인학교」의 장소를 굳이 레바논으로 표현하는 데에는 또 다른 이유가 있다. 그것은 김종삼이 이 시를 발표한 무렵의 실제 레바논 정세와 밀접하게 연관된다. 이 시를 발표한 1970년대 초반에 레바논은 지속적인 이스라엘의 침공에 시달리고 있었다. 구약시대의 유태인들은 레바논을 이상적 장소로 생각하였으나, 1970년대 초반에 이스라엘의 유태인들은 레바논을 끊임없이 침공하고 있었던 것이다. 하지만 이 아이러니에는 전쟁으로 고통받는 레바논이 과거처럼 다시금 아름다운 장소로 회복되리라는 희망도 깔려 있다. "아름다운 레바논 골짜기"는 '있음'이라는 현재형 시제로 표현되기 때문이다.

이처럼 침공에 시달리던 레바논을 원래의 아름다움으로 전환시킬 수 있는 힘은 그곳에 위치해 있는 한국 시인들의 학교에서 비롯한다. 「시인학교」에 등장하는 한국 시인들은 모두 역사적 폭력을 겪었던 이들이다. 김소월은 일제 파시즘의 무력 통치를 경험하였으며, 김관식과 김수영과 전봉래는 미국과 소련의 대리전이었던 한국전쟁을 경험하였기 때문이다. 또한 김관식과 김수영은 분단 이후의 독재 파시즘을 겪었다. 그럼에도 이 한국 시인들은 폭력의 역사 속에서도 한국 문화를 꽃피우고자 하였다. 그러한 한국 시인들의 마음속에는 침공의 와중에 있던 레바논의 본래적 아름다움을 되살릴 만한 역량이 들어 있을 것이다. 요컨대 한국 시인들의 학교가 레바논에 위치해 있다는 표현은 멀리서 고통받는 타민족 공동체의 아름다움을 끄집어낼 만한 힘이 한국 시의 마음속에 들어 있음을 암시한다고 볼 수 있다.

「시인학교」의 꿈나라 이미지에 담긴 시적 사유는 1970~1980년대 한국문학 담론과 변별되는 문학사적 의의가 있다. 손유경에 따르면, 백낙청이 1970

년대부터 제기한 민족문학 담론은 민족문학과 세계문학을 아예 다른 범주로 간주하였다고 한다. 여기에서 서구 문학은 이미 주어져 있는 보편적 세계문학으로 설정되는 것이다. 하지만 이러한 논리는 '보편적 세계문학=서구문학'이라는 헤게모니 자체를 무비판적으로 인정하며, 한국문학을 단지 '주어진 보편에 공헌하는 특수'로서만 간주하는 것과 같다. 요컨대 백낙청의 민족문학론은 '서구 문학=보편'과 '민족(한국)문학=특수' 간의 메울 수 없는 낙차를 배경으로 구상된 것이라 할 수 있다. 그 때문에 백낙청은 토속성과 같은 한국문학의 특수성을 강조하는 데 골몰하였다고 한다.[77] 반면에 김종삼의 1970년대 이후 시편은 한국문학을 보편적 세계문학과 완전히 구분되는 문학, 즉 특수성에만 국한되는 민족문학으로 표현하지 않는다. 김종삼의 시에서 토속성이 두드러지지 않는 이유도 그 때문이라고 할 수 있다. 김종삼의 시 세계는 '주어진 보편'으로서의 서구 문학과 다른 '새로운 보편'으로서의 한국문학을 제시하고자 하였다. 한국문학 속에는 비서구 민족의 고통스러운 역사적 경험을 인류 보편의 아름다움으로 승화시킨 문화가 들어 있다는 것. 그것이 꿈-나라 이미지의 사유라고 할 수 있다. 따라서 김종삼이 보기에 한국문학은 서구의 한계를 뛰어넘어 한국 민족과 같이 고통을 겪고 있는 비서구 민족들에게 공감과 위로를 줄 수 있는 '새로운 보편성'이 있는 것이다. 「시인학교」는 그러한 새로운 보편성의 모델을 제시한다.

지금까지 김종삼의 1970년대 시편에 나타난 예술적 영혼, 즉 시적 마음의 이미지를 고찰하였다. 이 시기 김종삼의 시는 예술적 영혼을 파동의 이미지

---

77 손유경, 「백낙청의 민족문학론을 통해 본 1970년대식 진보의 한 양상」, 인하대학교 한국학연구소, 『한국학연구』 35집, 2014.11, 164-166쪽.

로 형상화한다. 시적 마음으로서의 파동 이미지는 죽음의 세계와 삶의 세계, 비가시적인 세계와 가시적인 세계가 모두 인간의 마음속에서 하나로 결합되어 있음을 드러낸다. 그것은 헬렌 켈러의 신비주의적 사유와 접속하는 것이기도 하다. 헬렌 켈러는 신이 인간의 마음에 내재함을 느끼는 신비적 감각을 중시하였으며, 죽은 친구들의 영혼과도 그 신비적 감각을 통해서 교류할수 있다고 보았다. 김종삼의 시에서도 꿈나라의 이미지는 죽은 시인의 마음과 소통이 이루어지는 이미지로 제시된다. 이러한 꿈나라 이미지는 시공간을 초월하여 인간의 고통을 위무하고 세계를 아름답게 변화시키는 예술적 영혼 사이의 공명을 형상화한다. 특히 김종삼의 대표작 「시인학교」에서 꿈나라 이미지는 한국 시인들의 마음이 품고 있는 민족적 창조성과 인류 보편의 연대성을 동시에 표현한다.

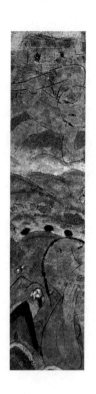

제3장
삶은 본디 시적이다

| 네오파시즘 비판을 위한 반파시즘 예술가의 상-기 |

이 장에서는 네오파시즘하에서도 파괴될 수 없는 인간의 신성이 김종삼 시의 민중 이미지들에 의해서 표현됨을 고찰한다. 이는 도스토옙스키와 헤밍웨이를 관류하는 사유, 즉 대지의 삶을 오롯이 긍정하는 사유와 밀접한 연관이 있다. 김종삼의 시에서 민중의 삶은 아무리 미약하더라도 끝끝내 살아남는 생명력과 인간성을 드러내는 이미지로서 제시된다. 그것은 모든 인간에게 본디 내재하는 시적 마음의 창조성과 연대성, 즉 신성과 같다. 신성이 내재하는 민중의 이미지는 김종삼의 대표작 「누군가 나에게 물었다」에서 시인으로서의 민중 이미지에 도달한다. 또한 그와 같은 시인-민중의 이미지들은 파시즘적 민중 이미지에 균열을 가함으로써 당대 문학 담론의 민중 이미지와 차별성을 드러낸다.

김종삼의 1970년대 이후 시편 중에는 「시인학교」 외에도 김소월을 호명하는 작품들이 몇 편 더 있다. 김소월은 김종삼의 시 세계에서 결코 적지 않은 의미가 있는 것이다. 김종삼은 한 인터뷰를 통해, "시에서 감정이 그대로 드러나는 어휘를 싫어한다"라고 말하면서도 "김소월"의 시는 "정말 좋은 시"

라고 덧붙였다.[78] 물론 김종삼은 월남시인으로서, 평안북도 정주 태생 김소월에게 자연스러운 동질감이나 관심을 가졌을 수도 있다. 하지만 김소월에 대한 김종삼의 관심은 그보다 복잡하고 심각한 문제들을 거느린다.

물론 1960년대 작품 중에서도 김소월을 언급한 경우가 한 차례 확인된다. 「왕십리(往十里)」가 그 경우에 해당한다. 이 시는 김종삼의 시 세계에서 김소월을 처음으로 호명한 작품이기도 하다. 나아가 이 작품은 김소월이 김종삼에게 중요한 이유를 이해하는 데 결정적 단서를 제공한다.

새로 도배한
삼칸초옥 한칸 房에 묵고 있었다
時計가 없었다
人力거가 잘 다니지 않았다.

하루는
도드라진 電車길 옆으로 챠리 챠플린氏와
羅雲奎氏의 마라돈이 다가오고 있었다.
金素月氏도 나와서 求景하고 있었다.

며칠뒤
누가 찾아 왔다고 했다

---

78 강석경, 「문명의 배에서 침몰하는 토끼」, 김종삼, 장석주 엮음, 『김종삼 전집』, 청하, 1988, 285쪽.

나가본즉 앉은방이 좁은

굴뚝길 밖에 없었다.

ㅡ「往十里」, 전문.[79]

　1연에서는 시적 화자가 "삼칸초옥 한칸 방(房)에 묵고 있었다"는 정보를
제시한다. 이는 위 작품의 제목인 왕십리와 연관된다. 김소월과 왕십리를
연결시킨 김종삼의 또 다른 작품으로는 「장편(掌篇)」(1976.5)이 있다. 이 작
품에는 "김소월(金素月) 사형(詞兄) / 생각나는 곳은 / 미개발 왕십리(往十里) /
난초(蘭草) 두어서넛 풍기던 / 삼칸초옥 하숙(下宿)"이라는 구절이 나온다.[80]
김소월은 자신이 다니던 정주 오산학교가 3·1운동으로 일시 폐교된 뒤에,
1921년 배재고등보통학교 5학년으로 편입하여 그곳에서 졸업하였다. 1923
년 일본 도쿄 상과대학 전문부에 입학하였으나, 그해 9월 관동대지진으로
중퇴하고 귀국하여 경성에 머물렀다. 김소월은 배재고보 학생일 때 서울에
서 하숙 생활을 했다. 「왕십리」의 "삼칸초옥", 그리고 「장편」(1976.5)의 "삼
칸초옥 하숙"은 김소월이 서울에서 하숙하였다는 사실을 반영한 것이다. 김
종삼의 시 「꿈속의 나라」에도 등장하는 소설가 나도향은 김소월과 동갑인
1902년생이었으며, 배재고보를 다닌 인연으로 서울 시절의 김소월과 깊은
친분을 나누었다. 자신의 유작(遺作)에서 "나도향 / 김소월"을 연관시킨 것
은김종삼이 나도향과 김소월의 친분 관계를 알고 있었다는 사실을 입증한

79　金宗三, 「往十里」, 『十二音階』, 三愛社, 1969, 20-21쪽.
80　金宗三, 「掌篇」, 『心象』, 1976.5, 38쪽.

다.[81] 김소월의 시 「왕십리」는 소월의 서울 체험과 관련이 있을 것이다. 김종삼의 「왕십리」가 김소월과 왕십리를 연결시킨 이유도 김종삼이 소월의 전기(biography)를 어느 정도 알았기 때문이라고 할 수 있다.

김종삼의 「왕십리」에서 특히 주목할 만한 대목은 "김소월씨(金素月氏)"가 "챠리 챠플린씨(氏)와 / 나운규씨(羅雲奎氏)의 마라돈" 경기를 "구경(求景)하고 있었다"는 구절이다. 김종삼은 그의 유고시에서도 "김소월 / 나운규를 떠올리면서 / 5번버스로 아리랑고개를 넘어간다"라는 표현을 남긴 바 있다.[82] 또 다른 김종삼의 유고시 「아리랑고개」에는 "우리나라 영화의 선구자 / 나운규(羅雲奎)가 활동사진 만들던 곳 / 아리랑고개, / 지금은 내가 사는 동네 / 5번버스 노선에 속한다"라는 구절이 있다.[83] 춘사(春史) 나운규(羅雲奎, 1902-1937)는 1926년에 영화 〈아리랑〉을 제작하였다. 이 영화의 제목이자 주제가였던 민요 〈아리랑〉은 김소월이 민요시를 썼다는 사실과 연관이 있다고 할 수 있다. 김종삼의 유고 작품들은 나운규의 영화 〈아리랑〉과 김소월의 민요시를 연관시킨 것이다.

그렇다면 김종삼의 「왕십리」가 나운규를 "챠리 챠플린"과 연결시킨 이유는 무엇일까? 나운규와 찰리 채플린(Charlie Chaplin, 1889-1977)이 마라톤 경주를 한다고 표현한 이유는 무엇일까? 그 마라톤 경기를 김소월이 구경하고 있었다는 대목은 무슨 뜻일까? 나운규와 채플린은 영화감독이면서 자기 영화에서 자신이 주연으로 연기한 배우이기도 했다. 그들은 공통적으로 파시

---

81 金宗三, 「金宗三遺稿詩 「아리랑고개」 外3篇—「無題」」, 『文學思想』, 1985.3, 119쪽.

82 위의 쪽.

83 金宗三, 「金宗三遺稿詩 「아리랑고개」 外3篇—「아리랑고개」」, 『文學思想』, 1985.3, 121쪽.

즘에 저항하는 걸작을 남긴 바 있다. 채플린이 1940년에 연출한 〈위대한 독재자〉는 히틀러의 나치즘을 풍자한 영화였다. 나운규의 〈아리랑〉은 나라를 잃은 조선 민중의 울분, 파시즘에 맞서는 저항적 민족의식을 표현함으로써 당대 조선의 민중들에게 큰 반향을 일으켰다. 나운규의 〈아리랑〉은 파시즘에 대한 저항 의식의 측면에서 채플린의 〈위대한 독재자〉와 공명할 뿐만 아니라, 채플린의 영화보다 창작 시기가 십여 년 정도 앞선다. 이는 한국 문화의 수준이 서구 문화의 발전 수준에 뒤처져 있었다는 고정관념을 뛰어넘는다. 마라톤은 스포츠이다. 스포츠는 경쟁자를 지배하거나 종속시키기 위한 것이 아니라 선의의 경쟁을 펼치기 위한 것이다. 김종삼은 한국 문화와 서구 문화가 우열과 종속의 관계가 아니라, 마라톤 경기와 같은 선의의 대등한 경쟁 관계였다고 사유하였던 것이 아닐까? 요컨대 「왕십리」에서 나운규와 채플린의 마라톤 이미지는 한국 문화가 서구 문화와 공통으로 지향하였던 반파시즘을 표현한다.

이러한 맥락에서 김소월이 나운규와 채플린의 마라톤을 구경하고 있었다는 표현은, 나운규와 채플린이 선의의 경쟁을 벌이듯이 대등하게 추구하였던 '파시즘에의 저항'을 김소월의 시 세계도 공유하였다는 의미가 된다. 김종삼은 김소월의 시적 마음도 파시즘에 대한 저항 의식과 공명한다고 생각하였던 것이다. 나운규 영화에서 민요 〈아리랑〉를 활용한 방식은 김소월의 민요시와 연결되는 것일 수 있다. 영화 〈아리랑〉을 관람했던 당시 조선 관객들은 민요 〈아리랑〉이 흘러나오는 장면에서 특히 큰 감동을 받았다고 한다. 그 노래가 민족의식을 불러일으켰기 때문일 것이다. 김종삼은 김소월의 민요시도 조선 민족의 정체성을 소거하고자 했던 일제 파시즘에 맞서 민족의식을 드러내는 것이라고 생각하였던 것이 아닐까? 파시즘에 대항하는 이미지 중에서 김소월을 호출하는 까닭도 그와 같은 맥락 속에서 이해할 수 있지 않을까?

이와 같은 측면은 김종삼의 시 「시인학교」에 나타난 김소월과 김수영의 병치 속에서도 드러난다. 「시인학교」 7연의 "김소월 / 김수영"이라는 구절은 한국 시문학사의 처음과 끝이라는 넓이, 그리고 순수와 참여라는 깊이를 압축적으로 나타낸다고 할 수 있다. 하지만 파시즘에의 저항이라는 맥락에 주목할 때, 「시인학교」의 7연은 또 다른 의미로 해석할 여지가 있다. 김종삼이 김소월의 시에서 파시즘에 대한 저항의 의미를 읽어 낸 것과 마찬가지로, 김수영의 시 세계는 독재 정권의 파시즘에 대한 저항 의식을 표현하였기 때문이다. 따라서 「시인학교」의 7연은 해방 이전의 파시즘에 대한 저항과 해방 이후의 파시즘에 대한 저항으로서 김소월과 김수영을 연결시킨 것이라고 할 수 있다.

이처럼 김종삼의 1970년대 이후 시편이 파시즘에의 저항이라는 측면에서 김소월을 호명한 것은 '네오파시즘'이라는 개념을 통해 더욱 효과적으로 고찰할 수 있다. 1921년에 태어난 김종삼은 유년 시절에 일제 파시즘을 경험하였으며, 청장년 시절부터 생을 마칠 때까지는 장기 군사독재 파시즘을 경험하였다. 그러한 김종삼에게 해방 이후의 장기 파시즘은 자신이 유년기에 경험한 파시즘의 동일한 반복, 즉 네오파시즘으로 다가왔을 것이다. 김종삼의 시 세계가 일제 파시즘에의 저항이라는 맥락 속에서 김소월을 거듭 호명하는 시기는 남한에서 장기 독재 체제가 정착되어 가던 시기와 거의 일치하기 때문이다.

김종삼 시의 꿈나라 이미지는 '나라'에 관한 전복적 상상력을 이끌어 냄으로써 네오파시즘의 국가주의에 대항하는 이미지라고도 할 수 있다. 「시인학교」를 비롯한 김종삼 시의 꿈나라 이미지는 네오파시즘이 강요하는 국가의 이미지에 균열을 가하기 때문이다. 앞서 살펴본 1960년대 작품 「왕십리」에서도 그러한 꿈나라 이미지의 단초가 엿보인다. 김소월이 나도향과 찰리 채플린의 마라톤을 구경한다는 시적 정황은 꿈나라 이미지, 즉 파시즘의 국가주의에 저항하는 예술적 영혼의 창조성과 연대성을 표현하기 때문이다. 이러한 꿈나라 이미지가 본격적으로 두드러지는 것은 1970년대 이후의 시편에서부터라고 할 수 있다. 예컨대 이 시기의 작품인 「꿈 속의 향기」에서는 김소월과 꿈나라를 결합시킨다.

> 金素月 성님을 만났다
> 어느 산촌에서
> 아담한 기와집 몇 채 있는 곳에서
> 싱그러운 한 그루
> 나무가 있는 곳에서
> 산들바람 부는 곳에서
> 상냥한 女人이 있는 곳에서.
>
> ─「꿈 속의 향기」, 전문.[84]

위 시는 총 7행이다. 처음 1행에서는 "김소월(金素月) 성님을 만났다"는 정보를 제시한다. 나머지 2행부터 7행까지는 시적 화자가 김소월을 만난 장소의 속성들을 병치하고 중첩시킨다. 격조사 '-에서'가 다섯 차례 반복되며 리

---

84 金宗三, 「꿈 속의 향기」, 『月刊文學』, 1983. 11, 15쪽.

듬을 형성한다. 이 반복의 리듬은 시적 화자가 김소월을 만날 수 있는 꿈나라의 장소적 특성을 부각시키는 효과가 있다. 김종삼의 시에서 이미지는 비가시적인 것과 가시적인 것 사이의 이행 및 전치 운동을 일으키는 장소와 같다. 마찬가지로 위 시에서 꿈나라는 비가시적인 김소월의 시적 마음을 가시화함으로써, 현실의 삶 속에 아름다움과 우정의 향기를 일으키는 장소로서의 이미지와 같다고 할 수 있다.

또한 바로 앞 장에서는 김종삼 시의 꿈나라 이미지가 임긍재 비평의 꿈 개념과 연관됨을 살핀 바 있다. 위 작품의 꿈 이미지도 임긍재의 비평과 공통점이 있다. 임긍재의 「꿈과 문학」에는 다음과 같은 구절이 나온다. "우리는 니체의 말을 빌리면, … 초인간이 되어 꽃밭으로부터 불어오는 훈풍과 향기를 마음껏 마시듯이, 아름다운 정신세계를 그리며 현실을 망각하지 않는 정도에서, 현실을 초월하여 꿈나라의 꿈을 이 세상에 실현시키도록 노력할 것이다."[85] 여기에서 꿈은 '훈풍과 향기'가 불어오는 '꽃밭'과 같다. 「꿈 속의 향기」에서도 그 제목에서부터 꿈에서 '향기'가 난다고 표현한다. 이는 꽃밭처럼 향기로운 장소로서 꿈을 표현한 것이라 할 수 있다. 또한 위 작품에서는 김소월과 만나는 꿈의 장소에 '산들바람'이 분다고 말한다. 이 '산들바람'은 「꿈과 문학」의 '훈풍'과 닮아 있다.

| 도스토옙스키·헤밍웨이와 연관된 대지적 삶의 긍정 |

임긍재의 비평에서 주목을 요하는 대목은 꿈에 관한 묘사를 "니체의 말"

---

85   林肯載, 앞의 글.

에서 빌려 왔다는 점이다. 그 니체의 말은 『차라투스트라는 이렇게 말했다』의 일절이라고 추정할 수 있다. 예컨대 「베푸는 덕에 대하여」에는 "진실로 대지는 치유의 장소가 되어야 한다! 이미 대지 주변에는 새로운 향기, 치유를 가져오는 향기가 감돌고 있지 않은가."라는 대목이 나온다.[86] 여기에서 대지와 그 향기는 삶의 질병을 치유하며 건강함을 회복시키는 힘을 비유하는 것이라 할 수 있다. 니체가 말하는 삶의 질병은 현실 세계를 부정하는 허무주의와 그것을 조장하는 플라톤주의 및 기독교에 해당한다. 이와 대조적으로 삶의 건강함은 대지(지상의 현실)에서의 삶 자체를 긍정하는 힘과 같다.

또한 『차라투스트라는 이렇게 말했다』 중 「회복해가는 사람」에는 "세계가 마치 화원인 양 그대를 기다리고 있다. 바람은 그대에게 오려는 짙은 향기를 희롱하고 있다. … 이 세계는 내게 화원과도 같다"라는 구절이 나온다.[87] 여기에서 '이 세계'는 대지, 즉 인간이 발을 딛고 살아가는 지상의 현실을 의미한다. 그러므로 이 세계가 아름다운 꽃밭과 같다는 비유는 대지의 삶 전체를 긍정하는 니체의 사유를 나타낸 것이라 할 수 있다. 이 구절에서 니체가 말한 '화원'의 '바람'과 '향기'는 임긍재의 비평에서 언급했던 '꽃밭'의 '훈풍과 향기'에 상응할 것이다.

기존의 연구들은 대체로 김종삼의 시 세계가 현실을 부정하며 초월과 환상을 지향한다고 설명해 왔다. 김종삼의 1970년대 이후 시편에 나타나는 꿈 이미지도 그러한 기존의 연구 시각을 뒷받침하는 사례로 간주되고는 하였

86 프리드리히 니체, 정동호 옮김, 「베푸는 덕에 대하여」, 『니체전집13(KGW VI1) 차라투스트라는 이렇게 말했다』, 책세상, 2000, 126쪽.
87 프리드리히 니체, 정동호 옮김, 「건강을 되찾고 있는 자」, 위의 책, 353-354쪽.

다. 통념적으로 꿈은 현실에서 벗어난 초월과 환상의 영역처럼 보이기 때문이다. 하지만 임긍재의 비평은 니체의 대지 긍정을 토대로 자신의 꿈 개념을 펼쳤다. 니체의 대지 긍정은 현실에서의 삶 자체를 오롯이 긍정하는 사유와 같다. 그러므로 임긍재의 꿈 개념은 초월적 이상과 현실적 삶 사이의 절대적 단절을 강조한 것과 거리가 멀다고 할 수 있다. 실제로 임긍재의 비평에서 "현실을 초월하여 꿈나라의 꿈을 이 세상에 실현시키도록 노력할 것"이라고 말한 대목은 초월과 현실의 변증법과 같다고 할 수 있다. 꿈은 현실을 초월하는 상상력일 뿐 아니라, 현실에서 초월한 것을 "이 세상에 실현시키도록" 추동하는 상상력이기 때문이다.

니체의 대지 개념은 일찍이 1920년대부터 한국 지식인·작가들에게 수용되었다. 예를 들어 천도교 사상가이자 『개벽』지의 주필이었던 소춘 김기전은 "지(地)에 충(忠)할지라"라는 차라투스트라의 명제를 인용하였다.[88] 김종삼의 시 세계에 영향을 미친 김소월은 『개벽』지에 상당히 많은 작품을 발표하였다. 김소월이 『개벽』에 발표한 작품들은 김기전을 비롯한 『개벽』의 사유와 여러 가지 측면에서 밀접한 연관성이 있다.[89]

김종삼이 니체를 접하였다는 자료는 아직까지 확인되지 않았다. 하지만 김종삼의 시에도 니체와 같은 대지 긍정의 사유가 담겨 있다. 이와 같은 측면은 김종삼의 시 세계가 도스토옙스키에 연결된다는 사실을 통해서 뒷받침할 수 있다. 바로 앞 장에서 살핀 시 「제작」(1981. 여름)은, 예술적 영혼의

---

88 「吾人의 新紀元을 宣言하노라.」, 『開闢』, 1920.8, 11쪽.
89 홍승진, 「김소월과 인내천(人乃天)―『개벽』지 발표작에 관한 일고찰」, 한국문학과종교학회, 『문학과종교』 제22권 2호, 2017.6.

파동이 헬렌 켈러와 도스토옙스키에 직결되었다고 말한다. 앞 장에서는 김종삼의 시와 헬렌 켈러의 사유가 실제로 밀접하게 맞닿아 있음을 해명하였다. 그렇다면 김종삼의 시와 도스토옙스키 사이에도 적지 않은 연관성이 있을 것이다. 특히 김종삼의 시에서 삶 자체를 긍정하는 사유는 도스토옙스키와 니체를 관류하는 대지 긍정의 사유와 상통하는 측면이 있다. 도스토옙스키와 니체의 사유는 여러 가지 공통점이 있다. 실제로 니체는 "도스토옙스키는 … 내가 무언가를 배운 유일한 심리학자"라고 밝힌 바 있다.[90] 김춘수(金春洙, 1922-2004)에게 큰 영향을 미쳤던 러시아의 사상가 레프 셰스토프(Lev lsakovich Shestov, 1866-1938)는 도스토옙스키와 니체를 철학적 쌍둥이라고 하였다.[91] 또한 이경민에 따르면, 소설가 염상섭(廉想涉, 1897-1963)의 1920년대 작품들은 도스토옙스키와 니체를 미분화된 형태로 인용하였다고 한다.[92]

도스토옙스키와 니체의 주된 공통점 중 하나는 바로 대지의 삶에 대한 전면적 긍정이라고 할 수 있다. 『죄와 벌』이나 『까라마조프 씨네 형제들』에 나오는 '대지에 입 맞추기' 모티프는 천상의 초월적인 신성만을 동경하고 지상의 현실적 삶을 부정하는 기독교 교리와 달리, 대지의 삶 자체에 대한 긍정

---

90 프리드리히 니체, 백승영 옮김, 「우상의 황혼」 45, 『니체전집 15(KGW VI3) 바그너의 경우 · 우상의 황혼 · 안타크리스트 · 이 사람을 보라 · 디오니소스 송가 · 니체 대 바그너』, 책세상, 2002, 333쪽.

91 레프 셰스토프, 이경식 옮김, 『도스토옙스키 · 톨스토이 · 니체』, 현대사상사, 1987.

92 이경민, 「염상섭의 자기혁명과 초기문학」, 민족문학사학회 · 민족문학사연구소, 『민족문학사연구』 60호, 2016.4, 233-248쪽. 이처럼 도스토옙스키와 니체의 사유가 결합된 염상섭의 초기 소설은 모두 『개벽』지에 발표된 작품들이다. 그러므로 염상섭의 초기 소설은 『개벽』과의 연관성을 통해서 새롭게 해석할 여지가 있다.

의 사유를 제시한다. 지금까지 대부분의 연구들은 김종삼의 후기 시편이 죄의식으로 인해서 현실의 삶을 부정하며 죽음과 초월을 갈망한다고 분석해 왔다. 하지만 김종삼의 1970년대 이후 시편에는 삶 자체를 긍정하는 사유가 뚜렷하게 나타난다. 예를 들어 「고원지대(高原地帶)」에서는 "죽음의 기쁨도 있지만 / 살아가는 즐거움도 있다"고 말한다.[93] 또한 「비시(非詩)」에는 "목숨이 이어져 가고 있음은 / 아무리 생각하여도 / 시궁창에서 산다 해도 / 주(主)의 은혜이다"라는 구절이 있다.[94] 「나무의 무리도 슬기롭다」에서는 "누구나 살아가고 있음이 즐겁기만 하다"면서 삶 자체를 예찬하였다.[95] 「헨셀과 그레텔」에서는 "오늘을 살아가는 생명력(生命力)" 자체가 우리의 "지은 죄"를 "사하여 주는 것"과 같다고 진술한다.[96] 기독교에서는 인간이 현실의 삶 속에서 원죄를 벗을 수 없으며, 오직 초월적 유일신만이 원죄를 없애 줄 수 있다고 주장하였다. 하지만 김종삼의 시에서는 생명력 자체가 인간을 죄로부터 해방시키는 것이라고 표현한다. 이처럼 현실적 인간의 생명력 자체를 기쁨과 신성으로 제시하는 김종삼의 시 세계는 도스토옙스키 및 니체의 대지 긍정과 맞닿아 있다.

드미트리 세르게비치 메레지코프스키(Dmitry Sergeyevich Merezhkovsky, 1865-1941)는 니체와 도스토옙스키의 공통점을 '병자의 광학(光學)'이라는 개

---

93 金宗三, 「高原地帶」, 『東亞日報』, 1981.7.11.
94 金宗三, 「非詩」, 『文藝中央』, 1983. 가을, 244쪽.
95 金宗三, 「나무의 무리도 슬기롭다」, 『世界의文學』, 1983. 여름, 155쪽.
96 金宗三, 「헨셀라 그레텔」, 『文學과知性』, 1980. 여름, 489쪽. 이 시의 제목에서 "헨셀라"는 '헨셀과'의 오식이다. 「헨셀과 그레텔」로 고쳐서 읽어야 한다.

념으로 설명한 바 있다.[97] "병자의 광학으로부터 좀 더 건강한 개념들과 가치들을 바라본다든지, 그 역으로 풍부한 삶의 충만과 자기 확신으로부터 데카당스 본능의 은밀한 작업을 내려다본다는 것—이것은 가장 오랫동안 나의 연습이었고, 진정한 경험이었다."[98] 병자의 광학은 니체의 『아침놀』에서 구체적으로 개진된다. "고통과 같은 전제 군주에 대항하고 고통이 우리로 하여금 생을 혐오하도록 우리에게 불어넣는 모든 속삭임에 대항하면서 이 전제 군주에 대항하고 **생**을 **변호하는** 것은 그 어느 것보다도 그[병자]에게 매력적인 것이 된다. 이 상태에서 우리는 우리의 상태가 염세주의로 귀결되지 않도록, 그리고 염세주의가 우리를 패자로 취급해 치욕을 주지 않도록 모든 염세주의에 필사적으로 저항한다."[99] 요컨대 병자의 광학은 병고를 겪고 있는 사람이 고통에 저항함으로써 오히려 세계를 새롭게 보며 삶을 긍정할 수 있음을 의미한다.

기존의 연구들이 논의해 왔던 바와 같이, 김종삼의 1970년대 이후 시편 중에는 실제로 극심하게 악화되어 가던 신체적 질병의 고통을 자신의 죄처럼 하는 측면도 일부 나타난다. 하지만 이 시기의 김종삼 시편 전반은 삶과 대지에 대한 긍정의 의식을 뚜렷하고도 강렬하게 표출한다. 이와 같이 모순처럼 보이는 김종삼 시의 특성은 '병자의 광학'이라는 주제로 새롭게 해석할 수

---

97   메레지코프스키, 이보영 옮김, 『톨스토이와 도스토옙스키—인간과 예술』, 금문, 1996, 316쪽.

98   프리드리히 니체, 백승영 옮김, 「이 사람을 보라」, 『니체전집 15(KGW VI3) 바그너의 경우 · 우상의 황혼 · 안타크리스트 · 이 사람을 보라 · 디오니소스 송가 · 니체 대 바그너』, 앞의 책, 333쪽(강조는 원문에 따름).

99   프리드리히 니체, 박찬국 옮김, 『니체전집 10(KGW VI) 아침놀』 114, 책세상, 2004, 128-129쪽(강조는 원문에 따름).

있다. 이 시기 김종삼의 시는 신체적 질병의 악화와 같은 고통 속에서 더욱 강한 삶의 긍정이 가능하다는 사유를 드러내기 때문이다. 이러한 시적 사유는 김종삼의 시 「어부(漁夫)」에 잘 나타난다.

> 바닷가에 매어둔
> 작은 고깃배
> 날마다 출렁거린다
> 풍랑에 뒤집일 때도 있다
> 화사한 날을 기다리고 있다
> 머얼리 노를 저어나가서
> 헤밍웨이의 바다와 老人이 되어서
> 중얼거리려고
>
> 살아온 기적이 살아갈 기적이 된다고
> 사노라면
> 많은 기쁨이 있다고
>
> —「漁夫」, 전문.[100]

위 시는 "바닷가에 매어둔 / 고깃배"의 이야기이다. 1연에서 시적 화자가 "중얼거리려고" 하는 내용이 2연 전체에 해당한다고 보면, 작품 전반의 의미를 자연스럽게 이해할 수 있다. 이러한 맥락에서 1연의 "날마다 출렁거린다"

---

100 金宗三, 「漁夫」, 『詩文學』, 1975.9, 33쪽.

는 것과 "풍랑에 뒤집일 때도 있다"는 것은 2연의 "살아온 기적"과 그 의미가 상통하는 것이 된다. 출렁거림과 풍랑에도 버티고 살아남은 것은 기적과 같은 일이기 때문이다. 또한 1연의 "화사한 날을 기다리고 있다"는 것은 2연의 "살아갈 기적"과 맞닿는다. '화사한 날'이라는 희망에의 기다림은 살고 싶게끔 만드는 기적이기 때문이다. 출렁거림과 풍랑이 없다면 화사한 날도 그렇게 간절하게 기다려지지 않을 것이다. 이 시의 마지막에서 화자는 "사노라면 / 많은 기쁨이 있다"는 결론에 도달한다. 이 작품 전체는 삶 전체를 기쁨으로서 긍정하는 것이라 할 수 있다. 그러나 삶 전체를 기쁨으로서 긍정한다는 것은 삶의 기쁜 부분만 긍정하거나 삶의 고통스러운 부분을 부정하는 것이 아니다. 삶을 있는 그대로 긍정한다는 것은 삶의 기쁨뿐만 아니라 고통까지도 긍정하는 것이기 때문이다. "살아온 기적이 살아갈 기적이 된다"는 시적 사유는 그러한 맥락에서 이해할 필요가 있다. 아무리 극심한 고통을 겪더라도 그것을 견딘 삶 자체를 기적으로서 긍정할 때에만 앞으로의 삶을 긍정할 힘이 생기기 때문이다. 이는 삶의 고통 속에서 오히려 삶을 긍정하는 병자의 광학과 상통한다고 볼 수 있다.

삶 자체를 오롯이 긍정하는 김종삼의 시적 사유는 어니스트 헤밍웨이 (Ernest Miller Hemingway, 1899-1961)의 『노인과 바다(The Old Man and the Sea)』 와 상호텍스트성을 이룬다. 『노인과 바다』에는 주인공 산티아고의 사자 꿈이 세 번 나온다. 그런데 흥미로운 점은 김종삼의 시편에도 꿈속의 사자라는 이미지들이 나타난다는 사실이다. 그렇다면 먼저 『노인과 바다』에 나타난 사자 꿈이 무엇을 뜻하는지 살펴볼 필요가 있다.

(가) 노인의 꿈에는 이제 폭풍우도, 여자도, 큰 사건도, 큰 고기도, 싸움도, 힘

겨루기도, 그리고 죽은 아내의 모습도 나타나지 않았다. 다만 그는 여러 지역과 해안에 나타나는 사자들 꿈만 꿀 뿐이었다. 사자들은 황혼 속에서 마치 새끼 고양이처럼 뛰어놀았고, 그는 소년을 사랑하듯 이 사자들을 사랑했다.[101]

(나) 그런 다음 노인은 길게 뻗은 노란 해변이 나오는 꿈을 꾸기 시작했는데 처음에 사자 한 마리가 이른 새벽 어두컴컴한 바닷가로 내려오더니, 이어 다른 사자들도 뒤따라 나타나기 시작했다. 그가 탄 배가 물에서 불어오는 저녁 미풍을 받으며 닻을 내리고 있었고, 그는 이물의 널빤지에 턱을 괴고 있었다. 더 많은 사자가 나타나지는 않는지 보려고 기다리는 동안 그는 기분이 자못 흐뭇했다.[102]

(다) 길 위쪽의 판잣집에서 노인은 다시금 잠이 들어 있었다. 얼굴을 파묻고 엎드려 여전히 잠을 자고 있었고, 소년이 곁에 앉아서 그를 지켜보고 있었다. 노인은 사자 꿈을 꾸고 있었다.[103]

(가)는 노인 산티아고가 사흘 동안의 고기잡이를 위하여 바다로 떠나기 전날 밤의 꿈이다. (나)는 청새치와 사투를 벌이는 와중의 꿈이다. (다)는 산티아고가 고기잡이에서 돌아와 판잣집에서 잠을 잘 때의 꿈이자 소설 전체의 마지막 장면이다. 이처럼 『노인과 바다』는 고기잡이 전, 고기잡이 중, 고

---

101 어니스트 헤밍웨이, 김욱동 옮김, 『노인과 바다』, 민음사, 2012, 27쪽.
102 위의 책, 83쪽.
103 위의 책, 129쪽.

기잡이 후에 각각 한 번씩 사자 꿈을 짜임새 있게 배치해 놓은 것이다. 따라서 사자 꿈은 작품 전체를 구조화하는 핵심적 모티프라고 할 수 있다.

(가)에서 사자 꿈의 내용은 "폭풍우도, 여자도, 큰 사건도, 큰 고기도, 싸움도, 힘겨루기도, 그리고 죽은 아내의 모습도" 없는 풍경과 같다. 현실의 모든 희로애락과 신산고초를 겪고 난 상태라 할 수 있다. (나)의 사자 꿈은 청새치와 사투를 벌이는 산티아고에게 위로와 기쁨을 준다. (다)에서 산티아고는 꺾이지 않는 자기 삶의 의지를 확인한 끝에 최종적으로 사자 꿈을 꾸게 된다. 그러고 나서 그는 "인간은 파괴될 수는 있어도 패배할 수는 없다"라고 중얼거린다. 노인은 청새치를 온전하게 소유하지 못하였어도, 청새치를 빼앗기지 않으려는 의지만은 포기하지 않았다. 인간은 성공과 실패의 결과에 상관없이, 자신의 의지를 잃지 않는다면 패배하지 않는 것이다. "인간은 파괴될 수는 있어도 패배할 수는 없다"는 중얼거림의 의미가 바로 여기에 있다. 요컨대 『노인과 바다』의 사자 꿈은 삶의 의지 자체에 대한 긍정을 의미하는 것이다. 김종삼 시의 사자 꿈 이미지도 그러한 의미를 나타낸다.

> 나는 술꾼이다 낡은 城廓 寶座에 앉아 있다 正常이다 快晴이다
> WANDA LANDOWSKA
> J·S BACH도 앉아 있었다
>
> 獅子 몇놈이 올라왔다 또 엉금 엉금 올라왔다 제일 큰놈의 하품, 모두 따분한 가운데 헤어졌다

나는 다시 死體이다 첼로의 PABLO CASALS

—「첼로의 PABLO CASALS」, 전문.[104]

위 시에서 "WANDA LANDOWSKA"는 폴란드의 바르샤바 유태계 집안에서 태어나 주로 바흐 음악을 연주하였으며 나치를 피해 미국으로 망명하였던 하프시코드 및 피아노 연주자 반다 란도프스카를 가리킨다. 그리고 "PABLO CASALS"는 바흐의 무반주 첼로 모음곡을 발굴해서 최초로 녹음한 첼리스트 파블로 카잘스(1876-1973)를 가리킨다. 이들은 모두 바흐 연주에 일가견이 있는 음악가들이다. 따라서 이 시의 화자는 술이 취한 채 파블로 카잘스의 바흐 음악을 들으며, 반다 란도프스카가 바흐와 더불어 앉아 있는 꿈을 꾸고 있는 것이다. 이러한 꿈의 상태를 가능케 하는 것은 술과 음악을 통한 도취라고 할 수 있다. 이러한 도취 상태를 "술꾼"의 상태이자 "정상(正常)"적이고 "쾌청(快晴)"한 상태라고 역설적으로 말한다. 그러나 도취에서 벗어나면 시적 화자는 "다시 사체(死體)"가 되는 것 같은, 즉 죽음과 같은 고통에 빠진다. 바꿔 말하면, 도취는 시적 화자로 하여금 고통스러운 삶마저 긍정할 수 있게 하는 것이다. 니체에 따르면, 술과 음악의 도취는 디오니소스적인 동시에 아폴론적인 것이라 할 수 있다.

"서정시인은 우선 디오니소스적 예술가로서 근원적 일자와 근원적 일자의 고통 및 모순과 완전히 일체가 된 것이며 이 근원적 일자의 모상을 음악으로 만들어 낸다. … 음악은 서정시인에게 마치 '비유적인 꿈의 영상'처럼

---

104 金宗三, 「첼로의 PABLO CASALS」, 『現代詩學』, 1973.9, 33쪽.

아폴론적인 꿈의 작용에 의해서 눈에 보이는 것이 된다."[105] 김종삼의 시와 음악의 관계에 대해서는 지금까지 많은 연구가 있었다. 이는 김종삼이 음악 광이었다는 전기적 사실에 근거한다. 하지만 김종삼의 시와 음악적 형식을 일대일 관계로 분석하는 연구는 시와 음악 사이의 장르적 차이를 간과할 우려가 있다. 김종삼 시의 꿈은 디오니소스적인 음악 정신을 아폴론적 이미지로 가시화한 것이라 할 수 있다. 니체에 따르면, 이러한 디오니소스적-아폴론적 예술은 삶과 세계를 미적 현상으로서 정당화하기 위한 것이라 한다.[106] 요컨대 위 시의 사자 꿈은 삶을 정당화하는 음악적 도취의 가시적 이미지라고 할 수 있다. 이처럼 고통스러운 삶마저도 긍정하는 도취로서의 사자 꿈 이미지는 「발자국」에도 나타난다.

폐허가 된 노천 극장을 지나가노라면 어제처럼 獅子 한 마리가 따라 온다. 버릇처럼 비탈진 길을 올라 가 앉으려면 옆에 와 앉는다. 마주 보이는 언덕 위, 平均率의 나직한 音律이 새어 나오는 古城 하나이, **좀 있다가** 일어서려면 그도 따라 일어선다. 오늘도 **버릇 처럼** 이 곳을 지나가노라면 **어제처럼 獅子** 한 마리가 따라 온다. 　입에 넣은 손을 조용히 물고 있다. 그동안 죽어서 만나지 못한 어렸던 동생 종수가 없다고. ―「近作詩篇 발자국」, 전문.[107]	폐허가 된 노천 극장을 지나가노라면 어제처럼 **獅子 한 마리 엉금 엉금 따라온다 버릇처럼 비탈진** 길 올라가 앉으려면 **녀석도** 옆에와 앉는다 마주 보이는 언덕 위, 平均率의 나직한 音律이 새어 나오는 古城 하나이, 일어서려면 **녀석도** 따라 일어선다 오늘도 이 곳을 지나가노라면 獅子 한 마리가 **엉금 엉금** 따라온다 입에 넣은 손 **멍청하게** 물고 있다 **아무일 없다고 더 살라고** ―「발자국」, 전문.[108]

105 프리드리히 니체, 박찬국 옮김, 『비극의 탄생』, 아카넷, 2007, 92쪽(강조는 원문에 따름).
106 위의 책, 99쪽.

이 시에서 사자 꿈은 "평균율(平均率)"이라는 음악과 결합되어 있다. 사자 꿈과 음악은 공통적으로 삶의 고통과 기쁨 전체를 긍정하는 정신의 발로와 같다. 위 작품은 사자 꿈 이미지에서 사자의 정체가 무엇인지를 구체적으로 밝혀 준다. 그것은 "죽어서 만나지 못한 어렸던 동생 종수"의 이미지이다. 프로이트식으로 말하자면, 꿈은 억압된 무의식을 변형시킨 이미지라 할 수 있다. 요절한 동생 종수에 대한 기억은 김종삼에게 일종의 트라우마적 무의식으로 억압되어 있었을 것이다. 「발자국」은 1960년대에 발표된 작품이다. 하지만 김종삼은 그보다 10년이 지난 뒤에 작품을 개작하여 재발표하였다. 어린 나이에 죽은 동생 종수의 이미지는 특히 김종삼의 1970년대 이후 시편에서 여러 차례 등장한다.[109] 1970년대 이후부터 김종삼의 건강은 심각하게 악화되어 갔다. 김종삼은 자신에게 죽음이 다가올수록 오래전에 죽은 종수의 기억을 떠올렸던 것이다. 그리하여 어린 동생의 죽음이라는 트라우마는 사자의 이미지로 이행하고 전치되어서 꿈으로 나타난다.

그런데 위 시에서 사자 꿈 이미지는 트라우마의 고통까지도 삶의 일부로서 긍정하려는 사유를 나타낸다. 이와 같은 사유는 「발자국」의 개작 양상에서 더욱 명료하게 나타난다. 개작 이전의 마지막 문장은 "그 동안 죽어서 만나지 못한 어렸던 동생 종수가 없다고"였다. 하지만 이 문장은 "아무일 없다고 더 살라고"라는 표현으로 바뀐다. 전자의 경우는 동생의 부재를 강조한

107　金宗三, 「近作詩篇 발자국」, 『文學春秋』, 1964.12, 218-219쪽.

108　金宗三, 「발자국」, 『詩文學』, 1976.4, 28쪽.

109　金宗三, 「한 마리의 새」, 『月刊文學』, 1974.9, 115쪽; 金宗三, 「虛空」, 『文學思想』, 1975.7, 364쪽; 金宗三, 「운동장」, 『韓國文學』, 1978.2, 248-249쪽; 金宗三, 「아침」, 『文學思想』, 1979.6, 230-231쪽; 金宗三, 「掌篇」, 『月刊文學』, 1979.6, 58쪽.

다. 이는 시적 화자의 트라우마적 고통을 부각시키는 효과가 있다. 이와 달리 후자는 삶의 긍정과 의지를 강조한다. 이러한 개작 양상은 부재와 죽음을 고통스러워만 하는 것이 아니라 그 부재와 죽음마저 긍정하는 사유를 보여 준다고 할 수 있다.

| 전체주의에 대항하여 인간성을 비추는 민중의 미광 |

도스토옙스키는 대지 긍정의 사유를 러시아 민중의 삶 속에서 찾았다. "만일 내가 어디서 미래의 씨앗이나 사상을 보고 있다면 그것은 우리 러시아에서입니다. 우리나라에는 오늘날까지도 민중 사이에 하나의 주의가 살아 남아 있기 때문이지요. 그것은 민중에게 땅이 모든 것이며, 민중은 모든 것을 땅 속에서 또 땅 위에서 추출해낸다는 주의이고, 더구나 대다수의 민중 사이에서까지도 그것을 인정할 수가 있기 때문입니다. 그러나 중요한 것은 이것이 인류의 정상적인 법칙이라는 것입니다. 토지 속에는, 지면 속에는 뭔가 신성한 것이 있습니다."[110] 도스토옙스키는 대지를 신성한 것으로 여기는 사상의 씨앗이 민중들의 삶 속에 살아남아 있다고 생각하였다. 그는 이러한 민중의 진리를 배워야 한다고 주장하였다. "우리야말로 민중 앞에 무릎을 꿇고 사상도 형상도 모든 것을 그들로부터 기대해야 한다. 민중의 진리 앞에 무릎을 꿇어야 한다."[111]

---

110 도스토옙스키, 이종진 옮김, 「토지와 아이들—땅에 대하여」, 『작가의 일기』, 벽호, 1995, 277쪽(강조는 원문에 따름).
111 도스토옙스키, 이종진 옮김, 「민중에 대한 사랑에 대하여—민중과의 제휴는 필요하다」, 위의 책, 131쪽.

김종삼의 시에서도 대지의 삶에 대한 긍정은 민중의 이미지를 통해서 나타난다. 이와 달리 니체는 민중의 잠재력을 높게 평가하지 않았다. 니체는 민중을 '무리 본능'이나 '노예 도덕'으로부터 자유롭지 못한 존재라고 보았기 때문이다. 민중에 관한 측면에서 김종삼의 시 세계와 니체 사상 사이에는 차이점이 있는 것이다. 김종삼의 시는 파시즘에 대항하는 나운규의 〈아리랑〉과 김소월의 민요시를 꿈의 이미지와 결합시킨 바 있다고 앞서 살폈다. 〈아리랑〉과 민요시의 공통점은 민중성이라고 할 수 있다. 그렇다면 김종삼의 시에서 대지의 긍정은 파시즘에 대항하는 민중성과 어떻게 연관되는가? 김종삼의 대표작 중 하나인 「장편(掌篇)」(1975.9)은 삶 자체의 긍정이 파시즘으로부터 벗어나는 민중의 힘일 수 있음을 드러낸다.

> 조선 총독부가 있을 때
> 청계川邊 十錢均一 床밥집 문턱엔
> 거지 소녀가 거지 장님 어버이를
> 이끌고 와 서 있었다
> 주인 영감이 소리를 질렀으나
> 태연 하였다
> 어린 소녀는 어버이의 생일이라고
> 十錢짜리 두 개를 보였다.
>
> ─「掌篇」, 전문.[112]

---

112 金宗三, 「掌篇」, 『詩文學』, 1975.9, 33쪽.

일제강점기의 거지 소녀는 장님 어버이의 생일을 위해 밥집에 들어가서, 주인에게 모욕을 당하여도 인간의 품위를 잃지 않으며 자신은 굶고 어버이만 식사할 수 있는 밥값을 낸다. '거지 소녀'와 '거지 장님 어버이'는 사회적으로 극심하게 천시되고 차별받는 하층 민중에 속한다. 물질적 빈곤과 신체적 장애는 이중의 차별을 겪게 한다. 하지만 이러한 차별은 일제강점기만이 아니라 해방 이후의 독재 파시즘 시대에도 여전히 강하게 작동하였을 것이다. 빈민과 장애인은 파시즘 체제에서 특히 그 생존을 위협받는다. 그들은 효율성과 권력 증대의 극단적 추구라는 파시즘의 목표에 부합하지 않기 때문이다. 1920년대 생 김종삼은 독재 체제의 장기화를 네오파시즘으로 체감하였을 것이다. 예컨대 김경민에 따르면, 1970~1980년대 민중들의 글쓰기에는 가난을 개인의 무능과 나태의 탓으로 돌림으로써 생존경쟁 구도를 정당화하고 생산성을 높이려는 지배 담론에 따라서 가난을 부끄럽게 여기는 양상이 나타난다고 한다.[113] 반면에 위 작품은 가난에도 불구하고 인간성을 잃지 않는 민중의 이미지를 발산시킨다.

디디-위베르만에 따르면, 네오파시즘의 서치라이트와 같은 강한 불빛 속에서 민중은 단일한 본질로 환원되거나 부정적인 방식으로만 규정되기 쉽다고 한다. 그러나 그로부터 벗어난 민중의 이미지는 반딧불이의 미광처럼 미약하지만 완전히 소멸하지는 않는—헤밍웨이 식으로 말한다면, '파괴될 수는 있어도 패배할 수는 없는'—인간성의 살아남음을 드러냄으로써 전체주

---

113 김경민, 「1970~80년대 민중의 글쓰기에 강요된 '부끄러움'의 정치학」, 韓民族語文學會, 『韓民族語文學』 76輯, 2017.6, 387-394쪽.

의의 강한 빛에 대항한다는 것이다.[114] 김종삼 시의 민중 이미지들은 파시즘에 의해서 완전히 포획되지 않는 인간성의 살아남음과 같다. 네오파시즘의 강한 빛에 대항하는 미광으로서의 민중 이미지는 김종삼의 대표작 중 하나인 「누군가 나에게 물었다」에서도 뚜렷하게 나타난다.

누군가 나에게 물었다. 시가 뭐냐고

나는 시인이 못됨으로 잘 모른다고 대답하였다.

무교동과 종로와 명동과 남산과

서울역 앞을 걸었다.

저녁녘 남대문 시장안에서

빈대떡을 먹을 때 생각나고 있었다.

그런 사람들이

엄청난 고생 되어도

순하고 명랑하고 맘 좋고 인정이

있으므로 슬기롭게 사는 사람들이

그런 사람들이

이 세상에서 알파이고

고귀한 인류이고

영원한 광명이고

다름아닌 시인이라고.

---

114 Georges Didi-Huberman, *Survival of the Fireflies*, trans. Lia Swope Mitchell, Minneapolis, London: University of Minnesota Press, 2018, pp.55-60.

김종삼의 시에서 민중 이미지는 "고귀한 인류"에게 내재하는 인간성의 "영원한 광명"을 드러낸다. 이는 모든 인간에게 신성이 내재한다고 보는 동학의 사유와 밀접하게 연관된다. 기독교적 시간관에서 '알파'의 창조는 언제나 '오메가'의 종말로 귀결된다. 하지만 김종삼의 시는 '알파와 오메가'라는 기독교적 기호를 변형시킴으로써, 민중을 '알파', 즉 종말 없는 창조성의 담지자로 표현한 것이다. 디디-위베르만에 따르면, 이미지나 기호(sign)의 살아남음은 극성(polarity)을 통해서 변형된다고 한다.[116] 민중이 곧 '알파'라는 표현은 '알파와 오메가'라는 기독교적 기호를 '알파'의 극성으로 변형시킨 동학적 이미지의 살아남음과 같다고 할 수 있다. 이는 민중을 예술적 영역에서 배제한 릴케 문학의 귀족성과 차이가 있다.[117] 이처럼 김종삼의 시에서 내재적 신성의 여린 빛을 표출하는 민중의 이미지는 반딧불이의 미광처럼 희미하지만 네오파시즘의 논리로 완전히 환원할 수 없는 인간성의 이미지라고 할 수 있다.

김종삼의 시 세계는 귀족적이고 엘리트주의적인 색채가 강하다고 일컬어지기도 한다. 하지만 김종삼의 시 세계가 마지막으로 도달한 지점은 민중 속에 신성이 내재하며, 따라서 민중의 생명력이 본디 시인의 시적 창조성과

---

115 金宗三, 「누군가 나에게 물었다」, 『누군가 나에게 물었다』, 民音社, 1982, 56쪽.
116 Georges Didi-Huberman, *The Surviving Image: Phantoms of Time and Time of Phantoms: Aby Warburg's History of Art*, University Park, Pennsylvania: The Pennsylvania State University Press, 2017, pp.110-111.
117 김재혁, 앞의 책, 23쪽.

같다는 사유라고 할 수 있다. 『창작과비평』 그룹에서 주창한 민중문학 담론
은 민중을 육체적 건강성이나 변혁의 주체와 같이 단일한 본질로 환원시켰
다. 이는 파시즘 체제가 특정 목적에 따라서 민중을 단일한 본질로 동원하
는 방식과 크게 다르지 않다. 또한 소시민 개념은 민중을 노동자도 자본가
도 아닌 계급의 중립적 부동성을 지닌 존재로 규정하였다. 이는 민중들의
잠재력을 지나치게 간과하거나 민중을 소극적 존재로만 국한시킬 위험이
있다. 그러나 1970년대 이후 김종삼 시의 민중 이미지들은 삶의 고통을 그
자체로 긍정하며 원천적 인간성을 잃지 않는 민중상을 제시한다. 이는 당대
문학 담론에서의 '민중'이나 '소시민' 개념과 변별되는 문학사적 의의가 있
다고 할 수 있다.

　지금까지 제3부에서는 김종삼의 1970년대 이후 시편에서 내재적 신성을
상기시키는 이미지가 전쟁과 파시즘의 논리에 균열을 일으키며 대항하는
양상을 살펴보았다. 이 시기 김종삼의 시편은 당대의 문명사적 위기를 근대
적 개인의 이성에 근거한 기술 문명의 위기로 표현하며, 그 위기의 초극을
위한 방안으로서 내재적 신성을 상기시키는 이미지를 제시한다. 다음으로
김종삼의 시에 나타나는 꿈나라의 이미지들은 죽은 예술가들의 정신을 상
기시킴으로써 시공을 초월하여 살아남는 인간의 창조성과 연대성을 형상화
한다. 나아가 김종삼 시의 민중 이미지들은 불굴의 생명력과 인간성을 상기
시킴으로써, 민중을 획일화하려는 네오파시즘 체제에 균열을 일으킨다.

자생적 문학이론, 자생적 평화통일론

김종삼의 시를 살핌으로써 고향 상실을 체험한 월남작가의 내면을 섬세하게 고찰하는 것은 이 책의 목표 중 하나였다. 월남시인 김종삼의 작품은 근본적으로 회복해야 할 원천으로서의 고향을 인간의 내재적 신성으로 표현한다. 이와 같은 특성은 한국 전후문학의 폐허의식, 1960년대 문학의 순수/참여 구도, 1970년대 이후 문학의 민중 형상화 문제 등으로 이어지는 남한 문학의 전개에 새로운 흐름을 불어 넣었다. 이 책은 월남문학에 나타난 고향으로서의 신성을 고찰하였다는 점에서, 최인훈 소설의 유토피아 모색이나 전봉건 시의 사랑 및 생명과 같은 월남문학의 정신적 지향점을 재해석하는 데 기여할 수 있을 것이다.

또한 이 책은 기존 시론의 이미지 개념을 갱신한다는 점에서 연구의 의의가 있다고 할 수 있다. 기존의 시론에서 이미지는 대상의 순간적인 인상이나 고정적인 감각을 묘사하는 것으로 여겨진다. 반면에 김종삼 시의 이미지들은 과거와 미래를 현재화하는 시간교란의 시간성을 느끼게 한다. 예를 들어 과거에 상실되었던 인간 영혼에의 기억과 그 영혼이 회복될 미래의 희망을 현재화한다. 또한 김종삼의 시 세계에서 동학과 같은 한국 고유 사상을 상기시키는 이미지들은 1950년대 이후의 '모더니즘' 시라는 문학사적·문예사조적 범주를 교란시킨다. 둘째로, 김종삼의 시 세계는 인간의 이미지를 중심으로 한다는 점에서 기존 이미지 이론과 다르다. 이는 소월이나 만해의 '님'과 백석 시의 인간 이미지 등과 같이, 인간의 몸짓(gesture)과 파토스를 드러내는 한국시의 특수성과 그 가치를 밝히는 데 기여할 것이다. 셋째로, 김종삼의 시는 기존 시론에서 충분히 주목하지 않았던 이미지와 신성 사이의 관계를 밝혀 줄 수 있다. 이는 한국의 정신적 전통을 자양분으로 삼는다는 점에서 한국시의 특수성을 입증할 뿐만 아니라, 김종삼이 전유한 영미·프랑스·독일 현대시의 공통 현상과 연관된다는 점에서 이미지 개념의 세계사적 보편성을 재발견하게 해 준다. 특히 이미지와 신성의 관계라는 문제는 정지용 시의 이미지에 대해서도 새로운 관점을 제시해 줄 수 있다.

　이 책이 지니는 또 하나의 의의는 기존의 단선적·이식론적 관점으로부터 벗어난 한국문학사 연구 방법론의 정초를 시도하였다는 점이다. 기존의 한국문학사 연구는 고대/중세/근대를 철저히 단절된 것으로 간주하는 역사관에 의존해 왔다고 할 수 있다. 특히 한국 현대문학을 서구 문학의 이식 또는 모방으로 설명하는 연구 방식은 이러한 단선적 관점을 강화하는 데 기여한 측면이 적지 않다. 일부에서는 이러한 관점을 탈피하여, 중세에서 근대로의 이행을 더욱 섬세하게 조명하고자 하였다. 하지만 그러한 작업도 아직까지는 텍스트의 표면적인 차원, 또는 작가의 의식적 차원을 탐사하는 데 국한되어 있다고 볼 수 있다. 반면에 이 책은 고대부터 한국 민족이 지니고 있던 하늘 신앙이 1860년 동학으로 재해석되며 1950년대 이후의 김종삼 시 속에 살아남았다는 점을 밝혔다. 이는 고대와 중세와 근대 사이의 역동적 관계를 문화적 잠재력의 차원에서 새롭게 해명해 주는 '살아남음'의 관점에 근거한다.

예컨대 한국 근대 초창기 시문학과 프랑스 상징주의의 영향 관계는 서구 문예사조의 무비판적 모방이라기보다도, 한국 시인의 문화적 토양 속에 잠재해 있던 상징주의와의 공통성이 표출된 것이라 할 수 있다. 또한 일제강점기부터 해방 후까지 여러 한국의 문인들이 릴케와 도스토옙스키에 특히 공감한 이유도, 김종삼의 시와 같은 내재적 신성에의 지향으로서 재해석할 수 있을 것이다.

김종삼의 시는 통일과 평화에 관해서도 적지 않은 가치가 있다. 그는 황해도 은율에서 태어나 한국전쟁 때 월남하였다. 한반도의 평화를 모색하기 위해서는 전쟁과 분단이 인간의 내면에 미친 영향을 되짚을 필요가 있다. 그 내면을 가장 민감하게 표현하는 역할은 문학의 몫일 수밖에 없을 것이다. 특히 김종삼의 시는 월남민의 상처와 꿈을 잘 보여준다는 점에서 중요한 가치가 있다고 볼 수 있다.

기존 연구는 대체로 김종삼의 시 세계가 기독교적 세계관을 표현한다고 논의해 왔다. 전통 기독교의 세계관은 서구의 수직적 이원론에 기초한다고 볼 수 있다. 기독교는 인간의 현실 세계를 죄로 가득 차 있는 것으로 부정하며, 천국처럼 순수하고 초월적인 세계를 긍정하기 때문이다. 이는 평안도와 황해도의 서북 지역에서 개신교가 번창하였다는 점을 연상케 할지도 모른다. 예컨대 영락교회의 한경직 목사 등, 한국의 중요한 극우·반공 세력을 형성하였던 한 축은 김종삼과 같은 서북 지역 출신 개신교인들이었기 때문이다. 하지만 김종삼의 시는 전통 기독교와는 다른 종교적 사유와 그 표현으로 가득 차 있다고 할 수 있다. 이는 오히려 동학과 같은 한국 자생사유에 더욱 가깝다.

이와 같은 특성은 김종삼 특유의 시 창작 방식과 연관이 있다. 그는 자신의 시 쓰기에서 가장 중요한 것이 이미지라고 말한 바 있다. 이를 디디-위베르만의 이미지 철학으로써 효과적으로 해석해 볼 수 있다. 디디-위베르만은 이미지를 운동이라고 보았다. 첫째로, 이미지는 비가시적인 것과 가시적인 것 사이의 운동이라고 한다. 이는 비가시적 신성에 근거하는 종교와 시적 이미지의 관계를 잘 설명해 준다. 둘째로, 이미지는 위기와 잠재적 힘 사이의 운동이라고 할 수 있다. 지층 아래에 흐르고 있던 용암이 화산활동을 통해 솟구쳐 오르듯이, 무의식에 잠재한 전통은 전쟁과 같은 위기 속에서 이미지로 터져 나올 수 있다.

김종삼의 시에서 용암처럼 터져 나온 무의식적 전통은 동학의 독특한 역사철학과 공명하는 측면이 있다. 서구 근대의 역사관에서는 일반적으로 역사를 고대, 중세, 근대로 구분한다. 이와 달리 김종삼의 시는 역사를 두 단계로 표현한다. 하나는 기존의 역사이며, 다른 하나는 새롭게 펼쳐질 역사이다. 전자는 참혹의 역사이며, 후자는 사랑의 역사이다. 기존의 역사는 갈등과 투쟁의 원리에 따라서 전쟁과 폭력만을 되풀이하여 왔다. 기존 역사를 지배해 온 갈등의 논리는 사랑의 원리로 전환될 수 있다. 그때 진정으로 새로운 역사가 펼쳐질 것이다.

이는 다시개벽의 역사철학과 맞닿는다. 개벽사상은 동학, 대종교, 증산교, 원불교 등과 같은 한국 신종교의 공통적인 토대라고 할 수 있다. 개벽사상은 인류 역사 전체를 다시개벽 이전과 그 이후의 두 단계로 나누어 바라본다. 다시개벽 이전의 역사는 상극의 원리에 따라서 작동해 온 역사 전체를, 다시개벽 이후의 역사는 상생의 원리에 따라서 작동할 미래의 역사를 의미한다. 이는 김종삼 시의 이미지에 담겨 있는 역사철학과 공명한다. 기독교적인 것처럼 간주되어 온 김종삼의 시 세계 속에서는 개벽과 같은 한국 고유 사상이 솟구쳐 나오고 있던 것이다.

그렇다면 지층 아래의 용암을 솟구쳐 오르게 한 원천은 무엇이었을까? 김종삼은 유소년기와 청년기를 일제 파시즘 아래에서 보냈다. 그동안에 중일전쟁과 태평양전쟁 등의 전시체제를 겪었다. 또한 1950년에는 한국전쟁이 발발하였다. 그 뒤로는 독재 체제가 장기화되었다. 시인에게는 역사 전체가 전쟁과 파시즘의 끝없는 반복이었던 것이다. 이처럼 절박한 위기 속에서 무의식적 전통은 터져 나올 수 있었다. 예를 들어 민주주의의 위기 때마다 우리의 기억 속에는 4·19와 5·18의 이미지가 떠오른다. 과거의 이미지 속에는 위기를 극복할 수 있는 희망의 미래가 담겨 있기 때문이다. 그처럼 시인의 무의식 속에 잠재하던 과거는 위기와의 관계 속에서 이미지의 모습으로 떠오르며 빛을 뿜은 것이다.

김종삼의 시에 나타난 과거의 이미지는 위기와 어떠한 관계가 있을까? 김종삼은 근대문명이 위기에 빠진 근본 원인을 에고이즘으로 보았다. 동학에서는 이를 각자위심, 즉 각각이 자기만을 위하는 마음이라고 한다. 김종삼의 시는 에고이즘을 근본적으로 극복하는 방법으로서 우주적 신성과의 합일을 지향하였다. 기독교에서 신성은 세계와 철저하게 단절된 초월적 유일신이라고 할 수 있다. 반면에 김종삼의 시에서는 우주의 모든 곳에 신성이 내재하며, 그 신성을 표현한 것이 곧 우주가 된다. 특히 김종삼 시의 이미지는 신성이 인간의 마음에 내재함을 형상화한다. 인간과 우주가 하나임을 깨닫는다면 어떠한 갈등도 투쟁도 생길 수 없을 것이다. 그 깨달음의 때를 동학에서는 다시개벽이라고 부른다.

이러한 맥락에서 김종삼의 시는 역사의 위기를 핵무기 개발의 이미지로 표현하기도 하였다. 핵무기와 관련해서 아인슈타인이 시에 등장하기도 한다. 그 작품에서 아인슈타인은 평화에 관한 질문을 던진다. 실제로 아인슈타인은 두려움과 도덕을 강요하는 원시 종교 및 유일신 종교를 거부하였다. 그는 우주 전체를 하나의 신으로 경외하는 우주적 종교 감정이 모든 예술과 과학의 원천이라고 주장하였다. 그의 반핵·평화 운동은 그러한 우주적 종교 감정에 근거한다고 볼 수 있다. 또한 해당 시에서 '두이노성'은 「두이노의 비가」를 쓴 시인 릴케를 가리킨다. 릴케는 인간의 마음에 내재하는 우주가 곧 신성이라고 보았다. 이와 같이 김종삼의 시는 우주적 신성과의 합일을 진정한 평화의 실현으로 제시한다.

또한 김종삼은 시와 에고이즘이 양립할 수 없다고 말한 바 있다. 에고이즘은 개인들 각각이 깨진 유리 조각처럼 파편화되어 있다는 생각이다. 반면에 시는 모든 존재가 우주적 신성과 하나임을 표현한다는 것이다. 이러한 생각을 김종삼은 앙드레 롤랑 드 르네빌의 시론으로써 뒷받침하였다. 롤랑 드 르네빌은 신비주의 시론을 주장한 프랑스의 시인이자 문학비평가이다. 그는 시의 참다운 본질이 서구의 형이상학이나 기독교보다도 동양의 신비주의에 더욱 가깝다고 말하였다. 신비주의는 개체들 각각이 우주의 신성과 하나임을 자각하고자 하는 사유라고 할 수 있다. 롤랑 드 르네빌은 동양적 신비주의의 사례로서 오르페우스 종교를 꼽았다.

김종삼의 시에서 오르페우스 모티프는 전쟁과 파시즘에 대항하는 이미지로 나타난다. 김종삼은 「검은 올페」라는 시를 남겼다. '올페'는 오르페우스를 프랑스어로 표기한 것이다. 김종삼의 「검은 올페」는 장-폴 사르트르의 비평문인 「검은 오르페」와 연관이 있다. 사르트르는 한국의 참여문학론에 큰 영향을 미친 프랑스 비평가이다. 그는 시가 아닌 산문만이 현실에 참여할 수 있다고 주장한 것으로 유명하다. 그런데 「검은 오르페」는 시도 현실 참여가 가능하다고 주장하기 시작한 비평문이다. 기존의 연구에서 김종삼의 시는 현실이나 역사와 무관한 순수시로 간주되었다. 하지만 김종삼의 시는 오르페우스 이미지를 통해 시의 참여 방식을 모색한 것이다.

그리스 신화 속의 오르페우스는 죽은 아내의 영혼을 예술의 힘으로 저승에서 건져 내고자 하였다. 김종삼은 자기 시의 이미지가 그러한 오르페우스와 같다고 보았다. 김종삼 시의 이미지는 폭력의 역사 속에서 희생된 인간을 가시화하고 상기시킨다. 보통 우리는 정치 참여라고 하면 미래에 나아갈 길을 제시하는 것이라고 생각한다. 하지만 과거를 기억하는 행위 역시 위기에 대항하는 중요한 방법일 수 있다. 김종삼의 시에서 폭력의 역사는 남성과 성인과 제국 중심의 역사로 표현된다. 인류의 역사 전체는 여성과 어린이와 약소민족을 억압해 온 역사와 다르지 않다는 것이다. 이에 대하여 김종삼 시의 이미지는 피억압 민중들의 신성을 나타낸다. 과거 속에서 억눌려온 민중들의 내재적 신성을 오롯하게 상기할 수 있다면 폭력의 역사를 사랑의 역사로 바꾸는 것이 가능하기 때문이다.

이 중에서 김종삼 시의 약소민족 이미지를 예로 들어 보겠다. 김종삼은 아우슈비츠에 관한 시를 여러 편 남겼다. 이때 아우슈비츠 시편의 유태인 이미지는 한국 민족과 같은 약소민족의 알레고리이다. 김종삼과 같은 월남작가인 최인훈의 소설에서도 유태인은 한국 민족에 비유된다. 김종삼과 최인훈의 문학에서 유태인과 한국 민족은 세 가지 공통점이 있다. 첫째로, 그들은 제국 중심의 역사 속에서 지속적으로 억압되어 온 민족이다. 둘째로, 그럼에도 그들은 하늘의 신성을 중심으로 한 민족의 정신적 원천을 보존해 왔다. 셋째로, 또한 그들은 폭력적 이데올로기에서 벗어난 중립의 공동체를 지향한다. 이는 김종삼과 교류한 시인 신동엽에게서도 동학과 중립의 상상력으로 나타난다.

　우리는 분단 극복과 평화통일을 정치나 경제의 문제로만 생각하기 쉽다. 반면에 김종삼 시의 이미지는 다시개벽이라는 한국 고유의 역사철학을 표현한다. 이는 전쟁이 월남민의 역사적 상상력에 미친 영향을 보여준다는 점에서 적지 않은 의의가 있다. 김종삼의 시는 인간의 마음이 우주적 신성과 합일하는 때를 다시개벽으로 제시한다. 이는 내재적 신성에 토대를 둔 평화의 원리를 상상케 한다. 또한 김종삼의 시는 역사 속에서 희생되어 오면서도 신성을 잃지 않았던 피억압 민중에의 기억을 이미지로써 상기시킨다. 진정한 평화의 상상력은 여성, 어린이, 약소민족의 기억 속으로부터 울려 나온다.

| 참고문헌 |

| 찾아보기 |

참고문헌

1. 1차 자료

故 朴寅煥 外 三二人,『韓國戰後問題詩集』, 新丘文化社, 1961.

高 遠 외,『52人詩集』, 新丘文化社, 1967.

金宗文 엮음,『戰時 韓國文學選 詩篇』, 國防部政訓局, 1955.

金宗三・金光林・全鳳健,『連帶詩集・戰爭과音樂과希望과』, 自由世界社, 1957.

金宗三・文德守・金光林,『本籍地』, 成文閣, 1968.

金宗三,『十二音階』, 三愛社, 1969.

_____,『詩人學校』, 新現實社, 1977.

_____,『누군가 나에게 물었다』, 民音社, 1982.

_____,『평화롭게』, 高麗苑, 1984.

_____, 홍승진・김재현・홍승희・이민호 엮음,『김종삼 정집』, 북치는소년, 2018.

朴斗鎭・金潤成 엮음,『新韓國文學全集 37 詩選集 3』, 語文閣, 1974.

全鳳健 외,『新風土〈新風土詩集 Ⅰ〉』, 白磁社, 1959.

崔南善 외,『韓國文學全集 35 詩集 (下)』, 民衆書館, 1959.

韓國詩人協會 엮음,『一九五八年 年刊詩集 詩와 詩論』, 正陽社, 1959.

韓國新詩六十年紀念事業會 엮음,『韓國詩選』, 一潮閣, 1968.

韓國自由文學者協會 엮음,『1959年 詞華集・詩論』, 一韓圖書出版社, 1959.

黃東奎・鄭玄宗 엮음,『주머니 속의 詩』, 悅話堂, 1977.

『開闢』,『京鄉新聞』,『東亞日報』,『母音』,『文藝中央』,『文學과知性』,『文學思想』,
『文學藝術』,『文學春秋』,『白民』,『思想界』,『새벽』,『서울신문』,『世界의文學』,『小說界』,
『詩壇』,『詩文學』,『詩와意識』,『新群像』,『新東亞』,『新世界』,『新亞日報』,『新映画』,
『心象』,『씨올의 소리』,『女像』,『女性界』,『여성中央』,『月刊文學』,『月刊朝鮮』,
『일간스포츠』,『自由公論』,『自由文學』,『自由世界』,『朝鮮日報』,『中央日報』,『知性』,
『코메트』,『學園』,『韓國文學』,『한국일보』,『現代文學』,『現代詩』,『現代詩學』,
『現代藝術』등.

2. 단행본

金光林, 『詩論集 存在에의 鄕愁』, 心象社, 1974.

_____, 『詩를 위한 에세이』, 푸른사상, 2003.

김기전, 『소춘 김기전 전집』 2권, 국학자료원, 2010.

金東旭 엮음, 『景印 古小說板刻本全集 · 2』, 연세대학교 인문과학연구소, 1973.

김상일, 『수운과 화이트헤드』, 지식산업사, 2001.

김시철, 『김시철이 만난 그 때 그 사람들 (1)』, 시문학사, 2006.

김용휘, 『최제우의 철학―시천주와 다시개벽』, 이화여자대학교출판부, 2012.

김윤식, 『문학사의 라이벌 의식 · 3』, 그린비, 2017.

金載弘 엮음, 『한국현대시 詩語辭典』, 고려대학교출판문화원, 1997.

김재혁, 『릴케의 작가정신과 예술적 변용』, 한국문화사, 1998.

김경란, 『프랑스 상징주의』, 연세대학교출판부, 2005.

김 현, 『想像力과 人間』, 一志社, 1973.

_____, 『詩人을 찾아서』, 民音社, 1975.

남진우, 『미적 근대성과 순간의 시학』, 소명출판, 2001.

라명재 주해, 『천도교경전 공부하기(증보2판)』, 모시는사람들, 2017.

문옥배, 『한국 찬송가 100년사』, 예솔, 2002.

閔庚培, 『韓國敎會 讚頌歌史』, 延世大學校出版部, 1997.

朴斗鎭, 『거미와 星座』, 大韓基督敎書會, 1962.

박용구, 『예술사 구술 총서 1권 박용구―한반도 르네상스의 기획자』, 국립예술자료원 ·
　　　수류산방, 2011.

朴正萬, 『너는 바람으로 나는 갈잎으로』, 高麗苑, 1987.

방민호, 『채만식과 조선적 근대문학의 구상』, 소명출판, 2003.

白世明, 『東學思想과 天道敎』, 東學社, 1956.

_____, 『하나로 가는 길』, 日新社, 1968.

서중석, 『사진과 그림으로 보는 한국 현대사』(개정증보판), 웅진지식하우스, 2013.

성해영, 『수운(水雲) 최제우의 종교 체험과 신비주의』, 서울대학교출판문화원, 2017.

宋 稶, 『詩學評傳―文學背景을 比較하는 眼目으로 韓國詩人의 立場에서』, 一潮閣, 1971.

신동엽, 『신동엽전집』, 창비, 1980.

신지영, 『내재성이란 무엇인가』, 그린비, 2009.

원효, 은정희 역주, 『원효의 대승기신론 소 · 별기』, 一志社, 1991.

柳濟寬, 『뽈 · 발레리 硏究』, 新雅社, 1983.

윤승용, 『한국 신종교와 개벽사상』, 모시는사람들, 2017.

이광수,『이광수 전집』10권, 우신사, 1979.

이규성,『한국현대철학사론—세계상실과 자유의 이념』. 이화여자대학교출판부, 2012.

李能和, 李鍾殷 옮김,『朝鮮道教史』, 普成文化社, 1986.

이숭원,『김종삼의 시를 찾아서』, 태학사, 2015.

이준석,『프로이트, 구스타프 말러를 만나다』, 이담Books, 2012.

이희승 엮음,『국어대사전』, 민중서림, 1982.

정명환,『문학을 찾아서』, 민음사, 1994.

_____,『현대의 위기와 인간』, 민음사, 2006.

정약용, 장지연 편, 이민수 옮김,『아방강역고』, 범우사, 1995.

정하영 역주,『한국고전문학전집 13권 심청전』, 고려대학교민족문화연구소, 1995.

조동일,『제4판 한국문학통사 4』, 지식산업사, 2005.

조숙자,『한국 개신교 찬송가 연구』, 장로회신학대학교출판부, 2003.

週刊시민社 編輯局 엮음,『名士交遊圖』, 週刊시민社, 1977.

車河淳・鄭東湖,『부르크하르트와 니이체』, 西江大學校出版部, 1986.

최 석,『말라르메—시와 무(無)의 극한에서』, 건국대학교출판부, 1997.

최수일,『『개벽』연구』, 소명출판, 2008.

최인훈,『회색인・최인훈전집 2』3판, 문학과지성사, 2013.

한글학회,『우리말 큰사전 4권 옛말과 이두』, 어문각, 1992.

咸錫憲,『뜻으로 본 韓國歷史』, 一宇社, 1962.

황동규,『젖은 손으로 돌아보라』, 문학동네, 2001.

황수영,『물질과 기억, 시간의 지층을 탐험하는 이미지와 기억의 미학』, 그린비, 2006.

Abbott, H. Porter, *The Cambridge Introduction to Narrative*, Cambridge, New York: Cambridge University Press, 2008.

Aristotle, *Physics, in The Complete Works of Aristotle: The Revised Oxford Translation*, trans. Jonathan Barnes, Princeton and N.J: Princeton University Press, 1984.

_____, *Aristotle De Anima*, trans. Christopher Shields, Oxford: Clarendon Press, 2016.

Augustine, *Confession*, trans. F. J. Sheed, Indianapolis, Cambridge: Hackett Publishing Company, 1993.

Aquinas, Thomas, *Summa Theologica* Vol. 1, trans. Fathers of the English Dominican Province, Westminster and Md: Christian Classics, 1981.

Badiou, Alain et al., *What is a people?*, trans. Jody Gladding, New York: Columbia University Press, 2016.

Benjamin, Walter, 조만영 옮김,『독일 비애극의 원천』, 새물결, 2008.

_____, *Walter Benjamin: Selected Writings* vol. 4(1938—1940), ed. Howard Eiland and Michael W. Jennings, Cambridge, Massachisetts, and London, England: The Belknap Press of Harvard University Press, 2006.

Bloom, Harold, *The Anxiety of Influence: A Theory of Poetry*, 2nd ed., New York: Oxford University Press, 1973.

Judith Butler, *Gender Trouble: Feminism and the Subversion of Identity*, 2nd ed., New York and London: Routledge, 2006.

Copleston, Frederick Charles, 박영도 옮김, 『중세철학사―아우구스티누스에서 스코투스까지』, 서광사, 1988.

Didi-Huberman, Georges, *Ce que nous voyons, ce qui nous regarde*, Paris: Editions de Minuit, 1992.

_____, *Fra Angelico: Dissemblance and Figuration*, trans. Jane Marie Todd, Chicago and London: The University of Chicago Press, 1995.

_____, *Images in Spite of All: Four Photographs from Auschwitz*, trans. Shane B. Lillis, Chicago, London: The Universoty of Chicago Press, 2008.

_____, *The Surviving Image: Phantoms of Time and Time of Phantoms: Aby Warburg's History of Art*, University Park, Pennsylvania: The Pennsylvania State University Press, 2017.

_____, *Survival of the Fireflies*, trans. Lia Swope Mitchell, Minneapolis, London: University of Minnesota Press, 2018.

Dostoyevsky, Fyodor, 이종진 옮김, 『작가의 일기』, 벽호, 1995.

Einstein, Albert, *Ideas and Opinions*, trans. Sonja Bargmann, New York: Bonanza Books, 1974.

_____, 홍수원 · 구자현 옮김, 『아인슈타인의 나의 세계관』, 중심, 2003.

Fox, Matthew, *Original Blessing: a Primer in Creation Spirituality: Presented in Four Paths, Twenty—Six Themes, and Two Questions*, New York: Jeremy P. Tarcher/Putnam, 2000.

Genette, Gérard, *Narrative Discourse: an Essay in Method*, trans. Jane. E. Lewin, Ithaca, New York: Cornell University Press, 1980.

Haquette, Jean—Louis, 정장진 옮김, 『유럽 문학을 읽다』, 고려대학교출판부, 2010.

Heidegger, Martin, 신상희 옮김, 『숲길』, 나남, 2008.

Hemingway, Ernest, 김욱동 옮김, 『노인과 바다』, 민음사, 2012.

Holthusen, Hans Egon, 姜斗植 옮김, 『릴케』, 弘盛社, 1979.

Hooks, Bell, *Feminism is for Everybody: Passionate Politics,* 2nd ed., New York:

Routledge, 2015.

Hulme, Thomas Ernest, *Speculations: Essays on Humanism and the Philosophy of Art*, ed. Herbert Read, New York: Harcourt, Brace & Company, 1936.

Keller, Helen, *Light in My Darkness*, West Chester, Pennsylvania: Chrysalis Books, 2000.

_____, Optimism: *An Essay*, New York: T. Y. Crowell and Company, 1903.

Mallarmé, Stéphane, *Collected Poems and Other Verse,* trans. E. H. and A. M. Blackmore, Oxford, New York: Oxford University Press, 1994.

Merezhkovski, Dmitri Sergeyevich, 이보영 옮김, 『톨스토이와 도스토옙스키─인간과 예술』, 금문, 1996.

NHK 아인슈타인 팀, 현문식 옮김, 『아인슈타인의 세계 1 · 천재 과학자의 초상』, 고려원 미디어, 1993.

Nietzsche, Friedrich Wilhelm, 정동호 옮김, 『니체전집13(KGW VI1) 차라투스트라는 이렇게 말했다』, 책세상, 2000.

_____, 백승영 옮김, 『니체전집 15(KGW VI3) 바그너의 경우 · 우상의 황혼 · 안타크리스트 · 이 사람을 보라 · 디오니소스 송가 · 니체 대 바그너』, 책세상, 2002.

_____, 박찬국 옮김, 『니체전집 10(KGW V1) 아침놀』 114, 책세상, 2004.

_____, 박찬국 옮김, 『비극의 탄생』, 아카넷, 2007.

Ovidius, 천병희 옮김, 『(개정판) 변신 이야기』, 숲, 2017.

Pound, Ezra, *Gaudier─Brzeska: A Memoir,* New York: New Directions Books, 1970.

Pseudo-Dionysius the Areopagite, *Celestial Hierarchy*, in The *Complete Works,* trans. Colm Luibheid, New York and Mahwah: Paulist Press, 1987.

Raymond, Marcel, 이준오 옮김, 『발레리와 존재론─발레리와 정신의 유혹』, 예림기획, 1999.

Rilke, Rainer Maria, *Sonnets to Orpheus*, trans. M. D. Herter Norton, New York: W. W. Norton & Company, Inc., 1942.

_____, 김재혁 옮김, 『젊은 시인에게 보내는 편지』, 고려대학교출판문화원, 2006.

_____, 김재혁 옮김, 『말테의 수기』, 펭귄클래식 코리아, 2010.

Rolland de Renéville, André, 李準五 옮김, 『見者 랭보』, 文學世界社, 1992.

Sartre, Jean-Paul, 金鵬九 옮김, 『싸르트르文學論文集 文學이란 무엇인가』, 新太陽社, 1959.

_____, *Between Existentialism and Marxism*, trans. John Mathews, New York: Pantheon Books, 1974.

_____, *The Aftermath of War(Situations III)*, trans. Chris Turner, London and New York: Seagull Books, 2008.

Sauvagnargues, Ann, 성기현 옮김, 『들뢰즈, 초월론적 경험론』, 그린비, 2016.

Shestov, Lev, 이경식 옮김, 『도스토옙스키 · 톨스토이 · 니체』, 현대사상사, 1987.

Valéry, Paul, *History and Politics*, trans. Denise Folliot and Jackson Mathews, New York: Pantheon Books, 1962.

_____, 吉田健一 譯, 『精神の政治學』, 創元社, 1939.

Warburg, Aby, *The Renewal of Pagan Antiquity: Contribution to the Cultural History of the European Renaissance*, trans. David Britt, Los Angeles, CA: Getty Research Institute for the History of Art and the Humanities, 1999.

吉田秀和 · 高橋英郎 共編, 『モ―ツァルト頌』, 白水社, 1966.

3. 논문

강계숙, 「김종삼 시의 재고찰―이중언어 세대의 '세계시민주의'와의 상관성을 중심으로」, 인하대학교 한국학연구소, 『한국학연구』 30집, 2013. 8.

강석경, 「문명의 배에서 침몰하는 토끼」, 김종삼, 장석주 엮음, 『김종삼 전집』, 청하, 1988.

강연호, 「김종삼 시의 대립 공간 연구」, 현대문학이론학회, 『현대문학이론연구』 31집, 2007. 8.

강은진, 「김종삼의 「올페」 시편에 나타난 오르피즘 예술의 유산」, 국제비교한국학회, 『비교한국학 Comparative Korean Studies』 26권 1호, 2018. 4.

공임순, 「1960~70년대 후진성 테제와 자립의 반/체제 언설들―매판과 자립 그리고 '민족문학'의 함의를 둘러싼 헤게모니적 쟁투」, 상허학회, 『상허학보』 45집, 2015. 10.

김경민, 「1970~80년대 민중의 글쓰기에 강요된 '부끄러움'의 정치학」, 韓民族語文學會, 『韓民族語文學』 76輯, 2017.6.

김기택, 「김종삼 시에 나타난 어린이의 특징 연구」, 한국아동문학학회, 『한국아동문학연구』 31집, 2016. 12.

김명인, 「민족문학론과 동아시아론의 비판적 검토―해방의 서사를 기다리며」, 민족문학사학회 · 민족문학사연구소, 『민족문학사연구』 50호, 2012. 12.

김성조, 「김종삼 시 연구―시간과 공간 인식을 중심으로」, 한양대학교 박사학위논문, 2010.

_____, 「한국 현대시의 난해성과 도피적 상상력―1950년대 김수영 · 김춘수 · 김종삼의 시를 중심으로」, 한국언어문화학회, 『한국언어문화』 49집, 2012. 12.

_____, 「김종삼 시의 '공백/생략'에 나타난 의미적 불확실성과 도피성」, 한국언어문화

학회, 『한국언어문화』 53집, 2014. 4.

김소현·김종회, 「김종삼 시에 나타난 타자적 공간 연구」, 부산대학교 인문학연구소, 『코기토』 85호, 2018. 6.

김양희, 「김종삼 시의 환상성 연구」, 동남어문학회, 『동남어문논집』 37집, 2014. 5.

_____, 「김종삼 시에서 '음악'의 의미」, 한민족어문학회, 『한민족어문학』 69집, 2015. 4.

김영미, 「여백의 역설적 발언—김종삼 시의 근저」, 국제어문학회, 『국제어문』 57집, 2013. 4.

김예림, 「1960~1970년대의 제3세계론과 제3세계문학론」, 상허학회, 『상허학보』 50집, 2017. 6.

김옥성, 「김종삼 시의 기독교적 세계관과 미의식」, 한국언어문화학회, 『한국언어문화』 29집, 2006. 4.

김용희, 「이중어 글쓰기 세대의 한국어 시쓰기 문제—1950, 60년대 김종삼의 경우」, 한국시학회, 『한국시학연구』 18집, 2007. 4.

_____, 「전후 한국시의 '현대성'과 그 계보적 가설—김종삼 시를 중심으로」, 한국근대문학회, 『한국근대문학연구』 19집, 2009. 4.

_____, 「김종삼 시에 나타난 상징과 상징주의 계보에 관한 연구」, 한국시학회, 『한국시학연구』 40집, 2014. 8.

김윤정, 「김종삼의 시 창작의 위상학적 성격 연구」, 한민족어문학회, 『한민족어문학』 65집, 2013. 12.

김은영, 「김종삼 시에 나타난 기억 형상화의 서술성에 대하여」, 한중인문학회, 『한중인문학연구』 39집, 2013. 4.

김정배, 「김종삼 시의 소리지향성 연구」, 원광대학교 인문학연구소, 『열린정신인문학연구』 11집, 2010. 6.

김정의, 「방정환의 소년인권운동 재고」, 역사실학회, 『實學思想硏究』 14輯, 2000. 1.

김종훈, 「잔해와 파편의 시어—김종삼, 「북치는 소년」의 경우」, 민족어문학회, 『어문논집』 68집, 2013. 8.

김진하, 「폴 발레리의 '정신(esprit)'의 시학 연구」, 서울대학교 박사학위논문, 2003.

노춘기, 「김종삼 시의 시간의식—전쟁 체험의 형상화 방식을 중심으로」, 한국근대문학회, 『한국근대문학연구』 32집, 2015. 10.

라기주, 「김종삼 시에 나타난 환상성 연구」, 한국현대문예비평학회, 『한국문예비평연구』 26집, 2008. 8.

류순태, 「김종삼 시에 나타난 현대미술의 영향 연구」, 한국어교육학회, 『국어교육』 125집, 2008. 2.

박미리, 「추상성으로서 후기 릴케의 형상 개념—오르페우스에게 부치는 세 소네트」,

한국카프카학회, 『카프카연구』 22집, 2009. 12.

박민규, 「김종삼 시의 병치적 특성 연구」, 고려대학교 석사학위논문, 2004.

_____, 「김종삼 시에 나타난 추상미술의 영향」, 민족어문학회, 『어문논집』 59집, 2009. 4.

_____, 「김종삼 시의 숭고와 그 의미」, 가천대학교 아시아문화연구소, 『아시아문화연구』 33집, 2014. 3.

박선영, 「김종삼 시에 나타난 '죽음'의 은유적 미감 연구」, 한국문학회, 『한국문학논총』 65집, 2013. 12.

_____, 「김종삼 시의 생명의식과 은유의 상관성 연구」, 한국문학언어학회, 『어문론총』 60호, 2014. 6.

_____, 「부재(不在)의 무게와 현존(現存)의 무게─김종삼의 시적 존재론」, 돈암어문학회, 『돈암어문학』 30집, 2016. 12.

박연희, 「제3세계 문학의 수용과 전유─『창작과비평』의 미국 흑인문학론을 중심으로」, 상허학회, 『상허학보』 47집, 2016. 6.

방민호, 「손창섭 소설의 외부성─장편소설을 중심으로」, 서울대학교 규장각한국학연구원, 『한국문화』 58집, 2012. 6.

_____, 「'데가주망'의 논리─최인훈 장편소설 『회색인』」, 한국문학언어학회, 『어문론총』 67집, 2016. 3.

백은주, 「김종삼 시에 나타난 환상의 현실적 의미 고찰」, 한국문학연구학회, 『현대문학의 연구』 35집, 2008. 6.

서영희, 「김종삼 시의 형식과 음악적 공간 연구」, 한국문학언어학회, 『어문논총』 53집, 2010. 12.

서진영, 「김종삼의 시적 공간에 나타난 순례적 상상력」, 서울대학교 인문학연구원, 『인문논총』 68집, 2012. 12.

성해영, 「수운 최제우(水雲 崔濟愚) 종교체험의 비교종교학적 고찰─'체험-해석틀'의 상호관계를 중심으로」, 동학학회, 『동학학보』 18호, 2009. 12.

成賢慶, 「성년식 소설로서의 沈淸傳─京板 24張本의 경우」, 西江語文學會, 『西江語文』 3輯, 1983. 10.

_____, 「판소리 文學으로서의 沈淸傳─小說과의 關係를 中心으로」, 서강대학교동아연구소, 『東亞硏究』 5輯, 1985. 2.

손유경, 「백낙청의 민족문학론을 통해 본 1970년대식 진보의 한 양상」, 인하대학교 한국학연구소, 『한국학연구』 35집, 2014. 11.

송경호, 「김종삼 시 연구─죄의식과 죽음의식을 중심으로」, 서울시립대학교 박사학위논문, 2007.

_____, 「김종삼 시의 죄의식과 '집'의 상상력─「문짝」, 「돌각담」, 「라산스카」를

중심으로」, 한국문학과종교학회, 『문학과종교』 12권 2호, 2007. 12.

송승환, 「전봉건과 김종삼 시의 수사학―『한국전후문제시집』을 중심으로」, 우리문학회, 『우리文學硏究』 32집, 2011. 2.

송현지, 「한국 현대시에 나타난 시인으로서의 자기 인식과 시쓰기 연구―김춘수, 김수영, 김종삼을 중심으로」, 고려대학교 박사학위논문, 2018.

_____, 「김종삼 시의 올페 표상과 구원의 시쓰기 연구」, 우리어문학회, 『우리어문연구』 61집, 2018. 5.

신동옥, 「김종삼 시에 나타난 병치 기법과 내면 의식의 공간화 양상 연구」, 한국시학회, 『한국시학연구』 42집, 2015. 4.

신지원, 「김종삼의 전쟁 시편에 나타난 개념적 혼성과 의미 연구」, 전북대학교 인문학연구소, 『건지인문학』 19집, 2017. 6.

신철규, 「김종삼 시의 원전 비평의 과제―등단작에 대한 재검토와 발굴작 「책 파는 소녀」를 중심으로」, 국제어문학회, 『국제어문』 60집 2014, 3.

_____, 「하늘과 땅 사이를 비껴가는 노래, 「라산스카」―전집에 미수록된 두 편의 「라산스카」」, 『현대시학』, 2014. 11.

심재휘, 「김종삼 시의 공간과 장소」, 가천대학교 아시아문화연구소, 『아시아문화연구』 30집, 2013. 6.

오창은, 「'제3세계 문학론'과 '식민주의 비평'의 극복」, 우리문학회, 『우리文學硏究』 24집, 2008. 6.

엄경희, 「김종삼 시에 나타난 唯美的 表象과 道德 感情의 有機性 硏究」, 한국어문교육연구회, 『語文硏究』 162집, 2014. 6.

이경민, 「염상섭의 자기혁명과 초기문학」, 민족문학사학회·민족문학사연구소, 『민족문학사연구』 60호., 2016. 4.

이민호, 「전후 현대시의 크리스토폴 환타지 연구―김종삼, 김춘수, 송욱의 시를 대상으로」, 한국문학과종교학회, 『문학과종교』 11집, 2006. 6.

_____, 「한국 현대시에 나타난 서학적(西學的) 자연관―윤동주와 김종삼의 시를 중심으로」, 문학과환경학회, 『문학과환경』 8집, 2009. 6.

_____, 「김종삼의 시작법과 프랑스 상징주의 영향관계 연구」, 국제한인문학회, 『국제한인문학연구』 19집, 2017. 2.

_____, 「김종삼 문학의 메타언어」, 『작가들』, 2018. 봄.

이성민, 「김춘수와 김종삼 시의 허무의식 연구―시간의 미학을 중심으로」, 조선대학교 박사학위논문, 2011.

이성일, 「김종삼 시론 연구―시적 언어에 대한 인식 규명을 중심으로」, 한중인문학회, 『한중인문학연구』 33집, 2011. 8.

_____, 「한국 현대시의 미적 근대성―김수영·김종삼을 중심으로」, 국민대학교 박사학
　　위논문, 2015.
이숭원, 「김종삼의 시의식과 생의 아이러니」, 서울여자대학교 인문과학대학 국어국문학
　　과, 『태릉어문연구』 10집, 2002.
이승규, 「김종삼 시의 현실 대응 양상 연구」, 한국현대문학회, 『한국현대문학연구』 23집,
　　2007. 12.
임수만, 「金宗三 시의 윤리적 양상」, 청람어문교육학회, 『청람어문교육』 42집, 2010. 12.
임지연, 「김종삼 시의 수치심 연구」, 한국문학이론과비평학회, 『한국문학이론과비평』
　　68집, 2015. 9.
장동석, 「김종삼 시에 나타난 '결여'와 무의식적 욕망 연구」, 한국현대문예비평학회,
　　『한국문예비평연구』 26집, 2008. 8.
_____, 「한국 현대시의 경물 연구―이물관물(以物觀物)의 표상방식을 중심으로」,
　　홍익대학교 박사학위논문, 2010.
장정희, 「어린이날의 유래와 회차(回次) 재고」, 『근대서지』 15호, 2017. 6.
조용훈, 「김종삼 시에 나타난 음악적 기법 연구」, 국제어문학회, 『국제어문』 59집, 2013. 12.
조현설, 「조선말 민중종교운동 관련 문학에 나타난 신이 의식의 의미―수운(水雲)·증산
　　(甑　山) 전설을 중심으로」, 국문학회, 『국문학연구』 14집, 2006. 5.
조혜진, 「김종삼 시의 전쟁 체험과 타자성의 의미」, 한국현대문예비평학회, 『한국문예비
　　평연구』 42집, 2013. 12.
주완식, 「김종삼 시의 비정형성과 윤리적 은유―앵포르멜 미술과의 관련성을 중심으로」,
　　국제어문학회, 『국제어문』 57집, 2013. 4.
차호일, 「김종삼 시에 나타난 시간 의식 연구」, 한국비평문학회, 『비평문학』 28집, 2008. 4.
최운식, 「「심청전」의 배경이 된 곳」, 반교어문학회, 『泮橋語文硏究』 11집, 2000. 8.
최호빈, 「김종삼 시에 나타난 미학적 죽음에 관한 연구―전봉래의 죽음과 관련하여」,
　　숭실대학교 한국문학과예술연구소, 『한국문학과예술』 19집, 2016. 7.
한명희, 「〈오이디푸스 콤플렉스〉를 통해 본 김수영, 박인환, 김종삼의 시세계」, 한국어문
　　학회, 『어문학』 97집, 2007. 9.
홍승진, 「1960년대 김종삼 메타시와 '참여'의 문제―말라르메와 사르트르의 영향을
　　중심으로」, 『비교문학』 70집, 2016. 10.
_____, 「1950년대 김종삼 시의 이미지와 종교성」, 김종삼시인기념사업회 2016년 정기학
　　술대회 자료집 『김종삼 시의 미학과 현실 인식』, 2016. 11. 19.
_____, 「김종삼 시 「돌」의 발굴과 의의」, 『근대서지』 15호, 2017. 6.
_____, 「김소월과 인내천(人乃天)―『개벽』지 발표작에 관한 일고찰」, 한국문학과종교학
　　회, 『문학과종교』 제22권 2호, 2017. 6.

_____,「1950년대 김종삼 시에서 장소로서의 이미지와 내재성」, 한국시학회,『한국시학
연구』53호, 2018. 2.
_____,「1950~1960년대 김종삼 시 10편 발굴」,『작가들』, 2018. 봄.
홍윤표,「민족시인 신동엽의「껍데기는 가라」의 첫 발표 연대 오류와 연보 바로잡기」,
근대서지학회,『근대서지』4호, 2011. 12.

찾아보기

[용어]

[ㄱ]

각자위심(에고이즘) 49, 167~168, 279
기독교 24~25, 35~38, 46, 74, 100, 132,
    167, 187, 193~194, 201, 202, 204,
    212~213, 216, 223, 272, 293, 322,
    328, 353, 369
원죄 27, 32, 80, 142~146, 181, 265, 322
꿈나라 293, 331~333, 335~336, 341~342,
    350~352

[ㄴ]

내면세계장소(Weltinnenraum) 293, 299,
    306~307, 309, 330
내재적 신성 36, 47, 49, 52, 99, 121, 123,
    133, 136, 141~142, 163, 183, 210,
    224, 233, 235, 268, 311, 323, 369

[ㄷ]

다시개벽 47, 52, 59, 67, 86, 132, 183, 189,
    219, 221, 223
동학(천도교) 27, 31, 32, 38, 42, 44, 46,
    49, 51, 54~55, 67, 74, 87, 168, 187,
    192, 204, 206, 212~213, 221, 222,
    223, 234~235, 252~253, 257~258,
    268, 369

[ㅁ]

메타시 155, 158, 320
민족 38, 71, 73~76, 99, 191, 237,
    256~257, 258~261, 267~268, 272,
    273~274, 282, 335, 341~342, 349
민중 44, 45, 52, 55~56, 217, 261, 349,
    365~370

[ㅂ]

비가시적인 것과 가시적인 것의 변증법
    40~42, 80, 96, 99, 102, 106, 110,
    118, 121, 127, 202, 265, 307, 309,
    318~319, 325, 352
비유사성과 유사성의 변증법 40~41, 107,
    112, 115, 121, 140

[ㅅ]

살아남음(survival, Nachleben) 43~46, 52,
    55~56, 75, 80, 162, 167, 168, 264,
    340, 367~368, 369
상기 77, 81, 83, 100, 109, 115, 121, 136,
    142, 151, 163, 172, 182, 191, 215,
    217, 231, 246, 258, 262, 267, 307,
    309
상징주의 25, 35, 41, 101, 150, 156
시간교란 31, 43, 55, 123, 129, 132, 142,
    182, 244
    과거(기억)와 미래(희망)의 현재화
    130, 132, 133, 145~146
신비주의 108, 165, 167~168, 321, 322,
    324~325, 343

[인명]

김관식(金冠植) 338~339, 341
김광림(金光林) 60, 62, 72, 335
김규대(金圭大) 335
김기전(金起田) 213, 221~223, 233~235, 238, 354
김소월(金素月) 339~341, 345~352, 354, 366
김수영(金洙暎) 23, 34, 329, 339~341, 350
김종삼(金宗三) 48, 72, 186~187, 222, 243, 251~252, 280, 340, 364

나도향(羅稻香) 334~335, 347, 351
나운규(羅雲奎) 348~349, 366
니체, 프리드리히(Nietzsche, Friedrich Wilhelm) 30, 43, 353~356, 362~363, 366

더글러스, 윌리엄(Douglus, William) 123
도스토옙스키, 표도르(Dostoevsky, Fyodor Mikhailovich) 36, 321, 354~356, 365
드뷔시, 클로드(Debussy, Claude-Achille) 85
디디-위베르만, 조르주(Didi-Huberman, Georges) 31, 40~43, 45, 52, 55, 107~108, 145, 241, 245~246, 263~264, 367, 369

라샨스카, 훌다(Lashanska, Hulda) 282
란도프스카, 반다(Landowska, Wanda) 282, 362

랭보, 아르튀르(Rimbaud, Arthur) 37, 164~166
로리, 안나(Laurie, Anna) 124
로지어, 존(Lozier, John Hogarth) 128
롤랑 드 르네빌, 앙드레(Rolland de Renéville, André) 37, 50, 164~165, 167~168, 172
릴케, 라이너 마리아(Rilke, Rainer Maria) 26, 37, 42, 50, 157, 293, 295~297, 299~301, 303, 306~307, 318~319, 369

말라르메, 스테판(Mallarmé Stéphane) 25, 155, 156, 157, 158, 160
말러, 구스타프(Mahler, Gustav) 281, 334
메레지코프스키, 드미트리 세르게비치(Merezhkovsky, Dmitry Sergeyevich) 356
모차르트, 볼프강 아마데우스(Mozart, Wolfgang Amadeus) 290~292
밀레, 장-프랑수아(Millet, Jean-François) 318

바르부르크, 아비(Warburg, Aby) 43, 264
바흐, 요한 제바스티안(Bach, Johann Sebastian) 115, 117~118, 340, 362
박용구(朴容九) 251
발레리, 폴(Valéry, Paul Valry) 295~301, 303~304, 306
방정환(方定煥) 221~222
백세명(白世明) 74
버틀러, 주디스(Butler, Judith) 193
벤야민, 발터(Benjamin, Walter) 43, 44, 45, 83~84, 110

[작품명]

천상과 지상 사이의 형상—김종삼 시의 내재적 신성

등록 1994.7.1 제1-1071
1쇄 발행 2021년 9월 20일

지은이 홍승진
펴낸이 박길수
편집장 소경희
편 집 조영준
관 리 위현정
디자인 이주향
펴낸곳 도서출판 모시는사람들
        03147 서울시 종로구 삼일대로 457(경운동 수운회관) 1207호
전 화 02-735-7173, 02-737-7173 / 팩스 02-730-7173

인 쇄 (주)성광인쇄(031-942-4814)
배 본 문화유통북스(031-937-6100)
홈페이지 http://www.mosinsaram.com/

값은 뒤표지에 있습니다.
ISBN 979-11-6629-061-9   93810